DARK SHADOWS

LARA PARKER

DARK SHADOWS

Tome I

LA MALÉDICTION D'ANGELIQUE

Traduit de l'anglais (États-Unis) par Pascal Loubet

Michel LAFON

À paraître, du même auteur
et chez le même éditeur :

Dark Shadows, tome 2 : *Réminiscences*
Dark Shadows, tome 3

Titre original
Dark Shadows: Angelique's Descent

Première publication par HarperCollins.

Première publication par Tor Edition : Avril 2012.
Tor® est une marque déposée de Tom Doherty Associates, LLC.

7-13, boulevard Paul-Émile-Victor – Ile de la Jatte
92521 Neuilly-sur-Seine Cedex

www.michel-lafon.com

À mes parents,
avec toute mon affection.

Ma dame a abandonné les cieux, abandonné la Terre,
Dans le monde souterrain elle est descendue,
Inanna a abandonné les cieux, abandonné la Terre,
Dans le monde souterrain elle est descendue,
Elle a renoncé à régner en souveraine,
Dans le monde souterrain elle est descendue.

– Mythe sumérien, 2000 av. J.-C.

1

Barnabas se réveilla hors d'haleine, le cœur battant la chamade. Un poids énorme semblait s'être abattu sur lui – il se sentait engourdi, comme ligoté. Il enfonça les doigts dans l'oreiller qui l'étouffait et émergea péniblement de son rêve. Il resta un long moment haletant dans l'obscurité, flottant lentement hors de son cauchemar, tandis que les épouvantables visions s'évanouissaient dans le néant.

Il roula sur le côté avec un soupir et se força à ouvrir les yeux. Il tendit la main pour saisir les draps glacés qu'il caressa du bout des doigts, puis il se retourna vers la fenêtre, où une pleine lune faisait pâlir le ciel, encadrée par les rideaux d'un blanc fantomatique.

Des pensées aberrantes traversèrent son esprit, tandis qu'il essayait d'échapper à la panique qui s'était emparée de lui. Peut-être fallait-il réveiller Julia et lui demander une autre piqûre ? Elle gardait le flacon dans sa commode, et serait ravie de pouvoir l'aider.

Du regard, il chercha dans la chambre quelque chose qui le rassure. De faibles rais de lumière tremblaient sur le baldaquin familier de son lit et les sculptures de la commode, se reflétant dans l'immense miroir. Dehors, les lourdes branches du chêne griffaient la lune de leurs épaisses ombres noires.

Il se redressa lourdement, s'assit et posa ses pieds sur la laine rêche du tapis. Alors qu'il fixait la pénombre, les derniers lambeaux du cauchemar se reformèrent dans son esprit. Dans son rêve, la femme réclamait son étreinte en gémissant, entrouvrait les lèvres en pressant son corps brûlant contre le sien. Ses cheveux et sa peau embaumaient le musc et il se rappelait la pitié qu'il avait éprouvée pour elle. Elle lui avait presque fait oublier la faim qui rampait dans ses veines vides. Il la connaissait à peine, cette réprouvée de River Street ; il l'avait trouvée comme toutes les autres, lors d'une virée nocturne dans les tavernes qui bordaient les quais. Comme elle le mettait en confiance, il avait glissé sa main sous sa lourde cape, le long de ses reins, où il avait senti les coutures de sa robe enserrant sa taille fine. Il souffrait d'une soif inextinguible et cette méprisable obsession lui laissait un goût âcre sur la langue.

– Je n'arrive plus à respirer… haleta-t-elle alors qu'il l'écrasait sous lui.

Sur le moment, avant qu'il ne soit trop tard, il avait songé à la laisser partir. Mais en frôlant sa nuque du bout des doigts, il avait failli. Il pouvait lire ses pensées, alors même que ses gestes trahissaient déjà ses intentions : son incrédulité face à ses avances, les images qui déferlaient en elle, Collinwood… la maîtresse du domaine… enviée de ses amis… situation… aisance… Son esprit simple pouvait à peine concevoir toute cette richesse ! Était-il possible qu'il l'aime ? Qu'il fasse d'elle son épouse ? Elle était désespérément et imprudemment prête à tout.

Elle fit glisser le cordon de sa cape, révélant la nacre de sa poitrine, et il caressa la peau soyeuse. Elle lui jeta un regard lascif et il couvrit sa main de baisers. Puis, avec un soupir mélodieux, elle se perdit dans son étreinte.

Il souleva délicatement la cascade de ses cheveux parfumés. Ce n'étaient pas ses seins qu'il convoitait. Ses lèvres frôlèrent le col de la robe et la courbe de sa gorge. Là où battait le pouls…

Non ! Plus jamais ! Avec un effort, Barnabas revint à la réalité. Le souffle court, il se leva, alla à la fenêtre et regarda dehors. La pleine lune était blottie dans les branches du grand chêne derrière Collinwood. Elle brillait sur les ardoises argentées du toit du donjon et sur les murailles de pierre grise recouvertes de lierre. Sa lumière flottait sur la véranda dallée et sur les hautes fenêtres à vitraux derrière lesquelles dormait la famille qu'il considérait comme sienne.

Comme toujours, la clarté de la lune le séduisait et il mourait d'envie de l'atteindre, de sentir dans ses veines ce liquide argenté plutôt que du sang. Mais il fut apaisé par la pensée toute neuve qui lui était venue en se réveillant, et il entendait encore résonner dans son crâne la voix incrédule de Julia : « Barnabas ! Nous avons réussi ! Tu es guéri ! » Une joie désespérée l'envahit : il n'était plus une créature de la nuit ; enfin, la conscience tranquille, il pourrait retourner à son lit et se lever avec le soleil – accepter ce cadeau qu'il avait si ardemment désiré, et dont les hommes ordinaires ne connaissent pas le prix.

De la fenêtre, il distinguait tout juste l'Ancienne Demeure nichée dans une clairière, baignée de la mystérieuse aura d'un temple grec. Il éprouva un pincement de nostalgie, de même qu'une malveillante fascination. Avec sa grâce néoclassique, la maison semblait déplacée parmi les érables et les ciguës ; on l'imaginait animée de rires et de musique, de charmants bals où auraient tourbillonné des couples sous les chandelles des lustres, de délicieuses jeunes filles dans des robes immenses et d'éblouissants jeunes gentlemen. Les nombreuses pièces auraient été entretenues par des esclaves bienveillants faisant rôtir le gibier assaisonné d'épices, repassant le linge et nettoyant l'argenterie, faisant tout le nécessaire pour qu'une aristocratie fortunée puisse mener son existence de plaisir et de confort.

Mais cela n'avait pas été le destin de cette demeure maudite, dissimulée à l'écart d'une ville dans la froide Nouvelle-Angleterre. La lune glaçait de sa clarté la pâle construction, balayant toute chaleur et toute gaieté. Désormais abandonnée, elle n'était pas un temple mais un tombeau, où résonnaient encore dans les pièces des générations de Collins, où lui-même avait vécu, tapi dans une chambre du sous-sol, ne quittant ces lieux que pour y revenir sous un autre déguisement, celui d'un cousin ou d'un lointain parent.

Se remémorer ces souvenirs aujourd'hui, c'était comme mordre dans un fruit gâté. « Vous ressemblez tant à Barnabas ! lui disait-on immanquablement. Mais oui, vous pourriez être son jumeau ! » Et chaque fois il était accueilli dans ce bercail, englouti dans les secrets et la culpabilité muette qui tenaient la famille à l'écart du monde extérieur. « C'est stupéfiant. Il ressemble tellement au portrait », murmuraient-ils entre eux.

Et lui, endurant honte et horreurs indicibles, était resté parmi eux pendant sept générations, feignant un semblant de normalité, mort sans vraiment l'être, tandis que sa sinistre faim grandissait avec les années et ses tentatives d'expérimentation. Son espérance était une vague promesse qui s'effondrait une fois de plus dans le plus noir désespoir alors que l'emprise de la malédiction, comme d'implacables fers, se refermait sur son âme.

Jusqu'à aujourd'hui.

À présent, enfin, et c'était aussi incroyable qu'inconcevable, il était libre. « Barnabas ! Nous avons réussi ! Tu n'es plus... (il grimaça au simple souvenir de ce mot) un vampire... » Il avait encore du mal à accepter qu'il était guéri. Il avait vécu si longtemps prisonnier de son abominable soif !

Il poussa les battants de la fenêtre et respira l'air froid de la nuit. Il sentait l'odeur âcre et humide de la mer, ainsi que la légère brume qui s'élevait des vastes pelouses, chargée du parfum des gardénias et des narcisses en fleurs. Une chouette poussa un bref ululement tremblant et, au loin, une autre répondit. L'appel de la lune était puissant, révélant le monde dans toute sa nudité scintillante. Il était aussi clair que de jour, mais sans aucune couleur. Dans ces infinies nuances de gris, tout était modelé par un divin clair-obscur. Barnabas distinguait la rosée sur l'herbe, les courbes des épaisses feuilles des magnolias et la perfection charnelle de leurs fleurs.

Il sentit le calme revenir alors que son souffle et son cœur s'apaisaient. Enfin guéri. Humain. Alors, pourquoi était-il hanté par ces rêves ? Presque chaque nuit, il était réveillé par le déferlement fébrile de ces ignobles souvenirs. Si ces épouvantables années, ces siècles de torture étaient véritablement derrière lui, si sa vie devait enfin devenir simple et normale, s'il devait vieillir de la manière la plus ordinaire, puis mourir comme n'importe quel homme, pourquoi était-il encore tourmenté par ces visions de l'existence qu'il avait menée autrefois ? À n'en pas douter, elles pâliraient et disparaîtraient pour toujours.

Un chien poussa un long et triste hurlement auquel un autre fit un écho plaintif et solitaire, et Barnabas reconnut là une âme semblable à la sienne. Lui aussi avait rôdé au clair de lune sur ces pelouses qui enserraient l'escalier de pierre et les dalles de la promenade, quand il ne pouvait commencer à vivre qu'une fois le soleil couché et les feux allumés dans les cheminées du grand salon. C'est seulement à ce moment qu'il pouvait savourer le commerce des humains, apprendre à connaître – et peut-être même à aimer – les nombreux Collins qui considéraient cette demeure comme la leur. C'était là que tout avait commencé.

C'était là qu'il avait accueilli sa fiancée de Martinique, cette fille aux yeux noirs, à la peau d'albâtre et au sourire radieux, sa bien-aimée Josette. C'était là aussi que sa servante l'avait accompagnée, cette garce aux yeux bleus qui avait hanté et détruit sa vie, la belle et mystérieuse Angelique.

Barnabas tressaillit et songea à fermer la fenêtre, mais il se sentait captif des rayons de lune qui tombaient sur la lointaine demeure et de la mélancolie qui serrait sa poitrine. Car de toutes les nuits, c'était la dernière que connaîtrait cette maison.

Julia et lui étaient convenus, après bien des débats, des disputes, même, avec le reste de la famille, qu'elle devait être rasée. Les démolisseurs devaient venir au matin. C'était peut-être la cause de l'intensité de son rêve, et il espéra que la maison une fois détruite emporterait avec elle les souvenirs douloureux. Julia avait raison. C'était ridicule de garder debout l'Ancienne Demeure alors que depuis près de deux siècles la famille habitait l'élégante nouvelle propriété, la Grande Maison de Collinwood, où désormais il dormait, se réveillait et se promenait au grand jour. L'Ancienne Demeure pourrissait et tombait en ruine. Seul le clair de lune lui donnait une consistance. Ses pièces étaient vides et abandonnées et elle était depuis trop longtemps la résidence de fantômes.

Le froid fit frissonner Barnabas et il s'apprêta à refermer la fenêtre. Au même instant, une rafale de vent agita les branches noires, qui cachèrent la lune. Il regarda la vaste pelouse par-dessus le toit et sursauta brusquement, le souffle coupé. Il lui avait semblé voir une femme debout dans l'ombre des arbres. Ce n'était qu'une silhouette, mais il put distinguer qu'elle était mince et vêtue d'une robe blanche qui frôlait l'herbe. Un capuchon recouvrait ses cheveux et dissimulait son visage ; d'après l'angle de sa tête, elle semblait scruter la fenêtre où il se tenait et il surprit la lueur d'un regard.

Était-ce une vision suscitée par les pensées qu'il ruminait ? Avait-il laissé ses rêves et ses réflexions donner naissance à des fantômes ? Non, ce n'était pas un spectre. Elle se découpait nettement devant les portes-fenêtres du salon. Puis elle se détourna et s'éloigna avant de disparaître entre les arbres.

Qui pouvait être cette femme ? Peut-être que sa voiture était tombée en panne sur la route et qu'elle s'était aventurée sur la longue allée menant jusqu'ici, mais qu'elle avait renoncé à frapper à la porte en voyant les lumières éteintes. À présent perdue, elle ne savait plus comment regagner la route, raisonna-t-il. Mais il restait curieux, car ses souvenirs coupables étaient encore vifs. Il se surprit à songer que c'était une âme en peine, peut-être la dame de son rêve, cherchant vengeance ou consolation en errant dans le monde d'entre les vivants et les morts. Il sourit amèrement aux caprices de son imagination, tout en cherchant son peignoir et ses pantoufles. Il n'y avait pas de fantômes en liberté, cette nuit. Cependant, qui était-elle ? Si elle était en détresse, il fallait qu'il aille à son secours.

Au passage, il aperçut son reflet dans l'immense miroir à cadre doré au-dessus de la commode. Distraitement, il se rappela l'époque où il lui était impossible de se voir dans une glace. À présent, dans le clair de lune, il voyait un homme élégant, ses cheveux noirs ondulés à peine grisonnants aux tempes. Il était d'une lignée raffinée – noble, même – avec un visage aristocratique : de hautes pommettes, un nez aquilin, des yeux d'un noir de jais qui brillaient sous d'épais sourcils et une bouche délicate, sensuelle, dont les lèvres s'incurvaient imperceptiblement en un sourire à la réserve charmante. C'était un visage d'une exquise sensibilité, celui d'un poète. Mais au fond de son regard sombre couvait une braise si ardente qu'elle en était hypnotique.

En prenant le long couloir vers l'escalier, Barnabas passa devant la chambre de Julia. Il hésita un instant, se demandant s'il fallait la réveiller pour l'envoyer se renseigner à sa place.

Il lui avait solennellement promis de cesser toute visite à l'Ancienne Demeure. C'était une condition de son traitement. Il se remémora la patience et le professionnalisme du médecin. En bonne scientifique, sans jamais céder au découragement, elle n'avait cessé d'expérimenter, de chercher et de formuler des hypothèses, tout cela avec optimisme. Cette chère Julia. Il savait qu'elle était mue par l'amour. Elle lui était plus dévouée qu'aucune autre. Elle l'avait sauvé et ce n'était que justice d'en faire son épouse. Et ce ton grave avec lequel elle lui avait dit, le regard brillant : « Barnabas, tu es comme un alcoolique qui ne doit plus jamais boire une goutte de vin, tu comprends cela ? Promets-moi de ne jamais retourner là-bas ! »

C'est pour cela qu'il hésitait, mais, décidant qu'il se contenterait de jeter un coup d'œil par-dessus la pelouse, il descendit le grand escalier.

Dans le hall baigné de la clarté glacée de la lune, il regarda – comme il l'avait fait des milliers de fois – son portrait accroché au mur, que tout le monde pensait être celui de son aïeul Barnabas Collins. Mais c'était lui, vêtu du costume d'un gentleman du XVIIIe siècle, la main impérieusement crispée sur une canne dont le pommeau en argent figurait une tête de loup. Avec un hochement de tête nostalgique, il ouvrit la porte et entra dans le monde de la nuit.

Barnabas traversa la pelouse humide vers la forêt. L'herbe était lourde de rosée et le parfum des cerisiers et des pruniers en fleur embaumait l'air. La chouette mélancolique ulula de nouveau et Barnabas, levant la tête, vit le grand oiseau passer au-dessus de lui en silence, ses larges ailes déployées masquant brièvement la lune et projetant leur ombre sur le sol. Mais il n'y avait pas d'autre présence humaine dans les parages et la douleur de la solitude lui serra le cœur. La femme n'était nulle part. Elle avait disparu et il se demanda s'il l'avait imaginée.

Cependant, quelque chose le tiraillait et le poussait à continuer. Il arriva à l'orée des arbres. Comme dans un songe, il s'enfonça dans le bois en quête du spectre fugace toujours invisible. Seuls des troncs sombres se dressaient autour de lui, puis il reconnut la silhouette de la chouette, cette fois perchée sur un grand chêne. L'oiseau inclina vers lui sa tête ronde et le lorgna avec curiosité, avant de prendre son envol comme une voile soulevée par le vent ; flottant sur ses ailes argentées, il passa au-dessus des arbres.

Barnabas songea à rebrousser chemin. Une vague inquiétude lui serrait la poitrine, mais il continua.

Mystérieusement, ses pensées se tournèrent vers sa dernière rencontre avec Angelique.

Deux siècles auparavant, il avait manqué à ses responsabilités envers lui-même et sa famille pour être avec elle. Pourquoi ? Elle était tout ce qu'il méprisait, héritière d'une famille douteuse, traîtresse, violente, dépourvue de vertu. Mais elle avait allumé un feu en lui, et encore aujourd'hui il se rappelait combien il l'avait douloureusement désirée.

Cette première nuit, après qu'il lui eut dit de partir, Angelique avait marché vers la porte, sa robe flottant comme de l'or en fusion sur le tapis. Puis elle s'était retournée, la lèvre brillante, pour poser sur lui un regard si résolu, si plein d'une promesse d'abandon qu'il s'était jeté dans cet abîme. Elle était de soie liquide quand il l'avait prise dans ses bras et son baiser avait été tel qu'il s'était imaginé pouvoir ne se nourrir que de ses lèvres. Puis il avait oublié ce qu'il était en se perdant dans cette étreinte, et elle avait bu toute la moelle de ses os pour la remplacer par le feu qu'elle avait en elle.

Barnabas frémit en y repensant. À n'en pas douter, c'était elle qui l'avait poursuivi, et il avait été hypnotisé par son pouvoir. Combien de fois avait-il retourné et réorganisé tous ces souvenirs pour pouvoir en sortir sans reproche, innocent ? Il avait livré son âme à Angelique. Pendant un certain temps, cela avait été vrai. Il en était certain. Elle avait été une extase plus grande qu'aucun homme ne devrait connaître.

Une fois de plus, il se demanda comment il avait pu être infidèle à sa tendre Josette.

Josette ! Son esprit pur et sa rayonnante douceur étaient encore pour lui aussi réels qu'au jour de leur rencontre. Elle était bien née, débordait de bonté, délicieuse en manières comme en conversation. Soudain, il eut le besoin irrépressible de voir sa tombe, de se rendre à l'endroit où la famille l'avait ensevelie après qu'elle eut fui l'horreur qu'il était devenu.

Bien qu'épuisé par cette vaine quête dans les bois, il décida de poursuivre jusqu'au cimetière. Il avait la certitude que revoir la sépulture de son aimée soulagerait la désagréable sensation qui lui serrait le ventre.

Il fallut du temps pour qu'il gagne le bord de la falaise de Widow's Hill, le souffle coupé par l'effort, car un tel exercice était rare depuis sa guérison. Il acceptait désormais de ne plus avoir la force à laquelle il s'était habitué quand il était un vampire, quand un bref vol sur les ailes du vent suffisait à couvrir ces vastes étendues de plaines en falaises. Quand il arriva à l'endroit d'où Josette s'était jetée dans le vide, il sentit l'air salé des vagues qui se brisaient en contrebas. Il baissa les yeux vers la mer obscure. Au bord de l'horizon, la lune nacrait les flots. Il se retourna et se dirigea vers le cimetière.

Il arriva enfin au lieu de repos de la famille Collins. Le parfum des jasmins qui émanait des grilles se mêlait à l'odeur capiteuse des gardénias dans la brume. De là, il voyait le mausolée et les gargouilles sculptées de la crypte, où il passait autrefois ses journées, caché derrière la porte de pierre, à dormir dans un cercueil. Le cœur battant d'impatience, il avança vers la sépulture de Josette en se rappelant les nombreuses fois où il y était venu prier pour son âme des heures durant.

Mais quelque chose le déconcerta : la tombe de Josette n'était pas là où il s'en souvenait. Il n'y avait que des stèles renversées, des têtes sculptées et des statues victoriennes autrefois délicates et désormais rongées par le temps, des caveaux et des sarcophages de pierre. Il se mit à errer entre les pierres tombales, désorienté et fâché contre lui-même. Comme son corps, son esprit avait-il perdu sa force au cours de sa transformation ? Son incapacité à retrouver le lieu où reposait Josette l'agaça – comme s'il avait pu oublier quelque chose d'aussi important à ses yeux ! Il rebroussa chemin, balayant les feuilles et la terre sur chaque pierre pour lire les noms à demi effacés.

Totalement dépité, il se retrouva sous un immense ange de marbre rongé par les intempéries et recouvert de mousse. Il ne se rappelait pas l'avoir jamais vu. L'ange dominait un tombeau comme une statue médiévale dans une cathédrale gothique, ses ailes sombres déployées dans le ciel, le visage taché de pluie comme par des larmes ruisselantes. Un long moment, Barnabas resta fasciné par cette vision céleste et tendit la main pour toucher la forme de la jambe, songeant combien le marbre semblait tendre et souple comme la chair ou l'étoffe, alors que ce n'était qu'une pierre dure et glacée.

Puis son regard tomba sur l'inscription éclairée par la lune et se figea : ANGELIQUE BOUCHARD, 1774-1796, et dessous : L'AMOUR DORT DANS L'ÉTREINTE DE LA MORT. Il était consterné. C'était la tombe d'Angelique ! Qui avait dressé un tel monument ici ? Un ange ! Bon Dieu ! C'était une représentation absurde, peut-être en écho à son prénom, mais si loin de la réalité. Il tressaillit en repensant à elle. Angelique, sa maîtresse et son ennemie jurée, disparue alors que lui continuait d'exister après l'avoir vaincue pour toujours.

L'ange se transforma brusquement dans son imagination. Sa douceur céleste avait laissé la place à une macabre menace. Barnabas recula, troublé, et la recherche de la tombe de Josette lui parut moins importante. Il était reparti vers la grille, avec l'intention de retourner à Collinwood, quand il aperçut au loin la femme qu'il avait vue plus tôt.

Sa silhouette évanescente glissait rapidement derrière les tombes. Barnabas eut la gorge serrée et se sentit gagné par une énergie nouvelle. Cette fois, déterminé à l'arrêter, il se précipita vers elle comme si elle pouvait le libérer des ténèbres.

Un instant plus tard, il fut surpris de se retrouver sur le terrain de l'Ancienne Demeure, qui paraissait flotter dans la nuit comme un palais fantomatique. Arrivé à l'escalier, il posa la main sur l'un des grands piliers d'albâtre, hors d'haleine. La véranda était déserte et seul le vent faisait voleter des feuilles givrées entre les colonnes. La femme était invisible. Déçu et s'en voulant de l'avoir perdue, balayant avec agacement un vague pressentiment de danger, il gravit les marches.

Et soudain, dans la pénombre de la colonnade, il la revit. Son attitude donnait l'impression qu'elle l'attendait, alors qu'elle se retournait d'un mouvement vif vers la porte. La curiosité grandit en lui : c'était certainement un fantôme qui l'entraînait dans la maison. Il hésita encore. Était-ce imprudent d'y entrer ? Cela faisait un mois qu'il était guéri, et la douleur de la transformation, considérablement atténuée, prouvait que le traitement avait réussi et que le changement était définitif. Cela faisait des années qu'il n'avait pas eu besoin de ce que l'on appelle le courage. Jeune, avant la malédiction, il était arrogant et intrépide, animé d'une soif d'aventure. À présent, il avait envie de prendre des risques, de se mesurer aux périls du monde et de rejoindre ainsi le domaine des vivants. Et la maison contenait tant de souvenirs ! Il regretta alors qu'il faille la démolir. Il éprouva un vif besoin de parcourir une dernière fois ces pièces et ces couloirs. Il poussa la lourde porte et sursauta en l'entendant grincer comme un piège se refermant sur une bête sauvage.

Barnabas fut accueilli par un silence profond, comme si la maison était enveloppée d'une lourde cape de velours. Des odeurs familières lui montèrent aux narines : les tapis et rideaux moisis, l'épaisse poussière sur les meubles, les cendres froides et humides dans la cheminée. Il en sentit une autre, moins suffocante mais tout aussi ignoble : celle de la pourriture et de la mort, qui flottait dans l'air tel un ruban de fumée et semblait monter du sol, comme s'il y avait des rats morts de faim sous les lames du parquet.

Il traversa le salon où résonnaient ses pas et jeta un coup d'œil par les hautes fenêtres à vitraux. Croyant entendre un froissement, il se retourna et balaya la pièce du regard. Elle était déserte, seulement peuplée d'ombres. Le bruit résonna de nouveau. Il vit alors près de l'immense cheminée une boîte de longues allumettes renversées sur les briques, mais l'âtre était froid et sombre. Il ferma les yeux et tendit l'oreille. L'air lui semblait empli de vagues murmures et il attendit d'être certain de n'entendre rien d'autre que le battement sourd de son cœur.

Il retraversa le hall d'un pas décidé et monta le large escalier menant aux chambres où Joshua, Naomi, Jeremiah, Sarah et tant d'autres avaient dormi. Fantôme parmi les fantômes, il passa dans chacune d'elles, son regard s'attardant sur le souvenir d'un motif de tapis ou de tenture. Tous les tableaux et autres objets précieux avaient été emportés depuis longtemps. Mais sur les sièges ou par terre, il restait encore des papiers et des photos, des vêtements et bibelots – tous ces vestiges d'existences oubliées.

Accablé de tristesse, il jeta un coup d'œil dans la chambre de Josette. Le souvenir de son doux visage lui revint et il se rappela douloureusement la délicatesse de la main qu'elle donnait à baiser, la réserve de son regard lorsqu'ils avaient été présentés, ainsi que sa voix suave : « Mr Collins. Mon père me dit que vous venez d'Amérique et que vous êtes un gentleman d'un charme et d'une réputation enviés. C'est un plaisir de faire votre connaissance. »

Attiré dans le couloir vers les logements des domestiques, il se trouvait à présent devant la porte fermée de la chambre d'Angelique. Son cœur tressaillit alors qu'il lui semblait de nouveau entendre le même froissement accompagné d'une sorte de soupir. Il s'arrêta, puis, repoussant une stupide appréhension, tourna la poignée.

Il y faisait très froid car une fenêtre était restée ouverte. Barnabas se rappela les quelques fois où il y avait pénétré par le passé. La chambre était semblable aux autres, bien que plus petite et moins raffinée. Il se rendit compte avec un certain dégoût que ses rencontres avec Angelique avaient généralement eu lieu dans sa chambre à lui, au salon ou ailleurs dans la propriété. Il avait toujours répugné à venir ici et, quand il s'y résolvait, c'était toujours pour s'excuser.

Il se rappela la nuit où il lui avait demandé pardon, espérant qu'ils puissent être amis, disant qu'il aurait toujours de l'affection pour elle. Et, avec une séduction cruelle, elle avait vaincu sa résolution et l'avait attiré dans son lit. « Si toutes les promesses que nous nous sommes faites n'étaient rien d'autre que des mensonges, alors mentez-moi, avait-elle chuchoté. Mentez-moi encore. »

Frissonnant, il jeta un coup d'œil au petit lit aux coussins de satin, à la petite commode et à la tache ambrée laissée dans un flacon de cristal par du parfum évaporé. Il reconnut dans l'armoire un peignoir vert fané au col en dentelle. Sur une étagère, un gant solitaire et fripé était posé dans la poussière, près d'un chapeau orné d'une plume d'autruche.

Il allait repartir, quand le voilage de la fenêtre frémit. La brise qui agitait le rideau enfla et fit voleter les pages d'un petit livre posé sur une table près de la fenêtre, comme si une main invisible le feuilletait.

Il s'apprêtait à refermer la porte quand il réalisa l'absurdité de son geste : la maison allait être rasée au matin. Il eut un peu honte de s'être introduit, après toutes ces années, dans l'intimité d'une personne qu'il connaissait depuis si longtemps. Il aurait mieux valu laisser tout cela démoli et enseveli avec ses secrets. Cette petite chambre, songea-t-il, trahissait les origines roturières d'Angelique. Après tout, elle était née pour être une domestique et, malgré ses ambitions de fortune et d'aristocratie, rien dans cette chambre n'indiquait la moindre noblesse.

Pourtant, elle avait voulu être son épouse et même le forcer au mariage. Elle n'avait cessé de le harceler de ses insatiables désirs.

Tantôt, il l'avait tellement détestée qu'il avait comploté sa mort, et tantôt, il s'était langui d'elle. Parfois, il était convaincu qu'elle était la seule à comprendre son tourment, puisqu'elle en était la cause, à connaître ses secrets et le mal dont il souffrait. Dans ces moments-là, il se sentait à l'unisson avec elle et éprouvait quelque chose qui approchait l'amour – si tant est qu'il pût oser y penser. Si l'amour est le jumeau de la haine, seule émotion aussi ardente, alors il était vrai qu'il avait éprouvé pour elle un amour amer.

Il tendit la main vers la fenêtre. Il se mit à trembler, la maison était remplie de souvenirs terrifiants. Il n'avait plus la force de vingt hommes, ni l'indomptable pouvoir de l'apôtre du diable. Il était aussi vulnérable qu'un homme ordinaire, non seulement au danger matériel, mais à la peur. Il avait eu tort de venir ici. Il resta à la fenêtre, paralysé, craignant de bouger et brûlant de s'enfuir.

À nouveau, une brise glacée balaya la pièce. Les pages du livre bruissèrent et il entendit nettement un soupir, puis un gémissement sourd – comme de plaisir – suivi d'un autre soupir. Les poils de sa nuque se hérissèrent et il eut la certitude qu'elle était là.

Il se retourna et lorsqu'il la vit, le sang se glaça dans ses veines. Elle était allongée sur le lit, pourtant vide auparavant. Sous sa robe diaphane, il vit sa poitrine qui se soulevait et la gracieuse courbe de sa cuisse. Avec un sourire aguicheur et une lueur dans l'œil, elle leva ses bras nacrés. Il se ressaisit difficilement et recula vers la porte.

Il courut comme un possédé, trébuchant dans le couloir, et ne s'arrêta qu'une fois dans le salon. Il se précipita vers la cheminée, ramassa d'une main tremblante des allumettes et dut s'y reprendre à plusieurs fois en étouffant des jurons pour enfin en craquer une. Protégeant la flamme minuscule au creux de sa main, il s'agenouilla et l'approcha du rideau le plus proche.

Le velours élimé prit feu aussitôt et les flammes remontèrent jusqu'en haut de la fenêtre, explosèrent dans un sifflement et remplirent la pièce d'une lueur dorée. Il arracha le rideau et le traîna jusqu'à une tapisserie qui s'enflamma à son tour. À présent, le salon était devenu un enfer grondant et implacable. Quand soudain, dans le rugissement assourdissant des flammes, il entendit l'écho du rire glaçant d'Angelique.

Il prit ses jambes à son cou et s'enfuit dans la nuit, ne s'arrêtant qu'une fois revenu dans sa chambre à Collinwood. Là, bien à l'abri depuis sa fenêtre, il contempla le ciel nocturne rougeoyant tandis que l'Ancienne Demeure était la proie des flammes.

2

Le soleil inondait l'élégante salle à manger et faisait étinceler l'argenterie et la porcelaine sur la nappe immaculée. La maîtresse de maison de Collinwood, Elizabeth Collins Stoddard, sa fille Carolyn, son frère Roger et Julia prenaient déjà leur petit déjeuner en conversant à mi-voix, quand Barnabas apparut. Tous se turent.

– Belle matinée ! annonça-t-il d'un ton enjoué, ignorant l'atmosphère lugubre en s'installant et en dépliant une serviette sur son pantalon au pli impeccable.

Il se força à se concentrer sur le bouquet de narcisses et d'anémones au centre de la table, qui flottait comme une aquarelle impressionniste sur la nappe. Sa nuit blanche l'avait épuisé ; ses épaules étaient nouées et ses yeux le brûlaient. Mais il était bien décidé à se présenter sous son meilleur jour et il remercia poliment Mrs Johnson qui lui servait du café. Ce fut Elizabeth qui brisa le pénible silence.

– Barnabas, nous avons une affreuse nouvelle.

Il leva un regard perplexe. Elizabeth était encore une beauté. Ce matin, ses cheveux étaient tirés en arrière et elle portait le collier de perles qu'il aimait tant. Sa voix rauque avait l'accent traînant de l'aristocratie.

– De quoi s'agit-il ? demanda innocemment Barnabas.

– Vous allez être catastrophé, hélas ! répondit-elle.

Elle ressemblait encore à une débutante au bras de son père pour son premier bal. Elle avait, songea-t-il, le teint de porcelaine irlandaise de la tasse qu'il tenait, d'un blanc de neige translucide. Elle baissa ses longs cils sur ses yeux noirs et un pli soucieux se dessina sur son front.

– Qu'est-il arrivé, enfin ? Dites-moi, Elizabeth, je vous en prie !

– La nuit dernière… l'Ancienne Demeure a pris feu et été réduite en cendres.

– Vous plaisantez ! répondit Barnabas en se tamponnant les lèvres.

– Je m'étonne que cela ne vous ait pas réveillé.

– Eh bien, non. Je n'ai rien entendu. Quel malheur !

Il fut surpris de son don pour la mascarade. Les mensonges lui venaient facilement, comme s'ils avaient constitué la trame même de ses pensées.

– C'est Willie qui s'en est aperçu, continua Elizabeth. Il était levé avant l'aube, il a vu la fumée et réveillé Mrs Johnson qui est venue me l'annoncer. Nous avons appelé les pompiers, mais le temps qu'ils arrivent, il ne restait déjà presque plus rien.

– A-t-on pu… sauver quelque chose ? demanda Barnabas.

– La charpente, les colonnes. Mais l'intérieur est éventré, hélas. Oh, Barnabas, cela me fait tant de peine !

– C'est bouleversant, vraiment…

– Mon Dieu, mais pourquoi en faire toute une affaire ? demanda une voix méprisante à l'autre bout de la table. Nous sommes enfin débarrassés de cette vieille bicoque.

Roger, le patriarche de la famille, d'une blondeur argentée et patricienne, s'exprimait avec le dédain glacial et les inflexions d'un acteur shakespearien. Ses gros sourcils blonds perpétuellement froncés étaient le seul trait dérangeant de son visage parfaitement ciselé.

– Je croyais, mon cher, t'avoir entendu dire qu'elle devait être démolie aujourd'hui ?

– Oui, en effet, convint Barnabas. Les ouvriers doivent arriver dans la matinée. Cela ne fera que leur faciliter la tâche, j'imagine. (Il fut surpris de son ton affable. Comme si quelqu'un d'autre parlait à sa place.) À présent, ils n'auront plus qu'à tout dégager au bulldozer.

– Voilà qui tombe merveilleusement bien, alors, observa Roger.

Au même instant, un robuste adolescent blond d'une quinzaine d'années surgit dans la pièce et se glissa à sa place.

– Je veux aller à l'Ancienne Demeure ! Quand puis-je aller la voir, tante Elizabeth ? s'écria-t-il en s'emparant d'un feuilleté à la cannelle.

– Pas avant que nous soyons sûrs que le feu soit bien éteint, David, répondit-elle.

– Mais je veux chercher des souvenirs dans les cendres !

– Et moi, je tiens à ce que tu étudies auparavant, répondit-elle sévèrement.

David se renfonça dans sa chaise en gémissant. Elizabeth se tourna vers Barnabas :

– Comment le feu a-t-il pu prendre, d'après vous ? Il n'y a pas eu de foudre, cette nuit. C'était la pleine lune et le ciel était dégagé.

– Peut-être que l'Ancienne Demeure a choisi seule sa façon de mourir, dit pensivement Carolyn.

C'était une fille nerveuse qui s'ennuyait facilement, gâtée par sa situation et éternellement insatisfaite. Ce qui la distinguait des autres filles – en dehors de ses pâles yeux bleus et de sa langue bien pendue – et la rendait douloureusement belle, c'étaient ses longs cheveux blonds qui tombaient en une lumineuse cascade sur ses épaules.

– Plus tôt nous aurons vendu le terrain, mieux ce sera, poursuivit Roger. À un jeune couple de cadres supérieurs, sans doute, qui construiront une monstruosité moderne, un temple dédié aux signes extérieurs de richesse, et qui donneront des réceptions merveilleusement ennuyeuses. Il va sans dire que nous serons tous invités et qu'ils éprouveront le besoin de passer leurs ritournelles insipides.

– Eh bien, oncle Roger, tu n'auras pas à y aller, répondit Carolyn, que rien ne pouvait plus combler qu'une soirée rythmée d'une musique atroce. Alors, cousin Barnabas, qu'est-il arrivé, selon vous ?

– Je vous demande pardon ?

– Qu'est-ce qui a déclenché l'incendie ?

– Eh bien, je n'en ai aucune idée.

Son col amidonné avait commencé à l'étrangler et il regretta d'avoir tenu à être élégant d'aussi bon matin.

– Vous êtes sûr que vous n'êtes pas allé subrepticement faire vous-même le sale boulot pour économiser le coût de la démolition ?

Barnabas fut surpris qu'elle approche autant de la vérité. Voyant la lueur amusée dans son regard et son sourire finaud, il hésita. Peut-être que la vérité valait mieux. Quelle importance ? Mais il ne put la dire.

– Je pense que les démolisseurs seront nécessaires de toute façon, pour déblayer les décombres, se surprit-il à répondre.

– Ils viennent avec une de ces grues géniales qui ont une grosse boule en acier ? demanda David.

Elizabeth le fit taire d'un froncement de sourcils.

– Vous devez y aller au plus vite, Barnabas, pour déterminer les causes de l'incendie, dit Roger.

– Pourquoi devrait-il y aller ? s'alarma Julia.

– Pourquoi ? Mais parce que nous n'avons pas envie qu'on raconte qu'il y a un incendiaire qui rôde, que le shérif s'en mêle, ce genre de choses.

– Mais Willie a déjà dit à Elizabeth qu'il ne restait presque plus rien. Barnabas n'a sûrement pas besoin de…

– C'est évident que Barnabas se doit de s'en occuper. Nous avons eu plusieurs enquêtes depuis que le terrain est à vendre. Tout ce qui peut affecter le prix de vente devrait vous préoccuper aussi, Julia, si vous devez faire partie de cette famille, ironisa Roger avec irritation.

Il dissimulait mal son impatience de voir Barnabas s'intéresser aux affaires, depuis son arrivée sous l'identité d'un lointain cousin d'Angleterre avec des prétentions sur la fortune familiale. Et à présent, les intentions de mariage l'inquiétaient plus encore.

L'attention de Roger mit Barnabas mal à l'aise. Sa gorge se serra et son col l'étrangla de plus belle. Son traitement avait constamment entraîné des compromis et des excuses, et naturellement, son absence durant toute la journée n'avait fait qu'agacer Roger et l'amener à mettre en doute l'intégrité de Barnabas et ses motivations.

– Je tiens à ce que vous vous renseigniez et que vous alliez en ville dans l'après-midi. Nous avons une réunion à mon bureau. Nous devons discuter de bien des choses, pas seulement de l'incendie.

– Mais Roger, Barnabas sort d'une grave maladie, dit doucement Elizabeth à son frère. Il a besoin de temps pour se remettre, n'est-ce pas, Julia ?

– Oui, c'est exact, opina celle-ci en s'efforçant de garder un ton calme et professionnel. Il ne faudrait surtout pas qu'il rechute. Il lui faut du temps et du repos. Mais surtout l'affection et le soutien de sa famille.

Elle sourit à Roger en réponse à son regard irrité. Mais ce dernier l'ignora, jeta sa serviette et se leva de table en se tournant vers Barnabas.

– Vous avez organisé cette démolition malgré mon avis, si je ne m'abuse. Je pensais qu'il valait mieux vendre l'Ancienne Demeure comme monument historique. À présent, c'est devenu une horreur. J'imagine que les ouvriers sont toujours censés venir. Je vous serais reconnaissant de vous occuper du problème aujourd'hui. À condition que cela ne vous fatigue pas trop.

Sur ces mots, il tourna les talons et sortit.

C'est une Julia angoissée qui conduisit Barnabas sur la longue allée bordée d'une colonnade de platanes. Il redoutait la suite des événements et essaya de se vider l'esprit, le temps d'arriver sur les décombres fumants.

Ils descendirent de la Bentley. C'était une chaude matinée de printemps et des milliers de jonquilles dodelinaient en grappes jaunes ; les fleurs blanches des cornouillers flottaient comme des nuages, si délicats qu'il en eut le cœur serré. Barnabas était heureux de savourer la lumière du jour et tous les bonheurs que cela comportait, mais il n'arrivait pas à échapper à la mélancolie qui le rongeait. Il soupira et Julia lui prit la main.

– Alors, tu n'as rien entendu ? Tu dormais à poings fermés ? demanda-t-elle.

– Bien sûr, je dors toujours ainsi, répondit-il distraitement.

Elle savait que c'était tout le contraire et il perçut son inquiétude. À mesure qu'ils s'approchaient, la raideur de ses épaules s'accentua et le sang commença à lui battre les tempes.

De la fumée s'élevait des décombres calcinés, mais il restait encore des morceaux de la balustrade de fer du toit et il vit les énormes colonnes toujours debout, avec leurs chapiteaux, comme une longue file de sentinelles encerclant la maison, une quarantaine de gracieux piliers soutenant le toit au-dessus des vérandas.

– Barnabas, essaie de ne pas te laisser bouleverser.

– Mais Julia, je ne suis pas du tout contrarié, dit-il du même ton distrait, alors que sa poitrine était prisonnière d'un étau et que l'air lui brûlait les poumons.

Même lui était étonné de son calme apparent. La nuit, les visions et les démons commençaient à n'être plus qu'un vague souvenir. Un oiseau chanta non loin, un cri flûté, puis une trille et un rapide caquètement. Cela aurait pu être trois oiseaux différents, mais Barnabas se rappelait ce chant.

– Écoute, dit-il. C'est un moqueur qui répète tout son répertoire.

Julia sourit et lui prit le bras alors qu'ils avançaient vers la maison. Des braises rougeoyaient encore et une odeur âcre s'élevait des décombres. Barnabas enjamba gauchement les débris, reconnaissant çà et là des fragments de meubles, mais il fut soulagé de constater que presque tout était détruit. Il était difficile de distinguer la trace des murs, et l'immense cheminée n'était plus qu'un tas de briques noircies. Pendant tout ce temps, le moqueur continuait de chanter. Barnabas l'aperçut qui agitait sa queue, perché tout en haut du squelette de la cheminée.

Au bout d'un quart d'heure, ils n'avaient rien trouvé d'important et avaient les mains noires de suie.

– Comme tu l'as entendu au petit déjeuner, dit finalement Barnabas, je suis censé aller au bureau de Roger cet après-midi. Aurais-tu une raison de te rendre en ville ? Si c'est le cas, tu pourrais m'accompagner.

– Rien d'urgent, mais je serai heureuse de venir avec toi, dit-elle. Et les ouvriers ?

– Ils n'ont pas l'air de venir, non ? Partons.

Pensant qu'il n'aurait peut-être plus jamais à revenir sur les lieux, il se dirigea vers la voiture. C'est alors que Julia se baissa et examina quelque chose par terre. À contrecœur, Barnabas revint sur ses pas et l'imita. Il fut surpris de voir un petit livre, couvert de suie mais intact. Il le ramassa et le retourna dans ses mains.

– C'est impossible qu'il ait résisté alors que tout le reste a brûlé, s'étonna Julia.

– Et pourtant, il est bien là. (Il ouvrit les pages jaunies qui craquèrent et jeta un coup d'œil.) Ce n'est qu'un carnet d'écolier, dit-il.

– À qui appartenait-il ? Tu peux le savoir ? demanda-t-elle en regardant par-dessus son épaule.

Les premières pages étaient couvertes de griffonnages, comme s'il s'agissait d'exercices d'écriture. Ils eurent du mal à les déchiffrer.

La mer est infinie. Infinie est la mer. Des îles au loin. Cela commence avec la marée. Blottie en moi, sans rythme, seulement une poussée des flots. Des îles au loin. Une autre et une autre. Certaines avec des montagnes jusqu'au ciel. Certaines rondes comme le corps d'une femme. Certaines plates avec des arbres tous penchés du même côté, leurs branches dressées comme des doigts qui cherchent à échapper au vent.

Les religieuses nous apprennent à écrire, mais la leçon doit être en anglais. Sœur Luciana dit que je gâche le papier.

L'île où je naquis s'appelle Madinina. Cela signifie « île aux Fleurs ». Mais ma mère l'appelle *pays des Revenants**[1].

Les Français arrivèrent sur cette île en 1684. Saint-Pierre fut la première ville de Martinique. Les navires venaient pour la canne à sucre.

Gloire à Notre Père Tout-Puissant, créateur du ciel et de la terre.

– Eh bien, j'ai peine à le croire ! s'exclama Julia. Il devait être à Angelique !

– Quoi... ? fit Barnabas en frissonnant.

– C'est là-bas qu'elle est née, aux Antilles. À la Martinique. Elle était la servante de Josette avant qu'elles n'arrivent en Amérique.

– Mais comment son carnet d'enfant aurait-il pu arriver dans l'Ancienne Demeure ? murmura Barnabas en feignant l'indifférence. En souvenir, conclut-il, les doigts gourds, en continuant sa lecture.

Je ne vois pas le vent, mais il est là. Qui joue avec le vent ? Les moulins, cerfs-volants, ombrelles, voiles, pages de livres, drapeaux, jupes, linge étendu, chapeaux, fleurs, cheveux, nuages, brume, brouillard, frégates, arbres et branches.

Le Seigneur est mon Berger. Je ne convoiterai point... Qu'est-ce qu'un berger, alors qu'il n'y a ici que chèvres et cochons ?

– C'est un journal, décida Barnabas en feuilletant les pages desséchées. Vois comme il est épais.

– Barnabas, jette-le, dit Julia. Je ne crois pas qu'il faille le lire. Les souvenirs sont trop douloureux pour toi. L'incendie de l'Ancienne Demeure est un choc, dans ton état, et tu es trop vulnérable en ce moment.

Le moqueur poussa une nouvelle trille et Barnabas, qui était pourtant tout à fait d'accord avec elle, se surprit à répondre.

---

1. Les mots en italique suivis d'un astérisque sont en français dans le texte original *(N.d.T.)*.

– Mais Julia, c'est assez remarquable, avoue.

– Je trouve que ce texte est l'œuvre d'une enfant extrêmement triste et solitaire.

– Mais impressionnante… précoce… Écoute…

Captivé par le carnet, il poursuivit sa lecture à haute voix :

La mer n'a pas de rythme. Ma mère m'a fait une lunette sous-marine avec un seau dont le fond est en verre, et elle l'a placé à la surface de l'eau. Quand je regardai dedans, je vis l'autre monde. J'entendais le cliquetis des poissons mangeurs de corail et je sentais la houle. Le vent de la mer est invisible, il pousse, il tire, il tressaute.

– C'est extraordinaire, non ? Comment une enfant aurait pu écrire quelque chose d'aussi lyrique ? s'extasia l'homme.

– Barnabas, jette-le. Tu ne devrais vraiment pas lire quelque chose écrit par Angelique, si c'est bien à elle. Sa présence est trop puissante et…

– Attends. Écoute…

Les tam-tams sont comme le bruit du ciel. Ils sont le tonnerre. Les tam-tams se parlent. Ils parlent de vent et de pluie. Des orages d'Afrique. Le rythme est dans les tam-tams. Le battement du cœur. Les Noirs jouent la musique de l'époque du tonnerre.

– Cela ne ressemble pas à l'Angelique que nous connaissions, n'est-ce pas ? dit Barnabas en rangeant le carnet dans sa poche de veste.

– Laisse-le ici.

– Je veux le garder. Un peu. Je veux le feuilleter plus en détail. Viens, rentrons. À ton avis, que font les ouvriers ?

– Jette ce journal, Barnabas. Ou bien donne-le-moi !

– Mais pourquoi, enfin ?

– Il est… J'ai le sentiment que c'est dangereux.

– C'est absurde. Je suis curieux, c'est tout. S'il a le moindre effet sur moi, je le jetterai à la poubelle. Et puis, nous en avons fini de cette époque sombre, Julia. Les malédictions sont rompues. Allons, ne discute pas. Vois, le soleil brille !

Alors qu'ils repartaient dans la Bentley noire, il sentit qu'il se détendait et s'enfonça dans le siège. Il était épuisé d'avoir dû rester sur ses gardes et cacher le forfait qu'il avait commis durant la nuit.

Il ouvrit les yeux et regarda Julia comme s'il la voyait pour la première fois. Il fut envahi d'une affection sincère. Elle portait un manteau en poil de chameau, une couleur qui allait bien avec ses cheveux bruns. Son visage était plus âgé, oui, mais après tout, le sien aussi. La ligne anguleuse de ses pommettes et de sa mâchoire lui donnait un air sévère, mais il songea à la compassion qui animait toujours son regard et lui apportait du réconfort. Oui, c'était cela, du réconfort, simplement. Elle était sa vieille confidente et n'avait jamais cessé de l'aimer.

Sa vie s'étendait devant lui comme une longue route dont il voyait la fin : le mariage avec Julia, la respectabilité et la sécurité, s'occuper enfin des affaires familiales des Collins et connaître la réussite financière. Elle ferait une excellente partenaire, elle était si sensée et désintéressée ! Les enfants, c'était hors de question, mais cela ne le dérangeait pas particulièrement. David était encore jeune et avait besoin d'un tuteur s'il devait reprendre la propriété une fois en âge. Les années passeraient. Julia et lui vieilliraient ensemble. Après avoir subi les crimes du plaisir et goûté une immortalité au prix trop élevé, Barnabas se satisfaisait de cette humble et douce existence ; c'était tout ce à quoi il aspirait.

Julia sentit son regard et se tourna vers lui en souriant. Il lui prit la main – elle tenait le volant de l'autre – et lui baisa le bout des doigts. Au même instant, un nuage passa devant le soleil, et, jusque-là baignées de lumière, les cimes des arbres s'assombrirent.

Une fois seul dans sa chambre, Barnabas sortit le carnet de sa poche. Il l'avait gardé pour le brûler, mais il fut surpris d'éprouver une telle impatience à l'ouvrir. Beaucoup de pages étaient écrites en français, la langue maternelle d'Angelique, qu'il lisait sans peine. Mais il y avait aussi de nombreux passages en anglais hésitant. Peut-être que les religieuses lui avaient enseigné les deux. Il se souvint de l'accent anglais d'Angelique, assez distingué. Il s'assit près de la fenêtre et commença à lire. Pouvait-il apprendre quelque chose de ce journal enfantin ? Quelque chose qui révélerait la véritable nature de celle qui l'avait tant tourmenté ?

J'étais une sirène, brune comme les voiles d'un navire, brune comme les pétales du magnolia tombés sous les feuilles, brune comme les graines, comme les ailes des goélands au couchant. C'est seulement plus tard que je devins blanche. Après qu'on m'eut enfermée dans la chambre. De la pierre contre les ouragans. Le vent à ma fenêtre me fit perdre ma couleur brune et ma peau devint blanche comme le riz. C'est parce qu'on m'avait enveloppée et nourrie de sucreries. Mes pieds devinrent tendres. Je ne pouvais plus marcher sur le corail.

Ma mère me tenait la main dans l'écume. C'est le berceau salé, le vent sous-marin invisible qui tire, pousse et revient. J'aime le monde sous la mer. Ma mère me dit : « Cette fois, tu es née de l'eau. »

Il existe de petits calamars couleur d'arc-en-ciel qui nagent à reculons les bras croisés. Je sais le faire. Aujourd'hui, j'ai vu une tortue à la carapace mouchetée marcher au fond de l'océan. Et hier, j'ai vu un banc de minuscules poissons argentés qui jaillissaient comme une cascade. Quand j'ai nagé vers eux, le banc a explosé en une pluie d'étoiles. Et en bas dans la pénombre, le requin était immobile, si immobile !

Ma mère balaie la poussière dans les coins de la chambre. Elle laisse sur le seuil un bol d'eau pour prendre les mauvais esprits au piège. Il n'y a pas de miroirs. Pourquoi est-il venu à moi ?

Les murs de notre petite maison sont peints en orange avec des volets mauves et un toit de feuilles. Toutes les fenêtres donnent sur la mer. Des gens viennent voir ma mère quand ils sont malades et elle les guérit. Elle sait s'y prendre. Elle a un sac où elle range sa magie. Je sais qu'elle a estimé qu'il était mieux pour moi de partir avec lui.

Sœur Claire me laisse lire le recueil de poèmes quand la leçon est terminée. Celui que je préfère est de John Milton.

La mer est aussi profonde dans le calme qu'elle l'est dans l'orage.

3

Quand elle fermait les yeux, Angelique pouvait voir son propre cœur, petit et gris, poli comme un galet par la mer. Mais aujourd'hui, son cœur était comme un oiseau qui se débat le long des parois d'une grotte obscure. Son esprit s'échappait vers les grottes du bord de l'eau et elle voulait être là-bas, sous les hauts rochers avec le soleil qui entrait à flots. En rêve, elle retourna au bord des criques turquoise et des vagues écumantes, où grouillent les petits crabes rouges, et elle nagea entre les algues.

Aujourd'hui, quelque chose lui paraissait cruel, elle ne méritait pas d'être grondée. Elle était une enfant sauvage que nul n'avait jamais domptée ni menacée. La mer lui avait enseigné la prudence – comment flotter avec le courant et éviter les coraux de feu, les poissons-scorpions à la piqûre mortelle et la morsure de la murène.

La main de son père était rêche comme un rocher couvert de bernicles et ses ongles s'enfonçaient dans sa paume. C'était comme une pince de crabe géante qui broyait ses doigts menus, la tirait quand elle ralentissait, la forçait à marcher plus vite que ne le pouvaient ses petites jambes. Elle le suivait en courant sur la route boueuse, trébuchant dans les flaques, son sac rempli de livres tressautant à chaque pas. Son père la pinça en la hissant sur la carriole.

– Je veux être fier de toi, la prévint-il dans un chuchotement. Ne pleure pas.

Mais quand il la regardait, elle avait l'impression qu'il ne la voyait pas.

Le Noir fouetta le cheval et la carriole s'ébranla. Angelique baissa les yeux sur sa robe blanche qui collait à ses jambes moites, la grand-robe qu'elle n'avait jamais le droit de porter, qui était toujours accrochée dans un coin sombre de la maison. La jupe était ornée de fleurs rouges et d'un galon de dentelle. Elle toucha le relief des feuilles brodées, les courbes satinées des coquelicots et réprima un frisson d'orgueil. D'autres filles portaient des robes blanches, mais la sienne était la plus jolie.

– Mais maman, c'est la grand-robe que tu gardes pour le carnaval.

– Prends garde, elle va se déchirer, avait dit sa mère. Elle est en batiste.

Elle leva les yeux vers son père. Pourquoi était-il venu la chercher aujourd'hui ? Que voulait-il d'elle, ce père qu'elle voyait rarement ? Sa mère lui avait dit qu'il l'emmenait à Saint-Pierre habiter avec lui. Alors pourquoi lui avait-il si peu parlé ?

– Père, où allons-nous ?

Elle avait entendu sa mère l'appeler d'une voix douce à travers les rochers mouchetés de soleil. Elle avait couru sur le sable, espérant une friandise, un morceau d'ananas sucré.

– Maman ! J'ai vu le turbot ! Avec ses taches bleues et argent et ses deux gros yeux sur le dessus ! J'ai plongé, je l'ai touché et il s'est enfui !

Mais sa mère s'était contentée d'arracher son pagne de coton fané et d'essuyer le sable sur sa peau. Puis elle avait sorti la grand-robe et la lui avait enfilée. Avec de l'huile, elle lui avait foncé les cheveux, qui étaient trop jaunes, décolorés par le soleil et emmêlés comme les algues avec lesquelles elle nageait.

– Tu me fais mal quand tu me peignes !

Sa mère les avait tirés et noués avec des rubans de couleur. Angelique vit son reflet dans la fenêtre et se trouva transformée en une créature exotique, comme un poisson de récif aux nageoires transparentes et aux branchies rosées.

– Je n'aime pas cela. C'est trop apprêté.

Puis elle s'était retournée et avait vu les larmes briller dans les yeux de sa mère.

Son père était une ombre noire, comme une silhouette de papier découpée sur le ciel bleu, ses hautes épaules enserrées dans son manteau noir, son nez crochu comme un gros bec, sa barbe comme des algues sèches. Mais elle vit que c'était un Blanc, malgré ses yeux et ses cheveux d'un noir de charbon. C'est pour cela qu'il ne venait jamais les voir, elle et sa mère. Parce qu'elles étaient des *femmes de couleur* et que sa mère était la fille d'un esclave.

Il était venu une fois lorsqu'elle était toute petite. Il l'avait prise sur ses genoux, l'avait embrassée et écoutée rire. Elle avait joué avec sa barbe et touché son grand front perlé de sueur.

– Tu as des yeux si changeants, avait-il dit.

– Des yeux changeants comme la mer, avait fièrement répondu sa mère.

En grondant, son père avait saisi sa mère par le poignet et l'avait attirée à lui.

– D'où les tient-elle, ces yeux, Cymbaline ? avait-il sifflé. Tu disais qu'elle était de moi !

Sa mère l'avait regardé sans peur. Ses cheveux étaient noués dans un foulard éclatant dont les pointes se dressaient sur sa tête comme des flammes.

– Ne le vois-tu pas ? Elle est de toi, ça oui. Comment oses-tu en douter ? Elle porte ta marque.

Son père avait soulevé sa robe et regardé l'arrière de sa cuisse. Elle portait une tache de naissance – une tache de vin en forme de serpent enroulé. Il l'avait frottée avec son pouce, avait haussé les épaules puis soupiré en la reposant à terre.

Le vent soufflait en rafales et la route, creusée d'ornières, était difficile. Les palmes agitaient leurs longues frondes. Son père transpirait sous son lourd manteau. Elle sentait son odeur musquée, bien différente de celle de la mer, renfermée, humide et moisie comme l'intérieur d'une tour de pierre. Les souliers en cuir noir que sa mère l'avait contrainte à enfiler la faisaient souffrir. Elle n'en portait jamais et ses pieds étaient aussi durs que l'écorce. Elle cessa de croire que ses rubans étaient jolis : ses cheveux trop tirés lui faisaient mal. Qu'avait-il dit à sa mère ? « Je veux qu'elle ait le meilleur. Elle a la peau claire et peut passer pour blanche. Mais je ne veux pas que tu viennes tout gâcher. »

La pluie tombait à verse. Chaude, lourde du parfum des frangipaniers. Tout le long des routes, les fleurs cinglées par l'orage pendaient, meurtries et décolorées. Elle se demanda si ce serait une grande tempête, de celles qui déracinaient les arbres et arrachaient les toits, les envoyant voler dans le ciel comme de grands oiseaux. De ces ouragans qui jetaient des vagues hautes comme des maisons sur les falaises et réduisaient les goélettes en miettes, fracassées sur les écueils de la baie.

– Pourquoi ma mère n'a-t-elle pas pu venir ?

– Elle… a décidé que le moment était venu pour toi d'habiter avec moi.

La pluie tombait sans relâche, le ciel était gris pâle et la mer crépitait sous les gouttes. Elle contempla le port alors que la carriole avançait lentement sur la route de Saint-Pierre.

Angelique avait hâte de voir les navires. Parfois, il y en avait jusqu'à cinquante dans la baie, toutes voiles dehors, leurs hautes proues soulignées d'or, leurs pavillons éclatants claquant au vent. Mais aujourd'hui, ils étaient rares, blottis et trempés dans l'anse abritée, les voiles pour certains déchirées, pour d'autres pliées comme les ailes brisées des chauves-souris géantes qui peuplaient les grottes.

À la dérobée, elle jeta un regard à son père. Il était prostré dans un coin de la carriole, la tête rentrée dans les épaules. Rassemblant son courage, elle demanda en hésitant :

– Est-ce une grande maison, père ?

Il sursauta et la considéra en fronçant les sourcils.

– Oui, elle est grande, dit-il d'une voix grave. Je pense. Assez grande.

– Est-elle en bois ?

– Elle est en pierre.

Elle décida de chercher du regard la maison pour apaiser la désagréable sensation qui lui nouait le ventre. Peut-être la reconnaîtrait-elle en la voyant. Elle se demanda si elle serait grandiose et si l'école serait proche. Elle sentait le sac de livres et de vêtements posé à ses pieds. Elle était heureuse d'avoir apporté son journal afin de le montrer à sa mère quand elle viendrait en visite. Angelique repensait à ce qu'il lui avait dit.

« Je ne veux pas que tu viennes tout gâcher. »

Le cheval tourna dans une rue neuve, aux pavés bleutés. Elle fut secouée, mais c'était moins déplaisant que les cahots sur la route boueuse. Ils passèrent devant des entrepôts ruisselant de pluie, dont les arches et colonnades moroses s'ouvraient sur les quais déserts.

Sous les auvents, elle vit un groupe d'esclaves fraîchement arrivés et encore enchaînés. Avec leur peau noire et leurs vêtements sales, ils étaient presque invisibles dans la pénombre où ils étaient serrés les uns contre les autres. Mais elle distingua des jambes, certaines puissantes, d'autres menues – celles d'enfants –, et les jupes colorées des femmes. Elle avait vu des esclaves vendus aux enchères. Peut-être y aurait-il une vente demain et la laisserait-on y aller.

– Avez-vous des esclaves ? demanda-t-elle.

Son père se renfrogna, comme préoccupé par autre chose, puis il grommela :

– Des esclaves… Oui, bien sûr.

– Combien ?

– Trop. Pas assez.

Le garde de l'entrepôt était assis dans une petite guérite face au port, à la lueur vacillante d'une lampe à pétrole. Alors que leur carriole passait devant, l'homme qui la conduisait se pencha au-dehors sous la pluie et cria une insulte à l'un des

Noirs. Il lui donna un coup de son lourd fouet et l'esclave se réfugia dans la pénombre.

– Oh, cet homme les fouette !

– Faute de quoi, ce sont des diables.

Elle éprouva soudain de la pitié pour ces esclaves, contraints à l'humiliation et à un labeur éreintant. Sa grand-mère maternelle avait été affranchie, car elle avait donné naissance à une fille à la peau claire. Comme c'était affreux de ne pas être libre ! Puis elle pensa aux grottes et aux récifs où elle pouvait devenir une nymphe parmi les algues, libre comme le ressac. Elle se demanda dans combien de jours elle pourrait retourner nager là-bas.

La carriole entra dans la rue principale de Saint-Pierre. Çà et là, un volet mal accroché battait dans le vent, mais la plupart étaient solidement fermés en prévision du grain. Un ouragan devait être en route, songea-t-elle, en se demandant si sa mère serait à l'abri dans leur petite case. Elle espéra qu'elle ne manquerait pas de bloquer les stores et de poser un pot sur le plancher sous le trou du toit.

Elle toucha le porte-bonheur accroché à son cou. À travers la boule de cuir souple, elle sentait le minuscule crâne de serpent. Elle l'avait vu lové sous la table juste avant que sa mère le tue.

– Quel joli serpent ! s'était-elle écriée. Puis-je le prendre ? On dirait un brin d'herbe ! Est-il venimeux, maman ?

– C'est un fer-de-lance sorti à cause de la pluie, avait murmuré sa mère. Venimeux, oui. Mais c'est un bon signe pour toi, ma petite. Il fera un puissant *ouanga.*

Le ruban vert s'était enroulé autour du poignet de sa mère qui le tenait derrière la tête et le forçait à ouvrir la gueule pour l'appuyer sur le rebord d'un verre. Elle avait pressé sa glande à venin pour en recueillir quelques gouttes couleur d'ambre trouble. Puis elle lui avait arraché la langue et l'avait posée près du verre, où elle avait continué de se tortiller comme un minuscule lézard sur le bois blanchi. Après quoi, elle avait égorgé le serpent. Angelique n'avait pas été effrayée le moins du monde. Au contraire, cela l'avait fascinée. Les pouvoirs de sa mère étaient ce qu'elle connaissait de plus merveilleux. Chaque fois qu'elle faisait de la magie, Angelique la regardait et mémorisait.

Quand elle eut terminé le *ouanga*, elle le noua autour du cou d'Angelique.

– Voilà, mon enfant, cela te protégera.

– Pourquoi tes mains tremblent-elles, maman ? Et où sont tes chansons ? Sont-elles coincées dans ta gorge ?

Sa mère la prit sur ses genoux.

– Partir a toujours été mon rêve, ma chérie, dit-elle à mi-voix en lui caressant les cheveux. Tu auras une vie meilleure que je ne pourrais jamais te donner.

– Dois-je m'en aller ?

– Oui…

– Mais j'aime être avec toi au bord de la mer.

– Tu seras une fille de planteur, ma chérie, avec un manteau de velours et un lit à baldaquin. Tu iras dans une bonne école, pas ce couvent solitaire avec ces vieilles religieuses. Tu auras de jolies amies, de la musique et… du chocolat.

Elle la serra désespérément contre sa douce poitrine en réprimant un sanglot.

– Comment, maman ? s'écria Angelique. Pourquoi pleures-tu ?

– Ma précieuse enfant… ma vie… mon cœur… Si seulement tu n'étais pas un tel ange…

Puis son père l'avait emmenée.

Ils prirent une longue avenue bordée de tamariniers. Cette partie de la ville était toujours belle, même sous la pluie, tout en pierre et pavés, toits de tuiles rouges et fenêtres en ogive. Ils passèrent devant les arches et le double escalier du théâtre. Des affiches peintes annonçaient un opéra de Paris accompagné d'un ballet oriental. Son cœur battit. Son père l'y emmènerait-il ? Elle n'imaginait rien de plus merveilleux.

– Pouvons-nous aller au théâtre, père ? Quand je serai grande, je veux être danseuse !

Il grommela sans répondre. Elle pensa qu'il était fâché ou qu'il n'avait plus envie de l'avoir auprès de lui. Peut-être se disait-il qu'elle ne voulait pas le suivre à cause de son silence durant tout le trajet.

– Saint-Pierre est une ville agréable. Elle est si colorée, comme les coraux, dit-elle le plus gaiement qu'elle put. Je suis heureuse que vous m'ayez amenée ici. (Il ne répondit pas.) Laquelle est notre maison, père ? Je veux deviner ! Dites-moi quand nous serons tout près.

Les maisons à façade de plâtre jaune pâle, abricot ou pêche promettaient une vie différente, qu'elle n'imaginait que d'après les récits de sa mère : des trésors venus d'ailleurs, meubles incrustés, statues de bronze, robes de soie et de velours, violons et clavecins, parfums, cristaux et gâteaux délicieux. Sa mère lui avait dit que les volets fermés abritaient des bibliothèques de livres reliés en cuir à la tranche dorée, des théières en argent et des tasses en fine porcelaine, tout ce qui faisait la vie rêvée des riches familles de planteurs.

Sa mère lui avait aussi dit que certaines mulâtresses vivaient avec les planteurs et leur donnaient des bâtards en échange d'une vie plus douce. Sa mère aurait pu le faire. C'était une belle femme vive, dont beaucoup d'hommes s'éprenaient. Mais elle était trop fière. Non, ce n'était pas la seule raison. Elle avait choisi une autre voie, celle de guérisseuse, et avait pu conserver sa liberté ainsi.

– Notre maison se trouve-t-elle dans cette rue, père ? demanda-t-elle avec espoir.

La pluie tambourinait sur la chaussée et l'eau s'y déversait en torrent. L'air était âcre, les rues étaient désertes, et ils ne s'arrêtaient toujours pas. Quand elle fut lasse d'attendre, la carriole prit une petite rue à la sortie de la ville.

– La maison n'est pas à Saint-Pierre ? demanda-t-elle.

– Non, dit-il avec un regard glacial. Pas à Saint-Pierre.

– Où allons-nous, alors ? demanda-t-elle, déçue.

– Dans les collines.

Elle se renfonça sur son siège en réprimant son dépit. Elle entendait le crissement des roues, le cheval qui renâclait et, de temps en temps, le fredonnement du Noir qui conduisait, son dos nu ruisselant de pluie. Elle ferma les yeux et se rappela que lorsqu'elle plongeait dans la mer à la recherche d'un poisson précis, un poisson-ange ou un poisson-perroquet, elle n'en voyait jamais. C'était seulement quand elle abandonnait ses recherches et se laissait flotter dans l'ombre du récif qu'elle tombait sur une créature rare et magnifique qu'elle n'avait encore jamais vue. Elle décida de ne plus poser de questions et d'attendre. À présent, c'est à lui qu'elle appartenait. Elle finit par s'endormir, laissant sa tête reposer, confiante, sur le bras de son père.

Alors qu'ils quittaient la route et prenaient un chemin menant au bout d'une péninsule, le fracas de la mer sur les rochers en bas de la falaise la réveilla. La pluie avait cessé et au-dessus de la mer le ciel brillait d'une lueur argentée. Le cheval trébucha sur les pierres du sentier et elle tomba en avant. Son père la rattrapa et la tint contre lui. Elle leva les yeux et, surprise, le vit contempler le lointain avec un air soucieux. Elle suivit son regard et son cœur cessa de battre un instant.

Un édifice massif s'élevait sur un promontoire rocheux au-dessus de l'eau. En grosses pierres couvertes de mousse, il était ceint d'une muraille. Elle connaissait cet endroit. Elle se rappelait les histoires que sa mère lui racontait pour l'endormir.

– Autrefois, c'était une grandiose demeure. Les pierres avaient été amenées par bateau de France. On avait aussi fait venir des charpentiers et des artisans. Ah oui, c'était un beau manoir, bâti par un homme fortuné, qui le voulait pour sa tendre promise. Mais la pauvre âme mourut la veille de sa nuit de noces. Il fut ensuite laissé à l'abandon, puis transformé en habitation, avec des champs de canne. C'est là que le moulin fut construit, ainsi que la chapelle et le quartier des esclaves. Ils y travaillaient dans la chaleur jusqu'à la mort. Ils donnaient leur vie pour le sucre.

– Qu'est-il arrivé au riche gentilhomme ? avait-elle demandé.

– Il fut tué par ses propres esclaves. Il mourut pour ses péchés, en vérité. Oh, cette maison a une longue et horrible histoire.

Angelique était de plus en plus angoissée à mesure que la carriole roulait vers le menaçant édifice.

– Ce n'est pas notre maison, n'est-ce pas ?

– Et si.

– Mais elle est si sombre et si lugubre !

Quand l'esclave arrêta le cheval, son père sauta à terre, vint à sa portière, la prit dans ses bras et la posa à terre. Ses mains étaient glaciales.

C'est alors qu'Angelique vit plusieurs autres fillettes de son âge qu'elle connaissait de l'école, vêtues comme elle de grand-robes. Pourquoi étaient-elles là ? Tous se dirigèrent vers la grande maison et elle en entendit quelques-unes qui pleurnichaient. Son père serra plus fermement sa main dans la sienne, la tirant presque brutalement. Il y avait aussi beaucoup de villageois, ce qui contrariait beaucoup son père, qui les ignora. Massés le long du chemin, ils les regardaient passer. Elle se retourna et reconnut certaines de ses amies : Celine, Marie-Therese, Sophia – des filles des îles au teint clair qui vivaient dans d'autres maisonnettes du bord de mer. La longue procession s'avançait vers une grande grille de fer.

Elle vit alors la chapelle. C'était une petite bâtisse dans la cour à la porte surmontée d'une croix. Soudain, elle songea que ce devait être la « première communion » dont lui avaient parlé les religieuses, quand on emmenait les filles à l'église. Elle fut terrorisée. Elle avait dix ans, mais elle ne connaissait pas son catéchisme. Elle était censée l'apprendre, mais elle avait à peine commencé à mémoriser le psaume XXIII. « Le Seigneur est mon berger… » Qu'est-ce qu'était un berger ? Le Seigneur était-il le *bon Dieu** ? Ou bien était-ce Damballah ? Elle n'arrivait pas à se souvenir.

Et pourquoi les villageois étaient-ils si inquiets ? Ces Blancs murmuraient entre eux, l'air sévère et fâché. Certains chuchotèrent en la désignant. D'autres secouaient la tête et se signaient. Était-ce parce qu'elle était si petite ? Elle échouerait au catéchisme et déshonorerait son père.

Elle leva les yeux vers le château. Maintenant que la canne à sucre avait disparu, la jungle envahissait de nouveau la péninsule. Elle vit les lianes qui serpentaient sur les pierres, et les feuilles qui collaient aux murs comme des algues. Ils passèrent la grille de fer haute comme un navire et traversèrent un pont-levis qui enjambait un fossé rempli d'une eau visqueuse. La chapelle sombre se dressait devant eux comme un mausolée.

Soudain, résolument, elle s'arrêta et tira la main de son père. Il baissa les yeux en fronçant les sourcils.

– Qu'y a-t-il ? demanda-t-il avec une douceur feinte. Qu'est-ce donc, mon ange ?

– Je ne veux pas entrer là-dedans.

Elle fut surprise de son intonation claire et tranchante. Cela lui donna du courage et elle songea à courir vers la grille et s'enfuir sur la route. Où la conduisait-il ? Sa place était auprès de sa mère. Quel droit avait-il de la mener ailleurs ? Elle n'avait aucune raison de lui obéir. Elle dégagea sa main et la cacha dans son dos.

– Ramenez-moi ! Je n'aime pas l'église !

La fureur assombrit brusquement le visage de son père. Il s'efforça de se contenir, mais un rictus déformait ses lèvres. Il s'agenouilla pour être à sa hauteur et la regarda droit dans les yeux.

– Écoute-moi, Angelique…

– Je veux rentrer !

Elle sentait l'hystérie la gagner et elle songea à sa mère qui lui aurait tenu tête. Elle était prête à hurler, mordre, donner des coups de pied, tout ce qu'il faudrait. Mais il n'était pas question qu'elle fasse un pas de plus vers cette horrible chapelle. Elle vit son père tiraillé. Ses yeux étincelaient et son haleine lui brûlait les joues.

D'un air de défi, elle tourna les talons et s'élança. Il la rattrapa, l'attira contre les plis rugueux de son manteau.

– Écoute-moi, Angelique ! siffla-t-il durement. Repense au jour où je suis venu voir ta mère. Quand j'étais si malade. T'en souviens-tu ? J'avais la fièvre, je délirais.

Elle se rappelait. Il était arrivé en titubant, l'œil fou, incohérent, la langue noire et gonflée. Sa mère l'avait regardé, impassible, se hisser sur leur couchette, se contorsionner sous l'édredon qu'il griffait.

– Cymbaline ! Tu dois me venir en aide ! Ma tête explose ! Je t'en prie… Si jamais tu m'as aimé… Pour le bien de l'enfant, ne me laisse pas mourir !

Sa mère s'était approchée, avait posé une main sur sa poitrine et écouté. Puis elle était allée à son panier prendre une plume de goéland dans un petit sachet.

Angelique avait regardé sa mère agenouillée au chevet de son père et tenant devant ses lèvres la plume qui tremblait à chaque souffle. Puis elle avait fermé les yeux et placé deux doigts à la base de son cou en murmurant. Après quoi, elle s'était relevée, les mains sur les hanches avec un sourire moqueur.

– Tu n'es pas mourant, Theodore Bouchard, avait-elle dit. Et si tu souffres, ne t'en prends qu'à toi-même. Tu as bu, sans doute. Quelque potion pour être plus homme et plus mauvais encore, non ? demanda-t-elle d'un ton méprisant. Quelque breuvage magique pour faire grossir et durcir ton membre ! Non, je ne t'aiderai pas !

Et elle s'était détournée pour vaquer à ses occupations sans plus lui prêter attention. Mais il avait gémi de plus belle :

– Femme aigrie et jalouse, murmurait-il. Vieille mégère !

– Oui, c'est tout à fait cela.

– Pour l'amour du ciel, débarrasse-moi de cette… douleur… de ce diabolique mal de tête. Cela dure depuis des jours. Ce n'est pas une drogue. C'est… la fièvre ! dit-il, les yeux exorbités. C'est l'un de ces misérables Noirs qui me détestent. Ma chemise préférée a disparu. Je le sais. Je suis certain que l'un de ces diables noirs l'aura prise pour en faire un linceul. M'entends-tu, Cymbaline ? Il y a un corps... un cadavre qui pourrit quelque part enveloppé de mon linge et je me meurs ! Agis, maudite ! Prends un cheveu, du... du sang ! Cymbaline ! Aide-moi, malheureuse !

Prenant le couteau de cuisine, il l'agita, la suppliant de le saigner, mais elle se détourna et commença à fredonner une chanson des îles pour couvrir ses doléances. Puis, hissant son panier sur sa tête, elle sortit étendre sa lessive sous les bananiers. Angelique la suivit dans le jardin. Des rangées de pois et de patates douces s'étendaient à leurs pieds.

– Prends un bout, ma chérie, dit-elle.

Angelique adorait aider sa mère à étendre les pagnes. Chacun était comme un champ de fleurs décolorées, doux et multicolore. Elle souleva le tissu qui claqua et s'enivra de toutes ces couleurs. Son père continuait de geindre sur la couche.

– Angelique...

Il avait prononcé son prénom. Elle se retourna, stupéfaite qu'il lui ait parlé. Curieuse, elle posa les pinces à linge et le rejoignit. Elle se rappelait comme il lui avait paru noir, sous sa peau pâle. Elle ne voyait pas sur son visage la lumière qui palpitait sur ceux des autres gens et se disait qu'elle avait dû être aspirée par la douleur. Elle avait tendu sa petite main pour la chercher et ses doigts avaient frôlé son front. Il avait poussé un tel soupir qu'elle l'avait retirée aussitôt.

– Nooon, avait-il murmuré. Caresse mon front, mon petit ange.

Hésitante, elle avait obéi.

– Ah, que ta main est fraîche, et tes doigts... oui, c'est cela, ils repoussent la douleur.

Hésitante, elle avait appuyé sur ses tempes, passé les doigts sur son front, dans ses cheveux, sur son cou, tirant sur la peau douce, creusant à la recherche de la lumière perdue. Et à sa stupéfaction, avec un long soupir rauque, il s'était endormi.

Tout cela lui revint lorsqu'il la serra contre sa poitrine. Puis il la repoussa et la dévisagea.

– Je l'ai su ! s'écria-t-il. Ce jour-là, je l'ai su. Tu n'es pas comme ces autres fillettes faibles et misérables. Tu as le pouvoir de changer ce que tu vois. De le transformer avec ton esprit.

Il insista, cramponné à ses épaules, postillonnant, sa barbe tremblant à chaque mot.

– Rien n'est réel, sauf si tu imposes ta volonté ! Sois ma fierté... ma fille... acheva-t-il dans un chuchotement rauque.

À cet instant, le petit cœur d'Angelique s'ouvrit un peu et une larme coula sur sa joue.

Il la prit par la main et l'entraîna. En cet instant, elle aurait donné sa vie pour lui faire plaisir.

Mais ils n'allèrent pas à la chapelle et Angelique commença à se dire que ses craintes étaient infondées. La petite procession se poursuivit dans la cour pavée avant de s'arrêter. Angelique vit une porte en bois aux lourdes charnières de fer entrebâillée sur une pièce souterraine. Cette fois encore, il lui chuchota à l'oreille :

– Ne crie pas. Tu m'entends ? Quoi qu'il arrive, ne crie pas. Ce que tu vois n'est pas réel. C'est une illusion de bout en bout !

Les autres enfants, se rendant compte qu'elles allaient être envoyées seules dans cette salle, se mirent à pleurnicher en s'agrippant à leurs parents. Un hurlement sourd s'élevait de l'intérieur du château et l'estomac d'Angelique se noua.

Son père écarta le battant et la poussa en avant. La tête lui tourna tandis qu'elle entrait dans l'obscurité avec les autres. La porte se referma et, soudain, elle se trouva dans le noir absolu, sur un sol glacé. Elle posa les mains sur les pierres du mur humide derrière elle. Elle sentit une odeur âcre et familière. Un souvenir de quelque chose qu'elle avait connu passa fugitivement et s'évanouit. La puanteur de la chair morte emplissait l'air et de nouveau son estomac se serra alors qu'elle se rapprochait des autres filles, réduites au silence par la terreur. Elles étaient blotties les unes contre les autres comme des serpents emmêlés, haletantes et tremblantes. L'une d'elles commença à sangloter.

Il y eut un frôlement dans l'obscurité, une détonation, puis des torches accrochées en haut des murs éclairèrent la scène. À l'unisson, les fillettes étouffèrent un cri et reculèrent d'horreur.

Sur le sol, au milieu de la pièce, était posée la tête d'un sanglier. La sombre fourrure rêche était piquetée de sang. Des cartilages sanglants étaient visibles au niveau du cou et les défenses jaunes recourbées jaillissaient de la gueule ouverte. Les yeux globuleux reflétaient la lumière des flammes comme s'il vivait encore.

Les fillettes crièrent toutes en se jetant sur la porte qu'elles griffèrent et tambourinèrent en appelant leurs parents. Mais Angelique resta à l'écart. Elle les trouva stupides, comme celles qui braillaient à l'école quand elles voyaient une araignée. Une vague curiosité la saisit alors qu'elle contemplait la face de l'animal. Elle savait qu'elle était réelle, que ce n'était pas une illusion, que son père avait menti. Mais elle savait aussi, malgré son air féroce dans la lumière tremblotante, que cette bête ne pouvait lui faire aucun mal : elle était morte.

Puis elle entendit un chœur de grondements et de grattements qui lui coupèrent le souffle et firent ses dresser ses cheveux sur sa tête.

Des bêtes – et celles-là étaient bien vivantes – grattaient au mur. Un passage s'ouvrit soudainement et six chiens enragés bondirent dans un concert de grognements affamés, babines retroussées. Ils se précipitèrent sur la tête de sanglier et, dans leur empressement, se mordirent les uns les autres.

Les fillettes cessèrent leurs pleurs et se blottirent ensemble, les yeux écarquillés, le nez rouge et les joues ruisselantes de larmes.

Angelique ne bronchait pas. Elle regarda, fascinée et décontenancée, les chiens qui se repaissaient de leur proie. Elle s'efforçait de comprendre, mais tout s'embrouillait dans son esprit. Son père était venu la chercher. Pourquoi l'avait-il amenée ici ? Comment avait-il pu la jeter dans un endroit pareil ?

La colère la gagna. Soudain, elle eut envie de le punir, de lui faire regretter cette cruauté. Il n'était son père que de nom. Voilà qu'elle détestait tout en lui : ses mains maladroites et sans douceur qui la soulevaient, son insistance : « Sois ma fierté ! » Ses forces l'abandonnaient et elle avait affreusement envie de retrouver le chaleureux confort auprès de sa mère dans leur petite maison. Elle se ressaisit. Il lui avait demandé d'être courageuse, elle n'avait qu'à prendre son mal en patience.

Au même instant, le plus gros des chiens se tourna vers elle. Ses yeux flamboyaient, son museau était souillé de sang et il retroussait les babines sur des crocs étincelants. Un grondement sourd résonna et il s'apprêta à bondir. Elle savait qu'elle ne pouvait rien contre lui, mais elle resta immobile, l'esprit fixé ailleurs. Lentement, elle porta la main à l'amulette à son cou et la serra entre ses doigts. Elle sentit le petit crâne.

Le chien gronda de plus belle, ramassé sur lui-même. Angelique entendait les autres fillettes gémir de terreur, mais elle était plus fascinée qu'effrayée. Il y avait quelque chose de familier ici, comme un souvenir ou un rêve, mais elle ne parvenait pas à l'identifier.

Le chien se rua vers elle. Elle sentit son haleine brûlante sur ses chevilles et l'odeur aigre du sang. Prudemment, elle resta immobile, cherchant un moyen d'en réchapper. Si seulement elle connaissait la magie de sa mère ! Les forces invisibles étaient partout – dans la tempête qui arrachait les arbres et dans les courants qui vous emportaient au large. Si seulement elle avait pu devenir invisible comme le vent, se fondre dans le mur et disparaître parmi les pierres glacées !

Elle entendit le chien gronder à nouveau, l'avertir qu'il allait bondir. Mais ce n'était pas la douleur qu'elle redoutait, c'était de ne pas être digne de la confiance de son père et de l'amour de sa mère. Elle ne crierait pas. Elle plongea son regard dans celui du chien, prête à se laisser dévorer, impatiente de… mais de quoi ? De recommencer sa vie ? Le regard du chien restait sur elle. Puis quelque démon intérieur jaillit dans ses yeux. Sa gueule sembla se retrousser en un sourire cruel et sanglant.

– Je t'attendais…

Elle eut la chair de poule. S'était-elle imaginé qu'il lui avait parlé ? Pas de vive voix ou dans une langue quelconque, mais sous la forme d'une obscure pensée qui avait flotté en elle. Ou bien était-ce un autre grognement ?

Pendant un long moment, il la considéra comme s'il voulait voir qu'elle avait entendu ou senti son message, et elle soutint son regard flamboyant. Puis il baissa la tête et flaira sa cheville. Elle se figea, s'attendant qu'il ouvre les mâchoires. Mais il se contenta de lui lécher le pied, laissant la marque sanguinolente de sa langue. Puis, lentement, il se détourna et reprit son macabre festin.

4

La porte s'ouvrit d'un coup et la lumière jaillit à l'intérieur. Les chiens se recroquevillèrent, redoutant le fouet. Les fillettes s'effondrèrent dans les bras de leurs parents, sanglotant de soulagement. Angelique sortit dans le soleil. Son père, entouré des autres planteurs, semblait transporté tandis qu'on le félicitait et que certains lui glissaient de l'argent. Tous parlaient en même temps.

– Eh bien, vous avez gagné votre pari, Bouchard !

– Incroyable ! Je le reconnais. Tout bonnement époustouflante, elle a été… D'où la sortez-vous ?

– Bon Dieu ! Jamais je n'aurais dû prendre ce pari avec toi, Theodore !

– Vois simplement cela comme un combat de coqs, lui répondit-il en riant. Sauf que si cela avait été un combat de coqs, tu aurais perdu bien davantage.

– C'est donc à cela que vous vous endettez tant, dit un autre.

– C'est ma croix, Jacob. Le jeu, ce fichu jeu. Et mes gains, dit-il en levant la liasse de billets, paieront toutes mes dettes. Qui plus est, j'ai maintenant ma petite déesse pour me rendre heureux !

– Pas trop heureux, espérons.

L'un des planteurs, vêtu d'un extravagant costume de cavalerie vert et de hautes bottes, se pencha, jeta un regard noir à Angelique, puis se redressa et assena une claque sur l'épaule de son père.

– Bravo, bravo, mon cher, s'écria-t-il. Une petite beauté ! Un bon placement, pour ainsi dire, hein ! (Il devait avoir bu, car il avait la voix pâteuse et le visage rougeaud.) Sans doute que cela fait de vous le maître. En tout cas pour un temps. Très bien pour les affaires, cela. Vraiment.

– Espérons-le, Luis.

Angelique leva les yeux vers son père, espérant des compliments.

– Ai-je été courageuse ? demanda-t-elle.

Un jeune planteur la dévisagea avec intérêt. Il était trapu, avec un pantalon de cuir et une chemise blanche débraillée.

– Elle a des yeux immenses, dit-il gravement. D'un tel bleu… Elle ne peut pas avoir plus de neuf ou dix ans. Et vous voulez la sacrifier à vos scandaleuses dettes de jeu ?

– Non, non, c'est plus que cela, bien plus. (Son père s'écarta, comme s'il ne voulait pas qu'elle entende ce qu'il allait dire.) La sale affaire n'est pas encore faite.

– Je refuse de croire que vous ayez si hâte, murmura Luis.

– Eh oui, mais ils le réclament, n'est-ce pas ?

– Comment appellent-ils le sacrifice ? « Débat » ?

– Non, ils appellent cela *Manje Lwa*, ou *mange loa*…, dit Theodore en riant.

– Ah oui, la fontaine de Jouvence, toutes ces sottises !

– Cela leur rappelle le pays. La chair d'une enfant, passé immémorial, etc. Écoutez, les tam-tams ont commencé.

Angelique s'approcha avec impatience.

– L'ai-je été ? insista-t-elle.

– Oui, beaucoup, en effet, répliqua sèchement son père. Tu as été choisie. Que dis-tu de cela ? Va t'apprêter pour la cérémonie, à présent.

– Quand puis-je retourner voir maman ?

Elle leva la main vers la sienne, mais il la glissa dans son gilet et se détourna brusquement. Il fut aussitôt abordé par un prêtre rondouillard vêtu d'une longue soutane noire ornée d'un crucifix en bois.

– B-b-blasphème ! S-s-suprême blasphème, monsieur Bouchard ! tonna le prêtre avant de se tourner, scandalisé, vers l'homme rougeaud. Et v-v-vous soutenez ce crime, monsieur Desalles ?

Luis Desalles regarda Angelique avec un sourire narquois.

– Oh, je suis sûr que cette petite déesse est une véritable idole, ricana-t-il.

Puis, feignant la déférence :

– Mais, père Le Brot, vous n'avez rien à craindre, puisque vous avez la protection de l'Église et que les esclaves ont un certain respect pour cela. Oh, non, vous n'avez pas à redouter de vous réveiller dans votre maison en feu en pleine nuit, ou de vous retrouver égorgé. Ha ! Ha ! s'esclaffa-t-il en titubant. Au moins, ils font semblant de respecter la messe !

– Semblant, en v-v-vérité ! En agissant ainsi, vous leur volez leur âme im-m-mortelle, bégaya le prêtre avec hauteur.

Il semblait s'estimer supérieur et mépriser les autres, comme si poursuivre cette conversation était une perte de temps.

– C'est nous tous qu'on vole, je pense ! renchérit un autre planteur, un homme plus âgé avec des cheveux blancs et une veste brochée. Car que font-ils d'autre à part nous voler nos bénéfices et notre rhum ? Malades un jour, morts le lendemain ! (Les longues années passées sur l'île lui avaient donné un air résigné.) Ils conspirent constamment. Complotent. Ils finiront par nous avoir.

– Père ! Ai-je été courageuse ?

Son père s'assura d'un regard que les autres planteurs n'avaient pas entendu, puis il se tourna vers le prêtre.

– Tenez, mon *père*, dit-il, sarcastique. Elle veut vous parler !

Le prêtre considéra Angelique avec un certain intérêt. Il avait remarqué sa déception quand son père n'avait pas voulu prendre sa main. Son visage s'éclaira.

– Je me r-r-rappelle cette enfant ! Elle étudiait chez les sœurs ! Une bonne élève, si je ne m'abuse, et douée pour la l-l-lecture. (Il lui sourit.) Tu es la fillette qui a lu tout le recueil de poèmes, n'est-ce pas ?

Angelique fut heureuse qu'on lui manifeste autant d'égards. Elle hocha la tête en rougissant.

– Oui, mon père. Et… et aussi le Shakespeare !

– Et quel est ton préféré, mon enfant ?

– Milton, monsieur, et Thomas Gray.

– Ah, oui, « Élégie écrite dans un cimetière de campagne ». Hum… (Il se tourna vers le père d'Angelique et baissa la voix.) Avez-vous s-s-sérieusement l'intention de la l-l-livrer à ce rituel atroce, Theodore ? C'est brutal, sauvage. Nous avons fait venir ces nègres afin qu'ils travaillent pour nous, et c'est désormais notre devoir de s-s-sauver leurs âmes.

– Allons, croyez-vous donc qu'ils en ont une ? répliqua-t-il avec un rire sans joie.

– Je le c-c-crois, en vérité. Comme tous les hommes, ils en ont une. Ils sont nés avec la p-p-pureté qui leur permet de connaître Dieu.

– Si c'était vrai, nous devrions faire tout notre possible pour qu'ils ne le découvrent jamais ! Il se retourna et s'écria : Allons ! Où sont les négresses ?

Deux esclaves s'approchèrent timidement.

– Nous voici, Massa[1], marmonna l'une.

– Où diable étiez-vous, truies stupides ? Emmenez sur-le-champ l'enfant et préparez-la pour la cérémonie. Pour l'amour du ciel, baignez-la, elle est dégoûtante.

Elles lui firent signe, mais Angelique ne bougea pas. Elle tira sur la manche de son père.

– Êtes-vous fier de moi ? demanda-t-elle.

– Oui, oui, bien sûr, répondit-il en l'écartant. Maintenant, va avec ces femmes. Elles vont te préparer.

– Viens, mon enfant, souffla doucement l'une d'elles. (Son ton suave rappela un peu celui de sa mère à la petite.) Ce sera un grand bonheur pour toi. C'est un jeu. Viens, viens avec nous.

Angelique suivit les femmes à contrecœur, jetant un regard par-dessus son épaule pour voir une dernière fois son père qui parlait avec les planteurs. Avec sa haute silhouette sombre et barbue, on aurait dit un tronc d'arbre noirci et calciné dressant ses branches nues. Il avait déjà oublié sa présence.

---

1. « Massa » est le diminutif de *master*, qui signifie « maître » *(N.d.E.)*.

Elle suivit les deux esclaves jusqu'à une petite porte dans la tour du moulin. Elles montèrent un escalier en colimaçon aux marches inégales. Angelique fixait la coiffe et le gros derrière de la femme qui la précédait. À un moment, par une étroite meurtrière, elle aperçut un peu de vert et la mer, puis ce fut de nouveau la pénombre. Angelique songea aux grottes où elle pagayait quand la mer était calme, et qui étaient de plus en plus sombres à mesure qu'on s'y enfonçait. Elle adorait jouer ainsi, flirter avec l'obscurité qui, comme l'eau et le sable, était simplement une autre amie dont elle n'avait rien à craindre. Il suffisait de tourner sa pirogue et de repartir vers la lumière.

Mais l'escalier restait plongé dans le noir et l'atmosphère se faisait suffocante. On n'entendait que le souffle des femmes et leurs pas sur les marches de pierre. Elles arrivèrent dans une vaste salle ronde au sommet de la tour, meublée d'un lit sculpté et d'une commode. Des rideaux masquaient les hautes fenêtres et une lumière tamisée baignait la pièce. Le couvre-lit était en velours rouge, surmonté d'un dais en dentelle. Angelique ne fut pas longue à comprendre que tout cela était d'origine européenne, raffiné mais vétuste.

– Que voulait dire mon père en me déclarant que j'avais été choisie ? demanda la fillette à l'une des femmes.

La plus âgée et la plus grande semblait aussi d'une gentillesse qui inspirait confiance.

– Ils ont regardé par un trou dans le mur tout en haut au-dessus des chiens, dit-elle en fixant sa compagne.

– Pourquoi regardaient-ils ?

– Eh bien, pour voir qui serait la déesse, ma fille.

Sa voix se brisa et Angelique sentit qu'elle s'efforçait de paraître enjouée, mais elle était accablée.

– Viens donc là, ma petite. Il faut te faire belle et propre. Voilà un joli bain pour toi, n'est-ce pas ?

La femme mena Angelique vers une grande baignoire ronde en émail. Sa voix était rassurante, mais c'est d'une main tremblante qu'elle versa dans l'eau chaude l'huile d'un petit flacon vert. Un parfum de fougère monta de l'eau fumante. Elle ôta la robe d'Angelique et la hissa dans la baignoire. Angelique n'avait jamais connu eau plus chaude et délicieuse ; elle se laissa glisser dans cette étreinte liquide.

Mais elles ne la laissèrent pas la savourer. En murmurant en créole, la plus jeune les rejoignit et toutes deux frottèrent tant Angelique qu'elle crut qu'elles allaient lui arracher la peau. Elle se laissa faire comme une poupée de chiffon, fixant les deux paires de pieds bruns dans les flaques d'eau sur le sol. Elles se parlaient à mi-voix dans cette langue musicale qu'Angelique reconnaissait mais ne comprenait pas. Tout cela était étrange et pas entièrement déplaisant, comme un rêve où on l'aurait ballotée et secouée en chantonnant. De leurs mains énergiques, elles lui massèrent les pieds et les doigts avec de l'huile.

Puis elles la sortirent du bain, la mirent debout et séchèrent son corps frissonnant dans un peignoir de coton. Elles peignèrent ses longs cheveux jusqu'à ce qu'ils soient doux et dorés, démêlant délicatement ses boucles. Puis elles lui passèrent une sorte de robe de mariée en tulle blanc nouée par une ceinture de passementerie rouge, mais dont l'ourlet était élimé. Enfin elles la couvrirent de bijoux – colliers, bracelets de cheville, breloques d'or, de coquillages et de perles.

Elles la menèrent dans un coin de la pièce vers un grand miroir où elle eut peine à se reconnaître. Il n'y en avait pas dans le couvent où elle étudiait et elle n'avait vu son reflet que sur la surface du lagon quand l'eau était calme.

Elle avait la peau plus blanche qu'elle ne pensait, et ses cheveux d'or nimbaient un visage délicat et très pâle. Les plis de tulle ondulaient à sa taille et elle songea soudain aux gros cocons de vers à soie qu'elle voyait se balancer dans les mancenilliers. La vieille esclave lui peignit les yeux de khôl. Cela la picota et Angelique repoussa sa main.

– Ne bouge pas, ma chérie, et ne cligne pas. Voilà. C'est fait. N'est-ce pas joli ?

– Pourquoi faites-vous cela ? demanda Angelique.

– Mais voyons, pour que tu sois belle, mon enfant. Tous les esclaves vont venir te voir.

– Me voir ? Et pourquoi donc ?

– Dans ta robe avec tous les bijoux. Parce que tu seras assise sur l'autel.

– Quel… autel ?

– Tu es la loa, maintenant, mon enfant. Ils vont tous venir se prosterner devant la petite Vierge Marie.

Cette perspective terrifia Angelique. Il se tramait quelque chose de bien plus effrayant que le cachot rempli de chiens ou la froideur de son père. Tout tourbillonna dans sa tête et elle leva les yeux vers les deux femmes.

– Je veux rentrer chez moi ! implora-t-elle. S'il vous plaît, ramenez-moi ! Ma maman m'attend !

– Non, non, ma petite, l'apaisa la plus âgée. Tu restes ici, à présent. Tu vivras dans la tour. Nous nous occuperons de toi, nous te donnerons à manger et nous t'habillerons pour que tu sois bien grasse et toute belle. Parce que tu sais bien que tu es la nouvelle déesse vivante.

Sa voix trembla et Angelique la regarda dans les yeux pour la première fois. Ils étaient embués de larmes qui ruisselaient sur ses joues sombres.

– Pourquoi pleurs-tu ? demanda-t-elle, plus décontenancée que jamais. Pour moi ?

La femme secoua la tête sans pouvoir répondre. La plus jeune s'approcha et considéra l'autre d'un air réprobateur.

– Thais, arrête ! Que tu es sotte ! Et s'ils t'entendaient ?

Thais leva les yeux et répondit d'une voix étranglée :

– Et alors ? On recommence ? Encore ? Regarde cette petite. Suzette ! C'est si cruel, si cruel. As-tu un cœur de pierre ?

– Que veux-tu faire d'autre ? répliqua tristement Suzette. Si nous refusons, on nous tuera. Tu le sais, Thais. Aussi sûrement que le soleil se couche à la fin du jour !

En l'entendant, Thais se mit à gémir en dodelinant de la tête.

– C'était ma petite… ma précieuse petite…

– Arrête ! siffla Suzette. Ce n'était pas ton enfant, mais juste une autre pauvre esclave comme celle-ci, sauf qu'elle est blanche. Allons, tu es folle ? Si on te surprend, on te battra. C'est cela que tu veux ? Cinquante coups de fouet et retourner aux champs le dos tout lacéré ? On a de la chance d'être là toutes les deux et de travailler dans la maison, alors tais-toi ! On dirait une hyène en folie.

Les sanglots diminuèrent et Angelique, de plus en plus troublée, balaya la pièce du regard. Elle ne vit que l'unique porte avec son gros loquet de fer, et trois grandes fenêtres munies de barreaux dans l'épaisse muraille. Au même instant, elle remarqua une odeur alléchante et épicée, et Suzette s'approcha avec un plateau d'argent chargé de gâteaux et de sucreries. Il y avait des fruits confits et des feuilletés à la viande, ainsi qu'un gobelet rempli d'un liquide couleur d'or.

– C'est pour moi ? demanda-t-elle.

– Oui, mon enfant, tout pour toi, et ce que tu ne mangeras pas, ce sera pour nous, dit Suzette avec gourmandise. Allez, sers-toi. Cela te plaira.

Angelique se rendit compte qu'elle avait très faim et saisit une pâtisserie. Elle sentait le citron et le sucre et était fourrée de volaille grasse et chaude. Elle en croqua une bouchée ; jamais elle n'avait rien goûté d'aussi délicieux ! Elle prit l'assiette et Suzette la regarda s'empiffrer, se lécher les doigts et boire le délicieux jus du gobelet.

Pendant ce temps, Thais, le regard dans le vide, se mordait le poing en se balançant comme si elle redoutait quelque chose. Quand soudain elle leva la tête et ouvrit de grands yeux. Angelique entendit un cri au loin. Thais se leva en poussant un gémissement, comme si on l'avait frappée. Suzette, défaite, courut vers elle et la prit dans ses bras.

Le cri, qui provenait de la chapelle, était déchirant et glacé de terreur. Angelique se leva en faisant tomber son assiette.

– Qu'est-ce que c'était ?

Les deux femmes restèrent immobiles sans répondre. Thais se laissa tomber sur sa chaise avec résignation, le visage tordu de chagrin, le regard dans le vide. Mais Suzette revint vers Angelique et la prit par la main pour la relever.

– Viens, à présent, chuchota-t-elle. Ils t'attendent. Quand ce sera fini, peut-être que tu pourras partir. Tu dois l'espérer et ne pas te laisser gagner par l'inquiétude.

Angelique n'avait pas la moindre idée de ce qu'elle racontait. Elle savait seulement qu'il était arrivé quelque chose d'affreux et qu'elle descendait dans la chapelle. Elle se dégagea et courut à la porte. Le loquet était très lourd et Suzette la retenait par la taille en poussant des cris. Angelique parvint à se libérer à coups de pied et à entrouvrir la porte. Elle se glissa dehors et dévala l'escalier dans la pénombre, redoutant de trébucher à tout instant et de tomber la tête la première. Suzette la suivait de près en hurlant et en cherchant à agripper la robe, mais Angelique était plus rapide qu'elle.

Arrivée en bas, elle traversa la cour à toutes jambes et se jeta contre la grille. Le gros cadenas la frappa au ventre avec une telle force qu'elle en eut le souffle coupé. Voyant que la chaîne était solidement enroulée, elle jeta un regard autour d'elle, aperçut une porte dans la muraille donnant sur le fossé et s'élança.

– Angelique ! cria Suzette derrière elle. Arrête ! Ils vont nous tuer ! Reviens, je t'en prie !

La porte céda en grinçant et la petite dévala un autre escalier menant à un couloir ténébreux comme un tombeau. Elle se cramponna au mur, terrifiée à l'idée de chuter, car le sol de pierre était visqueux et glissant. Suzette criait toujours derrière elle, mais elle continua à tâtons, haletante, s'abîmant les doigts sur les pierres. Soudain, le sol se déroba sous ses pieds et elle tomba jusqu'aux genoux dans une eau glacée. Elle était dans un conduit souterrain. Troussant sa robe, elle avança en pataugeant dans l'eau de plus en plus profonde. Elle s'humecta les lèvres et sentit à la saveur salée et fétide de l'air que l'eau provenait de la marée.

À mesure que ses yeux s'habituaient à l'obscurité, elle vit les murailles de pierre qui s'élevaient autour d'elle. Au loin lui parvint une pulsation sourde qui devait être celle des vagues sur le rivage, et elle songea avec joie qu'elle allait peut-être pouvoir s'échapper jusqu'à l'océan.

C'est alors qu'elle vit une lumière en haut d'un autre escalier encore plus étroit que le précédent, très escarpé, comme une échelle s'élevant de l'eau. Elle le gagna et commença à le gravir. La pulsation était de plus en plus proche, accompagnée d'un frissonnement, comme un écho dans une grotte.

Elle arriva à une porte de bois qu'elle poussa. Elle se retrouva dans une petite pièce bordée d'étagères chargées de bouteilles. Tout au bout, elle vit un large ruban de lumière filtrant sous un lourd rideau et, pensant que c'était une issue vers le monde extérieur, elle se glissa dessous.

Tout d'abord, Angelique ne comprit pas ce qu'elle voyait. C'était comme si elle s'était trouvée à l'orée d'une caverne et que le ciel nocturne était tombé en noyant les lieux sous une pluie d'étoiles. Mais non, il y avait de minuscules flammes, des étincelles lumineuses partout ! Ces flammèches étaient en fait des milliers de bougies qui tremblotaient dans l'obscurité. Et le bourdonnement provenait de la gorge de dizaines de Noirs rassemblés, tenant chacun un cierge et se balançant au rythme des tam-tams.

Elle était dans la chapelle.

Toute sa volonté l'abandonna et elle se sentit soudain affreusement épuisée. Se mordant les lèvres, elle ravala ses larmes. Sa fuite désespérée n'avait réussi qu'à la mener jusqu'ici. Le battement des tam-tams ébranlait l'air et elle considéra avec horreur cette masse de corps ruisselants et hypnotisés qui psalmodiaient et ondoyaient en cadence.

Elle jeta des regards éperdus, cherchant une issue dans la foule. La pâtisserie qu'elle avait mangée devait l'avoir plongée dans cette étrange hébétude. Sa vision se brouillait et ses jambes se dérobaient. Elle voulut courir, mais elle s'effondra, rattrapée de justesse par Suzette qui venait de surgir derrière elle. Elle sentit qu'on hissait son corps inerte sur une haute estrade en bois au-dessus des hommes.

Elle distingua vaguement des flacons, des fruits, des gâteaux et des légumes. Tout était saupoudré de farine blanche et exhalait une odeur âcre. Dans des bocaux noués de rubans flottaient de petits os et autres fragments mystérieux. Elle vit sur un grand plat de porcelaine les morceaux de viande crue de quelque animal sacrifié et écorché, encore ruisselants de sang. Réprimant une nausée, elle détourna le regard.

Elle leva les yeux et vit son père au fond du sanctuaire. Elle eut une lueur d'espoir, mais il ne bougea pas. Il la regardait, mais sans affection ni fierté. Il semblait résigné et fâché, comme s'il rejetait et acceptait tout à la fois un destin qui le dépassait. Il pénétra au cœur de la foule des danseurs et leva une longue épée au-dessus de sa tête, la poignée dans une main et la pointe dans l'autre. La lame tachée par endroits luisait dans les flammes.

Puis il se baissa et baisa l'épée avant de la déposer sur l'autel à côté d'Angelique. Ensuite, il s'empara du plat de porcelaine, se retourna vers l'assemblée et passa de l'un à l'autre en distribuant de petits morceaux de viande crue. Elle vit chaque danseur porter le sien à sa bouche.

Les mélopées et les percussions de tam-tams se firent de plus en plus frénétiques. Dans la brume des mets chargés d'opium qu'on lui avait fait avaler, Angelique vit les esclaves tourbillonner et se balancer. On aurait dit des apparitions monstrueuses. Des cierges semblaient pousser sur le sommet de leurs crânes, sur leurs mains et leurs pieds. Dans l'obscurité, les flammes traçaient des courbes de feu. Plusieurs hommes bondirent en poussant des cris, comme frappés par la foudre.

Elle se rendit vaguement compte qu'elle était le centre de la cérémonie. Tous la regardaient, s'inclinaient et tournaient autour d'elle, avec leurs dents luisantes et leurs langues écarlates.

Au premier rang, l'un d'eux entra en transe et poussa un cri strident, puis il tomba au pied de l'autel en débitant des paroles incompréhensibles. Il était possédé. Angelique avait vu le même genre de choses dans les cérémonies du village, mais sa mère l'en détournait toujours. « Cochon gris, avait-elle chuchoté une fois. Petro ! Ne regarde pas. C'est mal. » L'homme la fixa de ses yeux révulsés, puis il tendit les mains vers son ventre.

L'esprit comme noyé de fumée, elle n'arrivait plus à réfléchir. Elle eut l'impression de tomber de très haut, et elle voulut arrêter sa chute vertigineuse en posant fermement les mains sur l'estrade de bois. Elle sentit un liquide chaud, leva les mains et fut écœurée par l'odeur âcre. Elle baissa les yeux. Elle était assise dans une mare de sang qui ruisselait sur l'estrade et coulait jusque sur le sol.

Elle contempla la flaque sombre un long moment, se demandant ce que cela signifiait, puis son regard passa à une forme sanglante prostrée juste à côté, comme une anémone de mer arrachée de son rocher et rejetée sur le rivage. Ses tentacules ressemblaient à des algues emmêlées, et elle mit un moment à comprendre que c'étaient en réalité des cheveux et qu'au-dessous brillaient les yeux vitreux du cadavre d'une fillette ! C'est à cet instant qu'elle perdit conscience.

5

Quand Angelique se réveilla, elle était de nouveau dans la chambre de la tour, seule, allongée sur le couvre-lit de velours. Il faisait jour, mais la pluie tombait de nouveau et elle resta à l'écouter cribler le toit. De violents accès de crépitements succédaient à des accalmies selon les caprices du vent, tandis que résonnait le grondement de l'eau ruisselant sur les parapets. Elle entendait un grincement à travers les murs, puis reconnut le bruit qui l'avait réveillée : celui d'une esclave qui criait.

Elle écarta les pans du dais de dentelle et regarda autour d'elle. Des bancs grossiers bordaient les murs, et la baignoire blanche où on l'avait plongée était encore remplie d'eau huileuse. Son sac de livres et de vêtements gisait sur le plancher taché et un tapis fané était étalé à ses pieds.

Elle entendit de nouveau la voix.

– Non, Massa, je vous en supplie. Je n'ai pas pu l'arrêter. Elle courait trop vite ! Je vous en prie, Massa.

Angelique se leva d'un bond et courut à la fenêtre.

Le sommet de la tour était à six mètres du sol. La cour était déserte. La pluie scintillait sur les pavés et de petites flaques débordaient des caniveaux. Elle vit un puits en pierre et trois chèvres inquiètes attachées à l'un des deux poteaux enfoncés dans le sol.

Puis son père et un autre homme apparurent de sous la tour en traînant l'esclave prénommée Suzette. Le deuxième homme, robuste, portait des vêtements de paysan mais était blanc. Angelique devina que ce devait être le contremaître de l'habitation, car il avait un fouet et tenait fermement Suzette par le poignet. L'esclave résistait et se débattait, mais il lui saisit l'autre bras. Il la tira sans ménagement jusqu'à l'autre poteau et l'y attacha avec le foulard qu'il lui arracha de la tête.

– S'il vous plaît, Massa, ne me battez pas. Ce n'était pas ma faute. Elle courait comme une souris et je l'ai attrapée, vous savez bien. Ça ne se reproduira plus. Jamais, jamais ! S'il vous plaît, Massa ! Non, *non* !

Angelique s'agrippa en tremblant aux barreaux de la fenêtre. Jamais elle n'avait vu punir un esclave, et elle refusait de croire qu'une telle cruauté fût possible.

Un instant, le fouet ondula sur le sol comme un serpent sur du sable brûlant, puis il se leva et siffla dans l'air. Suzette étouffa un cri et, quand la lanière la frappa, se tortilla en hurlant.

L'enfant ferma les yeux et se détourna, mais elle entendait toujours les coups de fouet et les hurlements pitoyables de l'esclave. Ils laissèrent la place à des gémissements, puis au silence, et il n'y eut plus que le sifflement et le claquement. Quand tout fut de nouveau calme, Angelique rassembla son courage pour regarder dehors. Elle vit le contremaître arracher le foulard pour libérer Suzette, qui s'effondra, inerte, sur le sol.

Le père d'Angelique s'approcha et considéra l'esclave, puis, comme s'il avait deviné qu'elle serait là, il leva les yeux vers la fenêtre de la tour. Bouleversée, Angelique se rendit compte qu'il avait voulu qu'elle voie toute la scène et son cœur se figea. Elle revit des images disparates de la veille, de ce qui avait dû être un mauvais rêve : les esclaves s'avançant en file indienne dans l'obscurité, silencieux et dociles, s'arrêtant un instant devant la grande porte. Là, un prêtre en soutane noire, oui, c'était son père, leur administrait un sacrement en leur aspergeant le front d'eau bénite et en leur glissant quelque chose dans la bouche. Puis la porte s'était refermée et la longue file d'hommes s'était enfoncée dans la nuit.

Angelique attendit de voir si Suzette se relevait, mais elle gisait toujours à terre. Finalement, Thais apparut furtivement, prit l'esclave dans ses bras et la porta à l'intérieur. Puis la cour resta déserte, à l'exception des trois chèvres qui bêlaient de temps en temps et tiraient sur leur corde. La sinistre pluie continuait de tomber. Angelique retourna à son lit dans un brouillard. Elle se rendit compte qu'elle s'était mordu la lèvre, qui était enflée et saignait. Toute collante de sueur, elle s'aperçut qu'il faisait une chaleur suffocante dans la tour, loin de la brise marine. Elle s'arrêta et posa la main sur un énorme pilier qui jaillissait du plancher. Levant les yeux, elle vit qu'il était surmonté d'une roue dentée reliée aux rouages d'un axe horizontal fixé au mur. Elle comprit que c'était une partie du mécanisme du moulin, qui produisait ce grincement continuel en tentant d'actionner les broyeurs au-dessous de la chambre. Seulement, les ailes étaient si déchirées qu'elles n'offraient plus assez de résistance au vent pour faire fonctionner le moulin.

Elle jeta un regard circulaire dans la chambre. Sur la commode, elle vit un plateau chargé d'appétissantes tranches de mangue et d'ananas, des pâtisseries à la crème et aux fraises ainsi qu'une tasse de chocolat. Mais la simple idée de manger lui retourna l'estomac.

Soudain, elle entendit le loquet de la porte. C'était son père, ses hautes bottes crottées de boue, son manteau trempé de pluie. Il la fixa longuement et, sous son chapeau informe, son visage lui parut plus cruel que jamais.

– Tu n'as pas mangé ton petit déjeuner, dit-il en désignant le plateau.

– Je n'ai pas envie, répondit-elle d'une toute petite voix. Je ne veux pas rester ici. Ramenez-moi à ma mère, ajouta-t-elle, surprise de son audace.

Son père haussa les épaules et secoua la tête, comme s'il ne comprenait pas.

– N'es-tu pas fatiguée de vivre dans une cabane avec ta pauvre mère et de ne jamais avoir assez à manger ?

– Nous ne sommes pas pauvres, répondit Angelique.

Le jardin et la mer leur offraient tout ce dont elles avaient besoin. Jamais elle n'avait faim.

– Ne préférerais-tu pas vivre ici ? Tu peux avoir tout ce que tu désires et les esclaves s'occuperont bien de toi. Tu mèneras une vie de princesse.

– Et vous battrez celles qui me serviront ? demanda-t-elle, rouge de colère.

Il hésita un bref moment avant de répondre :

– Oui. Si tu essaies de t'enfuir.

Elle se sentit gagnée par la panique. Il l'avait trompée. Les rêves de sa mère s'étaient nourris des mensonges de cet homme. Elle se cramponna à une chaise en ravalant ses larmes. Mais son père sembla ne rien remarquer et la regarda en grimaçant un sourire.

– Si seulement tu t'étais vue, hier soir, dit-il d'un ton presque admiratif. Ils étaient fascinés. Moi-même, j'ai eu peine à le croire. Vraiment, tu es un trésor…

– Vous m'avez promis que j'irais à l'école ! s'écria-t-elle. Et que j'aurais la vie d'une fille de planteur ! Vous m'avez menti !

Il poussa un soupir et s'approcha de la fenêtre.

– Je suis un planteur, dit-il en regardant la mer.

– Où sont vos champs ? Où est votre belle demeure ?

Il éclata d'un rire sans joie.

– Chaque matin, je me réveille en me posant cette même question. (Il se frotta les yeux.) C'est un métier difficile, dit-il en s'appuyant aux barreaux, à voix basse, comme s'il se parlait à lui-même. J'ai eu du mal et plusieurs fois j'ai pensé être ruiné. L'an dernier, un ouragan a détruit les récoltes. Par deux fois, les esclaves se sont révoltés – inutilement, mais révoltés tout de même. Il y a eu bien des problèmes… Enfin, disons qu'ils s'y connaissent en poison. Certains se suicident en avalant de la terre. D'autres s'enfuient, sautent dans la mer, pour retrouver la liberté…

Il n'acheva pas, comme s'il pensait à quelque chose d'indicible. Bien que n'ayant pas compris grand-chose à ce qu'il racontait, Angelique fut flattée qu'il se confie à elle.

– Il y a des choses dont tu ignores tout, continua-t-il.

Les esclaves sont sauvages et hargneux. Nous avons essayé de les convertir au christianisme, mais ils ont apporté d'Afrique leurs propres rites. Ils adorent des dieux qui prennent bien des formes et ce n'est que superstition – je veux dire par là que ce n'est pas réel…

– Les *loas* existent, chuchota Angelique.

– Que sais-tu d'eux ? demanda brutalement son père avec un regard aigu.

– Ils entrent dans votre tête.

– Connais-tu un *loa* du nom d'Erzulie ? demanda-t-il en croisant les bras, sourcils froncés.

– La déesse de l'Amour.

– Ah, tu la connais donc. Mmm… Stupéfiant. Je ne peux qu'imaginer que ta mère… eh bien, il y a une sorte de culte dépravé d'Erzulie sur le domaine. Beaucoup d'esclaves l'adorent. Tu… Comment puis-je expliquer ? Ils croient que tu es sa forme humaine. L'incarnation de cette déesse.

– Moi ? Mais c'est une femme qui a de nombreux époux !

– Je sais. Une sorte d'Erzulie enfant, alors. Et que tu apparais par magie à la fin de la cérémonie, pour qu'ils te fassent des offrandes et que tu exauces leurs souhaits. Ce n'est que sottise, bien sûr, je m'en rends compte. Mais tant qu'ils croiront que tu leur apparaîtras, je pense qu'ils se satisferont de leur sort et resteront… maniables.

– Pourquoi le croiraient-ils ?

– Parce que je le leur ai dit.

– Mais ne découvriront-ils pas la vérité ?

– C'est tout le problème. Afin d'exécuter ce rite, tu dois demeurer cachée. S'ils te voyaient dehors, ou avec ta mère, ils sauraient qu'ils ont été dupés. Ils seraient d'autant plus enclins à comploter contre moi. Et toi, eh bien, ils t'égorgeraient probablement. Il importe qu'ils croient que tu es un esprit.

– Mais c'est un mensonge. Je ne suis pas un esprit.

Il se mit à faire les cent pas. Il s'arrêta devant le miroir, s'y contempla un moment en grimaçant et en plissant les paupières, puis il se frotta le visage.

– Viens voir par toi-même, dit-il en l'empoignant rudement. Cette fille que tu vois n'est-elle pas une déesse ?

Ses cheveux faisaient de grosses boucles pâles qui resplendissaient autour de son visage malgré la grisaille. Elle avait des traits délicats, mais on voyait surtout ses éblouissants et immenses yeux. Elle sentit un filet de sueur lui couler dans le dos. Elle porta la main à sa gorge et toucha le porte-bonheur de sa mère, toujours accroché sous sa robe, et elle trembla en voyant son père se pencher sur elle, le regard étincelant.

– Ce que tu vois, dit-il, le souffle court, c'est une forme de beauté. La beauté est rare, mais c'est un talisman frivole. Tu possèdes un don encore plus rare. Tu as quelque chose d'ensorcelant. Tu es animée d'un feu que je n'ai jamais vu et j'ai besoin de m'en servir. Si tu refuses, je devrai trouver un moyen de t'y forcer.

Elle se sentit prise au piège et le souffle lui manqua.

– Mais il y avait du sang à l'endroit où l'on m'a mise. Que s'est-il passé sur cette plateforme ?

Il soupira de nouveau et sortit une fiasque de sa poche de manteau.

– Ce n'était rien. Ils ont sacrifié une chèvre.

Il but une longue gorgée de rhum et s'assit lourdement sur l'un des bancs le long du mur. Il semblait effondré. Angelique eut un pincement de pitié pour lui.

– Combien de temps devrai-je rester ? demanda-t-elle.

Il toussa, cracha dans un grand mouchoir sale dont il s'essuya les lèvres.

– Pas longtemps, répondit-il d'une voix étouffée par l'étoffe. Juste un petit peu, ajouta-t-il en rangeant le mouchoir.

Elle pinça le *ouanga* entre ses doigts et entrevit soudain un espoir.

– Ma mère peut-elle venir habiter ici avec moi ?

– Ta mère a sa propre vie, dit son père en se levant et en recommençant à arpenter la pièce avec agitation.

– Elle est au courant ?

– Bien entendu.

– Elle veut que je fasse cela ?

Il attendit un peu pour répondre et ses paroles lui glacèrent le cœur.

– L'époque où tu vivais avec ta mère est révolue, Angelique.

– Mais pourquoi ? Pourquoi dites-vous cela ? demanda-t-elle, désespérée.

– Elle sait que c'est ton destin. Qu'elle doit l'accepter.

– Ce n'est pas vrai ! Jamais elle ne m'aurait laissée partir si vous ne lui aviez pas menti ! Ce n'est pas la vie qu'elle désirait pour moi ! Ce n'est pas ce que vous lui avez promis !

Il se pencha, l'empoigna par les cheveux et l'attira à lui. Elle sentit son haleine brûlante sur son visage. Dans sa fureur, elle percevait un certain désespoir, comme si des émotions contradictoires le menaient à la folie.

– Ne me défie pas, Angelique ! dit-il durement. Tu as vu ma colère et ma manière de punir. Le même sort t'attend si tu t'entêtes !

Il la repoussa si violemment qu'elle tomba. Elle ouvrit de grands yeux effrayés quand il se pencha sur elle, les mains tremblantes.

– Écoute, petite, et écoute bien ! Tu n'es plus la fille de ta mère, ni la mienne, d'ailleurs ! La vie à la Martinique est dure pour nous tous. Pourquoi devrais-tu être épargnée par ces difficultés ? Sache, se radoucit-il, que j'ai besoin de toi. Désespérément. Tu as un nouveau rôle dans la vie, que tu peux être fière d'endosser. Je te suggère de le faire.

Sur ces mots, il sortit. La porte se referma derrière lui et elle entendit le bruit métallique du loquet qui retombait.

6

Elle ne sut pas combien de temps elle pleura et dormit ensuite. Les esclaves la réveillèrent et lui donnèrent à manger, puis elle se rendormit. Parfois, quand la lune se levait à sa fenêtre, elle s'en approchait lentement et la regardait scintiller sur les vagues. D'autres fois, le soleil entrait à flots et peignait d'or les pierres du mur près de son lit. Mais la plupart du temps, elle dériva dans un crépuscule gris, trop accablée pour se forcer à se réveiller quand l'effet de l'opium s'estompait, préférant retomber dans un sommeil agité plutôt que souffrir du chagrin d'être séparée de sa mère.

D'autres fois encore, les esclaves la portaient ou la traînaient dans l'escalier de la tour jusqu'au sanctuaire, la déposaient sur l'autel où elle restait prostrée et hébétée tandis que les hommes dansaient et chantaient autour d'elle. Il lui arriva de sentir qu'elle n'était pas seule sur l'estrade, qu'il y avait une présence invisible à ses côtés. Elle se rappela qu'on la vêtait et l'ornait de chaînes et de coquillages, comme une statue apprêtée pour une cérémonie. Elle se souvenait vaguement d'avoir vu son père l'air mécontent, mais cela l'affectait à peine, puisqu'elle ignorait pour quelle raison il la regardait ainsi.

Parfois, son esprit s'éclaircissait et elle avait moins l'impression d'être un spectre assis dans un fauteuil auprès du lit, dans la baignoire ou devant le miroir, mais ces moments fugaces disparaissaient au fil des journées.

Elle rêva de la mer. Elle se rappelait combien elle se sentait différente sous la surface, près du récif où elle nageait durant des heures. Elle rêva des créatures qui flottaient dans cet univers chatoyant, sans se soucier des changements de temps ou de lumière, bercées au rythme irrégulier du ressac, avec leurs couleurs éclatantes et leurs yeux luisants. Elle rêvait qu'elle était l'une d'elles, que son corps rond et ses jambes molles avaient pris la forme d'un poisson. Et elle remuait doucement dans son sommeil.

Elle rêvait de sa mère. Sa mère ne cessait de bouger, son corps était un palmier dansant dans le vent. Des expressions différentes passaient sur son visage, comme le soleil qui scintille sur le lagon. Elle était aussi heureuse que belle ; elle rayonnait de joie et d'affection. Elle caressait Angelique et passait ses doigts dans ses boucles.

Certains jours, on piquait des fleurs dans ses cheveux, on lui fardait les paupières et on la promenait dans une chaise voilée soulevée par quatre porteurs noirs dans le quartier des esclaves. Sous le rideau, elle apercevait les visages ébahis et les yeux écarquillés et émerveillés d'enfants et de mères qui la contemplaient. À ses pieds, il y avait des morceaux de fruits et de friandises qu'elle jetait distraitement à la foule, vaguement consciente de l'émoi que provoquait sa présence. Mais elle traversait tout cela comme en transe.

Elle s'habitua à la cérémonie. Elle restait dissimulée dans une pièce derrière l'autel pendant que les tam-tams et les chants enflaient. Parfois, elle était même hypnotisée par cette pulsation qui résonnait tel le tonnerre dans le ciel. Une fois qu'elle apparaissait sur l'estrade, la frénésie des danses diminuait, les esclaves étaient plus calmes, comme si leurs peines disparaissaient en sa présence. Les hommes l'entouraient, leurs yeux luisants fixés sur elle, et elle se sentait enveloppée par leur adoration. Souvent, ils tendaient la main et frôlaient ses pieds. Cela ne l'effrayait pas, car ils paraissaient apaisés quand ils la touchaient.

Il lui arrivait de se laisser gagner malgré elle par cette folie. L'odeur des cierges, les parfums, les corps ruisselants de sueur, la fumée, les flammes tremblotantes et le grondement des tam-tams l'ensorcelaient. Elle sentait les pulsations de chaleur la pénétrer. Puis elle plongeait dans un abîme de désespoir. Elle serrait les poings, se raidissait, des larmes ruisselaient sur ses joues, elle hurlait sa douleur, enfin, vaincue par le chagrin, elle perdait connaissance.

Un jour, de bon matin, elle se réveilla l'esprit plus clair qu'à l'accoutumée. Elle entendit Thais soulever le loquet et entrer furtivement avec le plateau du repas. L'aube venait de poindre à la fenêtre et dans le ciel couleur lavande un oiseau matinal chantait au loin. La robe de Thais était parsemée de fleurs délavées, et ses cheveux, noués dans un foulard bleu. Elle se tourna et sourit, un peu mal à l'aise, en voyant qu'Angelique était réveillée.

– Eh bien, mon enfant. C'est le matin et il ne va pas pleuvoir. Tu vas manger pour bien te remplir le ventre. Aujourd'hui, tu vas aller en ville. Allons, ma chérie. Il faut que je te passe une robe. Tu es un peu plus réveillée que d'habitude, n'est-ce pas ? Tu vas être une gentille fille, hein ?

Angelique repoussa l'assiette qui tomba bruyamment sur le sol. Thais étouffa un cri.

– Oh, Seigneur, mais pourquoi as-tu fait cela ?

– Parce que cette nourriture me fait dormir tout le temps !

– Eh bien, c'est peut-être vrai, mon enfant, dit Thais d'un air coupable. Mais c'est pour le mieux. Quand elle dort, la grenouille n'entend pas venir le serpent. Maintenant, il faut que tu manges, sinon je me ferai gronder !

– Mais je veux rester éveillée ! Depuis combien de temps je dors ? Des semaines ? Des mois ?

Thais s'assit auprès d'elle et passa un bras autour de son épaule. Sous son poids, le lit s'enfonça. Elle exhalait une légère odeur, pas désagréable, mélange de fumée et de suif. Elle sembla vouloir parler, mais elle leva les yeux au ciel.

– Oh, Seigneur, Seigneur ! s'exclama-t-elle en se frottant les cuisses.

Angelique se rappela soudain un rêve de la nuit précédente. Son père était venu dans sa chambre et s'était penché sur son lit d'un air fâché. « Elle est trop droguée ! avait-il dit. Elle doit être plus consciente pour la cérémonie. On dirait un zombie ! Une morte-vivante ! »

– Pourquoi me drogues-tu ? demanda-t-elle à Thais.

– Écoute, ma petite, écoute-moi. Que veux-tu que je fasse ? Tu es une petite sauvageonne, voilà ce que tu es. Tu as échappé à Suzette. Et tu me fais peur.

Soudain, elle débita d'un trait :

– Le Massa, il est en colère et il me crie dessus. « Pourquoi elle dort comme ça ? », il me dit. Et moi : « Il faut bien, sinon elle va s'enfuir. – Mais elle ne vaut rien, il dit, si elle dort tout le temps, elle n'a pas l'air d'une déesse, elle ne ressemble à rien. » Et moi je réponds : « Mais vous me dites de m'occuper d'elle et de veiller qu'elle ne s'échappe pas. Sinon vous allez me punir. » Parce qu'il m'écorcherait vive, tu sais. Quand tu t'es enfuie la première nuit, il a battu Suzette. Comme plâtre. Oh, elle t'en veut, à présent. Elle ne te porte plus dans son cœur et tu ferais bien de faire attention quand elle est dans le coin. Elle me dit : « Mets-lui de la verveine dans son verre, qu'elle dorme ! » Alors je verse de la poudre, juste un petit peu, pour que tu sois calme. (Thais était de plus en plus agitée.) Mais le Massa, il n'est jamais content. Il veut que tu sois plus vive. Si tu es réveillée ce matin, c'est parce que hier soir il m'a dit de ne pas te donner de potion. Et aujourd'hui, tu peux aller en ville et Massa Bouchard veut que tu sois bien réveillée. Alors il faut qu'on te surveille pour que tu ne t'échappes pas. (Elle soupira et serra Angelique dans ses bras.) La vérité, c'est que je suis contente de te voir réveillée. (Elle se leva et alla ouvrir l'armoire.) Regarde donc comme cette robe est jolie.

Thais se saisit d'une robe rose pâle et l'étala sur le lit. Elle était en taffetas de soie, brodée de feuilles et de tiges vertes qui allaient du col à l'ourlet. Le corset était délicatement plissé et des roses en satin ornaient les emmanchures. La robe n'était pas neuve. Des reprises à la taille et aux ourlets indiquaient que d'autres l'avaient déjà portée. Mais Angelique n'en avait encore jamais vu de plus belle.

– Tu es déjà allée au carnaval, mon enfant ? demanda Thais en lui ôtant sa chemise de nuit.

– Au carnaval ? Oh, ma mère m'y emmène chaque année !

– Tout le monde y sera, esclaves, massas, mulâtres. Cette robe vient de Paris. Qu'en dis-tu ?

Dans un froissement de soie, elle lui enfila la robe, qui était très ajustée. Angelique la caressa du bout des doigts, fascinée par ce rose couleur d'aurore. Thais acheva de la parer avec des bracelets de clochettes aux chevilles et aux poignets, puis elle piqua des fleurs de frangipanier et des tubéreuses dans ses cheveux blonds. Une amaryllis écarlate tomba sur ses genoux. Angelique fixa le cœur de la fleur, ses pétales fragiles, et toucha la pointe du pistil ; un peu de pollen resta collé à son doigt.

– S'il te plaît, dit-elle à Thais, ne me fais plus dormir.

– Oh, mon Dieu...

– Je veux rester éveillée.

– Je n'aime pas cela, c'est vrai. Cela me fait de la peine de te voir ainsi, pauvre petite. Mais je sais bien qu'on ne change pas comme ça. Tu t'enfuiras.

– Non, je ne m'enfuirai pas.

– Tu le jures ?

– Je le jure.

– Tu le feras pour moi.

– Et pour Erzulie.

– Pourquoi Erzulie, mon enfant ?

– Je veux que la déesse vienne à moi. Si elle sait que je fais semblant d'être elle, peut-être qu'elle viendra dans ma tête et que je la connaîtrai.

Thais considéra Angelique avec attendrissement, puis elle l'attira contre elle.

– Peut-être qu'elle le fera, dit-elle à voix basse. Qu'elle sera jalouse et qu'elle viendra. Ce serait bien son genre.

Après une longue route en carriole, Angelique et Thais arrivèrent à Saint-Pierre. Les bruits du carnaval, flûtes, sifflets et tambours, résonnaient dans l'air. Une foule de gens y participaient, et pas seulement des esclaves costumés ou endimanchés, mais aussi des Blancs. Angelique était dissimulée dans sa chaise à porteurs et elle fut surprise de voir son père s'approcher et soulever le rideau.

– Reste cachée jusqu'à la tombée de la nuit et le début de la cérémonie, ordonna-t-il.

Le défilé commença et elle fut secouée par les porteurs comme sur le dos d'un âne boiteux. Il faisait chaud sous les voiles et elle avait du mal à respirer. Elle entendait les tam-tams, les calebasses et les tambourins, les chants, les cris et les bruits de pas et mourait d'envie de tout voir. Cramponnée aux montants, elle ne put résister à l'envie de jeter un coup d'œil par un petit trou dans le tissu. D'innombrables esclaves entouraient sa chaise en brandissant des drapeaux blancs ornés d'un cœur transpercé et psalmodiant : « Erzulie, *nann, nann.* »

Elle vit un groupe d'esclaves au visage peint en blanc comme des têtes de mort. Ces squelettes vivants jouaient de la flûte de bambou et dansaient follement en chantant pour le dieu du Portail. L'une de ces macabres créatures glissa la tête entre les rideaux et elle recula de terreur, mais il se contenta de rire et repartit danser.

Ils passèrent devant le grand théâtre et, sur l'escalier, elle aperçut d'autres esclaves en pantalons blancs, cols de dentelle et chapeaux pointus. Ils avaient les joues fardées de rouge et les yeux cernés de khôl. Puis elle vit quelque chose de stupéfiant, un magnifique groupe de mulâtres vêtus des plus beaux atours qu'avaient dû leur donner leurs maîtres : des robes de soie d'Europe, chapeaux à plumes, souliers de satin à boucles et gilets rayés, mais surtout, le plus choquant, de scintillants bijoux. Elle ignorait qui ils étaient, mais elle les trouva aussi exquis qu'un tableau vivant.

Des roulements de tambours et des cris annoncèrent un autre groupe de personnes en robes blanches portant une plateforme beaucoup plus grande que la sienne. Dessus vacillait un mannequin de paille vêtu de noir. Son immense face était peinte en jaune et trois cornes rouges se dressaient sur sa tête. C'était le Roi du carnaval et elle se rappela combien elle avait eu peur la première fois qu'elle avait vu ce géant grimaçant.

Quand ils arrivèrent dans le quartier du port, ils prirent la route menant à la forêt. Elle scruta les quais, où des groupes de pêcheurs et de marins venaient se joindre à la fête. Au-dessus d'un grand navire claquait un pavillon qu'elle n'avait jamais vu, à bandes rouges et blanches avec un carré bleu semé d'étoiles blanches, et, auprès des entrepôts, elle vit un groupe de soldats en habits rouges crier et courir pour rejoindre la parade. Elle essaya de les suivre du regard dans la foule, et ils lui rappelèrent un banc de poissons dans le courant, bougeant comme une seule créature, se dispersant et se réunissant tour à tour. Les soldats l'enthousiasmaient et elle se pencha un peu plus pour mieux voir leurs bottes noires luisantes, leurs baudriers blancs et le scintillement de leurs boutons et de leurs épées.

La plateforme supportant l'effigie géante titubait sur la route devant elle. Les porteurs oscillaient d'avant en arrière, la faisant pencher et la redressant au dernier instant tout en poussant des cris pour désorienter et décourager les mauvais esprits. Les soldats se joignirent à leur chœur. Angelique se rendit compte en se rapprochant d'eux que c'étaient des adolescents. Leur tapage trahissait leur jeunesse et elle vit que certains étaient débraillés et crottés. Elle mourait d'envie de continuer à les observer, mais, redoutant la colère de son père, elle se rassit.

Elle n'osa regarder de nouveau qu'une fois qu'on l'eut posée à terre. Toute la procession avait pénétré dans la forêt pour gagner une large clairière où attendait un énorme feu de joie. La chaise avait été déposée à l'écart et Angelique brûlait d'en descendre. C'était une véritable torture de devoir rester cachée. Au moins, se dit-elle, il se passait tellement de choses qu'elle n'était pas la seule attraction.

Des torches montées sur de hauts poteaux flamboyaient devant les arbres. On plaça des tambours devant le feu et plusieurs musiciens commencèrent à jouer leur rythme infernal.

Des cris s'élevèrent brusquement d'un groupe d'hommes et elle se pencha pour en voir la raison. Sous leurs yeux, deux coqs roux bondissaient en agitant leurs ailes et leurs pattes aux griffes ensanglantées ! Elle vit alors que sa suite était partie. Il ne restait plus que Thais, qui tendait un drap blanc entre quatre poteaux en guise d'autel. Elle ne vit son père nulle part.

Elle aperçut les soldats non loin de là. L'un était grand et mince, avec une fine moustache et une petite barbe. Il semblait plus âgé et c'était apparemment un officier, car son uniforme était en bon état et il portait une épée. Les autres poussaient des cris étonnés et ravis. Elle les entendit l'appeler Jeremiah et comprit qu'il était le chef. Il hochait la tête en souriant, le menton dans la main, traitant les adolescents avec familiarité. Notamment l'un d'eux, un beau garçon dont l'officier ébouriffa les cheveux bouclés en riant.

Les deux soldats se retournèrent vers sa chaise et le plus jeune la dévisagea avec curiosité. Il allait s'approcher, mais l'officier dut le rappeler, car il se retourna brusquement et elle fut surprise d'entendre en anglais :

– Viens ici, chenapan ! Ne va pas par là !

Elle écarta encore le rideau. Le jeune homme était revenu auprès de l'officier et lui parlait en hochant la tête vers elle. L'autre le dissuada et l'entraîna en le prenant par l'épaule. Le jeune homme se retourna, et cette fois elle croisa son regard. Un bref instant, il resta immobile en la regardant avec émerveillement. Puis il eut un geste étrange. En levant le menton, il embrassa l'air dans sa direction.

À cet instant, on alluma le feu de joie et les flammes s'élevèrent pour consumer le géant de paille. Le visage grimaçant sembla luire de l'intérieur, les yeux comme des charbons ardents, et la bouche s'ouvrit lentement dans un sourire diabolique. Des silhouettes bondissantes apparurent dans le cercle en psalmodiant leurs litanies hypnotiques et en se contorsionnant. Angelique laissa retomber le rideau et ferma les yeux pour laisser le rythme la pénétrer et se confondre avec le battement de son cœur.

– Bonjour, là-dedans.

Elle sursauta. Le chuchotement était proche, juste derrière le voile, une voix taquine de garçon. Elle se recroquevilla dans un coin et attendit en retenant son souffle pendant que le rideau se soulevait légèrement. Elle le rabattit vivement, mais un instant plus tard il s'écartait de nouveau, et cette fois elle ne bougea pas.

– Bonjour, chuchota-t-il. Je veux juste vous regarder.

Il était tout près, avec une expression impudente, mais il avait un très beau visage finement dessiné, avec des yeux noirs pénétrants, d'épais sourcils et des taches de son sur le nez.

– Je n'ai encore jamais vu de vraie déesse.

Elle fut terrifiée à l'idée que son père surgisse et elle le regarda fixement, ne sachant que faire. Le garçon souriait, à présent. Il avait des dents d'un blanc éclatant et un duvet de moustache. Ses boucles brunes aux reflets dorés retombaient sur son front et ses yeux noirs scrutaient son visage comme s'il y cherchait quelque merveille. Soudain, il fit une grimace espiègle.

– Que voulez-vous ? demanda-t-elle finalement en anglais.

– Mais vous parler, bien sûr. Qu'imaginez-vous ?

– Vous n'êtes pas autorisé à parler à la déesse.

– Mais vous n'êtes pas une vraie déesse, n'est-ce pas ?

Le feu lui monta aux joues. Il l'avait fâchée.

– Bien sûr que si ! Je suis Erzulie, la déesse de l'Amour.

Il éclata de rire.

– En voilà un beau tour ! Jeremiah m'a dit que vous étiez dangereuse et que je ne devais pas vous approcher, alors naturellement je n'ai pas pu résister. Mais regardez-vous ! Vous ne feriez pas de mal à une mouche.

– Pourquoi ne me croyez-vous pas ?

– Pourquoi ? Parce que je peux voir sur-le-champ, malgré votre fard, que vous êtes une vraie fillette, en chair et en os. Et que vous êtes si éblouissante que cela ne me gêne pas du tout. Ah, quelle grandiose aventure !

– Partez ! gémit-elle en sanglotant presque.

C'était la première personne, en dehors de Thais et de son père, à lui parler depuis longtemps, et il était si familier et si hardi qu'elle en avait la gorge serrée.

En voyant son désespoir, son sourire laissa la place à une expression inquiète.

– Oh, je suis tout à fait navré. Je ne voulais pas vous effrayer. C'était moi qui étais censé avoir peur. Allons, allons, ne pleurez pas. Vraiment.

Mais elle était incapable de retenir les larmes qui ruisselaient sur ses joues et, avant qu'elle ait pu faire un geste, le garçon était monté auprès d'elle et avait rabattu le rideau. Un bref instant, elle se retrouva dans l'obscurité, paralysée, sentant seulement la chaleur de son corps et un parfum de mer. Puis elle vit son visage tout près.

– Est-ce parce que je suis un soldat ? demanda-t-il. Ne vous souciez pas de cet uniforme. C'est celui de mon école. Peut-être pensez-vous que je voulais vous insulter. C'est vrai, je le voulais. Je suis un vrai démon.

Il lui sourit de nouveau et, avec la manchette de sa chemise, il lui tamponna les joues, puis la regarda, extasié.

– Eh bien, vous avez des yeux couleur de bleuet. Si grands et si apeurés. Vous devez vous dire que nous sommes venus combattre les Français et vous prendre votre île.

– Venez-vous… d'Angleterre ? demanda-t-elle d'une toute petite voix.

– Non, de Nouvelle-Angleterre, petite sotte. Du bel État du Maine. Je suis avec mes camarades d'école pour un voyage d'apprentissage de marin. Je voulais aller en Afrique, mais mon père ne m'y a pas autorisé.

– Et avez-vous appris quelque chose ?

– Oh, oui ! Que naviguer est un dur labeur, et monotone, quand on roule de vague en vague toute la nuit. J'ai eu le mal de mer tout le temps. Jeremiah nous a conduits dans les îles, mais seulement les possessions anglaises, bien sûr. Nous avons entendu dire que c'était le carnaval à la Martinique. Je l'ai supplié de nous y amener. Et j'en suis fort heureux, car j'ai pu vous voir et...

Il la contempla un moment, puis soudain :

– Mais dites-moi, votre volcan est-il déjà entré en éruption ? Comment s'appelle-t-il ? Le mont Piley ? Paley ?

Angelique, vaincue par sa présence, mit un moment à se ressaisir.

– La montagne Pelée, dit-elle. Non... Mais quand le dieu se... réveille, il se retourne et... la montagne Pelée gronde et crache le feu !

– Oh, que j'aimerais voir cela ! Ne serait-ce pas passionnant ? Comme le Vésuve ! Tout le monde enseveli sous la lave, figé dans son geste pour l'éternité – en train de cueillir des bananes, de balayer, ou assis sur son pot de chambre !

Il éclata de rire, ravi de sa petite plaisanterie, et Angelique sourit timidement. Il la contempla de nouveau.

– Voudriez-vous voir mon trésor ? demanda-t-il en tirant un petit sachet de sa poche de gilet. Il y a un navire dans le port de Saint-Thomas, qui appartient au Grand Moghol d'Inde et qui transporte des femmes ! Et des soieries brochées d'or ! Mon oncle Jeremiah, ce chanceux, est monté à son bord. Et voici ce qu'ils ont en Inde. (Il se pencha et versa sur ses genoux une poignée de pierres précieuses éclatantes, vertes, violettes, ambrées et rouges.) Il m'a donné tout cela. Qu'en dites-vous ?

Angelique étouffa un cri et regarda le garçon, émerveillée.

– Voyez celle-ci, dit-il. C'est une pierre de lune.

Il déposa dans la paume d'Angelique une pierre blanche.

– Elle emprisonne des rayons de lune, ajouta-t-il en la faisant bouger pour qu'elle en admire le miroitement. Vous les voyez ?

– Oh, oui ! s'exclama-t-elle, stupéfaite.

Il lui referma les doigts dessus.

– Elle est pour vous. En souvenir de moi.

Puis il se pencha et lui déposa un baiser sur la joue.

– Barnabas ! Êtes-vous là ?

Le garçon lui fit un clin d'œil en posant un doigt sur ses lèvres.

– Sortez immédiatement ! cria une voix courroucée.

Le garçon ramassa les pierres sur la robe et les rangea dans le sachet en souriant narquoisement. Au même instant, une main l'empoigna au collet et le tira vivement en arrière. Jeremiah le releva sans ménagement.

– Bon Dieu, Barnabas ! Êtes-vous donc un sot ? demanda-t-il d'un ton moins sévère qu'inquiet. Je vous ai dit combien c'était dangereux ! Si on vous surprenait, on vous tuerait sans plus de façons. Vous n'auriez pas le temps de vous en rendre compte. Un peu de poudre qu'on soufflerait sur vous. Et c'en serait fini.

Barnabas fit un clin d'œil à Angelique pour souligner combien il trouvait cette menace absurde. Mais Jeremiah resserra sa prise et le tira à nouveau.

– Allons, jeune homme. Retournons au navire avant que je ne me fâche.

Angelique l'entendit continuer alors qu'ils s'éloignaient.

– Comment avez-vous pu commettre pareille imprudence ? Seigneur ! Barnabas, c'est à moi qu'on vous a confié. Mon frère me ferait fusiller !

Et les dernières paroles qu'elle entendit furent celles du garçon.

– Ils ont fait d'elle une idole stupide, alors que ce n'est qu'une fillette. Que va-t-elle devenir ?

Elle serra la pierre de lune dans sa main pendant longtemps, et quand elle la rouvrit pour la regarder, elle la trouva perlée de sueur. Elle l'inclina pour voir la lune chatoyer. Puis elle décrocha son *ouanga*, en défit le nœud, glissa la pierre dans le sachet avec le crâne de serpent et le referma.

Dans la nuit, quand la cérémonie d'Erzulie commença enfin, elle se présenta dans sa robe rose pâle, ses cheveux blonds retombant sur ses épaules. Alors que des milliers de cierges brûlaient dans l'obscurité et que les esclaves déposaient en chantant leurs offrandes à ses pieds, elle se demanda s'il était là et imagina qu'elle le voyait, derrière la foule dansante, qu'il la regardait avec ses yeux pleins de gaieté, ce garçon qui s'appelait Barnabas…

7

Barnabas reposa le journal, abasourdi.

Il se rappelait très bien son premier voyage dans les îles. Il était parti avec Jeremiah, quand il était adolescent – Jeremiah qu'il adorait, et qui l'avait finalement trahi. Il se souvint, dans un tourbillon de couleur et d'images, du navire marchand qui grinçait, des verdoyantes îles et de l'air parfumé et caressant. Il revoyait encore le carnaval à la Martinique, où il avait assisté pour la première fois à des rituels magiques qui lui avaient paru impossibles – comment aurait-il pu en être autrement ? La créature païenne cachée dans sa chaise à porteurs – la « déesse vivante » qu'il avait trouvée si fascinante –, c'était Angelique ? Il se rappela que durant tout le voyage du retour il s'était imaginé amoureux d'elle.

Mais son plus vif souvenir restait sa découverte pendant son retour en Amérique. Les ponts des navires de son père étaient chargés de tonneaux de rhum. Une nuit, alors qu'ils voguaient vers Boston, ses camarades et lui avaient décidé de percer l'un des barils et de boire comme de vrais marins, en goûtant à l'élixir qui remplissait les poches de son père. Après que les autres se furent endormis, la tête bourdonnante d'alcool, il s'était faufilé dans les cales. Et en bas, dans l'obscurité humide, il avait vu des dizaines d'esclaves entassés et enchaînés qui gémissaient.

Un coup frappé à la porte interrompit sa rêverie. C'était Julia. Il cacha rapidement le carnet parmi les livres sur son bureau et se leva pour l'accueillir.

– Allons à Collinsport, dit-elle. J'ai amené la voiture.
– Oui, bien sûr. C'est gentil à toi de venir.
Elle hésita en le dévisageant, devinant quelque chose dans son comportement.
– Tu te sens bien, Barnabas ?
– Bien sûr que oui. Qu'imagines-tu ? répondit-il d'un ton bourru qui ne lui ressemblait pas et les surprit tous les deux.
– Je me disais seulement que nous pourrions remettre cela à une autre fois.
– Mais nous devons passer à l'Ancienne Demeure. Voir où en sont les ouvriers. Ils ont dû bien avancer, depuis le temps, insista Barnabas.
– Je peux m'en occuper pour toi, si tu veux.
– Oh, pour l'amour du ciel, assez de sollicitude, Julia. Je suis fatigué qu'on me couve. Et de voir ce regard inquiet sur ton visage. Cela ne te va pas du tout.
– Pardon…
En prenant sa veste, Barnabas fit tomber les livres. En apercevant le carnet, Julia se rembrunit.
– Tu n'es pas allé lire cela, tout de même ?
– Non ! Enfin… j'y ai jeté un coup d'œil. Ce n'est vraiment pas intéressant.
– Barnabas, enfin, donne-le-moi. Cela t'a déjà mis de mauvaise humeur.
– Pas du tout, ma chérie. Ne dis pas de sottise. Je ne suis pas du tout irrité, comme tu dis. Et il faut vraiment que ces chamailleries cessent, elles me portent sur les nerfs. Quant au carnet, je le brûlerai dès mon retour.
– Je vois. Elle marqua une pause, avant de continuer : Tout comme tu as brûlé l'Ancienne Demeure ?
– Quoi ?
– Barnabas, comment veux-tu que le feu ait pris, sinon ?
– Julia, je t'assure, tu as perdu la tête.
Elle hésita un instant en le scrutant, puis elle se détourna.
– Pardon. Je ne sais pas ce qui m'a pris de dire une chose pareille. Allons-y.

Roger n'en finissait pas de radoter. Barnabas se rendit compte qu'il était l'audience captive d'un cours magistral et que cet homme avait cruellement besoin d'un partenaire et d'un admirateur. C'était un homme aux opinions odieuses, animé d'une féroce énergie, qui philosophait et moralisait sans se soucier d'une quelconque réponse. Barnabas, fixant le visage aristocratique aux traits finement ciselés de son cousin, l'écoutait exposer ses plans d'affaires et d'investissements, mais dans son for intérieur il était terriblement las.

Il savait qu'il aurait dû apprécier les opportunités offertes par Roger. Pourquoi cela ne l'enthousiasmait-il pas ? Était-ce un symptôme de la guérison ?

Son regard dériva vers la fenêtre ; même dans le jardin paysager sur lequel donnait le bureau de Roger, le printemps avait déployé ses charmes. Au bord de l'eau, un magnifique cerisier dressait ses branches noires alourdies de boutons roses. Brusquement, il se sentit affreusement solitaire et reconnut là un désir bien ancien : il regrettait de ne pas être amoureux. Il se força à écouter Roger.

– Maintenant que vous êtes remis, Barnabas, je dois vous dire combien j'attendais que vous vous joigniez à nous. Nous avons plusieurs « fers au feu », comme on dit, et quelques investissements que nous devons renforcer. Qui peut le faire à part vous ? Carolyn serait une dirigeante de premier ordre si elle le voulait. Malheureusement, elle n'y a aucune inclination. Les affaires l'ennuient et elle trouve que les conditions de travail dans les usines textiles sont… hum… malsaines et « injustes pour les ouvriers ». On n'imagine pas opinion plus absurde. Collins Enterprises ! David semble prometteur, et on espère qu'il sera dans son domaine quand il sera plus mûr, s'il le devient jamais. En tout cas, vous seriez bien avisé de vous renseigner sur les affaires des Collins et de ne rien tenir pour acquis. Les temps changent. Il faut veiller au bien-être de la famille : les investissements ne se font pas tout seuls, ils demandent de la planification et une prise de risques. Alors, qu'avez-vous en tête ?

– Que voulez-vous dire ? demanda Barnabas, pris de court.

– Que voulez-vous faire, Barnabas ? Vous n'avez sûrement pas l'intention de vivre de votre fortune ou de celle de la famille Collins.

– Je… Eh bien, je pensais naturellement me joindre au conseil d'administration, apporter ma contribution au niveau de la direction…

– Quel genre de contribution ? insista Roger.

– Je vous demande pardon ?

– Quel talent unique pensez-vous posséder ? Vous avez beaucoup voyagé, je le sais. Quelle était votre profession à Londres ? Le droit ?

– Je… eh bien, les affaires, je dirais. En réalité, je n'avais pas besoin de travailler de manière régulière. Il y a une grande quantité de biens…

– Du foncier ?

– Non… Des bijoux, des antiquités, des meubles…

– Avez-vous la moindre idée de la vitesse à laquelle ce genre de choses, si précieuses soient-elles, perdent leur valeur ? Avez-vous fait des investissements ?

– Euh… oui, bien sûr, répondit Barnabas soudain agacé. Roger, je n'apprécie pas que l'on sous-entende que je ne m'acquitterais pas de ma part. Je possède une vaste fortune restée en Angleterre et je n'ai aucunement l'intention de vivre à vos crochets, comme vous dites.

– Allons, mon garçon, calmez-vous. Je ne voulais pas vous forcer la main, mais il n'y a rien de tel que de prendre de nouveaux engagements pour se fouetter le sang, si vous voyez ce que je veux dire. Qu'en pensez-vous ?

– De quoi ?

– De prendre de nouveaux engagements. Barnabas, faites-vous attention à ce que je raconte ?

– Excusez-moi, Roger, j'avais l'esprit ailleurs. Peut-être que je devrais retourner à l'Ancienne Demeure pour voir si les ouvriers sont venus. Ils n'étaient toujours pas là à midi…

– Oh, qu'ils aillent se faire voir ! Écoutez, Barnabas. Voici un conseil pour vous. Le tourisme ! On peut y faire d'énormes bénéfices, vous savez, ils viennent en masse, d'Allemagne, d'Orient… tout le monde veut voir le monde !

Barnabas commença à se demander si l'entrevue allait jamais finir, car Roger n'avait pas l'air de se lasser.

– Voyager est aujourd'hui la grande préoccupation des classes moyennes. Des obèses en bermuda, des Japonais armés d'appareils photo – sans la moindre sensibilité culturelle ou notion d'histoire, qui collectionnent les pays comme d'autres des timbres ou des vignettes de football ! Néanmoins, c'est un marché inépuisable. Que diriez-vous d'un hôtel quatre étoiles ? D'un centre balnéaire de première classe ?

Roger marqua une pause. Barnabas avait le tournis.

– Nous avons toujours, vous l'ignorez peut-être, une propriété aux Antilles. Une plantation de canne en ruine, mais bâtie sur une falaise avec un panorama spectaculaire, paraît-il, sur la mer.

– Vraiment ? fit Barnabas, soudain intéressé par le mot « Antilles ». Où cela ?

– Eh bien, à la Martinique, bien sûr. Nous y faisions le commerce du sucre, autrefois. Nous avions des navires que nous avons tous perdus après la révolution. La propriété est revenue à la famille Collins à la fin du XVIIIe siècle et personne n'en a rien fait. Elle a été achetée, je crois, par l'un de nos illustres aïeux pour sa future épouse. Le mariage n'a jamais eu lieu, malheureusement. Elle est morte dans des circonstances mystérieuses. Mais nous en détenons toujours le titre. Tout cela remonte au roi de France !

– Et rien n'a été fait depuis ? Pourquoi donc ? demanda Barnabas, qui s'intéressait à la question au plus haut point.

– La politique, mon cher, la politique. Et le manque de main-d'œuvre. Mais je viens de recevoir carte blanche du gouvernement français. Ils sont ravis d'une telle initiative. Nous devons donc envoyer quelqu'un là-bas, engager un architecte, une entreprise de travaux, des ouvriers et… naturellement, c'est à vous que j'ai pensé !

– Cher cousin, je ne crois pas que je pourrais entreprendre une tâche aussi ambitieuse…

– Allons, Barnabas ! On ne tire pas au flanc, mon garçon ! Je vois que vous avez le flair pour ce genre de choses. L'amour des beaux intérieurs, des antiquités, comme vous dites. Imaginez ! Un grand hôtel ! Vous pourriez voyager en Europe, acheter toute la décoration, tout reconstruire et insuffler une nouvelle vie… Il paraît qu'il y a des statues, des parapets…

On frappa à la porte et Julia apparut, hors d'haleine, l'air affolé.

– Roger ! Barnabas ! Il y a eu un affreux accident sur la route de Collinwood. Deux hommes ont été tués !

Julia, les mains crispées sur le volant, roulait vers l'Ancienne Demeure tout en cherchant des traces de l'accident. Le soleil était bas sur l'horizon et ils étaient éblouis.

– Ce ne devrait pas être bien loin, dit-elle d'une voix tremblante. D'après la police, c'était avant le carrefour, juste avant le pont couvert. Dans la portion là-haut, qu'en penses-tu ?

Barnabas cligna des paupières et leva une main en visière.

– Je ne peux pas m'empêcher de croire que ce doit être ma faute, murmura-t-il.

– Barnabas, c'est absurde.

– Je sais, mais c'est moi qui ai organisé la démolition, et…

– Bon sang, je n'y vois rien ! s'écria-t-elle en freinant.

La poussière sur le pare-brise scintillait dans le soleil et leur dissimulait la route. Ils poursuivirent au pas et, quand les rayons se dissipèrent, ils virent l'accident. Deux voitures de police étaient garées avec une ambulance, gyrophares clignotant. Plusieurs policiers étaient massés près du bord de la rivière. Julia arrêta la voiture et ils descendirent.

Le camion qui transportait le bulldozer était renversé dans la rivière, roues en l'air, comme un éléphant mort. La cabine n'était plus qu'une coquille noircie et aplatie. C'était seulement grâce à l'eau que le feu ne s'était pas propagé quand le réservoir avait explosé. Le bulldozer gisait sur le flanc dans les taillis, les roues tordues, et la pelle arrachée avait volé derrière les arbres, comme un jouet d'enfant désossé.

– Quand est-ce arrivé ? demanda Barnabas.

– En début de matinée, dit Julia. La police ne l'a découvert qu'il y a une heure, mais le métal brûlé était déjà froid.

– Tu veux dire que nous sommes passés devant sans rien voir en descendant en ville ?

– Comment voulais-tu le voir ? Le pont fait obstacle. Ils étaient dans l'eau. Nous n'aurions rien pu faire, Barnabas, ajouta-t-elle.

– Comment le sais-tu ? Nous aurions pu essayer. Les pauvres. Quel gâchis !

Il fixa les deux cadavres d'un œil morne. Jamais ils n'étaient arrivés à l'Ancienne Demeure. Quelque chose les avait arrêtés sur la route, quelque chose dont il aurait dû prévoir la présence. On chargea l'un des corps sur une civière, mais c'était difficile sur ce bord de rivière rocheux, et les ambulanciers peinaient sous le poids. L'autre victime était encore dans la cabine renversée, le visage calciné, la bouche ouverte dans un cri muet.

Barnabas avait pris congé de bonne heure. Le dîner avait été épouvantable et il n'avait éprouvé qu'irritation envers sa famille, qui faisait mine de déplorer l'accident. Elizabeth avait qualifié cela de « tragédie ». Mais s'il y avait un coupable, c'était lui-même.

Le nuage sombre qui planait sur la famille, cette fatalité inéluctable dont on se refusait à parler, Barnabas l'avait déjà connu au cours des autres générations. On en discutait peu, on ne se scandalisait pas et on ne s'échauffait pas à chercher des explications rationnelles. On se contentait d'énoncer des banalités sur la mort, tout en étant parfaitement conscient de ce que l'on taisait : la famille était victime d'une malédiction. Le malheur survenait depuis toujours, prévisible et inlassable. La famille Collins restait à l'écart des autres, avec ses secrets enfouis, et ne connaissait aucun répit de la part du destin.

Par ennui, il s'était éclipsé de cette discussion superficielle, distrait par les perspectives de son mariage.

Quelques jours plus tôt, Julia avait accepté sa demande avec ravissement. Ils allaient bientôt fixer une date et avaient prévu une lune de miel à Singapour, où elle savait que se trouvaient de rares élixirs à base de sang qui pouvaient d'après elle pérenniser la guérison de Barnabas. Cependant, il était dérangé à l'idée de consommer leur union. Il avait bien des fois étreint affectueusement Julia, l'avait même embrassée sur les lèvres, pour l'accueillir ou prendre congé, mais jamais avec ardeur. Parfois, quand ils étaient seuls, il remarquait chez elle un désir quand il la prenait dans ses bras pour lui souhaiter bonne nuit, un signal muet dans son regard. Bientôt, il faudrait qu'il lui fasse l'amour.

Il n'était pas précisément réticent, même s'il s'inquiétait de ses capacités dans ce domaine. Quand il était vampire, l'excitation était une réaction à des signaux d'un tout autre ordre et il sentait qu'il manquait de pratique. Cependant, Julia était si intelligente et le soutenait tellement qu'elle était certaine que tout se passerait bien de ce côté-là aussi. Il se répéta qu'il était encore un homme, vigoureux et plein d'appétit de vivre. Il appréciait son corps svelte, son pas alerte et sa vivacité. L'énergie, la passion reviendraient, il n'en doutait pas. Il était plus comme un toxicomane qui se remet d'une drogue insidieuse qui a façonné sa personnalité pendant longtemps. À présent, il allait devoir redécouvrir ce qu'il était avant.

Il referma la porte de sa chambre, soulagé d'être enfin seul. Les livres étaient restés par terre. Il alluma la lampe et ramassa le journal. C'est seulement quand il l'eut ouvert qu'il se détendit. Il se rendit compte qu'il n'avait cessé de désirer revenir à ce carnet depuis qu'il avait interrompu sa lecture.

Il se retrouva à lire une liste de sorts, charmes et notes pour ce qui semblait être des cérémonies africaines.

Culte des Morts* *d'un prêtre* papaloi :
Pour invoquer les esprits,
Un carrefour à minuit,
Une chandelle faite de cire d'abeilles et d'un foie d'hirondelle,
Un pistolet chargé de terre et de poudre.

L'incantation est :

« Au roulement du tonnerre, que tous les rois de la Terre s'agenouillent. »

Pour faire dormir une femme afin de connaître ses secrets :

Un crapaud tué un vendredi.

Placer la tête, le cœur et le foie sur son sein gauche.

Murmurer :

« Oh, mon amour, mon amour, mon cher amour, viens à moi et parle-moi. »

Pour invoquer les morts – prière du Mort* *:*

Un sac d'acacia sauvage,

Un crucifix de bois et deux pierres,

Quatre cierges blancs aux quatre points cardinaux,

Un pistolet chargé.

Aller sur la tombe à minuit et prononcer cet appel :

« Des feux de la montagne Pelée tu dois jaillir, car j'ai grand besoin de toi. »

Quand le mort apparaît, ne pas s'enfuir, mais reculer de trois pas et répandre du parfum sur le sol devant soi.

Exigences d'Erzulie :

Une bassine en émail, un savon enveloppé, une serviette brodée.

Des bonbons, du parfum et un mouchoir blanc.

Trois alliances et colliers d'or et de perles.

Le bruit du ciel et du tonnerre. La pluie.

Objets nécessaires pour un charme :

La langue d'un oiseau,

Le cœur d'un crapaud,

De la cire d'abeilles ou du suif,

Un mortier et un pilon,

Un fusil et des cartouches.

Pour jeter un sort par-dessus un autre :
Un linge de corps,
Un poil ou un cheveu arraché,
Du sang,
Des rognures d'ongles ou des dents,
Des excréments, du sperme, du sang.

Choses qui, mangées, accordent des qualités :
Le cœur : courage
Le foie : ruse et invulnérabilité aux lames
La cervelle : don de viser juste
Les yeux : don de prédiction
Chair d'enfant : immortalité

8

La mer manquait tant à Angelique qu'elle se sentait brisée. Tout ce qui faisait sa vie l'avait quittée : les plongeons glacés du matin, le sable brûlant de midi, les griffures du corail, les caresses des algues. Elle était prisonnière de la tour, enveloppée dans la grisaille des murailles et d'une atmosphère suffocante. Privé de la brise marine rafraîchissante, l'air était si lourd et épais qu'elle était toujours moite.

Les mois défilaient et la solitude de son existence devint étouffante, puis mortelle. Elle passait les longues journées à regarder dehors par les trois fenêtres, assise sur le rebord, le visage collé aux barreaux.

La première fenêtre donnait sur la route menant à Saint-Pierre. Angelique se torturait en repensant à ce long trajet où elle s'était endormie en toute confiance sur l'épaule de son père. Serait-elle capable de retrouver le chemin de sa maison si jamais elle parvenait à s'échapper de ces murs ?

La deuxième surplombait les falaises au-dessus de la mer. Angelique songeait souvent à Barnabas et se demandait s'il était rentré dans son pays sans encombre. Elle entendait les vagues s'écraser sur les rochers, mais elle ne voyait pas le rivage, seulement la vaste étendue du large dont la couleur passait de l'ardoise à l'indigo.

C'est à la troisième, qui donnait sur la cour intérieure, qu'elle restait le plus. Si elle se levait de bonne heure, elle pouvait voir les esclaves sortir de leurs quartiers par groupes de trente ou quarante pour aller travailler la canne sous le fouet des contremaîtres. Ils criaient et juraient si fort qu'elle les entendait au-delà de la colline. Les nouveaux champs de son père s'étendaient jusqu'à l'horizon, clairsemés, verts par endroits, nus à d'autres. Elle se demandait si la récolte serait bonne et si cela le rendrait plus bienveillant à son égard.

Dans la cour, elle pouvait voir les allées et venues des esclaves qui s'occupaient d'elle, Thais, Suzette, et d'autres aussi qui apportaient matériel, provisions et fleurs. Les deux femmes étendaient le linge, comme le faisait sa mère. Elles nourrissaient les animaux servant aux sacrifices : poules blanches, chèvres, et parfois un chien. De sa fenêtre, elle voyait aussi les larges bras aux voiles déchirées du moulin, qui tournaient faiblement en grinçant. Dans la cour se trouvaient également des réservoirs de bois pour le jus de canne et l'appentis abritant les cuves, tous à l'abandon. Cela devait faire des années que l'habitation ne fonctionnait plus à plein régime.

Une préoccupation rongeait de plus en plus Angelique. Chaque fois qu'une cérémonie devait avoir lieu dans la chapelle, elle était amenée dans la pièce sombre derrière l'autel. Les longues heures angoissées à écouter les tam-tams avaient laissé la place à la curiosité, puis à la découverte. On lui avait permis de garder une chandelle pour supporter l'attente, et à cette faible lumière elle avait commencé à inspecter les étagères poussiéreuses remplies d'un étonnant capharnaüm.

Il y avait d'innombrables jarres de terre scellées à la cire, et plusieurs gros sacs d'une poudre blanche qui semblait être un mélange de farine et de cendres. Elle trouva des bassines en émail, des cruches et des plats, un assortiment de poignards, machettes, lames et bistouris de tailles diverses ; des boîtes de poudre, des bocaux de baumes et d'herbes ; de petits sacs d'aiguilles d'oursin, d'antennes de langouste et de becs de pieuvre ; des tas de sauterelles, millepattes et autres insectes inconnus ; des bocaux contenant des morceaux de chair flottant dans du liquide ; des embryons de petits animaux ; des crapauds, serpents et scorpions séchés. Elle avait vu le même genre d'objets chez sa mère, mais la plupart étaient nouveaux et fascinants et elle passa en revue cette collection macabre comme s'il s'agissait d'un trésor de reine.

Dans un coffret de bois, elle trouva, enveloppé dans de la soie, un magnifique kriss incrusté de pierreries éclatantes, à la lame ondulée et tranchante comme un rasoir. Elle le soupesa et l'examina sous toutes les coutures avant de le remettre soigneusement en place. Mais la découverte la plus passionnante fut un tas de livres entassés dans un coin. La plupart étaient moisis, couverts de poussière, les pages collées par l'humidité. Certains contenaient d'étranges dessins qu'elle ne put déchiffrer : de bizarres images circulaires, des croix et des boucles finement calligraphiées. D'autres étaient des registres d'achats et de ventes – esclaves, tonneaux de rhum, barils de sucre – avec des colonnes de chiffres. Mais l'un des livres était plus précieux que tous les autres. Relié en cuir, la tranche dorée et noué d'un cordon, il contenait de longues descriptions de cérémonies, psaumes et chants.

Comme il contenait plusieurs écritures différentes, ce recueil avait dû être rédigé sur une longue période. Certains chants étaient en espagnol, d'autres en français, et beaucoup dans des dialectes africains semés de mots anglais ou d'expressions chrétiennes. Tout cela était presque indéchiffrable.

Les mots africains étaient souvent répétés, pour invoquer le *loa* qui devait accomplir la magie. Les cérémonies étaient fascinantes et elle lut et relut les textes en savourant mentalement leur sonorité. Elle trouva également des plumes et des flacons d'encre encore utilisable. Comme le livre était lourd et volumineux, elle commença à recopier certains sorts dans son journal, surtout pour s'amuser et mieux les relire dans sa chambre.

Thais dormait toujours dans la tour avec Angelique, sur un banc de bois le long du mur, mais au bout d'un moment l'esclave fut plus confiante ou peut-être moins vigilante, car la porte de la chambre resta parfois déverrouillée une partie de la journée. Quand les esclaves partaient travailler et que le château était vide, Thais laissait Angelique descendre, tant qu'elle ne quittait pas la cour. Comme un chat en cage, elle commença donc à explorer les environs de sa prison.

L'entrée de la chapelle était toujours fermée à clé, et le château, entouré d'une muraille et d'un fossé. Tout un côté donnait sur l'à-pic de la falaise. Angelique retrouva sans peine le tunnel menant à la chapelle par lequel elle était passée le premier jour. Il y avait une étroite saillie près de l'eau sur laquelle elle pouvait se percher en secret, bien au sec, et lire le livre ou en recopier d'autres pages.

Un jour qu'elle était assise à la fenêtre, elle vit une nouvelle jeune esclave en haillons sortir de la cuisine. Elle était du même âge qu'elle, mince comme une pousse de palmier, avec une peau cuivrée et luisante. Elle portait un gros seau avec lequel elle tira de l'eau au puits. Puis elle la versa sur les pavés, se mit à genoux et commença à récurer en chantant de sa voix aiguë un chant africain.

Angelique l'observa avec attention, détaillant son dos étroit courbé sur sa tâche, ses coudes pointus et ses talons roses tournés vers le ciel. Au bout d'un moment, la fillette leva la tête et suivit du regard une frégate jusqu'à ce qu'elle disparaisse. Elle s'accroupit avec un soupir et laissa sur le pavé humide l'empreinte de sa main. Puis elle se mit à le frapper rythmiquement comme si c'était un tambour. Cela dura un moment, jusqu'à ce qu'un papillon vienne la distraire et qu'elle se lève pour le poursuivre dans la cour en dansant et en faisant des pirouettes, les mains levées au-dessus de sa tête.

– Chloe !

Au cri de Suzette, la fillette reprit son air grave et se remit à sa tâche, mais cela ne dura pas. Elle renversa le seau suivant sur ses pieds et se mit à sauter dans la flaque, effrayant un lézard qui paressait sur le four. Immédiatement, elle se mit à quatre pattes pour le regarder de plus près. Angelique mourut d'envie d'en faire son amie.

Elle comprit que Chloe dormait probablement dans la cuisine. Chaque matin, elle était là à tirer de l'eau en chantant son petit refrain monotone. Puis elle passait toute la journée à laver les pavés ou récurer des marmites. Parfois, elle restait à l'intérieur, peut-être pour aider à la cuisine, mais elle sortait toujours le soir s'asseoir sur une marche avec une écuelle de soupe, et regardait le soleil se coucher sur la mer.

Un matin que la fillette était au puits, Angelique prit un gâteau sur le plateau de son petit déjeuner et, tendant le bras entre les barreaux, le jeta dans la cour. Il tomba aux pieds de Chloe, qui lâcha la chaîne du puits, recula d'un bond et leva les yeux.

– Qu'est-ce que c'est ? s'écria-t-elle. Le ciel qui tombe ?

Puis, s'assurant d'un coup d'œil vers la cuisine que personne ne la voyait, elle ramassa le gâteau, l'essuya et en prit une bouchée. Un sourire se peignit sur ses lèvres, elle leva de nouveau la tête, cette fois vers la fenêtre d'Angelique, et lui fit un petit signe.

Ce soir-là, Angelique décida d'attendre que Thais soit endormie pour descendre à la cuisine. Elle cacha une bonne partie de son dîner dans un linge, puis, alors que Thais ronflait, le cœur battant, elle souleva le loquet et fila dans l'escalier. Heureusement, c'était une nuit sans lune.

La fillette était pelotonnée sur une paillasse au pied du billot de boucherie. À peine Angelique apparut-elle qu'elle se réveilla et se redressa en se frottant les yeux, trop effrayée pour parler.

– Chloe… chuchota Angelique. (La fillette se blottit contre le mur.) N'aie pas peur, je suis seulement…

– *Esprit* !* murmura Chloe.

– Quoi ? Mais non, je ne suis pas un esprit.

– *Mystère ! Mystère* !* siffla Chloe, ouvrant de grands yeux terrifiés.

– N'aie pas peur, la rassura Angelique. Je ne te ferai pas de mal. Regarde-moi. Je suis réelle.

– Ne t'approche pas de moi ! répondit Chloe en reculant encore. Suzette m'a dit de ne jamais te parler, sinon tu… tu me mangerais !

– Mais non, je ne te mangerai pas. Je veux seulement…

– Erzulie ! Si tu me touches, je vais mourir !

Angelique hésita, puis elle s'assit près du billot, sans s'approcher de Chloe. Elle attendit un peu, puis elle déplia le linge et en sortit un morceau de porc. Elle sentait le regard de Chloe sur elle.

– Je t'ai apporté quelque chose, dit-elle en lui tendant de la viande.

Chloe hésita, puis elle s'en empara d'un geste vif. Toutes les deux grignotèrent avidement, puis, se rendant compte de leur gloutonnerie, elles se mirent à glousser. Angelique, craignant qu'on ne les surprenne, posa la main sur la bouche de la fillette.

– Tu t'appelles Chloe, n'est-ce pas ? chuchota-t-elle. (La fillette acquiesça.) Je m'appelle Angelique.

– Je te connais. Tu habites dans la tour.

– Quel âge as-tu ?

– Je ne sais pas. Dix ans, peut-être.

– Lève-toi.

Chloe obéit en hésitant et elles se mirent dos à dos. Angelique passa la main sur leurs têtes.

– Je crois que tu as seulement neuf ans, décréta-t-elle. Mais c'est bien.

– Pourquoi c'est bien ?

– Parce que nous pouvons être amies. Même si j'en ai presque onze.

– Oh, non, je ne peux pas être ton amie. Je n'ai pas le droit de jouer avec toi ! s'inquiéta Chloe.

– Ne dis pas de bêtises. Nous nous retrouverons la nuit quand tout le monde dort. Tu vois bien que je n'ai personne à qui parler depuis un an que je suis ici.

– Pourquoi tu m'as choisie ?

– Oh, Chloe, j'ai besoin d'une amie ! Je suis tellement solitaire, et je suis heureuse que tu sois arrivée.

– J'aime beaucoup la viande, dit Chloe en souriant.

– Tant mieux. Il faut que je rentre avant que Thais ne se réveille. Mais je reviendrai demain. Je t'apporterai à manger. Et toi, tu pourras me donner… de la terre.

– De la terre ?

– Pour fabriquer quelque chose.

Elle la serra brièvement contre elle et s'en fut dans l'obscurité de la cour.

La nuit suivante, les deux fillettes se faufilèrent discrètement par le passage souterrain jusqu'à la petite pièce derrière l'autel. Chloe avait apporté de l'argile de la rivière. Elles allumèrent une bougie et bavardèrent en riant pendant des heures tout en modelant de petits animaux en terre. Dès lors, cette pièce devint leur petite chambre secrète. Elles fabriquèrent toute une plantation en argile, avec des cases en brindilles et touffes d'herbe. Elles façonnèrent une réplique de la grande demeure avec sa tour et ses murailles, avec les esclaves qui plantaient de la canne et travaillaient au moulin.

Chaque nuit, Chloe apportait de l'argile, des graines, des coquillages et des feuilles pour embellir le village. Angelique fouilla dans les tiroirs de son armoire et trouva des morceaux de cuir et de tissu pour décorer leurs petites figurines. Elles s'inventaient des histoires dont elles incarnaient les personnages – contremaîtres, esclaves, enfants. Chloe ne semblait pas souffrir de l'esclavage. Elle était enjouée et adorait leurs jeux, qu'il lui arrivait de diriger.

– Enlève cet esclave de là ! grondait-elle de la voix cruelle du contremaître. Non, non, Massa, ne le battez pas ! gémissait-elle en faisant l'esclave. Creusez ce trou, vermine, et jetez-le dedans !

– Oh, non, pitié ! Les fourmis vont me dévorer ! renchérissait Angelique en jouant à son tour l'esclave.

Elle éprouvait un mélange d'horreur et de fascination. Jamais elle n'aurait imaginé d'aussi cruels supplices. Elle se disait que Chloe inventait tout et son inventivité la remplissait d'admiration.

C'était Chloe qui avait eu l'idée de fabriquer ces poupées. Les deux étaient brunes, à cause de la couleur de l'argile, mais l'une avait les boucles blondes d'Angelique, et l'autre, les petites tresses noires de Chloe. Elles avaient utilisé leurs propres cheveux et des morceaux de leurs vêtements pour leur donner l'air plus réaliste. Les yeux étaient de petites pierres, et les lèvres des graines. Elles faisaient comme si les poupées étaient des sœurs, et leur fabriquèrent des petits lits avec oreillers et couvertures pour qu'elles dorment côte à côte tandis qu'elles leur chantaient les berceuses que leurs mères leur avaient apprises.

Dans la journée, Angelique lisait le livre. Elle se rappelait beaucoup des enseignements de sa mère et des prières des religieuses, mais elle voulait en apprendre davantage. Elle demanda à Chloe ce qu'elle savait des *loas*.

– Les *loas* ? Mais il y en a beaucoup, beaucoup !

– Oh, dis-moi leurs noms, s'il te plaît !

– Tous ? Eh bien, il y a Brave Guede, qui est le plus gentil. Il veille sur les enfants. Et Guede Ratalon. Il creuse les tombes !

– Qui est Legba ?

– Papa Legba est le maître Ka-Fu. Il ouvre la porte pour faire entrer tous les autres *loas* !

Chloe ouvrit les bras et fit une révérence en prononçant cérémonieusement : « Entrez. »

– Mais quand ils invoquent le gardien de la Porte dans cette chapelle, ils disent « Kalfou »…

Elle avait beaucoup de mal à prononcer le mot « Carrefour ».

– Oui, je les ai entendus ! s'exclama Angelique. Pourquoi est-ce différent, ici ?

– Parce que le vaudou est mauvais, ici… Il est *angajan* !

– Qu'est-ce qu' cela veut dire, *angajan* ?

– *Baka*… Ici, mauvais esprit. Il prend *ti-bon-ang*, l'âme ! Comme le Cochon gris. Il mange le cochon et il boit le sang !

Angelique décida d'essayer un des rituels du livre, mais il lui manquait beaucoup de choses. Une nuit, elle demanda à Chloe :

– Tu pourras m'apporter un crapaud ou une petite grenouille ?

– Pour quoi faire ?

– Pour jeter un sort.

– Comment ça, un sort ?

– Il faut qu'il soit vivant.

Quand Chloe apporta un crapaud, Angelique le retourna sur le dos et le caressa jusqu'à ce qu'il s'endorme, hypnotisé. Puis elle prit un petit couteau et lui ouvrit le ventre.

– Tu vois, dit-elle, il y a le cœur.

– C'est ça, le cœur ? Oh, oui, je le vois, il bat comme un petit tam-tam !

– Et à ton avis, où est le foie ?

– Le quoi ?

– Il nous faut le foie. Nous devons le manger toutes les deux, expliqua Angelique.

– Pourquoi tu veux le manger ? s'écria Chloe.

– Pour avoir de la ruse et être invulnérable.

– Oh, moi, je ne mange pas le foie d'un crapaud.

– Il le faut, dit Angelique en cherchant dans les entrailles. Je crois que j'ai trouvé.

Elle sortit un petit organe gluant et l'offrit à Chloe, qui secoua énergiquement la tête d'un air dégoûté. Angelique découpa le foie en deux, en récitant l'invocation africaine qu'elle avait lue dans le livre. Avec une grimace, elle l'avala. Puis elle tendit l'autre morceau à Chloe, qui refusa. Angelique essaya de la forcer à le manger, mais elle se débattit en piaillant.

– Je ne veux pas ! Ne me touche pas ! Tu as les mains pleines de sang !

– Nous allons jeter le sort, dit Angelique, mais il sera sans effet sur toi parce que tu n'as pas mangé le foie.

– Mais je ne veux pas !

– Alors, prends ma poupée et commençons. (Angelique prit la poupée de Chloe et souffla sur son visage.) Tu es Chloe, dit-elle à mi-voix. Et tu es vivante. Fais la même chose avec la mienne, dit-elle à Chloe, qui prit la poupée aux cheveux blonds.

– Tu es Angelique et tu es vivante, dit-elle sans grand enthousiasme.

Mais comme elle adorait faire semblant, elle essayait d'y croire. Angelique lui donna un bout de ficelle noire.

– Noue-la autour de son cou, dit-elle.

– Pourquoi ?

– C'est le rituel. Fais-le. (Chloe obéit.) Maintenant, dis : « Carefor tinginding-ou-ou. Moi haut moi bas ».

– Quoi ?

– Juste « tinginding-ou-ou »…

– « Moi haut moi bas… »

– Moi haut. Moi bas ?

– Maintenant, serre bien la ficelle. Regarde si cela m'étrangle.

– Si cela t'étrangle ? Pourquoi tu veux que ça t'étrangle ?

– Pour voir si le sort marche, bien sûr.

Chloe serra la ficelle en guettant sur le visage d'Angelique le moindre signe.

– Plus serré, dit Angelique en fronçant les sourcils.

– Si je serre plus, je vais lui couper la tête !

– Fais-le ! Et répète les paroles !

Chloe fit tout son possible, psalmodia en serrant la ficelle, et, comme elle l'avait prévu, la tête de la poupée céda et tomba par terre. Angelique poussa un soupir dépité.

– Cela ne marche pas, dit-elle. Je dois me tromper quelque part.

– Pourquoi tu veux jeter des sorts, de toute façon ? C'est le *houngan* qui fait cela. Les sorts, c'est dangereux. Et puis il faut faire le *vévé*.

– Qu'est-ce que c'est, le *vévé* ? demanda Angelique.

– C'est une image du *loa* faite en farine blanche. Et tu n'as pas demandé à Papa Legba d'ouvrir la porte.

– Laisse-moi essayer sur ta poupée.

– Je ne veux pas. Jouons à autre chose. Dansons !

Elle jeta la poupée, se leva et se mit à virevolter. Mais Angelique ne se le tenait pas pour dit ; elle prit la ficelle et l'enroula autour du cou de la poupée de Chloe. Puis elle la posa sur ses genoux, souffla dessus et murmura : « Tu es vivante. »

Puis elle prononça le sort :

– « Carefor tinginding-ou-ou. Moi haut moi bas. »

Comme elle avait les mains encore visqueuses des entrailles du crapaud, elle enroula la ficelle autour de ses doigts pour avoir une meilleure prise. Chloe continuait de danser en fredonnant, et Angelique se mit à serrer la ficelle lentement, tout en fixant la poupée qui la regardait avec ses petits yeux en cailloux. Elle avait les mains engourdies et la gorge sèche, mais elle répéta le sort en soufflant sur le cou.

Soudain, Chloe fut secouée d'un spasme, comme lorsqu'elle touchait certaines méduses, puis une vague de chaleur partit de ses épaules et lui brûla le dos jusqu'aux reins. Un serpent de feu commença à se tortiller dans son ventre et à enfler, et sa gorge la brûla tandis qu'un goût amer lui emplissait la bouche.

Chloe s'immobilisa.

– Ça marche ! s'exclama-t-elle. Ça marche !

Elle ouvrit de grands yeux et porta les mains à son cou en criant :

– J'ai mal ! J'ai mal au cou !

Angelique se figea, incrédule, et fixa Chloe qui souffrait vraiment et se tenait la gorge en toussant.

– Arrête ! Brise l'enchantement, je t'en prie, je ne peux plus respirer !

Angelique essaya, mais ses doigts étaient emmêlés dans la ficelle et plus elle tirait, plus elle serrait le nœud. Chloe poussa un piaillement et se débattit, cherchant de l'air.

– Oooh, Papa Guede ! J'ai… mal ! s'étrangla-t-elle. Papa Guede… au secours… siffla-t-elle dans un râle.

Puis elle se plia en deux et toussa comme si elle allait vomir, mais rien ne sortit de sa bouche.

Angelique continuait vainement de tenter de défaire la ficelle. Chloe poussa un gémissement en se tenant la gorge, les yeux pleins de larmes. Angelique attrapa le petit couteau qui avait servi à éventrer le crapaud, puis, les mains tremblantes, elle en glissa la pointe sous la ficelle et parvint à la couper. Chloe s'effondra et leva des yeux vitreux vers elle avant de perdre conscience. Angelique la prit dans ses bras et serra le petit corps frêle.

– Pardon, Chloe, oh, je t'en prie, ne meurs pas ! sanglota-t-elle, terrorisée. Je ne savais pas que cela marcherait et tout s'est passé si vite ! Chloe, réveille-toi !

Mais Chloe restait inerte, sans le moindre souffle. Angelique jeta un regard éperdu sur les étagères de flacons tout en se creusant la tête. Le sort ! Un autre sort ! Il devait y en avoir un ! « Pour ranimer une bête qui s'étrangle » : c'était cela !

Elle s'efforça de se souvenir de la formule. Elle était différente. Chrétienne. Elle lui revint par bribes, puis, se rappelant le reste, Angelique commença à prier sur le corps inanimé de Chloe :

– « Dieu qui est né. Dieu qui est mort. Dieu qui as été ressuscité. Dieu qui as été crucifié. Dieu qui étais dans une grotte. Dieu qui as été transpercé par une lance ! Sauve-la. Sauve-la ! » récita-t-elle en sanglotant, en embrassant le visage de Chloe et en soufflant dans sa bouche. Tu es Chloe. Tu es vivante.

Avec un faible gémissement, Chloe ouvrit les yeux. Angelique poussa un cri et la serra sur son cœur en pleurant de soulagement.

– Oh, Chloe, pardonne-moi ! Je t'en prie, dis-moi que tu me pardonnes !

– Ces… sorts… sont… mauvais, chuchota Chloe.

– Je t'aime, dit Angelique en l'embrassant de plus belle. Je t'aime, Chloe !

Elle la garda contre sa poitrine tandis qu'elle récupérait ses forces. Tout tourbillonnait dans son esprit. Le sort avait opéré si facilement, et quelque chose avait pénétré en elle et allumé un feu. Qu'est-ce que c'était ? La force, avait dit Chloe. Était-ce si simple ? Une force dans son souffle ? Le livre ! Certaines des règles qu'il donnait étaient vraies. La poupée portait des lambeaux des vêtements de Chloe, elle avait ses cheveux. Mais de son côté, Chloe n'avait pas réussi.

Tout cela la déroutait et l'effrayait. Et ce n'était pas tout : Chloe était morte et elle l'avait ramenée à la vie ? Non. Ce n'était pas possible. Et pourtant… Elle se sentait transportée, stupéfaite par ce don qu'elle devait posséder, mais qu'elle ne comprenait aucunement. C'était le « quelque chose » dont son père avait parlé. Mais que savait-il vraiment d'elle ? Et elle, que savait-elle d'elle-même ?

C'est à l'aube que les deux fillettes revinrent par le passage souterrain alors que les oiseaux commençaient à chanter. Chloe s'agrippait à Angelique, remise mais encore effrayée et incapable de parler, tant sa gorge lui faisait mal. Elles s'apprêtaient à traverser la cour quand elles entendirent des chevaux qui arrivaient au galop sur la route. Angelique saisit la main de Chloe.

– Cache-toi ! Là-bas !

Elles se tapirent derrière la chapelle au moment où la grille de fer s'ouvrait en grinçant et que pénétraient dans la cour le père d'Angelique et un autre planteur. Elle se rappelait son nom. Luis Desalles. Il était là le jour où elle avait été choisie.

Il n'y avait pas un souffle de vent et même les ailes du moulin étaient immobiles. Les sabots résonnèrent sur les pavés, puis elle entendit les deux hommes parler d'une voix pâteuse.

– Tu es la putain de Satan, Bouchard ! Le fouet est la musique des nègres ! Il n'y a que le fouet pour les faire travailler, ces démons infernaux !

– Non, tu te trompes ! Il faut leur accorder leurs danses. Les nègres sont de nature superstitieuse. Ce sont des bêtes et elle les obsède. J'ai peine à les empêcher de la toucher.

– Que veux-tu dire ?

– Ils oublient que je suis là. Et parfois, je dois tirer l'épée ! Mais ils savent, ces rusés, ce qui va arriver, et ils attendront, dit-il avec un rire amer.

Angelique et Chloe restaient dans la pénombre du mur. Le soleil se levait et un rectangle de lumière s'allongea dans la cour. Elles avaient peur de bouger : la cuisine était de l'autre côté de la cour et Desalles continuait son discours.

– Ils n'ont ni caractère ni morale. La semaine dernière, Valentin s'est jeté dans le grand tonneau au moment où il était à gros bouillons, cela a été affreux. Et rien qu'hier, Bence, le petit nouveau qui semblait si prometteur, a grimpé dans un arbre à pain et a sauté. Il s'est rompu le cou, ce petit sot… Et tout leur est bon pour se venger ! J'étais en train de fouetter un esclave et ce dément a avalé sa langue ! Il s'est étouffé et est mort !

Chloe toussa et se couvrit la bouche, mais les deux hommes parurent n'avoir rien entendu. Le cheval de Bouchard clopina vers la chapelle et les fillettes se plaquèrent contre le mur. Chloe leva des yeux terrifiés vers Angelique.

– Mon pire cauchemar, dit Bouchard, c'est de devoir réparer les voiles de ce fichu moulin. Les nouveaux broyeurs ne sont pas encore arrivés de France. Si la canne mûrit de bonne heure, je vais perdre toute la récolte. Tu vois dans quel pétrin je suis. C'est pourquoi dimanche, je vais leur accorder leur satanée cérémonie et ensuite… Erzulie, mon petit trésor, restera cachée. Que ferais-je sans elle, Luis ?

Soudain, Chloe fut secouée d'une quinte de toux.

– Qui est là ? demanda Bouchard.

Les deux fillettes reculèrent dans l'ombre, puis s'enfuirent à l'arrière du bâtiment. Des sabots résonnèrent sur les pavés, s'arrêtèrent, puis se rapprochèrent encore, plus lentement. Un long et pénible moment s'écoula avant qu'apparaisse le visage du père d'Angelique.

– Qu'est-ce que cela ? gronda-t-il. Que fais-tu donc ici ? Ne t'ai-je pas interdit de te montrer ? Et à une esclave, en plus ! ajouta-t-il avec mépris.

– Je vous en prie, père, ne lui faites pas de mal. C'est… mon amie.

– Ton amie ? Ne sais-tu pas qu'elle va nous trahir, si ce n'est déjà fait ?

– Non ! Jamais elle ne ferait cela.

– Que faites-vous ici toutes les deux à cette heure ? Es-tu sortie durant la nuit ?

– Oui, mais personne ne nous a vues. Personne !

– Pour quelle raison es-tu sortie ?

– Seulement pour… jouer.

– Jouer ? Et à quoi donc ? Et où ?

– À des jeux, père. Dans la petite pièce derrière la chapelle.

Son père s'empourpra de fureur. Il se baissa, attrapa Chloe par les cheveux qui poussa des cris et la hissa en travers de sa selle. Puis il s'élança au galop jusque dans la cuisine. Desalles contempla la scène avec stupéfaction, puis il se ressaisit :

– Allons, allons, Theodore ! cria-t-il. Ne lui abîme surtout pas le ventre. N'oublie pas que tu veux qu'elle fasse des enfants un jour.

Angelique courut à la cuisine et vit son père sauter de cheval avec Chloe qui se débattait sous son bras. Il s'empara d'une paire de pincettes à charbon au-dessus de l'évier qu'il brandit en appelant son compère.

– Luis ! Viens me donner un coup de main ! Tiens-lui la tête !

Angelique s'agrippa au manteau de son père.

– Non ! Non ! Père ! Je vous en prie, ne lui faites pas de mal ! Elle n'a rien fait ! Je mourrai si vous la faites souffrir !

– Tu mourras si je ne fais rien, plutôt ! répliqua son père en la foudroyant du regard. Espèce de petite imprudente ! Et cesse de pleurnicher ! Sais-tu ce que tu as fait ?

Elle bondit sur lui en s'accrochant aux pincettes, mais il la repoussa d'une gifle.

– Retiens cette fichue gamine ! cria-t-il à Desalles qui était arrivé sur le seuil.

Chloe poussait des cris stridents et Angelique, pleurant à chaudes larmes, se releva et fut cueillie aussitôt par Desalles.

– Thais ! cria son père tout en essayant de maîtriser Chloe qui continuait de se débattre. Descends immédiatement ! Fichue fainéante de négresse ! maugréa-t-il.

Pendant que Desalles retenait Angelique d'une poigne de fer, son père posa les pincettes sur le billot et, prenant Chloe par les cheveux, lui plaqua la tête sur le bois et la força à ouvrir la bouche.

Thais apparut, encore ensommeillée et terrifiée.

– Thais, viens m'aider ! Je vais lui arracher la langue ! Oh que oui ! Je ferai en sorte qu'elle ne puisse plus jamais parler !

tonna-t-il, titubant sous l'alcool. Satanées diablesses, vous me défiez, hein ? Je vous fracasserai le crâne avant longtemps !

– Lâchez-moi ! cria Angelique en donnant un coup de pied dans l'entrejambe de son ravisseur.

– Petite garce ! suffoqua-t-il en se pliant en deux de douleur.

Du coin de l'œil, elle vit son père brandir les pincettes et se précipita une fois de plus sur son bras.

– Bas les pattes, petit démon ! s'écria-t-il.

Mais les deux fillettes, telles des hyènes, le mordirent au même moment : Chloe, les doigts qui tenaient sa langue et Angelique, la main qui tenait les pincettes. Elle sentit ses dents s'enfoncer dans la chair et le sang tiède couler dans sa bouche, mais, comme un chien enragé, elle refusa de céder alors qu'il la rouait de coups et qu'elle entendait les pincettes tomber bruyamment par terre.

Puis son père, traînant les deux fillettes comme un taureau assailli par des lionceaux, débitant des jurons, sortit en titubant dans la cour. Il se débarrassa d'Angelique, qui tomba sur le sol, roula sur elle-même et se redressa à l'instant même où son père se précipitait vers le puits au centre de la cour, Chloe toujours sous son bras. Elle comprit son intention.

– Non ! hurla-t-elle. Nooon !

Elle se releva comme elle put et courut, déterminée à l'en empêcher, s'accrocha à sa jambe, puis à son bras, mais il était trop tard. Il leva au-dessus de sa tête la fillette qui se débattait toujours et la précipita dans le puits. Angelique se haussa sur le rebord en tendant vainement les mains et en criant : « Chloe ! », le regard perdu dans l'abîme. Elle entendit Chloe pousser un faible gémissement, vit la chaîne du sceau trembler quand elle la heurta dans sa chute, et elle hurla de nouveau. Le prénom résonna entre les parois comme le croassement des corbeaux, puis ce fut le silence.

9

Thais tenta vainement de réconforter l'inconsolable Angelique, qui restait prostrée à sa fenêtre. Elle pleurait à chaudes larmes en contemplant le puits, comme si elle avait pu en ramener Chloe d'entre les morts aussi simplement qu'on y puisait de l'eau. Accablée de désespoir et de colère, elle ne pensait plus qu'à sa mère, qu'elle mourait d'envie de revoir et dont seule l'étreinte pourrait la libérer de ce chagrin.

C'est à la fin de l'après-midi qu'une carriole passa la grille et s'arrêta auprès du puits. Un homme robuste vêtu de cuir en descendit avec un tout jeune esclave. Après avoir regardé dans le puits et longuement délibéré avec le garçonnet, l'homme sortit une longue corde et l'attacha à la taille de l'enfant, qui grimpa dans le seau et s'y accroupit, pendant que l'homme le faisait descendre, pouce par pouce.

Un espoir déraisonnable effleura le cœur d'Angelique, mais l'homme continuait d'attendre, tandis que le cheval piaffait et que le soleil descendait dans le ciel. Aucun bruit ne s'élevait du puits. Au bout d'un long moment, la chaîne s'agita et l'homme se pencha pour tirer la corde et remonter l'enfant ruisselant qui sauta sur le sol. Puis l'homme hissa le seau et, quand il apparut, Angelique aperçut le cadavre de Chloe qui pendait comme une algue brune prise dans l'ancre d'un navire. L'homme s'en saisit et la jeta à terre comme un sac de grain. Angelique se retourna vers Thais.

– Laisse-moi descendre, je t'en prie, la supplia-t-elle doucement. Il faut que je la voie et que je lui dise au revoir.

Mais Thais secoua la tête, se leva en prenant une couverture et s'apprêta à sortir.

– Non, petite demoiselle, tu restes ici. Comme tu aurais toujours dû le faire.

Et elle partit retrouver Suzette pour préparer le corps.

Angelique retourna à la fenêtre. Chloe gisait sur les pavés qu'elle avait tant de fois lavés, le visage disparaissant sous un bras, sa robe en loques collant à son petit corps délicat et ses membres parfaits comme modelés dans l'argile. Angelique se rappela Suzette, qui était tombée au même endroit, après avoir été battue, mais qui était encore vivante. Elle vit Thais et Suzette envelopper sans un bruit le cadavre et le transporter dans la cuisine. L'homme leur donna l'ordre de rapporter quelque chose et Thais hocha la tête.

Soudain, Angelique se rendit compte que l'homme n'était pas un serviteur et ne demeurait pas à l'habitation. Son justaucorps de cuir et ses bottes indiquaient le journalier à qui l'on fait appel parce qu'il a des connaissances particulières. Peut-être venait-il de Saint-Pierre. L'homme rejoignit les deux femmes dans la cuisine. Sans réfléchir, Angelique se précipita à la porte, que Thais avait oublié de verrouiller, et descendit dans la cour, sans prêter attention au petit esclave, qui la regarda accourir avec ahurissement. Il ne prononça pas un mot et ne tenta pas de la retenir quand elle courut à la carriole, escalada agilement la roue et se laissa tomber à l'arrière.

Elle vit aussitôt que c'était le chariot d'un maître voilier, car il était rempli de toile et de cordages, d'anneaux et de liens. Tout exhalait une forte odeur marine, et les voiles étaient lourdes, mais elle se dissimula dessous dans un coin.

– Tiens ! entendit-elle l'homme crier au garçonnet. Voici du bicarbonate de soude et de l'amidon. Jette-les dans le puits !

Elle attendit en retenant son souffle pendant de longues et pénibles minutes, certaine que son absence serait découverte, puis, enfin, la carriole s'ébranla et le fouet claqua.

La grille s'ouvrit en grinçant et, après les cahots des pavés, elle sentit qu'ils étaient sur la route.

Le cheval était vif et trottait à bonne allure, vers une destination inconnue, mais elle s'en moquait, du moment qu'elle n'était plus prisonnière de l'habitation. Le cœur battant, elle imagina ce qui l'attendait : les retrouvailles avec sa mère, la sécurité, l'affection et l'océan. Elle avait hâte de s'y plonger à nouveau.

Le chagrin de la mort de Chloe, sa nuit blanche et l'excitation de son évasion l'enveloppaient comme des fantômes, alors que, tapie sous la toile, prostrée, elle s'accrochait à une seule pensée : retrouver les bras de sa mère. Elle toucha le *ouanga* qu'elle avait encore autour du cou et, se rappelant la carriole qui l'avait amenée à l'habitation, lutta contre le sommeil. Mais elle finit par y succomber.

Elle rêva de Barnabas. Le rideau qui s'ouvrait, la lumière qui entrait et lui, ruisselant, éclatant de rire, qui montait à son côté et la poussait pour se faire de la place. Il répandait les pierres précieuses sur ses genoux, puis il les ramassait, touchant sa cuisse au passage. Il lui avait fallu longtemps pour toutes les retrouver et chaque frôlement de ses doigts l'avait réconfortée. Puis il l'avait embrassée dans le cou et sur les lèvres, si près qu'elle avait senti le battement de son cœur. Il lui avait chuchoté qu'elle était une déesse et la main qu'il avait glissée sous sa robe l'avait fait frissonner.

Angelique se réveilla au cœur de la nuit. Quelqu'un la secouait et elle se redressa d'un coup. La carriole était arrêtée sous un appentis et c'était le jeune esclave qui était là penché sur elle.

– Qu'est-ce que tu veux ? lui demanda-t-il.

– Où sommes-nous ?

– Chez nous. Le Massa est rentré et il m'a laissé rouler les cordes.

– Chez vous ? Où est-ce ?

– Enfin, petite demoiselle, sur les quais. À Saint-Pierre ! On a fait tout le chemin. Que vas-tu faire, à présent ?

– À part toi, quelqu'un m'a vue ?

– Je n'ai rien dit à personne. Je savais que tu voulais t'enfuir !

– Sommes-nous vraiment à Saint-Pierre ? demanda-t-elle, incrédule.

– Mais oui.

– Oh ! Je dois m'en aller, dit-elle en sautant de la carriole. Je dois retrouver ma mère. Je connais le chemin.

– Tu pars seule ? s'étonna-t-il.

– Bien sûr. C'est la route du port, à une lieue seulement au-delà des grottes. La maison est dans l'anse, répondit Angelique avec assurance.

– Tu n'as pas peur de partir seule ?

– Pourquoi le devrais-je ?

– Je sais pas. Sûrement que tu n'as peur de rien. Mais il y a du danger sur la route. Des voleurs, des esclaves marron. Laisse-moi ranger les cordages et je t'accompagnerai un bout de chemin, proposa-t-il.

– Je ne veux pas t'attendre. Il n'y a pas de lune, personne ne me verra.

Et sur ces mots, elle s'en alla vers le quai. Mais le garçon la rattrapa.

– Si on me voit avec une fille blanche, j'aurai des ennuis, alors je vais rester un peu en arrière. Marche devant, je te suis.

Il ne prononça pas d'autre mot pendant la demi-heure suivante tandis qu'ils avançaient dans l'obscurité. Plusieurs fois, elle lui cria de la laisser, essaya de courir et de le semer, mais il semblait lui coller aux talons. Elle finit par le laisser faire.

La nuit était chaude et des millions d'étoiles piquaient le ciel noir jusqu'à l'horizon. La musique du ressac était comme le chant des sirènes, et plus Angelique longeait le rivage, plus elle mourait d'envie de s'y plonger. Finalement, elle courut jusqu'au bord. En voyant les étoiles qui nageaient elles aussi dans les vagues couleur d'encre, elle n'y tint plus.

– Qu'est-ce que tu fais ? cria le garçon.

Sans répondre, elle plongea dans la première vague qui déferla sur elle. Elle se laissa emporter, roulée en boule, puis elle se lança dans la vague suivante et flotta. C'était son élément, encore plus familier que sa mère, car l'océan était le lieu de naissance de son âme. Quand elle ressortit de l'eau, hors d'haleine et transportée, le garçon l'attendait sur le sable.

– Tu nages comme un marsouin, se contenta-t-il de dire.

– Tu as un prénom ? demanda-t-elle sèchement en s'asseyant auprès de lui.

– Cesaire.

– Et tu es l'esclave du maître voilier, n'est-ce pas ?

– Non, petite demoiselle, je ne suis pas esclave. J'ai mes papiers.

– Tu es libre ? demanda-t-elle, un peu envieuse en prononçant ce mot.

– Oui, petite demoiselle, Massa m'a donné ma liberté, ou du moins je l'ai gagnée en cousant des voiles. Je me suis abîmé les doigts pendant dix ans, j'ai fabriqué cent voiles et elles sont toutes sur des navires à l'heure où je te parle.

– Alors tu es seulement affranchi, dit-elle avec hauteur. C'est bien ce que je pensais. Tu n'es pas libre, c'est sûr.

– Eh bien, cela montre que tu ne sais pas tout. Je suis déjà allé en mer comme second du maître voilier. Et un jour, je ferai comme toi, je retournerai chez moi, en Afrique, répondit fièrement Cesaire.

– En Afrique ! En voilà une fantaisie !

– Je suis arrivé quand j'étais nourrisson, à fond de cale. Mais je rentrerai debout sur le pont, tu verras. La voile sous laquelle tu étais cachée, c'était un grand cacatois. C'est moi qui l'ai cousu. Demain, il ira sur un navire qui est à l'ancre dans le port, une goélette d'Amérique.

– D'Amérique ? s'écria Angelique. Elle vient du Maine, tu crois ?

– Eh bien, je ne sais pas, mais elle vient à chaque saison échanger du tabac contre du rhum et des armes. Et elle embarque illégalement des esclaves.

– Je ne te crois pas, tu n'as pas cousu une voile pour cette goélette, sinon tu saurais si elle vient du Maine. Tout ce que tu m'as raconté n'est probablement que mensonges !

Elle se leva et reprit sa marche en suivant le sentier longeant le lagon. Comme il était minuit passé et qu'il n'y avait personne, Cesaire marchait à son côté. Ils voyaient seulement l'écume luisante, la longue route pâle et les dunes qui s'élevaient vers la jungle. Seuls résonnaient le chuintement du ressac et les milliers de grenouilles qui chantaient dans les taillis.

– Pourquoi es-tu si aigrie ? demanda Cesaire.

– Ce n'est pas ton affaire, répliqua-t-elle. Pourquoi veilles-tu sur moi ?

– Eh bien, j'ai cru que tu allais te faire du mal. Tu t'enfuyais, n'est-ce pas ?

– Oui, et alors ?

– Que fuis-tu ?

Elle songea à le lui dire, mais elle ne put répondre. La dure leçon du secret était profondément ancrée en elle.

– Pourquoi tu étais à ce château ? insista-t-il.

– Il appartient à mon père, Theodore Bouchard.

– Tu connaissais la petite fille qui s'est noyée ?

– Oui. C'était mon amie, ajouta-t-elle après un silence.

– Pourquoi elle a fait cela ? s'étonna-t-il.

– Quoi donc ?

– Se jeter dans le puits.

– Mais elle n'a pas…

– M. Bouchard a dit qu'elle a été possédée par la déesse Erzulie qui l'a forcée à le faire. Que le *loa* l'a rendue folle et qu'elle s'est jetée dans le puits.

– Non, ce n'était pas cela du tout ! Vois comme tu es sot pour croire une chose pareille…

Angelique s'arrêta tout net. Au loin sur la route, elle venait de voir arriver un cheval au galop. Elle jeta des regards éperdus, mais Cesaire l'empoigna par le bras et la tira dans un fossé où ils se tapirent sous les hautes herbes.

Ils restèrent là dans l'obscurité le temps que les sabots arrivent à leur hauteur puis s'éloignent. Angelique était si terrifiée qu'elle restait immobile sous les roseaux. Finalement, Cesaire reprit la parole dans un chuchotement qui la fit sursauter :

– Il est parti. Il n'a rien vu. On était comme des pierres

dans une rivière, toi et moi. Bien cachés. Ta maison est encore loin ?

– Je ne sais pas. Ce ne doit plus être bien loin, mais je ne peux pas savoir, en pleine nuit.

– Peut-être que tu devrais attendre le matin. Il y aura du monde sur la route et tu passeras inaperçue. Moi, je dormirais bien un peu, pas toi ?

– Je ne suis pas fatiguée, dit-elle d'un ton rêveur.

Il y eut un long silence.

– Tu as déjà été avec un garçon ? demanda-t-il doucement.

– Comment cela, « avec » ?

– Eh bien… toute seule avec un garçon…

Elle allait répondre : « Comme maintenant ? », mais sa fierté la retint et elle se rappela la nuit où Barnabas était monté dans sa chaise à porteurs.

– Oui… une fois.

– Une seule ?

– Oui…

– Eh bien, c'est comme moi. Une fois. Elle habite à Saint-Pierre et elle s'appelle Tippi. Tippi, le joyau de la nuit.

Allongés dans l'herbe, ils contemplaient les myriades d'étoiles scintillantes.

– Merci de ne pas m'avoir abandonnée, Cesaire, lui dit-elle avec douceur.

– Je trouve que tu es une fille courageuse.

– Pourquoi dis-tu cela ?

– Je le vois bien. Tu as le cœur de prendre ce que tu estimes être à toi. Et c'est ce qu'il y a de mieux à faire. On voit sa chance, on la saisit. C'est ta mère qui t'a appris cela ?

– Je ne sais pas…

– Eh bien, ce courage, il t'apportera la fortune et te fera souffrir, dit-il d'un air entendu. Tu le sais ?

– Non…

– Beaucoup de choses viendront à toi, et tu en perdras beaucoup d'autres. Quand on choisit d'être courageux, il faut le rester, parce que c'est une lourde charge à porter. L'ouragan tue le goéland et le corbeau vient dévorer ses oisillons, mais il continue de voler.

Angelique l'entendit alors qu'elle commençait à s'assoupir et, avec Cesaire, elle se sentait en sécurité pour la première fois depuis longtemps.

Puis soudain, le garçon la secoua.

– Il faut que je m'en aille, maintenant, avant qu'on me trouve. Tu sauras continuer ?

Elle se redressa. L'aube striait le ciel et la mer laissait sur le sable doré une écume d'une blancheur de lait.

– Je vois la maison ! s'écria-t-elle en sautant sur ses pieds. Elle est là, de l'autre côté du lagon.

– Cette petite case, tout là-bas ?

– Oui, c'est cela ! C'est ma maison ! Oh, merci, Cesaire ! s'écria-t-elle en lui sautant au cou et en lui baisant la joue. Tu m'as ramenée chez moi !

Ils se regardèrent et ce fut la première fois qu'ils purent se voir clairement dans la lumière matinale. Il était d'un noir d'ébène avec des yeux couleur de charbon.

– Dis-moi ton prénom, demanda-t-il d'une voix tremblante. Je veux pouvoir penser à toi. Quand je serai en mer.

– Je m'appelle… Angelique.

– Alors, au revoir, Angelique, et bonne chance.

Puis il tourna les talons et reprit la route de Saint-Pierre.

Elle songea avec inquiétude au cavalier nocturne. Cela aurait-il pu être son père ? Mais elle ne vit pas de cheval auprès de la maisonnette sur le rivage. Son cœur se mit à battre d'allégresse tandis qu'elle imaginait le visage de sa mère, entendant ses cris de bonheur et la serrant sur son sein. Plus jamais elle ne la quitterait.

Mais en approchant, elle fut saisie d'angoisse. Les luxuriants bananiers faisaient tête basse et le jardin naguère si verdoyant n'était plus que terre nue et desséchée. La maisonnette couleur corail était aussi blême que le sable et il ne restait plus qu'un seul des volets mauves, à moitié arraché. Le toit de chaume était aplati et gris, et la porte béante sur une pièce vide.

Elle monta les marches. La maison était déserte comme si personne ne l'avait jamais habitée. Elle resta un moment au milieu de la pièce qui paraissait désormais si petite. Une légère brise balaya le sable sur le plancher.

– Maman ? cria-t-elle sans comprendre. Maman ?

Elle ouvrait la porte du fond lorsqu'elle entendit un coup de sabot dans la terre et aperçut le cheval qui se frottait les naseaux sur sa jambe. En la voyant, il releva la tête et la fixa en cillant. Derrière lui, l'arbre du voyageur dressait son plumetis de frondes comme des ailes géantes. Les buissons frémirent et elle aperçut son père en surgir en rajustant son pantalon. Il leva la tête vers elle et son sang se figea quand elle vit son expression furieuse.

Au bord du récif près des grottes vivait une murène qui lui faisait tellement peur qu'elle tremblait quand elle la voyait. Elle éprouva la même répulsion devant son père qui titubait, l'œil injecté de sang. Elle connaissait le territoire de la murène et s'en tenait toujours à l'écart, même si elle apercevait parfois son gros mufle et son œil fixe qui brillait quand le soleil filtrait jusqu'à son antre. Sa mère disait qu'elles étaient paresseuses et ne la poursuivraient jamais, mais Angelique était certaine que celle-là était féroce, car elle avait des rangées de dents pointues et ouvrait et fermait sa gueule en mordant dans le vide.

Une fois, en fin d'après-midi, alors qu'elle nageait par-dessus l'énorme corail cerveau derrière lequel logeait la murène, elle avait vu la créature en surgir, l'air affamé. D'abord la tête, puis le long corps serpentin – de trois ou quatre mètres – avait glissé dans les coraux, effrayant un banc de poissons-anges. Elle l'avait regardée, pétrifiée comme elle l'était en cet instant en voyant son père, paralysée par une terreur qu'elle ne comprenait pas.

Il cligna des paupières comme si elle n'était pas réelle, puis son cerveau embrumé sembla se rendre compte de sa présence. Un sourire mauvais se peignit sur ses lèvres.

– Alors, tu voulais t'enfuir, hein ? dit-il d'une voix rauque en avançant d'un pas incertain. Je vais t'écorcher, crois-moi ! Maudite sois-tu pour ton impudence ! Le mal que je me donne pour te garder sous clé ! Tu es possédée du diable, voilà ce que tu es, et je le ferai sortir à coups de bâton plutôt que de renoncer à toi !

Un instant, elle crut qu'elle allait s'évanouir et elle recula en agitant faiblement les bras. Mais il bondit et se saisit d'elle avant qu'elle n'ait pu réagir. C'était une brute bestiale qui la serrait à l'étouffer, pressant son visage contre sa chemise.

– Pourquoi me méprises-tu ? s'écria-t-il d'une voix avinée. Tu me trahis ! Tu me défies ! Tu veux donc me tuer ?

Il l'attrapa par le cou et la jeta à terre. Elle poussa un cri de terreur, le cœur battant la chamade, et entendit sa ceinture siffler dans l'air. Elle devint Suzette, tandis que la lanière de cuir lui brûlait le dos, et elle devint Chloe, tandis qu'elle revoyait la murène ouvrant et fermant sa gueule mortelle en sortant lentement de son trou. Elle repensa alors avec inquiétude à l'absence de sa mère. Où avait-elle donc pu aller… ? Puis l'eau sombre l'engloutit dans ses ténèbres.

10

Angelique était revêtue de sa robe blanche pour la cérémonie. Les tam-tams résonnaient depuis des heures, mais Thais ne venait pas la chercher, et c'était presque l'heure pour elle d'apparaître. Ce fut finalement Suzette qui arriva – Suzette, qui la détestait.

– Viens donc, et ne me fais pas d'ennuis.

Elles descendirent dans la pièce derrière l'autel et Angelique fut surprise de voir qu'après tous ces mois les figurines d'argile étaient toujours là. Les petits personnages, les arbres et les cases de l'habitation étaient restés tels qu'elle les avait laissés. La poupée qui la représentait gisait décapitée sur la terre battue, à côté de celle de Chloe. Elle contempla les jouets, mais elle n'éprouva rien, ni remords ni chagrin. Cela lui parut étrange qu'elle ait pu s'adonner à des jeux aussi stupides. Même le souvenir autrefois doux et réconfortant de sa mère la laissa de glace.

Quand elle ramassa la poupée Chloe, les petits yeux de cailloux la fixèrent et elle eut une idée soudaine. Elle arracha une mèche des cheveux crépus et ouvrit le sachet du *ouanga* à son cou. La pierre de lune luisait dans son écrin d'herbes avec le crâne de serpent. Elle glissa les cheveux dedans, referma le sachet et le remit à son cou.

– Que fais-tu avec cela ? demanda Suzette, soupçonneuse. Assieds-toi et reste tranquille !

– Non, répondit méchamment Angelique. Ne me dis pas ce que j'ai à faire !

Elle piétina les jouets qui redevinrent poussière. Les tam-tams qui résonnaient dans la chapelle remplissaient la chambre de leur pulsation. Elle entendit les cris enfler et invoquer les mystères et les esprits.

– Carrefour ! Saint-Michel ! Grand-Père Éternel ! Luc ! Marc ! Louis ! Baron Cimetière ! psalmodiait l'assistance à pleins poumons. Ela Freda ! Sainte Vierge Marie ! Erzulie Ge Rouge !

– Viens, c'est l'heure, dit Suzette.

Boudeuse, Angelique passa sous le rideau. Elle était agacée et la cérémonie l'ennuyait. Elle regarda la scène froidement, impassible, songeant à tout dévoiler.

Chloe lui avait parlé du *houngan*, qui était le chef, et elle essaya de le distinguer dans la foule. Son père n'était pas là, mais elle remarqua un vieil homme aux cheveux grisonnants qui répandait de la farine sur le sol en traçant des motifs fantastiques. Après quoi, il leva un pichet en terre et répandit un liquide jaunâtre aux quatre coins de son dessin. Immédiatement, les tam-tams accélérèrent et le *houngan* entonna sa litanie en secouant au-dessus de sa tête une calebasse ornée de perles et de petits os. Leurs corps luisant enduit d'une épaisse pâte blanche, les danseurs brandissaient des bougies tremblotantes.

Un grand feu brûlait au pied de l'estrade et des patates douces saupoudrées de farine y furent mises à cuire. La fumée âcre s'éleva jusqu'à ses narines.

C'est alors qu'elle entendit un piaillement terrifié par-dessus les percussions, et un danseur bondit sur le devant en agitant une poule blanche. Il lui brisa les pattes et la posa sur sa tête. La poule battit un moment des ailes, puis elle resta immobile, le regard fixe. C'était presque comique, comme un chapeau à plumes, puis le *houngan* arracha la tête aussi facilement que s'il l'avait coupée avec une lame invisible. Le sang gicla sur le visage du danseur.

Angelique se pencha en tendant l'oreille pour essayer de comprendre ce qu'il disait. Le livre contenait la liste de tous les *loas* et elle se demanda si elle reconnaîtrait lequel le possédait et lui faisait débiter ces incantations incompréhensibles.

Elle l'observa froidement, fascinée, essayant de déterminer s'il jouait la comédie ou était réellement habité. Quand il s'approcha, elle vit qu'il avait les yeux révulsés. Le sang coulait de son front jusqu'à ses lèvres et la sueur ruisselait sur sa poitrine. Elle sursauta soudain quand une petite pierre tomba sur l'estrade devant elle. Instinctivement, elle s'en empara. Elle était chaude et douce, couleur de cuivre, et sans que les lèvres de l'homme bougent, elle l'entendit chuchoter :

– Chloe, Chloe, Chloe…

Un soupir sembla gagner les autres. Ils reculèrent comme s'il était un être malfaisant et elle sentit la peur dans l'air. Son visage ressemblant à un masque aux orbites vides, l'homme tendit les mains vers elle en titubant. Un râle rauque s'échappa de sa gorge et ses longs doigts effleurèrent ses jambes. Elle recula à son contact et sentit un frisson gagner tout son corps, comme si de minuscules insectes grouillaient sur sa peau.

Soudain, il bondit sur l'autel et les tam-tams grondèrent comme des vagues dans une grotte sous-marine, et lorsqu'il baissa sur elle ses yeux aveugles, tel un amant qui s'apprêtait à l'embrasser, des flammes jaillirent de ses lèvres.

Angelique étouffa un cri et se déroba, mais elle sentit que les flammes étaient froides et l'enveloppaient, dans des vagues d'or et de pourpre, comme des rubans parfumés. C'étaient des feuilles, des pétales qui tombaient sur elle si nombreux qu'elle pensa se noyer sous cette avalanche. Elle éclata de rire en se redressant dans cet amas de délicats parfums, se baissa et ramassa des brassées de pétales qu'elle lança en pluie dans les airs. Elle les regarda retomber sur les visages impassibles des danseurs immobiles, beaux et élégants, comme sculptés dans l'ébène.

Les tam-tams entrèrent en elle et elle se mit à danser, d'abord comme lorsqu'elle jouait avec Chloe, en ondulant lentement, puis plus sensuellement, aguicheuse, car elle commençait à sentir les courbes de ses hanches et les boutons de ses seins naissants. Sa robe était tombée et elle dansait nue devant eux.

À cet instant, l'esprit entra en elle et l'enveloppa dans une brume rayonnante. Erzulie chanta à travers elle un étrange chant et Angelique, convulsée et tremblante, tomba en frémissant de la puissance du *loa*. Un par un, les adorateurs s'approchèrent, la touchèrent et l'embrassèrent, leurs lèvres frôlant ses pieds et ses jambes, leurs mains caressant ses cuisses.

Elle n'était plus l'enfant Angelique, mais la déesse Erzulie qui accueillait avec bienveillance leurs bouches et leurs langues qui la pénétraient. Dans un silence, les amants goûtèrent son exubérante innocence, ensorcelés par la source de vie. Elle leva les hanches en gémissant, prise entre la possession de la déesse et l'adoration des hommes. Finalement, avec un cri douloureux, elle serra les genoux et les poings, gémissant comme une enfant, des larmes ruisselant de ses yeux fermés, le corps secoué de soubresauts. Les adorateurs l'apaisèrent en murmurant et en la caressant doucement jusqu'à ce qu'elle s'endorme.

Quand elle se réveilla de sa transe, elle avait perdu tout souvenir de sa possession, hormis le lointain frisson d'un mystérieux rêve.

Le lendemain matin, de sa fenêtre, Angelique regardait le quartier des esclaves de l'autre côté de la cour. La journée était affreusement chaude et le ciel, d'un bleu aveuglant. Elle contempla les champs de canne qui ressemblaient à des vagues d'écume, plus hautes que les hommes qui disparaissaient entre elles. Ce matin, une idée passionnante lui était venue.

Les esprits existaient. Elle n'en avait jamais douté, mais à présent elle acceptait l'incarnation des *loas*. Elle brûlait d'en savoir davantage. Elle se sentait proche des esclaves, car comme eux elle était prisonnière de la violence et de la peur. Elle enviait leur caractère imprévisible, la facilité avec laquelle ils communiquaient avec les dieux, tandis qu'elle se repliait sur elle-même pour fuir la réalité.

Après cette journée, la cérémonie devint une obsession. Pendant de longues heures, elle récita et répéta les incantations à mi-voix ; les chants douloureux devinrent des mélodies gravées dans sa mémoire. Elle passait tout son temps à lire *Le Livre des mystères*, s'efforçant de traduire les différentes langues et de déchiffrer les sorts. Les pages révélaient les secrets de l'ancienne magie africaine et Angelique étudia toutes les instructions en mémorisant syllabes et sons.

Dans la chambre derrière l'autel, sous le regard las de Suzette, elle lut les formules des potions et chercha sur les étagères les ingrédients correspondants, les mit de côté et les classa, ne sachant pas encore bien à quoi ils serviraient.

– Qu'est-ce que tu fais ? demanda Suzette. Laisse donc tout cela tranquille.

– Ne regarde pas, si cela ne te plaît pas, grommela Angelique en continuant d'examiner poudres et élixirs.

– Tu es une petite fille impertinente.

– Je ne suis plus une petite fille.

Elle redoutait la présence de son père. Elle se réveillait souvent la nuit, trempée d'une sueur glacée, le cœur battant, croyant qu'il était là quand le grincement du moulin s'insinuait dans ses rêves et qu'elle le prenait pour la voix d'un démon.

Après l'avoir ramenée à l'habitation, il l'avait ignorée, sauf durant la cérémonie. Elle espérait que tant qu'elle demeurerait cachée et ferait son devoir en tant que déesse, il la laisserait enfin tranquille.

Elle comprenait la valeur qu'elle avait pour lui et pour certains des autres planteurs, qui avaient commencé à pratiquer le vaudou africain dans le plus grand secret. Le dimanche, ils allaient à la messe, mais à minuit, ils venaient secrètement à la cérémonie.

Un jour qu'elle était plongée dans ses études, elle entendit dans l'escalier une voix d'homme et fut saisie par la crainte en pensant que c'était son père. Elle glissa vivement le livre sous son lit, mais quand la porte s'ouvrit, ce fut sur le prêtre jésuite, le père Le Brot, qui lui avait parlé le premier jour après son épreuve avec les chiens.

– Angelique, dit-il. Puis-je entrer ?

Elle le regarda sans répondre, déconcertée. Pour elle, il était un émissaire d'un autre monde. Il fit signe à Thais de les laisser, s'approcha d'Angelique et, à sa grande surprise, lui prit les mains. C'était un petit homme rondouillard et dégarni, au visage rougeaud et au cou épais. Ses yeux vifs et son sourire jovial ne pouvaient dissimuler combien il était imbu de sa personne.

– C-c-comment vas-tu, mon enfant ? demanda-t-il. Je p-p-pensais à toi et j-j-je me demandais comment tu s-s-supportais tes épreuves.

Le mot « épreuve » l'irrita et elle eut aussitôt des soupçons. Si son père avait envoyé cet homme pour la sonder, il avait eu tort, car elle ne lui révélerait rien.

– Ce n'est pas une épreuve d'être Erzulie, répliqua-t-elle avec froideur devant une telle condescendance.

Le père Le Brot poussa un profond soupir et lui fit signe de s'asseoir à son petit bureau. Il prit place en face d'elle et elle sentit qu'il cherchait sur son visage des traces de chagrin ou de faiblesse. Elle refusa d'en montrer aucune.

– Que me voulez-vous ? demanda-t-elle finalement. Pourquoi êtes-vous venu ?

– Je suis v-v-venu prier avec toi, dit-il.

– Et pourquoi prier avec moi ?

Elle se souvenait à peine des religieuses de l'école catholique, mais elle savait que leurs prières l'avaient toujours culpabilisée. Elles lui avaient appris à lire, mais elles n'avaient cessé de lui répéter qu'elle était maudite.

– Parce que je me soucie beaucoup de ton âme immortelle, mon enfant. Tu vis dans l'injustice et tu participes à des rituels païens qui sont l'œuvre du diable !

– Du diable ? s'étonna-t-elle. Je n'ai pas vu le diable…

– Ces danses frénétiques, ces fausses idoles, ces sacrifices… Ma chère enfant, tu dois savoir que c'est l'œuvre du Malin et que ce sont des démons infernaux !

– Je n'en sais rien du tout ! s'emporta-t-elle. Vous voyez le diable partout !

– D-d-désires-tu te confesser ? demanda-t-il avec douceur.
– Non, je n'ai rien à confesser.
– Alors p-p-prie avec moi, dit-il en lui prenant la main.
– Je ne veux pas, s'irrita-t-elle en se levant et en tournant les talons.
Le père Le Brot parut surpris, mais il garda son calme.
– Non, non, bien sûr. Quelle s-s-sottise de ma part. Tu p-p-pries avec les esclaves, n'est-ce pas ? D-d-dis-moi, mon enfant, leurs p-p-prières sont-elles exaucées ?
Elle réfléchit. Quelle était la nature de leurs prières ? Demandaient-ils la liberté et le retour dans leur pays ? Apparemment, ils ne demandaient rien d'autre que la vie et l'extase, la possibilité de se perdre dans l'oubli de la danse.
– C'est moi qu'ils prient, répondit-elle.
Abasourdi, le père Le Brot secoua la tête. Elle fut ravie de l'avoir ainsi ébahi.
– Et les planteurs me prient aussi, ajouta-t-elle, un rien arrogante.
Cela parut confirmer au prêtre les soupçons qu'il nourrissait.
– Les planteurs viennent à ces c-c-cérémonies ? demanda-t-il.
– Parfois. Erzulie exauce leurs souhaits si elle le décide.
Le prêtre se leva et commença à faire les cent pas.
– Les planteurs qui viennent à ces rituels, dit-il pensivement, à bien des égards, ils s-s-sont aussi ignorants que les esclaves. Ils n'ont en eux ni c-c-compassion ni humilité et ils se tournent vers ces cérémonies p-p-primitives en désespoir de cause.
– Ils savent qu'Erzulie leur accordera ce que Dieu ne peut pas leur donner.
Le prêtre croisa les bras sur sa bedaine et se redressa.
– Ma chère enfant, comme tu es inculte. Le plus grand don de Dieu est la vie éternelle. Des trésors attendent au ciel ceux qui ont la foi. Les c-c-cupides sont ceux qui ont traversé la mer parce que d'autres avant eux ont fait fortune dans le sucre. Ils n'étaient pas nobles en France. Ils étaient des renégats et des fils cadets, qui n'avaient ni terres ni fortune,

et la m-m-Martinique est l'endroit où ils ont cru pouvoir vivre comme des rois !

Son sermon ennuya Angelique, mais elle le comprenait parfaitement. Il avait peur des Noirs, comme tous les Blancs.

– Oh, ils viennent à la messe et professent leur piété et, oui, ils sont prêts à condamner l'hérésie, mais en vérité ils ne sont guère attachés au Tout-Puissant et ne s'intéressent pas à ce qui les attend dans l'au-delà. La richesse qu'ils convoitent est ici. Et d'une manière ou d'une autre, cette richesse est entre les mains des esclaves ! Les planteurs le voient et pourtant ils ne le comprennent pas. Ils craignent les esclaves tout en ayant besoin d'eux, de leur sueur et de leurs superstitions païennes. Sans cette main-d'œuvre, ils sont impuissants. Et les Noirs grouillent sur les îles, de plus en plus nombreux.

Il s'agitait et, curieusement, il avait perdu son bégaiement. Angelique lui trouva l'air d'un poisson-coffre effrayé.

– Et pourtant, il leur en faut plus ! Ils font venir ces malheureux dans ces maudits navires ! Pour planter encore plus de canne ! Et récolter davantage de sucre ! Et comme les Noirs ne veulent pas travailler, ils les battent à mort et en font venir d'autres ! Ces Blancs qui ont sombré dans l'erreur sont déjà vingt à trente fois moins nombreux que leurs esclaves ! À la fin, Dieu ne sera plus maître de ces îles, elles appartiendront aux Noirs. C'est ce que fomente le diable, le diable qui a semé cette graine dans le cœur de l'homme blanc.

Il s'arrêta, à bout de souffle, les yeux exorbités. Puis il se ressaisit et, un peu gêné, reprit en se radoucissant :

– Pardonne-moi, mon enfant, je sais que ces choses sont un mystère pour toi et que tu ne peux rien y changer. C'est pour le salut de ton âme que je suis venu. Tu dois songer à ton âme immortelle, Angelique.

– Où se trouve-t-elle, mon père ? demanda-t-elle. Dans mon cœur ou dans ma tête ?

– C'est, mon enfant, la partie invisible de ton être qui survit après la mort.

Un nuage assombrit ses pensées. Pourquoi ce prêtre lui parlait-il de mort ? Elle était protégée par son père et nourrie par les esclaves. Rien ne la menaçait. Même les ouragans ne pouvaient rien contre les épaisses murailles de la tour. Elle estima que le père Le Brot ne répétait que ce qu'elle avait entendu à la messe, des mises en garde contre la damnation et le diable.

– Tu es en grave d-d-danger, bégaya-t-il de nouveau.

– Pourquoi ? Et de quelle sorte ?

– À cause de la cérémonie.

Elle avait vu juste. Le prêtre se sentait menacé par ces rituels vaudous parce qu'il n'y avait jamais assisté, sinon il aurait su qu'elle en était le cœur en tant qu'incarnation de l'esprit. Il était venu lui faire peur parce qu'il était lui-même effrayé, mais elle ne se laisserait pas impressionner.

– Il n'y a aucun danger, répondit-elle. Mon père y veille. Personne n'oserait me faire du mal.

– Ton père ? s'enquit le prêtre en haussant les sourcils. Et qui est-ce ?

– Theodore Bouchard.

– J-j-j'ignorais, dit le prêtre, l'air stupéfait, que Theodore était… que tu étais sa f-f-fille ! (Il leva les bras au ciel.) Ô Tout-Puissant, protégez-nous !

Et sur ces mots, il se hâta vers la porte, mais il se retourna une dernière fois sur le seuil.

– Je r-r-reviendrai te voir, ajouta-t-il. Pense à ce que je t'ai dit. Je prierai pour toi. Et… oh, j'allais oublier ! Seigneur, que vais-je devenir si je perds la tête ! Je t-t-t'ai apporté ceci. J'ai pensé que cela te plairait, dit-il en revenant déposer un petit livre sur la table.

Et il décampa. Curieuse, elle alla jeter un coup d'œil au livre. Le titre sur la couverture disait : *William Shakespeare, pièces et sonnets.*

11

Chaque matin, quand la cloche sonnait, Angelique se levait et courait à la fenêtre. Elle regardait les esclaves traîner leurs corps las vers les champs, des esclaves qui parfois l'avaient adorée la veille. Elle se rappelait les tam-tams qui éveillaient leur âme. Elle avait réfléchi à ce que le prêtre lui avait dit et avait honte de son attitude hautaine. Jamais elle n'avait cru qu'elle était la source du pouvoir : elle savait qu'il en serait de même sans sa présence. Elle était transformée par l'adoration des esclaves. Leurs tam-tams venaient d'Afrique, tout comme leur croyance profonde dans les esprits. La magie qu'ils invoquaient jaillissait d'eux.

Elle savait qu'elle n'était qu'une personnification de la déesse de l'Amour et que les *loas* flottaient dans l'air en attendant qu'on les appelle, comme Chloe avait invoqué Papa Guede la nuit où elle était morte et ressuscitée.

Ils tournoyaient en attendant de fondre, attirés par la nourriture ou le sacrifice, et quand ils arrivaient, ils entraient dans un danseur et parlaient à travers lui.

Angelique se mit à se languir d'Erzulie.

Erzulie me protégera, se disait-elle le soir en s'endormant, et le matin quand elle se réveillait, et à minuit quand elle entrait dans la chapelle. Elle commença à préparer l'invocation. Elle devait être simple et implorante. Elle voulait seulement que la déesse l'habite une fois encore, qu'elle l'étreigne et l'entraîne dans des vagues de plaisir.

Elle attendit que Thais soit endormie et se faufila dans la cour, puis, sous un ciel sans étoiles, elle traça le *vévé* sur les pavés et alluma les cierges. Elle avait apporté des fleurs, amaryllis et tubéreuse, pour leur parfum et leur couleur, ainsi que des gâteaux qu'elle conservait depuis des jours.

Elle avait également un trophée, une colombe blanche qu'elle avait attirée à sa fenêtre avec des miettes. Elle avait fini par devenir si docile qu'elle venait la réveiller chaque matin en roucoulant et qu'elle se laissait caresser. Ce matin, elle lui avait dit doucement : « Viens, petite colombe, n'aie pas peur. » Et elle avait refermé ses mains sur l'oiseau confiant avant de l'envelopper dans un morceau de velours.

Elle la serrait à présent sur son cœur, en attendant Erzulie. Elle regarda sa petite tête, ses yeux vifs et sentit la vie qui palpitait en elle. Elle espéra que cela suffirait.

Avec un couteau, elle trancha la gorge de l'oiseau avec le plus grand soin, puis, alors que les ailes battaient encore, laissa le sang couler dans un gobelet. Debout au milieu du *vévé*, un cierge à chaque coin, elle se mit à chanter d'une voix douce et enjôleuse :

– Erzulie Severine, Belle-Femme, La Sirène. Erzulie Boum'ba, Freda Dahomey, Ge Rouge.

Elle arracha des plumes de la colombe, encore douces et chaudes, et les jeta dans l'air comme des graines de pissenlit. Tout en virevoltant, elle éparpilla la poudre d'un mélange d'herbes et d'os qu'elle avait préparé dans le sanctuaire, puis, fermant les yeux et frissonnante, elle but le sang.

Elle leva les bras et s'écria :

– Erzulie, Déesse, je t'invoque dans le grondement du tonnerre et les feux de la montagne Pelée ! Je te supplie de pénétrer en moi qui m'agenouille, Mystère, Madonna, Mbaba Mwana Waresa…

Et sur ces mots, elle se laissa tomber à genoux et baissa la tête.

D'abord, ce fut le silence, puis seulement le chant flûté des grenouilles et, au loin, la rumeur de la mer. Elle se sentait faible, mal préparée et indigne. Puis soudain, son corps se mit à trembler d'une vague de chaleur s'élevant de ses pieds pour flamboyer jusque dans sa poitrine. Son esprit se concentra sur l'image d'une minuscule étincelle qui grandit et resplendit dans l'atmosphère en une explosion de couleurs qui se mirent à danser autour d'elle.

Il y eut un bourdonnement, comme si l'air était une créature vivante qui respirait et la caressait de ses doigts en chantant et en gémissant. Le bourdonnement enfla, perçant, et devint une vibration douloureuse avant d'exploser dans un tonnerre si assourdissant qu'elle crut qu'il lui avait fracassé le cerveau.

Une brume remplit la cour et des voix surnaturelles et discordantes chuchotèrent comme le vent. Elle sentit une odeur de poisson qui a pourri au soleil. Puis une forme humaine, mais non de femme, vacilla dans la pénombre. Une silhouette d'homme, sèche et nerveuse, obscure, tremblante comme une flamme, mais dense, avec des membres et un visage lisses comme l'albâtre. Des cheveux d'ébène retombaient sur son front et ses épaules.

Il était debout dans un chariot, jambes écartées, les rênes dans les mains, et devant lui flottaient des chevaux de velours sombre. La vision prit forme, puis s'évanouit avant d'apparaître à nouveau.

– Qui es-tu ? chuchota Angelique. Pourquoi es-tu venu ?

– Tu m'as appelé, répondit-il d'une voix évoquant le vent qui souffle sur l'eau. Tu m'as tiré de mes rêves, de mes siècles de sommeil. Mais tu es encore une enfant, Angelique, tu es trop jeune. Je vois ton talent qui commence à poindre et je brûle de m'en saisir et de l'emporter au centre du monde, mais pas tout de suite.

Tout en parlant, il s'élevait et redescendait ; sa voix frôlait son oreille puis disparaissait dans l'obscurité.

– Qui es-tu ? répéta-t-elle.

Mais elle savait au fond d'elle-même, elle en était convaincue dans sa chair, que c'était Lucifer ou quelque dieu du Mal et qu'elle l'avait invoqué par mégarde.

– Tu ne te souviens pas ? chuchota-t-il.

Son haleine empestait la fumée. Elle paniqua.

– Non, je ne t'ai pas appelé, répondit-elle. Je ne veux pas de toi ici ! Pourquoi venir ?

– Venir ? répéta-t-il dans un soupir. Venir, ma chérie ? Oui, viens avec moi, laisse-moi te... toucher... te sentir...

Il sauta de son chariot et marcha sur les pavés, et, sous sa robe sombre, Angelique aperçut des sabots fendus et une queue hérissée de pointes. Il s'approcha en flottant et elle sentit une lame glacée entrer en elle et la déchirer ; son baiser fut comme du sable gelé.

– Non, ne me touche pas ! s'écria-t-elle en le repoussant. Laisse-moi ! Je ne veux pas de toi, je n'ai jamais voulu de toi !

Il soupira comme une vague qui se retire en aspirant l'écume et son visage s'assombrit.

– Jamais je ne te laisserai, gronda-t-il comme la montagne Pelée. Et tu es encore trop jeune pour choisir. Mais n'oublie pas, je suis là et moi seul te protège. Moi seul t'aime et t'ai toujours aimée. Jamais je ne t'abandonnerai, chuchota-t-il dans un écho lointain alors qu'il disparaissait. Jamais je ne t'abandonnerai. Jamais...

Le dernier mot résonna comme un tremblement de terre. Puis il disparut.

Après cette nuit-là, Angelique perdit sa passion pour la cérémonie. Une angoisse mortelle l'accablait et elle n'avait plus envie d'Erzulie ni de tout connaître du *loa*. Elle restait inerte sur l'estrade et les gémissements des esclaves ne lui apportaient ni joie ni terreur. Toute la journée, elle redoutait que son père vienne la chercher, et la nuit elle avait un sommeil agité en imaginant le retour de l'esprit des Ténèbres.

Un matin, elle se réveilla alors que Thais, debout sur le rebord de la fenêtre, était en train de fermer les lourds rideaux.

– Pourquoi fais-tu cela ? demanda-t-elle. J'aime le soleil.

– C'est le moment de la coupe de la canne, répondit Thais. Il faut que tu quittes la tour. Les esclaves vont venir réparer le moulin et installer de nouveaux broyeurs qui sont arrivés de France !

– Tu dois vraiment couvrir la fenêtre ?
– Le Massa a dit que tu devais rester cachée. Ne pas t'approcher de la fenêtre. Il ne veut pas que tout le monde te voie.
– Tu as dit que je devais partir ?
– Oui.
– Où cela ?
– Eh bien, à la maison dont tu parlais tant. Le Massa a dit de te mettre dans la petite chambre du troisième étage.
– Au manoir ?
Un frisson la parcourut. Rien ne lui faisait plus peur que d'être auprès de son père. Thais sembla sentir son malaise.
– Mais pas aujourd'hui, mon enfant. Il y a trop de monde ici. Nous partons demain. Alors rassemble les affaires que tu veux emporter.
Plus tard dans la journée, Angelique entendit des cris dans la cour et, comme Thais n'était pas là, elle s'approcha de la fenêtre et risqua un regard entre les rideaux. Il y avait beaucoup d'agitation en bas. Des esclaves déchargeaient un chariot tiré par des bœufs et on déposa un ensemble d'énormes rouages en bois près de la tour. Sur son cheval, son père ordonnait à d'autres esclaves de transporter à l'intérieur le troisième broyeur et Angelique vit une grosse roue dentée qui attendait encore sur le chariot, sous une quantité de fûts en cuivre luisant.
Soudain, elle sentit la tour vibrer et elle se rendit compte que le gros pilier au centre de la chambre bougeait. Trop longtemps inutilisé, il gémissait en tournant lentement et ébranlait la construction.
Dehors, elle entendit des esclaves grimper sur le moulin et donner des coups de marteau sur les lattes brisées. L'une des immenses ailes vint se placer devant la lumière, plongeant la pièce dans l'ombre. À travers la voile, elle vit la silhouette mince d'un garçon qui tendait une toile neuve sur l'armature. Angelique admirait son agilité, quand elle se rendit compte que c'était Cesaire.
Elle écarta un peu plus le rideau pour s'en assurer. L'aile couvrait entièrement la fenêtre, dissimulant la cour et,

accroché comme une grenouille arboricole, il nouait une corde sans avoir le vertige.

– Cesaire ! appela-t-elle à mi-voix. (Il releva la tête et regarda autour de lui.) Ici, à la fenêtre !

Il inclina l'aile et posa un pied sur la pierre avant de jeter un coup d'œil dans la pénombre de la pièce. Quand il la vit, son visage s'éclaira.

– Mon Dieu ! Angelique ! C'est toi ?

– Oui !

– Mais… Pourquoi es-tu là ? demanda-t-il, stupéfait.

– Mon père m'a rattrapée et forcée à revenir.

– Oh… Alors tu es… seule ? Je peux entrer te voir ?

– Oh, non ! chuchota-t-elle. Et éloigne-toi de la fenêtre. Personne ne doit te voir en train de me parler. Personne n'est censé savoir que je suis là.

– Tu veux dire que tu es…

– Prisonnière.

Il se rembrunit et se redressa un peu pour s'approcher d'elle. Il empoigna les barreaux et resta perché dangereusement, un pied sur l'aile.

– Comment je peux te parler ?

– Tu ne peux pas, dit-elle, effrayée. Il faut que tu me laisses, maintenant, Cesaire, avant qu'on te voie. Mon père est sans pitié. Il…

Un bruit rude s'éleva de la cour. Cesaire abandonna rapidement son perchoir et remonta sur l'aile qu'il fit redescendre. Il courut au chariot et en sortit une autre toile. Il leva une dernière fois la tête vers la fenêtre, lui fit un clin d'œil et s'éloigna.

Au cœur de la nuit, elle entendit un bruit étrange dehors. Cesaire avait grimpé sur l'aile et frappait aux barreaux. Thais dormait, mais Angelique, craignant de la réveiller en parlant, lui fit signe qu'elle allait descendre. Quelques secondes plus tard, elle avait dévalé l'escalier et sortait dans la cour.

– Cesaire ? appela-t-elle à voix basse.

– Ici !

Elle leva les yeux vers le bout de la cour, là où le mur donnait sur la mer. Il était assis sur la balustrade. Elle courut vers lui et s'assit à son côté.

– Je ne dois pas rester, dit-elle. C'est risqué…

– Regarde.

Il lui désigna la petite crique juste au-dessous d'eux. La nuit était chaude, baignée de la clarté des étoiles, et elle pouvait voir loin jusqu'au large. Une longue et étroite péninsule courbe enserrait le lagon. Elle voyait les vagues se briser sur le récif, mais à l'intérieur l'eau était calme au pied des rochers.

– Quoi ? demanda-t-elle.

– Là-bas ! C'est la goélette du Maine.

Elle distingua tout juste dans l'obscurité la silhouette d'un navire à l'ancre, avec deux petites lanternes qui brillaient à son bord.

– Tu es sûr ?

– Oui, je connais tous les navires. Pas un ne passe sans que je le sache.

– Pourquoi est-elle ici et pas dans le port de Saint-Pierre ?

– Ah, parce qu'elle se cache. Cette petite baie fait un bon mouillage pour attendre le matin. Elle prendra la passe et sortira avec la première marée. Aucun gros bateau ne vient ici. Ils ne pourraient pas franchir le récif. Mais cette petite goélette, elle vogue bien vent debout. Elle glisse sur l'eau comme un oiseau.

– Si seulement je pouvais être à son bord, soupira Angelique.

– Non, il ne vaudrait mieux pas. C'est une goélette volée et elle se tient peut-être comme une demoiselle, mais c'est une fille perdue.

– Pourquoi dis-tu cela ?

– Parce qu'elle transporte des esclaves, répondit-il sans s'émouvoir.

Angelique se leva et s'approcha du bord.

– Peu m'importe, dit-elle en contemplant la mer. Une esclave, c'est ce que je suis.

– Petite demoiselle, tu ne sais pas ce que tu dis. Un jour, tu partiras d'ici.

– Mon père ne me laissera pas partir. Et puis je n'ai nulle part où aller. Il ne se passe pas un jour sans que je pense à ma mère, mais je ne sais pas ce qu'elle est devenue, ni où elle est. Et je ne peux parler à personne, se lamenta-t-elle en jetant un regard derrière elle. Si jamais mon père nous surprenait, il… (Elle frémit.) Te souviens-tu de la fille du puits ? (Il hocha la tête.) Elle s'appelait Chloe. Nous jouions ensemble en secret. Mon père nous a surprises une nuit et il… il… Je ne peux pas rester, Cesaire, dit-elle brusquement. Je n'aurais jamais dû descendre.

– Attends, dit-il. J'ai quelque chose à te dire. Tu sais ce qui arrive ? Tu le sens dans l'air ? Écoute.

Les vagues se fracassaient sur les rochers et, derrière eux, dans la jungle, les grenouilles chantaient. Au loin, elle entendit des tam-tams, mais ce n'était pas inhabituel. Une nuit sans cette pulsation, c'était rare.

– Tu parles des tam-tams.

– Oui. Ils chantent toutes les nuits. Ils chantent la révolte.

– La révolte ?

– Il y a des esclaves enfuis qui vivent dans la montagne, des nègres marron, qui tirent leur force de la montagne Pelée. Ils descendent la nuit dans le quartier des esclaves et ils leur disent de se révolter. Ils prêchent la liberté.

– La liberté ?

La sonorité du mot lui plaisait ; elle n'en connaissait pas de plus beau.

– Quand la révolte éclatera, tous les Blancs seront tués. Ils brûleront la grande habitation – tous les bâtiments. C'est ce que je suis venu te dire.

– Les planteurs ne soupçonnent donc rien ?

– Quand le renard ne peut pas atteindre les raisins, il dit qu'ils sont trop verts. Écoute ! Ce sont les tam-tams igbos. Tous les esclaves de ton père sont igbos. Tu sais pourquoi ils ont les yeux jaunes ?

Angelique se rappela Chloe, sa peau cuivrée et ses yeux d'un vert doré. Elle hocha la tête.

– Ils sont timides, mélancoliques, ils sont malheureux d'être si loin de chez eux. Et en Afrique ? Ce sont des cannibales !

Elle frémit et, en la voyant si effrayée, il éclata de rire, ses dents blanches luisant dans la nuit.

– Es-tu igbo ?

– Non, petite demoiselle ! Je suis mandingue. Regarde mes cheveux, ils sont doux et soyeux. Oh que non, je ne suis pas igbo !

– Alors tu ne connais pas ces tam-tams.

– Je les connais assez. Écoute-moi. C'est leur histoire. Ils vont se soulever une nuit et mettre le feu. Quand le moment sera venu, je te préviendrai. Tu pourras avertir ton père et…

– L'avertir ? Jamais ! J'espère que les esclaves viendront réduire l'habitation en cendres !

– Quoi ? fit-il, stupéfait.

– Et qu'ils le laisseront pour mort ! Au revoir, Cesaire, dit-elle en tournant les talons et en courant vers la tour.

12

Quand Angelique se réveilla le lendemain matin, il lui fallut un moment pour se rappeler où elle était. Thais l'avait tirée du lit à l'aube, emmenée à l'habitation et enfermée dans la chambre du troisième étage.

La jeune fille contempla son nouveau logis : un lit grossier, une commode et un plancher nu. Elle courut à l'unique petite fenêtre et regarda la tour et les entrepôts.

Dans la cour, de nombreux esclaves s'affairaient. Son père tempêtait et jurait en agitant les bras vers la tour. Elle fut stupéfaite de voir le moulin tourner à belle allure et les portes de la salle de broyage grandes ouvertes. Des esclaves mettaient les rouleaux en place.

Soudain, l'un des hommes poussa un cri et dans la chambre de la tour des voix répondirent. Le moulin bougea avec difficulté sous la charge et les gros rouleaux se mirent à tourner. Une clameur enthousiaste s'éleva et tout le monde accourut pour voir le puissant mécanisme à l'œuvre. Même son père semblait soulagé. À l'écart, les bras croisés, jambes écartés, il regardait les esclaves s'attrouper.

L'idée d'être maintenant logée près de son père la fit trembler de peur. Elle décida de se terrer prudemment comme un bernard-l'ermite dans sa nouvelle coquille. Elle se demandait quand aurait lieu la prochaine cérémonie et songea brusquement qu'elle devait aller prendre dans la chambre secrète les diverses poudres dont elle pourrait avoir besoin pour se protéger.

À mesure que la journée passait, elle se demanda si on allait venir la chercher. Elle n'avait ni livres ni vêtements, en dehors de ceux qu'elle portait, et personne ne lui avait apporté à manger. Elle examina le verrou de la porte et, à sa surprise, s'aperçut qu'il était facile à forcer avec une épingle à cheveux. Mais elle ne s'aventura pas plus loin que le couloir, qui était sombre et désert. Elle constata en rentrant que sa porte était munie d'une barre et qu'elle pouvait donc s'enfermer de l'intérieur.

Au même instant, elle entendit une clameur dans la cour et vit deux chars à bœufs qui entraient, chargés de cannes. Une vingtaine d'esclaves les déchargèrent, les portèrent aux broyeurs et, à grands renforts de cris, les firent glisser entre les rouleaux. Dans le ciel, un long panache de fumée noire s'élevait de la cheminée. Par les fenêtres de la raffinerie, elle vit le reflet des flammes sur le ventre des grosses cuves en cuivre. Dans l'agitation de cette première journée de récolte, on l'avait totalement oubliée.

Finalement, dans la soirée, Thais apparut avec son repas. Elle était épuisée, ses vêtements étaient sales et elle se laissa tomber sur un petit tabouret, la tête basse.

– Thais, mais que t'est-il arrivé ? demanda Angelique.

– On m'a mise à la coupe de la canne, mon enfant, et cela m'a anéantie, répondit-elle en levant ses mains couvertes d'entailles et d'ampoules.

– Pourquoi dois-tu aller aux champs ? Tu es censée t'occuper de moi.

– Nous y allons tous. Tout le monde marche à coups de fouet, maintenant.

Elle leva un regard douloureux vers Angelique, qui comprit que les exigences de la récolte mobiliseraient tout le monde dans l'habitation et qu'on ne s'occuperait plus d'elle.

Elle n'attendit pas pour commencer à explorer la demeure déserte. La plupart des pièces étaient vides, à l'exception d'une table moulurée ou d'un banc sculpté. La poussière s'accumulait dans les coins, la suie sur les miroirs ; les bougies ruisselantes de cire fondue étaient fichées de travers sur les lustres et les volets clos. Mais le manoir avait naguère connu la grandeur, c'était visible. Certains parquets étaient incrustés de nacre, les fenêtres en ogives à meneaux étaient ornées de vitraux et, dans certaines pièces, d'immenses tapisseries garnissaient les murs.

Si la demeure était lugubre, la cour grouillait de vie. Dès avant l'aube, quand on sonnait la conque, jusque bien après minuit, les esclaves s'activaient. Leur dur labeur était immuable. Les chariots arrivaient en grondant des champs, débordant de cannes. Les fagots étaient entassés le long du mur et la haute cheminée crachait sa fumée noire dans le ciel turquoise.

Thais se révéla trop âgée pour la récolte et fut affectée au feu. Elle arrivait dans la chambre d'Angelique ruisselante de sueur, les vêtements trempés, exhalant l'odeur douceâtre de la mélasse. Elle lui apportait toujours un repas frugal du même pas traînant.

– Thais, quelque chose ne va pas ? lui demanda un soir Angelique, la voyant exténuée.

– Il m'a battue, répondit la pauvre femme en pleurant.

– Quoi ! Où ? (Thais dégrafa sa robe pour lui montrer son dos strié de traces sanglantes.) Mais pourquoi t'a-t-il fait cela ?

– Ils ont tardé. Le sirop est devenu trop dur et tout est gâché. Je leur ai dit de le couler, mais le responsable, Lazairre, a regardé et dit que c'était trop tôt. J'ai insisté, mais il n'a pas voulu et l'écume a tellement bouilli qu'elle a débordé du fût. Lazairre a été brûlé et le Massa m'a battue pour avoir gâché le lot.

Angelique, le cœur serré de pitié, alla s'asseoir à côté d'elle et posa sa tête sur ses genoux.

– Pauvre Thais, dit-elle. J'ai tant de peine pour toi. C'est un homme dur et méchant et je le déteste. (Elle eut une idée qui pourrait consoler Thais.) Sais-tu, Thais, qu'il y a de la révolte dans l'air ?

L'esclave ne répondit pas, mais Angelique la sentit se figer. Elle leva la tête, mais Thais se contenta de soupirer.

– Non, ma fille, il n'y a pas de révolte. Si les esclaves se soulèvent, ils sont pendus ou abattus, ou pire. Quand ils se sont révoltés à La Trinité, on a appelé la milice. La fierté ne peut rien contre les fusils. Ils sont tous morts, les vingt braves esclaves ont été massacrés. Le dernier nègre marron qu'ils ont pris, ils l'ont enfermé dans une cage.

– Mais les tam-tams ! Ne sais-tu pas ce qu'ils disent ? Je les ai encore entendus la nuit dernière !

– Les tam-tams chantent comme la montagne Pelée murmure. Elle gronde, mais rien n'explose. Mon enfant, l'esclave est condamné à travailler jusqu'à la mort et la canne est son tombeau.

Angelique songea au poisson-pierre, si venimeux et si difficile à repérer, avec ses taches et le mucus qui le recouvrait. Elle le voyait tapi dans le sable, entouré de vrais cailloux, camouflé sous ses écailles épineuses, jusqu'au passage d'une crevette innocente. Là, il jaillissait et la mort survenait. Elle décida que son cœur serait comme le poisson-pierre. Elle attendrait, cachant ses épines empoisonnées.

Un matin, Angelique entendit son père sortir à cheval de très bonne heure et, se demandant pourquoi la journée était si calme, elle courut à la fenêtre et vit qu'il n'y avait pas de vent et que le moulin était arrêté. Des esclaves étaient assis dans la cour, épuisés et moroses. Il faisait une chaleur accablante et elle ne tenait pas en place, tellement elle s'ennuyait.

Elle décida d'en profiter pour explorer de nouveau le manoir et, au bout d'une heure, elle trouva les appartements de son père. Tentée par la possibilité de découvrir un indice concernant la disparition de sa mère, elle poussa la lourde porte.

Un immense lit à baldaquin trônait dans la vaste chambre plongée dans la pénombre. Les draps froissés étaient défaits et le rideau de velours mité pendait de travers. Un fauteuil était enfoui sous le linge sale et elle vit, jeté sur le dossier, le manteau malodorant que son père portait souvent. L'imposant bureau disparaissait sous les papiers.

Elle jeta un coup d'œil aux lettres, espérant apprendre où se trouvait sa mère.

Un bref billet disait : « Le sucre se vend mal. Pas de navires. Conservez la mélasse pour le rhum. » Un autre, signé de son père, demandait « de la patience », disant « la canne est trop vieille et donne peu de jus », « chaleur excessive », ou « je l'ai coupée trop tard et à rester empilée devant le moulin, elle perd son sucre. Les ouvriers ne savent toujours pas comment s'y prendre ». Plus bas, elle lut : « L'essieu d'un des rouleaux s'est détaché et j'ai dû arrêter le moulin. Il nous faut absolument de nouveaux rouleaux plus gros. Il nous en a été demandé la somme exorbitante de mille trois cents francs à Saint-Pierre. » Elle reposa la lettre et continua à chercher, mais elle ne trouva rien qui parle de femmes vendues comme esclaves, rien concernant sa mère. Seulement les malheurs solitaires d'un producteur de sucre.

La terreur commença une nuit après que le moulin fut remis en marche. Les esclaves avaient été forcés de travailler pendant des nuits pour enfourner la canne dans la gueule insatiable des broyeurs.

Cette nuit-là, réveillée par des hurlements, Angelique courut à sa fenêtre et vit des esclaves qui criaient :

– Arrêtez le moulin ! Arrêtez le moulin !

Un pauvre ouvrier se débattait, le bras happé entre les rouleaux. Il avait dû s'endormir à son poste, songea-t-elle. Son père arriva en titubant dans la cour en levant les bras au ciel.

– Quoi ? Que s'est-il passé ? tempêta-t-il. Pourquoi diantre a-t-il fait cela ?

– Massa, il s'est fait attraper. Il faut écarter les rouleaux !

– Comment ? Mais non ! Je vous ai dit qu'il n'était pas question d'arrêter le moulin. Continuez le travail, pauvres crétins ! Prenez une hache et coupez-lui le bras !

Le moulin gronda et les rouleaux gémirent, puis l'esclave poussa un hurlement alors que la hache s'abattait. Le moignon ensanglanté jaillit dans l'air et l'homme, entouré de ses compagnons, s'effondra en serrant contre sa poitrine son bras mutilé. Angelique les vit l'emporter et retourna s'allonger dans son lit, les yeux écarquillés d'effroi. Soudain, elle entendit quelqu'un dans le couloir et son cœur cessa de battre. Quelque chose raclait le plancher et elle entendit un faible halètement. Elle se glissa jusqu'à la porte et mit la barre avant de retourner se coucher, paralysée de frayeur. Une main invisible essaya vainement d'ouvrir la porte, puis elle entendit des pas qui s'éloignaient.

Après cet épisode, Angelique sentit que les esclaves étaient devenus nerveux et maussades. Le contremaître avait beau les battre, ils n'avaient plus de forces. Ils se traînaient et les tas de cannes s'accumulaient le long du mur au lieu d'alimenter les broyeurs. Les tam-tams résonnèrent avant l'aube, alors que la nuit était encore noire et que la lune s'était couchée.

Une nuit, son père et plusieurs autres planteurs firent irruption à cheval dans la cour. Ils entrèrent dans une remise derrière la raffinerie et en ressortirent avec des mousquets en criant d'une voix chargée de fureur et de rhum :

– Ils les ont toutes tuées !

– La femme et les trois filles !

– Massacrées !

– Et mis le feu à la canne !

Puis, dans une volée de jurons et le claquement des sabots, ils repartirent au galop sur la route.

Angelique fut réveillée par un léger sifflement, courut à la fenêtre et regarda au-dehors. Cesaire était dans la cour éclairée par le feu sous les cuves.

– Angelique ! cria-t-il. Descends !

– Je ne peux pas, répondit-elle. J'ai trop peur !

– Il n'y a pas de danger, dit-il. Ton père est parti à l'habitation voisine crier vengeance. Il faut que je te parle !

Peu après, elle le rejoignit. C'était la première fois qu'elle se trouvait aussi près des broyeurs et elle fut stupéfaite par la taille et le bruit des engins. Des esclaves épuisés, torse nu, les muscles tremblants, glissaient les tiges entre les cylindres et le jus coulait dans une gouttière qui l'amenait jusqu'à la raffinerie.

– Par ici ! cria Cesaire en l'entraînant vers la chaufferie.

À l'intérieur, Thais et une autre vieille esclave, courbées sur une immense cuve en cuivre, remuaient le sirop doré. Elles étaient tellement abruties de fatigue qu'elles ne levèrent même pas la tête. Des bulles éclataient à la surface de la mélasse et une écume blanche s'accumulait le long des parois. L'air était rempli de vapeur. Cesaire tira Angelique dans un coin.

– La révolte est en marche ! dit-il avec un regard dément.

– Mon père est allé se joindre à la milice, répondit-elle. Il est revenu chercher des mousquets.

– Non, non, ce n'est rien, dit-il. Ces imprudents esclaves à Sainte-Marie tentent de s'emparer de l'habitation qui est là-bas. Ils sont fous de haine. Comme des idiots, ils se sont lancés. Tout cela pour l'argenterie ! Ils le paieront de leur vie, les pauvres.

– Ils mourront tous ?

– Oui, tous, tous. Cependant, c'est une heureuse diversion. Les soldats vont les massacrer et croiront qu'ils ont éteint l'incendie.

– Alors il va y avoir une révolte.

– Ah, petite demoiselle, tu n'imagines pas. Les nègres marron des collines arment les esclaves sur toute l'île. Le feu couve comme à la montagne Pelée. Demain, à minuit, ils incendieront Saint-Pierre ! Ils viendront par centaines, par milliers peut-être, et ils tueront les grands Blancs ! Ce sera l'heure de l'homme noir. Il prendra sa revanche.

– Viendront-ils ici, à l'habitation ?

– Tu es condamnée, sauf si ton père ordonne à ses esclaves de la défendre. Penses-tu qu'ils combattront pour lui ?

– Jamais. Il les traite comme des animaux.

– Alors cette habitation aussi flambera. Tu dois l'avertir.

– Jamais je ne le lui dirai !

– Écoute, expliqua-t-il patiemment. Il y a un petit sentier qui descend dans la baie, où un bateau t'attendra. Même si la montagne Pelée déborde et que le feu coule sur ses flancs, tu seras à l'abri sur l'eau.

– Es-tu sûr ? N'est-ce pas dangereux ?

– Angelique, si je suis venu te prévenir, c'est que je ne veux pas qu'il t'arrive malheur. Ces esclaves enragés te violeront et te tueront. Fais ce que je te dis. Préviens ton père. Dès que possible. Tu as beau le haïr, tu ne veux tout de même pas le voir mourir, n'est-ce pas ? (Elle ne répondit pas, mais elle pensa qu'il avait peut-être raison.) Je t'attendrai demain soir, conclut-il. N'aie pas peur.

13

Angelique crut qu'elle ne dormirait jamais après cette épouvantable nouvelle, mais elle finit par sombrer dans un sommeil sans rêves. Elle se réveilla en voyant l'ombre de son père penchée sur elle.

Elle fut saisie de peur devant son sourire lascif et son haleine qui empestait le rhum. Il tenta maladroitement de la saisir, mais elle se déroba et il ne fit que lui frôler le bras. Il éclata d'un rire rauque et se redressa, les mains dans les poches.

– Lève-toi, poupée, gronda-t-il.

– Que voulez-vous ?

– Je suis venu te dire que ton vieux père est un grand combattant et que tu devrais être fière d'être sa fille ! Regarde mes mains et dis-moi ce que tu vois ! Sais-tu ce que c'est ? demanda-t-il avec un sourire satisfait. C'est la mort, ma fille, la mort d'hommes ! Et ces mains l'ont donnée !

– Ne me touchez pas ! s'écria-t-elle, horrifiée. Ne m'approchez pas !

– Allons, Angelique, mon ange, pourquoi me hais-tu autant ? se plaignit-il. Je n'ai pas été bon pour toi ? Je ne t'ai pas fait de jolis cadeaux ?

Sans répondre, elle se roula en boule dans un coin du lit et le fixa. Elle sentait seulement la haine qui déferlait en elle et la remplissait comme l'eau qui monte avec la marée dans une grotte.

– Je voulais simplement te le dire, ma poupée. Je t'ai sauvé la vie, cette nuit. Ne m'en apprécies-tu pas davantage ? Ces misérables voulaient t'enlever et je les en ai empêchés avec mes hommes. Nous leur avons tordu le cou de nos propres mains. Bon Dieu, que c'est grisant de tuer un homme, de sentir son cœur cesser de battre sous vos mains ! (Il contempla les siennes, émerveillé, puis il lui fit un sourire.) Viens me faire un baiser pour le mal que je me suis donné, dit-il en s'avançant.

– Ne m'approchez pas ! siffla-t-elle si impérieusement qu'il s'arrêta net.

– Pourquoi es-tu si méchante ? Ah… je sais ! Parce que tu es de mon sang et que tu as mon mauvais caractère ! Bon Dieu, que cela me plaît ! Cela m'irrite, mais cela m'échauffe aussi, oh, oui. Viens, mesure-toi à moi, ma jolie, je veux que tu te débattes.

Il se jeta sur elle et l'attira contre lui en riant et en enfouissant son visage dans ses cheveux. Elle se débattit et le griffa. Surpris, il recula, le souffle coupé, mais cela ne dura qu'un instant, car il était trop ivre pour sentir la douleur. Il lui assena une gifle retentissante. Elle retomba en étouffant un cri et il la considéra avec un sourire mauvais.

– Tu es une petite garce orgueilleuse, mais il en faut plus pour m'arrêter.

– Je n'ai pas besoin de vous arrêter, répondit-elle avec mépris. Parce que même si vous me tuez vous ne verrez bientôt plus la lumière du matin ! Vous pensez avoir remporté la bataille à Sainte-Marie, mais vous vous trompez. Ils arrivent. Par milliers ! Demain soir ! Et ils réduiront cette habitation en cendres et vous avec, et je serai heureuse de vous voir brûler dans les feux de l'enfer !

Il resta bouche bée, interdit par sa véhémence.

– Qu'est-ce qui te fait croire cela ?

– Je le sais ! Le massacre de cette nuit n'a fait que vous donner une fausse assurance ! Vous pensez avoir triomphé d'eux, mais vous vous leurrez !

– Qui a dit cela ?

– Cesaire. L'employé du maître voilier.

– Ces affranchis ! cracha son père. Ils sont derrière tout cela ! Mais… Comment lui as-tu parlé ?

– Je ne lui ai pas parlé, mentit-elle, consciente qu'elle avait son attention. J'écoutais à ma fenêtre et je l'ai entendu dire aux esclaves dans la cour que s'ils vous défendaient, ils étaient condamnés.

– Tu as entendu tout cela ?

Il était dégrisé, à présent, et son visage prit une expression inquiète.

– Demain soir, dit-elle. Les esclaves de toute la Martinique viendront mettre le feu à Saint-Pierre !

Elle fut ravie de voir son père blêmir et ses lèvres trembler. Il la considéra un moment, puis il tourna les talons et sortit de sa chambre en titubant.

Le lendemain matin, le moulin était arrêté et les esclaves n'étaient pas à leurs postes. La cour était déserte et elle entendit de la musique provenant des cases. Elle comprit que son père leur avait accordé une journée de repos. Thais lui apporta son petit déjeuner et s'assit sur un tabouret en secouant la tête.

– Hier soir a été affreux, dit-elle à mi-voix.

– Je sais, répondit Angelique. Sainte-Marie.

– Beaucoup sont morts, beaucoup sont en prison. Tout ce sang répandu. Qu'allons-nous faire, à présent ? Nous avions à peine trouvé la force de résister et nous avons été décimés par les soldats.

– Ne sais-tu pas ce qui se passe ce soir ?

– Si. Je sais qu'il y aura une cérémonie.

– Comment ? Mais non, pas ce soir ! s'affola Angelique.

– Si. Le Massa est parti de bonne heure ce matin. Il m'a dit qu'il fallait que tu sois parfaite. Je vais aller à la tour chercher la robe blanche.

– Je ne veux pas y aller.

– Que dis-tu ? Tu refuses ? Tu es folle, ma fille ! Pourquoi tu agis ainsi ?

– Quand il reviendra, dis-lui que s'il veut que je fasse encore semblant d'être Erzulie, je sortirai me montrer aux yeux de tous. Que je leur dirai que ce n'est qu'un mensonge !

Thais resta bouche bée, stupéfaite. Puis elle sortit précipitamment.

Angelique se demanda si ce que lui avait annoncé Cesaire était vrai. Des angoisses contradictoires l'agitaient. Y allait-il vraiment y avoir une révolte ? Avait-elle bien fait d'en parler à son père ? Cela pouvait être une occasion pour elle de s'enfuir, mais pas si les esclaves s'emparaient d'elle et la traitaient comme la fille d'un planteur blanc. Son père la protégerait-il ? Se battrait-il pour elle ? Que faisait-il, en ce moment ? Allait-il alerter la milice ? Et d'ailleurs, le croirait-on ?

Elle eut soudain envie de retourner dans la pièce derrière l'autel. Elle alla à la fenêtre et vit que la propriété était déserte. Thais avait disparu. Angelique sortit dans le couloir et dévala l'escalier.

Une fois dans la petite pièce, elle se rendit compte que cela faisait des mois qu'elle n'avait pas accompli le rituel d'invocation d'Erzulie et c'est avec une sensation étrange qu'elle toucha du bout des doigts la poudre du *vévé*. Alors qu'elle examinait les étagères poussiéreuses, elle sentit que quelque chose avait changé : les différents objets ne lui semblaient plus mystérieux, au contraire, elle en comprenait parfaitement l'utilité.

Elle se mit à assortir inconsciemment les fragments d'insectes, feuilles, flacons de baumes, d'herbes et sachets de créatures marines avec les paroles des invocations et les instructions qui remplissaient les pages du livre. Il y avait dans son cœur une tristesse d'avoir perdu Erzulie et elle se demanda si elle s'était montrée indigne de la déesse.

Une idée flotta dans un coin de son esprit. Elle toucha le *ouanga* de sa mère accroché à son cou, qui contenait le petit crâne, la pierre de lune et la mèche de cheveux de Chloe. Ils la protégeaient. *Je n'accomplirai pas la cérémonie*, pensa-t-elle. Le souvenir de la silhouette ténébreuse était trop terrifiant et elle savait qu'ils étaient inextricablement liés d'une manière ou d'une autre.

Une fois de plus, elle se sentit attirée par le gros livre relié de cuir, de nouveau ensorcelée par ses mots. Quelque chose planait au-dessus d'elle, comme un grand oiseau sous les ailes duquel elle était apaisée et réconfortée. Elle se plongea dans les invocations, les répétant mentalement. Elles étaient comme l'écriture secrète du commencement des temps.

Alors qu'elle s'apprêtait à se lever, gagnée par la lassitude, elle se reprit et sortit le kriss de son coffret pour regarder les pierres jouer dans la lumière. Elle frôla la lame du bout des doigts, l'enveloppa et la rangea. Elle aperçut un morceau de papier noir dans un coin de la pièce. En s'approchant, elle fut surprise de voir que c'était une chauve-souris accrochée à une solive. Ses ailes étaient repliées, son pelage luisait et ses petits yeux rouges globuleux la fixaient calmement d'un regard familier. Elle quitta la pièce en frissonnant.

Plus tard dans la journée, alors qu'elle rédigeait son journal, on frappa à la porte. La clé grinça dans la serrure et son père apparut sur le seuil. Elle se raidit, mais étrangement il avait une expression contrite, repentante, même. Le démon qui l'avait habité semblait s'être apaisé et il attendait, la tête basse et les bras ballants.

– Puis-je te parler, Angelique ? demanda-t-il.

– Je n'accomplirai pas la cérémonie, dit-elle. C'est une tromperie stupide. J'en ai assez. Je ne ferai plus jamais rien pour vous.

– J'ai décidé de te laisser partir, répondit-il. (Elle le regarda, abasourdie.) Tu as raison, poursuivit-il. Je t'ai utilisée à mauvais escient et je le regrette. Tu as toutes les raisons de m'en vouloir. Mais j'ai beaucoup à redouter aujourd'hui, et je te demande ton aide pour une dernière fois seulement.

– Non ! s'écria-t-elle. Je vous déteste ! Vous êtes cruel et vous êtes un assassin ! Vous ne pouvez pas m'obliger à le faire !

– Écoute-moi, Angelique. J'ai retrouvé ta mère. Elle travaille au dispensaire des esclaves de La Trinité, comme médecin. Je t'y emmènerai moi-même demain.

Angelique n'en crut pas ses oreilles. La joie la submergeait.

– Ma mère ? C'est vrai ?

– Je te supplie de le faire pour moi, insista-t-il. Je suis allé à Saint-Pierre alerter les autorités. Peut-être que ce complot peut être évité. Mais les esclaves sont agités, c'est évident… Ils ont soif de vengeance. Je pense qu'il y a un fond de vérité dans ce que tu as entendu dire. (Il s'interrompit, le temps d'essuyer la sueur qui perlait sur son front.) Je leur ai promis une cérémonie où je sacrifierais une chèvre. Je leur ai promis autant de ratafia qu'ils voudront en boire. Ils sont si simples d'esprit et si débauchés que j'espère qu'ils seront trop occupés par leurs danses de sauvages pour se retourner contre moi, et qu'ils s'en prendront les uns aux autres.

Elle entendit alors les tam-tams commencer à résonner et elle reconnut les instruments de la cérémonie, le Maman, sourd comme le battement du cœur et le Cata, vif et clair comme un chant d'oiseau. Elle frissonna en entendant les chants et l'invocation de Legba. Des rubans de fumée du feu rituel semblèrent voler sous ses narines.

Il leva vers elle ses yeux noirs.

– Si tu apparais à la cérémonie, dit-il, je te donne ma parole que je te ramènerai à ta mère.

– Très bien, dit-elle simplement. Je deviendrai Erzulie une dernière fois.

La nuit était claire et l'air, chaud et moite. Minuit approchait et les tam-tams résonnaient, plus frénétiques et insistants que jamais derrière les portes de la chapelle. Angelique contempla les cheveux gris et les épaules lasses de Thais qui la préparait pour la cérémonie.

Son esprit est brisé, pensa-t-elle.

Thais se releva en gémissant. La récolte lui avait cassé le dos, comme les longues heures penchées sur les cuves à verser, remuer et écumer dans la vapeur brûlante. Angelique songea un instant à l'emmener avec elle à La Trinité.

À la pensée de sa mère, des larmes lui montèrent aux yeux. Cela faisait trois ans qu'elle ne l'avait vue et sa mère ne la reconnaîtrait peut-être pas. Elle avait grandi, ses hanches faisaient une courbe voluptueuse au-dessus de ses longues jambes fuselées et ses seins commençaient à poindre.

Elle lissa la robe blanche sur son ventre plat et trouva qu'elle était serrée aux épaules, comme si elle avait été taillée pour une enfant plus petite. Angelique songea soudain à ce qu'elle avait toujours su sans y accorder vraiment d'importance : il y avait eu d'autres déesses avant elle.

– Vont-ils choisir une autre Erzulie ? demanda-t-elle à Thais.

– Oui, mon enfant, quand tu seras une femme.

– Mais c'est ma dernière fois. Mon père me laisse partir demain.

– Comment cela, la dernière fois ? s'écria vivement Thais.

– Il a promis de me ramener à ma mère.

Thais, changée, se leva et la saisit par les poignets.

– Comment ? Te laisser partir ? Jamais il ne le fera ! Oh, Seigneur Dieu, venez-nous en aide, gémit-elle en levant les bras au ciel et en sanglotant.

– Oh, Thais, tu me manqueras, je t'assure ! Ne pleure pas, je t'en prie. Thais, il ne faut pas avoir tant de peine. Je suis heureuse d'en avoir fini avec cela.

– Mais, mon enfant, tu ignores tout. Tu ne peux pas savoir ce qui va t'arriver, à présent.

– Si, je le sais. Je vais revoir ma mère. J'ai tellement envie d'être libre, de marcher dans les rues du village, parler aux autres filles, courir dans le sable et nager dans les grottes. Et peut-être rencontrer un gentil garçon, le séduire et le faire rire ! Oh, je suis si heureuse ! Tu n'imagines pas combien je me sentais seule ! Et maintenant c'est terminé. Thais, qu'as-tu ?

Thais s'était assise et se balançait en se tenant le ventre comme si elle souffrait. Elle leva les yeux vers Angelique et ses lèvres prononcèrent muettement : *Le sacrifice* !

À cet instant, Angelique entendit un chariot cahoter sur les pavés de la cour. Elle courut à la fenêtre et vit le père Le Brot en descendre en brandissant une lanterne et gagner la maison, son crucifix tressautant sur sa poitrine. Inconsciemment, elle referma les doigts sur l'amulette accrochée à son cou.

– Que fais-tu ? demanda son père à Thais en apparaissant soudain sur le seuil. Qu'elle descende !

Thais le fixa avec un tel mépris buté qu'Angelique crut qu'elle avait perdu la raison. Une grimace de fureur tordit le visage de son père.

– Viens ! gronda-t-il en prenant Angelique par le bras.

Ils étaient à mi-chemin dans l'escalier, quand ils manquèrent de renverser le père Le Brot qui montait les marches en haletant.

– Oh, Bouchard ! s'écria-t-il, consterné en levant sa lanterne. J-j-je suis venu vous dire de ne p-p-pas commettre cette horreur !

Le père d'Angelique l'écarta sans lui prêter plus d'attention. Le prêtre descendit derrière eux.

– B-b-blasphème ! s'écria-t-il alors qu'ils arrivaient dans le hall. Sacrilège ! Si vous invoquez le diable pour assouvir vos lâches et ignobles appétits, il viendra ! Il s'en prendra à vous, je vous l'assure, Theodore Bouchard ! Votre âme est perdue ! Ne sacrifiez pas votre propre fille aux puissances du mal !

Angelique fut stupéfaite par cette véhémence et s'interrogea sur cette religion qui craignait tant les autres esprits hantant le monde. Une fois de plus, elle constata combien le prêtre redoutait les *loas*.

– Écartez-vous et ne vous mêlez pas de cela, vieil imbécile ! Occupez-vous de votre messe et continuez de répandre le corps et le sang du Christ sur l'autel. Où est la différence, voulez-vous me le dire ? Votre hypocrisie me fait rire !

– Theodore, je vous en supplie ! s'écria le prêtre en se jetant sur leur chemin et en levant les mains.

Angelique, ébahie, vit les larmes qui ruisselaient sur ses joues. Irrité, son père assena un violent coup de pied au pauvre homme, qui tomba en renversant sa lanterne.

– Père ! s'écria-t-elle, choquée par sa cruauté et commençant à craindre le pire.

Sans répondre, il l'entraîna vers la chapelle. La cérémonie battait déjà son plein et elle fut enveloppée par la chaleur des danseurs qui se contorsionnaient et les pulsations sourdes des tam-tams. Tous ces corps nus se précipitaient sur elle et elle trembla devant ce débordement d'adoration. Alors que son père la traînait et la plaquait contre l'autel, elle sentit émaner d'eux un désir plus effrayant encore que d'habitude.

Un brasero de charbons ardents brûlait devant le plat de porcelaine luisant et immaculé, et elle songea à la chèvre qui devait être sacrifiée et qui n'était pas là. La panique l'envahit. La cacophonie des voix enfla, répétant une litanie douloureuse et monocorde. Les flammes de milliers de chandelles projetaient des ombres sur les murs. Son père lui saisit les mains et les attacha dans son dos. On porta un calice à ses lèvres, mais elle but une seule gorgée et recracha le liquide brûlant. Elle ne voulait pas être droguée. Elle frémit en sentant les cordes se resserrer. Pourquoi l'attachait-il ? Puis, soudain, elle comprit et une terreur glacée l'étreignit.

Elle vit la faim qui brûlait dans leurs yeux et leurs expressions avides. Elle sentit leurs doigts qui frôlaient ses jambes, ses cuisses, et… il y avait autre chose, une présence ténébreuse, des mains glacées qui s'insinuaient sous son jupon… Une créature était auprès d'elle, sous sa peau, et une voix gémit comme le vent dans son oreille : *Je suis là…*

À cet instant, dans la fumée, elle vit le coffret en bois familier s'ouvrir soudainement, puis une main y plonger et en ressortir en brandissant le kriss. Dans le grondement assourdissant des tam-tams, la poignée constellée de pierreries étincela de feux multicolores. Elle était hypnotisée par la lame luisante qui flottait au-dessus de sa tête, puis, alors que les chants atteignaient un paroxysme, elle éprouva une vive douleur.

Sans comprendre, elle entendit des hurlements terrifiés – comme ceux qu'elle avait perçus la première nuit qu'elle attendait dans la tour et qui avaient hanté ses rêves –, mais cette fois c'était elle qui les poussait. Elle vit le visage de son père, grimaçant de fureur, méconnaissable, qui plongeait de nouveau la lame dans sa chair.

Tout d'un coup, elle sentit le sol s'ouvrir sous ses pieds et un air glacé monter et l'envelopper dans son linceul. Des visions de pages tachées d'encre passèrent fugitivement dans son esprit. Dépassant son amour pour son père et la souffrance de sa trahison, elle invoqua la force qu'elle savait en elle, cette force ancienne, cette magie obscure et scintillante de son enfance qui attendait, endormie au plus profond d'elle-même.

Elle ne prononça aucune incantation, mais elle sentit le moindre nerf se tendre en elle, alors qu'elle devenait le kriss tranchant et qu'elle fendait l'air. Elle entendit son père pousser un cri et ouvrir de grands yeux en voyant la lame prendre vie et se tordre dans ses mains. Elle le vit, horrifié, essayer de résister, mais c'était aussi vain que tenter d'arrêter la foudre. Comme une flèche libérée de l'arc, elle était le kriss qui s'enfonça dans son cœur.

14

– Angelique ! cria une voix, alors qu'un rayon de lumière perçait l'obscurité. Tu m'entends ?

– Oui ! Cesaire !

– Oh, quel bonheur ! Je m'inquiétais pour toi. Ne bouge pas, je reviens.

– Cesaire, attends ! Que se passe-t-il ? Sommes-nous en sécurité ?

– Oui. Je ne sais pas. Ne dis rien, je reviens tout de suite.

C'était difficile de savoir où elle se trouvait. Frissonnante, roulée en boule, elle attendait depuis des heures, cachée sous le pont. Le grincement du navire et le clapotis de l'eau sur la coque se mélangeaient au gémissement de la chaîne d'ancre. Le vent faisait osciller la petite goélette. Sous elle, tout près, elle entendait les geignements et les murmures de prisonniers, des esclaves enchaînés dans la cale. L'odeur d'excréments était ignoble, presque insupportable, mais celle du malheur était pire encore.

Elle coiffa le bonnet que Cesaire lui avait donné et y cacha ses boucles. La chemise et le pantalon déguenillés qu'elle portait avaient son odeur et elle en souleva un pan jusqu'à son nez pour ne pas sentir la pestilence.

Des images disparates de son évasion défilèrent dans son esprit. Elle se rappela avoir vu son père s'effondrer à ses pieds tandis que le silence s'abattait sur le sanctuaire. Les esclaves reculer, ébahis devant son pouvoir, craignant qu'elle ne s'en prenne à eux. Puis, comme par enchantement, une main l'avait détachée avant de prendre la sienne et elle s'était enfuie en courant avec Cesaire.

Comme dans tous les cauchemars, ses jambes étaient du plomb et elle était convaincue que les esclaves, rendus fous d'un désir inassouvi, étaient sur leurs talons. Cesaire et elle s'arrêtèrent un instant au bord du parapet au-dessus des tourbillons de l'eau noire, puis il lui cria de sauter et ils s'élancèrent pour plonger dans la mer.

Elle remonta dans un nuage de bulles. À côté d'elle, Cesaire peinait à surnager.

– Le navire est là-bas ! cria-t-il.

Elle vit la longue coque noire tanguer sur les vagues et ses hauts mâts se dresser dans le ciel.

Elle nagea en tirant Cesaire, tantôt portés par un courant invisible, tantôt ballotés par les vagues, vers les lanternes de la goélette. Accrochés l'un à l'autre, ils finirent par toucher la coque couvertes de bernicles et, épuisés, gravirent l'échelle de corde.

– Où sont les marins ? chuchota Angelique, surprise du calme qui régnait sur le navire.

Cesaire reprenait son souffle, étalé sur le pont. Ils entendirent des rires rauques provenant de l'entrepont.

– Ils sont en train de jouer avec ce bon vieux rhum, grommela-t-il. Tiens, mets cela, dit-il en se redressant et en ôtant ses vêtements. Mieux vaut que ce soit moi qui sois nu que toi. Les marins ne veulent pas de femmes à bord, mais un petit mousse noir comme moi fera l'affaire. Cache tes cheveux, on te prendra pour un garçon, ajouta-t-il en sortant le bonnet de sa poche.

Elle fut gênée de le voir nu et choquée qu'il soit si maigre.

– Allez ! dit-il en l'entraînant vers une petite écoutille ouvrant sur la cale. Descends là-dedans. Je vais voir si je trouve le capitaine. Il pensait que j'allais venir dans une chaloupe avec la bénédiction de ton père, qui devait payer le droit d'embarquer.

Elle obéit. Il referma l'écoutille et disparut. Elle attendit de longues minutes, qui devinrent des heures d'inquiétude. Une fois de plus, elle était cachée, forcée de subir l'emprisonnement, impuissante, mais elle pouvait enfin repenser à tout ce qui s'était passé et elle était torturée par le remords. Elle avait tué son père en lui plongeant une lame dans le cœur. Elle avait commis ce crime inimaginable pour sauver sa vie, mais elle s'était enfuie. Qui la croirait, maintenant qu'elle était totalement seule ?

Elle ignorait si sa mère était vraiment à La Trinité comme l'avait dit son père, mais elle était terrifiée à l'idée de retourner à Saint-Pierre. Plusieurs planteurs connaissaient ses liens de parenté, le prêtre aussi. Devrait-elle répondre d'une accusation de meurtre pour laquelle elle serait pendue ou, pire, torturée ? Cependant, peut-être que personne ne s'était rendu compte de ce qui était arrivé. Si les esclaves s'étaient vraiment révoltés, on pourrait mettre la mort de son père sur le compte de la rébellion et elle pourrait continuer de vivre librement à la Martinique. Mais comment ? Où pouvait-elle aller ?

Une autre question la taraudait : ses pouvoirs, encore neufs et déroutants, la stupéfiaient. Se pouvait-il qu'elle soit vraiment une prêtresse ? Parfois, elle s'était laissé séduire par la cérémonie et happer par la ferveur des adorateurs, et les *loas* lui avaient paru incroyablement réels. « Je crains pour ton âme immortelle », lui avait dit le père Le Brot. Le pouvoir qu'elle détenait venait-il de Dieu ou des ténèbres du mal ? Était-elle, comme l'avait dit le prêtre, la servante du diable ?

Elle le sentait, en cet instant, au fond de la cale, avec son abominable puanteur. L'obscurité était imprégnée de sa présence, et cette pestilence, elle s'en souvenait, était celle de la chair en putréfaction. Il lui suffisait de penser à lui pour le sentir planer autour d'elle, et si elle restait immobile et concentrée, son contact se faisait plus tangible, plus intime.

Les gémissements douloureux des esclaves enchaînés étaient comme la musique des immenses tuyaux de l'orgue de la cathédrale à Saint-Pierre, avec ces sons si graves qu'on les entendait moins qu'on ne les sentait frémir dans sa poitrine.

La lamentation devint la voix du diable, plus lugubre qu'une voix humaine, et dans la pénombre, elle vit la courbe de la coque s'ouvrir et la mer s'y déverser en une vague noire qui s'abattit sur elle en rugissant, avant de s'évanouir dans la nuit.

Elle ferma les yeux et tendit l'oreille, guettant les battements précipités de son cœur. C'est alors qu'elle entendit une autre pulsation sourde en elle, comme deux cœurs battant ensemble.

– Non, souffla-t-elle, ne…

– Angelique, chuchota-t-il d'une voix rauque. Viens avec moi, viens avec moi…

– Qui es-tu ?

– Je t'ai sauvée… j'étais là avec toi…

Il était tout près d'elle, à présent, et elle sentait l'eau glacée de la mer couler par la coque entre ses cuisses, les doigts gelés s'insinuer sous ses vêtements, remonter le long de ses jambes. Elle se raidit tandis qu'il enserrait sa taille, pinçait ses petits seins dans des caresses brûlantes comme de la glace, jusqu'à ce qu'elle pousse un soupir.

– Viens avec moi…

– Dis-moi qui tu es, répondit-elle.

Un rire sans joie résonna à son oreille.

– Mais tu sais qui je suis, murmura-t-il. Tu l'as toujours su, ma bien-aimée. Alors, pourquoi demander ? Si je te donne un nom, seras-tu satisfaite ?

– Oui…

– Celui qui vit pour toi, qui te désire, toi seule, le dieu Cornu.

– Créature des Ténèbres, frissonna-t-elle, laisse-moi.

Son souffle était semblable aux exhalaisons suffocantes de la montagne Pelée, grasses, âcres, et elle le voyait à présent ; la mer veloutée devenait une robe et ses énormes bras empoignaient les poutres. Ses yeux étaient des charbons ardents et sa peau, lisse comme de l'obsidienne, mais sa voix était le grondement de la goélette frappée par les vagues.

– Je t'ai donné le pouvoir. Tu es ma servante, désormais. Pour toujours.

– Ce n'était pas toi, c'est moi qui ai agi, soutint Angelique.

– Comment as-tu pu tuer ton père ?

– J'ai senti la force en moi. J'ai pris la décision.

– De te servir de moi.

– Je sais qui tu es ! Le Mal incarné ! Disparais !

Le navire grinça et frémit comme s'il avait heurté un banc de sable, et la coque se referma. La silhouette musculeuse se fondit avec les poutres pour reprendre la forme des esclaves gémissants dans leurs entraves, et murmura :

– Tu ne pourras jamais m'échapper. Je suis dans tes pensées. Pour toujours.

Elle ne tenait plus en place et tout son corps la démangeait. Combien de temps allait-elle devoir rester dans ce trou ? L'attente la rongeait et elle allait ouvrir l'écoutille, quand elle entendit des pas et des voix. Aussitôt, tout courage l'abandonna et elle battit en retraite derrière les ballots de tabac et leur odeur de terre. Elle vit la lumière de l'aube pointer entre les planches.

À cet instant, elle entendit la chaîne d'ancre remonter. L'eau défila sous la coque, tandis que des cris s'élevaient, des cordages sifflaient dans les poulies et que les voiles claquaient au vent. Le navire s'était mis en route ! La goélette se soulevait et retombait en fendant les vagues, et son cœur se mit à battre d'excitation. Où allaient-ils ? Où était Cesaire ?

Elle pensait ne plus pouvoir tenir, quand l'écoutille s'ouvrit et que Cesaire sauta à ses côtés. Il portait une petite lanterne. Elle fut heureuse de voir qu'il avait trouvé une culotte et un maillot, mais le mieux, c'est qu'il avait un sourire jusqu'aux oreilles.

– Cesaire ! Enfin ! Que se passe-t-il ?

– Nous gagnons le large ! s'écria-t-il. Petite demoiselle, nous connaissons une bonne fortune !

– Le large ? Mais pour aller où ?

– À la grande île, à Hispaniola ! La plus belle cité, Port-au-Prince ! Et là-bas, nous deviendrons riches !

– Combien de temps dure le voyage ?

– Dix, douze jours.

– Mais pourquoi ? Je croyais que nous devions rester dans le port jusqu'au matin ? Que s'est-il passé ? trépigna-t-elle. Oh, je déteste devoir rester cloîtrée ici sans savoir ce qui se passe. Puis-je monter sur le pont ?

– Bien sûr, que tu peux ! Il y a juste un petit détail.

– Quoi donc ?

– Il faut te couper les cheveux. S'ils voient que tu es une fille, ils nous débarqueront sur la première terre venue.

– Me couper les cheveux ? Mais comment ?

– Avec cela ! répondit-il en sortant un sabre d'abordage.

Elle retira aussitôt son bonnet et laissa retomber ses boucles dorées. Cesaire empoigna une mèche, la trancha, puis s'attaqua à une autre tout en continuant à s'enthousiasmer :

– Je viens de monter au grand mât sur la vergue du hunier. Mon Dieu, je n'ai jamais vu plus belle goélette !

– Raconte-moi tout. Tu t'es absenté toute la nuit. As-tu trouvé le capitaine ?

– Oui ! J'ai frôlé le pire, mais mon intelligence m'a sauvé la vie. Et mon habileté à grimper.

– Oh, non ! As-tu encore risqué ta vie, Cesaire ?

– D'abord, je me suis glissé sur le pont et j'ai écouté par un hublot de la cabine du capitaine. Je l'ai entendu dire à ses officiers que les esclaves mettaient le feu à Saint-Pierre et qu'ils ne pourraient pas prendre de marchandise. Comme ils ne pouvaient pas entrer dans le port avec leur chargement de tabac, il a décidé de faire voile pour l'autre côté de la mer des Caraïbes. Ils veulent plus d'esclaves qu'ils n'en ont déjà. Tout le monde a discuté et s'est querellé, puis ils ont finalement décidé de mettre les voiles.

– Quand as-tu parlé au capitaine ? demanda Angelique tandis qu'il continuait à lui couper les cheveux.

– Oh, c'est ce qui m'a fait le plus peur. J'étais près du hublot à tout bien écouter en réfléchissant à ce qu'il fallait faire, quand un marin est arrivé et m'a attrapé par l'oreille ! « Qu'est-ce que tu fais ici, petit ? », il me demande comme si j'étais une chèvre et qu'il s'apprêtait à m'embrocher pour me rôtir. Je réponds : « J'ai eu la permission de monter à bord, monsieur. » Et il me demande de qui. Je réponds : « Du capitaine. » Alors il me traîne, nu comme un ver, dans les quartiers du capitaine ! Et il dit que je suis un clandestin !

– Oh, non ! Et que fait-on aux clandestins ?

– Eh bien, il allait me jeter par-dessus bord quand je lui ai dit que j'étais prêt à monter au grand mât réparer sa voile déchirée. Je ne savais pas s'il y en avait une, mais j'ai pris le risque, parce que… eh bien, il y a toujours des voiles déchirées ! Il était sûr que je ne pourrais pas grimper tout en haut, disant que les Noirs ont le vertige, mais je lui ai dit de me laisser essayer. Et à l'aube, tout le monde est venu me voir grimper ou tomber, parce que ce serait amusant. Mais ils ne savaient pas combien je suis doué pour cela ! conclut-il en riant.

– Pourquoi n'es-tu pas venu me le dire ?

– Ils m'ont enfermé en bas jusqu'au matin.

– Alors, tu as réussi ? Tu es monté tout en haut ? demanda-t-elle, les yeux brillants.

– Voyons, petite demoiselle, à ton avis ? Tu me connais. J'aurais pu monter là-haut en un clin d'œil qui les aurait laissés bouche bée, mais j'ai voulu faire un beau spectacle. Une fois en haut, j'ai réparé la voile, puis, alors qu'ils se dévissaient tous le cou pour regarder, j'ai perdu prise et je suis tombé, mais je me suis rattrapé à la vergue, et d'une seule main. C'était tout du chiqué, mais cela a bien marché ! Ils ont été tellement stupéfaits que le capitaine a décidé de me laisser rester à bord.

– Mais, et moi ? Combien de temps dois-je rester en bas dans le noir ? Je n'en peux plus !

– Calme-toi. Je me suis occupé de toi aussi. Je lui ai dit que j'étais venu avec un autre garçon qui était dans la cale. Il a ri et il m'a flanqué une taloche en disant qu'il n'avait jamais vu aussi insolent ! Puis l'un des officiers a dit qu'il avait besoin d'un mousse à la cambuse et ils ont décidé qu'ils voulaient voir cet autre gars qui était sûrement aussi casse-cou que moi ! Il a demandé que tu ailles le trouver dans ses quartiers quand nous serions en route. Voilà ! Tu es parfaite. Remets le bonnet pour ne pas avoir l'air tout hérissé.

Cesaire et Angelique montèrent sur le pont et elle cligna des paupières, éblouie par le soleil levant. Les marins s'activaient en criant, certains dans les voiles et d'autres aux manœuvres. Hormis deux hommes qui leur jetèrent un bref coup d'œil, la plupart les ignorèrent, tellement ils étaient occupés. Le navire était déjà si loin de la Martinique qu'elle voyait le sommet de la Dominique à l'horizon dans les flots scintillants de la mer des Caraïbes, soleil à tribord et vent en poupe. Toutes les voiles étaient dehors et gonflées et, sur la passerelle, le capitaine, col déboutonné et une main sur la hanche, tenait le gouvernail.

Un instant plus tard, elle se présenta à lui, crasseuse et pieds nus, inclinant sa tête coiffée de son bonnet.

– Alors, mon gars, vous avez décidé de monter clandestinement à mon bord ? Tu sais que c'est un crime, n'est-ce pas ? (Angelique, craignant de relever les yeux et de répondre, se contenta de hocher la tête en fixant le pont.) Je vous ramènerais bien à Saint-Pierre, poursuivit-il, pour vous livrer aux autorités, s'il n'y avait pas cette satanée révolte. Dieu sait où je trouverais la milice. Regarde derrière toi.

Elle obéit et vit des panaches de fumée noire s'élever dans les collines au-dessus du port. Ils s'étaient donc soulevés ! Les nègres marron avaient monté la révolte et les esclaves avaient incendié Saint-Pierre. Avaient-ils détruit l'habitation ? s'inquiéta-t-elle. Thais était-elle saine et sauve ? Elle espéra que sa mère était elle aussi indemne.

– Alors, voyons, mon garçon, continua le capitaine. Je m'étais accordé, moyennant finances, pour prendre à mon bord des planteurs et leurs familles et les mettre à l'abri, mais comme j'ai décidé de ne pas courir le risque avec mon chargement, nous sommes partis avec la marée et, comme tu le vois, nous sommes à mi-chemin du détroit avec le vent pour nous. Je devrais te jeter à la mer, mais tu as de la chance. Nous avons besoin d'un mousse. Qu'en dis-tu ? Cela te convient ?

– Oui, capitaine, souffla Angelique.

Elle lui jeta un regard à la dérobée. C'était un homme de haute taille, avec une grosse barbe grise et un visage creusé de rides. Elle aperçut sa main droite, à laquelle manquaient les trois doigts du milieu, les deux restants étant posés sur le pommeau de son épée.

– Très bien. Travaille dur, aide le maître coq, fais ce qu'il te dit sans lui causer de tracas et tu arriveras sans encombre ni bourse délier à Hispaniola. Ce que je ferai de vous une fois là-bas dépendra de votre comportement durant ces dix prochains jours. Allez, disparais ! (Il désigna Cesaire du menton.) Ce petit singe te montrera le chemin. Il y a des marmites à récurer, j'en suis sûr, et du porc salé à attendrir. Nous déjeunerons sur le pont. Attendez un peu ! Qu'est-ce que tu me dis, mon gars ?

– Merci, capitaine, parvint-elle à dire.

– Hum, fit l'homme en la scrutant.

Elle courut retrouver Cesaire.

– Dépêche-toi avant qu'il ne change d'avis, lui dit-il.

Ils passèrent près d'un groupe d'officiers appuyés au bastingage qui tendaient le bras vers la Martinique et les panaches de fumée. Un grand jeune homme de belle prestance, aux cheveux bruns bouclés, lui jeta un regard. Au même instant, le navire prit une forte vague et le pont trembla. Cesaire empoigna Angelique, mais elle perdit l'équilibre et s'affala dans les jambes du jeune homme.

– Oh, excusez-moi, monsieur !

– Allons, qu'est-ce que cela ? dit-il en se baissant pour l'aider.

Elle leva les yeux en se redressant et fut stupéfaite en voyant son visage. Elle le connaissait ! C'était le garçon qu'elle avait rencontré au carnaval, celui dont elle avait rêvé et caressé le souvenir pendant trois longues années. Machinalement, elle porta la main à son talisman qui contenait toujours la pierre de lune et, dans un souffle, prononça le prénom du jeune officier.

– Barnabas.

Il fronça les sourcils et se pencha.

– Qu'as-tu dit, mon garçon ?

– Oh, rien, monsieur.

– Il m'a semblé que tu disais mon prénom. Je te connais ?

– Non, monsieur.

– Que fais-tu ici ?

– Je suis le garçon de cuisine, monsieur.

– Ah oui, c'était mon idée. J'avais peur que le capitaine te fasse jeter à la mer. Mais je vois que tu n'as toujours pas le pied marin, sourit-il.

– Non, monsieur.

– Dans ce cas, tu feras bien de rester en bas, à ta place. Si nous prenons un grain, tu risques d'être emporté par-dessus bord.

– Oui, monsieur. Merci.

Cesaire la tira par le bras, mais le jeune homme la dévisageait. Elle se rappelait ses yeux bruns et joyeux et les taches de son sur son nez. Tout comme ses manières agréables.

– Quel âge as-tu, mon garçon ? demanda Barnabas.

– Treize ans.

– Un bon âge, plus jeune que moi quand j'ai pris la mer pour la première fois. Et tu n'as pas besoin d'être aussi dépité. À mon premier voyage, je me suis cramponné aux cordages tout du long, de peur de m'étaler, et parce qu'il me fallait tout l'océan pour pouvoir vomir !

Il éclata d'un rire bon enfant et lui assena une tape sur l'épaule comme deux camarades qui échangent une blague.

– Je n'ai pas le mal de mer, monsieur, osa-t-elle, alors que Cesaire la pressait de le suivre.

– Vraiment ? Eh bien, je t'envie, mon garçon. Peut-être qu'un jour tu me diras ton secret.

Elle tourna les talons pour prendre l'échelle de coupée, mais il la rappela :

– Attends un instant !

Elle se retourna. Il la fixait avec attention, une main sur les lèvres.

– Il y a quelque chose de familier chez toi. D'où es-tu ?

– De Martinique, monsieur.
– Mais de quel coin ?
– De Basse-Pointe.
– Hum… Ces yeux, bleus comme des asters… Ah, la mémoire vous joue de ces tours ! Je ne peux pas te connaître. Mais bon courage à toi pour ce premier voyage ! Peut-être deviendras-tu un bon marin ! conclut-il alors que Cesaire l'entraînait vers l'entrepont.

15

– Barnabas ! Réveillez-vous ! Il faut que je vous parle !

On tambourinait à la porte et Barnabas sortit de sa rêverie. Le journal gisait sur ses genoux, tel qu'il l'avait posé, étonné de ce qu'il venait de lire.

– Barnabas ! Vous êtes là ?

Il alla ouvrir et trouva Carolyn en peignoir sur le seuil, échevelée, l'air affolé.

– Qu'y a-t-il ?

– Oh, Barnabas, c'est mère ! Elle a fait une chute !

– Est-elle blessée ?

– Je ne sais pas. Elle s'est réveillée au milieu de la nuit, elle a voulu se lever et elle a été prise d'un étourdissement.

– Où est-elle ?

– Elle s'est recouchée. Julia est auprès d'elle et m'a demandé d'aller vous chercher. Elle a besoin de votre aide.

– Bien sûr, je serai heureux de… J'arrive tout de suite. Dites-lui que j'en ai pour un instant.

Il referma la porte et chercha ses pantoufles. Il estima qu'il valait mieux qu'il s'habille plutôt que de se contenter d'enfiler un peignoir par-dessus son pyjama. Il était encore sous le choc de ce qu'il avait lu. Ce terrible voyage… Il était si jeune, à l'époque ! L'attaque des pirates – des bandits sanguinaires qui l'avaient jeté aux fers. Le balafré, qui riait en disant qu'il tirerait une belle somme d'un Collins s'ils le ramenaient vivant dans le Maine. Ce brigand au cœur noir qui voulait le tuer pour voir s'il avait réellement le sang bleu. La certitude qu'il allait mourir. Puis ce garçon, qui était venu discrètement de la cuisine et l'avait sauvé ! Jamais il n'avait su qui il était : le second du cuisinier, qui lui aussi était en fuite, vif comme l'éclair, l'avait libéré et avait ensuite disparu !

Il enfila son pantalon et s'assit sur le lit pour nouer ses lacets. Arraché des griffes de la mort. Les malandrins qui le gardaient, saisis par la maladie, agonisants, incapables d'arrêter son jeune sauveteur, qui était… c'était impossible… la coïncidence était trop absurde pour être envisagée. Leurs vies étaient-elles à ce point entrelacées, comme si la main du destin avait été à l'œuvre avant même qu'il ne la rencontre, qu'il fasse sa connaissance et qu'il la désire ? C'était incompréhensible !

C'est dans cette confusion que Barnabas se présenta dans la chambre d'Elizabeth. Julia était au chevet de son amie, l'air soucieux.

– Oh, Barnabas, merci d'être venu. Cela m'ennuie de vous le demander, mais voudriez-vous… ? Willie a fait amener la voiture à la grille pour aller en ville chercher une ordonnance. Elle n'a pas pris son traitement contre l'hypertension et j'ai peur qu'elle ait fait une crise.

– C'est ma faute, dit faiblement Elizabeth en se soulevant. Je n'avais plus de cachets et…

– Ne parlez pas et restez allongée, ma chère, tout va bien, l'apaisa Julia. Barnabas va s'en occuper.

– La pharmacie est-elle ouverte à cette heure ? demanda-t-il.

– Oui. Celle de Main Street – Pierson's. J'ai déjà appelé et ils vous attendent.

– Je pars sur-le-champ.

– Merci beaucoup, cher cousin, murmura Elizabeth.

– Je vous en prie. Je suis ravi de me rendre utile, dit-il en s'en allant.

C'est à l'aube que Willie ramena Barnabas dans sa chambre. Julia, folle d'inquiétude, accourut dès qu'elle le vit pénétrer dans le hall, soutenu par Willie.

– Barnabas ! Mon Dieu, qu'est-il arrivé ?

Il tourna vers elle ses yeux rougis et vides. Sa chemise était couverte du sang qui coulait de son cou. Il s'effondra dans ses bras en gémissant.

– Qu'est-ce qu'il a ? demanda-t-elle à Willie en le soutenant comme elle pouvait.

– Je ne sais pas, répondit celui-ci. Il n'a rien voulu me dire. Je pense qu'il a été attaqué par une bête.

Barnabas porta la main à son cou ensanglanté tandis qu'ils le déposaient sur son lit.

– Il va s'en remettre ? demanda Willie.

– Laissez-moi l'examiner, dit Julia en s'efforçant de garder son calme. Vous avez le traitement de Mrs Collins ?

– Je l'ai avec moi, dit Willie en lui tendant un sachet en papier froissé et taché de sang.

– J'ai dû changer un pneu qui avait crevé, et comme la voiture était en haut d'une pente, j'ai dû trouver une pierre pour la caler sous la roue arrière…

– Ne vous inquiétez pas, Willie, vous me raconterez plus tard. Portez simplement ses médicaments à Mrs Collins. Oh, et jetez le sachet avant.

– Très bien, dit-il en sortant d'un pas lourd.

Julia se pencha sur Barnabas et déboutonna sa chemise. Il ouvrit les yeux en gémissant.

– Barnabas, peux-tu me dire ce qui t'est arrivé ? (Il la fixa, sans ciller, comme ébloui.) Barnabas…

– Julia… j'ai été suivi par une créature, chuchota-t-il. Je… Je ne sais pas ce que c'était… un homme – mais pas vraiment un homme, il était trop fort, peut-être un démon…

– Portait-il… des vêtements d'homme ?

– Un costume, il me semble. Non, une cape. Et il avait la force d'un… d'un…

Il n'acheva pas et se laissa retomber sur l'oreiller en frissonnant.

Julia alla chercher dans la salle de bains une bassine en émail et des linges qu'elle déposa sur la table de chevet. Du bout du pied, elle heurta quelque chose sur le sol près du lit et se baissa pour le ramasser.

– Étais-tu en train de lire cela hier soir ? demanda-t-elle d'un ton réprobateur.

– Que dis-tu?

– Tu lisais le journal d'Angelique ?

– Je t'ai dit que cela ne m'intéressait pas.

Elle posa le carnet sur le lit et entreprit d'essuyer délicatement avec le linge humide le sang de la blessure de Barnabas, redoutant ce qu'elle allait découvrir.

– Il a surgi de nulle part, dit Barnabas en s'animant.

– Où étiez-vous ?

– Près des quais. J'ai dit à Willie de passer par le bord de mer. Nous étions en bas de Canal Street, quand nous avons roulé sur quelque chose de tranchant, comme un tesson de bouteille, et que le pneu a crevé.

– Oh, c'est un quartier affreux, ce ne sont que des entrepôts, n'est-ce pas ?

Elle effleura de son linge une entaille juste sous la clavicule de Barnabas, qui tressaillit.

– Oui, j'ai vu des sans-abri rassemblés autour d'un feu dans un bidon et en descendant de la voiture je me suis dit qu'au moins l'endroit n'était pas totalement désert.

– Jamais tu n'aurais dû marcher dans les rues tout seul.

– Peut-être, mais j'étais préoccupé par les médicaments. Elizabeth comptait sur moi et j'ai l'impression que la famille me trouve un peu… irresponsable.

– Ce n'est pas vrai. Roger est condescendant avec tout le monde. C'est dans sa nature. Il ne faut pas le prendre pour toi.

Julia était toujours si calme et compatissante, songea-t-il, toujours rassurante. Mais là, il sentit quelque chose de distant dans son attitude. Il grimaça de douleur.

– Allons, reste allongé et ne fais pas d'effort. Tu n'as pas besoin de parler.

– Cela paraissait si simple à faire, s'impatienta-t-il. Descendre en ville avec Willie, prendre les médicaments et rentrer.

Et c'était nécessaire. Elizabeth en avait besoin. Je ne me voyais pas rester dans la voiture pendant que Willie changeait le pneu.

– Je comprends. Et que s'est-il passé, alors ?

– J'ai laissé Willie au moment où il sortait le cric du coffre. Tu sais que la rue est très en pente, là-bas.

– Oui, au-dessus des quais.

– Oui. J'ai donc remonté la rue et, en arrivant sur Main Street, je comptais redescendre vers la pharmacie.

– Peux-tu te redresser, pour que j'enlève ta chemise ?

Barnabas s'agaça que Julia semble lui prêter si peu d'attention, comme si elle pensait que ce qui lui était arrivé était sa faute.

– Quoi qu'il en soit, en remontant la côte, j'ai atteint une portion où l'éclairage public était éteint. Il faisait extrêmement sombre et j'ai remarqué de grandes arches dans le mur. En passant devant, j'ai remarqué un sans-abri qui dormait là sur des journaux. Je l'ai largement contourné pour ne pas le déranger, mais quand je me suis retourné, j'ai vu qu'il avait les yeux grands ouverts, le regard fixe, et qu'une flaque de sang s'étalait sous sa tête. Je me suis brusquement rendu compte qu'il était mort !

– Seigneur ! Penses-tu qu'on l'avait tué ?

– Je n'en sais rien. J'étais tellement préoccupé de récupérer les médicaments que j'ai hâté le pas. Ce n'était pas charitable d'agir ainsi, mais on ne pouvait plus rien pour lui, alors qu'Elizabeth avait besoin d'aide. Je me suis dit que j'appellerais la police une fois revenu à Collinwood.

– Il a dû se trouver pris dans une bagarre.

– Peut-être, mais il était allongé sur des journaux.

– On avait abandonné le corps ?

– Oui. Enfin, en tout cas, je suis arrivé sur Main Street et il restait quelques magasins allumés malgré l'heure. Je me suis dirigé rapidement vers la pharmacie, lorsque j'ai entendu quelqu'un derrière moi. Des pas parfaitement calqués sur les miens. Quand je m'arrêtais, ils s'arrêtaient ; quand je repartais, ils faisaient de même.

– Peut-être que c'était l'écho. Cela arrive parfois dans la rue.

– C'est exactement ce que je me suis dit, car lorsque je me suis retourné, je n'ai vu personne !

– Tu as dû être terrifié.

L'eau de la bassine était rouge de sang. Julia alla la changer dans la salle de bains et revint poursuivre sa tâche.

– Quoi qu'il en soit, continua Barnabas, de plus en plus agité, je suis arrivé à la pharmacie et Pierson avait déjà tout préparé. Il m'a donné les médicaments, tout en prenant des nouvelles de la santé d'Elizabeth et en disant qu'il pleuvrait sans doute demain. Au moment où il encaissait, il a levé les yeux vers la vitrine et étouffé un cri. Je t'assure qu'il était blanc comme un linge !

– Qu'est-ce qu'il y avait ?

– Je lui ai tout de suite posé la question : « Vous avez vu quelqu'un ? » Mais il s'est aussitôt ressaisi et a secoué la tête. « Ce n'est rien, sûrement un fantôme sorti se promener », a-t-il dit en riant. Mais j'ai remarqué un curieux changement dans son attitude, parce qu'il m'a précipitamment reconduit à la porte et a baissé le grillage à peine étais-je sorti. Puis il a tout éteint et je l'ai vu s'éloigner vers le fond, probablement pour sortir par-derrière.

– Comme s'il avait eu peur de quelque chose, avança Julia.

– Oui, et un instant plus tard j'ai entendu le moteur de sa voiture et j'ai pensé lui demander de me déposer.

– Bien sûr ! S'il s'en allait, il pouvait te ramener à ta voiture.

– Une vieille Packard est sortie de la ruelle et Pierson a tourné dans la rue tellement vite qu'il a mordu sur le trottoir. Je n'ai même pas eu le temps de lui faire signe.

– Quel dommage !

– Mais je me suis dit que ce n'était pas loin et que Willie devait avoir terminé de changer le pneu. Je suis reparti d'un bon pas, et en tournant dans Canal Street j'ai de nouveau entendu les pas.

– Tu n'es pas repassé devant le cadavre ? dit Julia, qui s'intéressait maintenant à son histoire.

– Non, j'ai pris exprès l'autre trottoir en regardant régulièrement derrière moi pour essayer de repérer ce satané poursuivant. J'ai dû jeter un coup d'œil en direction du cadavre, mais je n'ai pas fait attention à ce qu'il y avait sur ma gauche, des bâtiments en bois… Et brusquement, de nulle part, cet individu a surgi !

– Mon Dieu…

– Il portait une cape noire et il a sauté sur moi par-derrière… ou, maintenant que j'y pense, il s'est abattu sur mon dos du dessus. Il était d'une force, Julia, sans commune mesure avec sa taille qui était normale, mais il semblait flotter au-dessus du sol. Il flottait, et il est descendu sur moi pour me déchirer le cou avec ses… ongles… ou peut-être pire, avec ses dents !

– Qu'est-ce que tu as cru que c'était ?

– Eh bien, un voleur, je n'ai pas imaginé autre chose. J'ai essayé de me débarrasser de lui, mais il s'agrippait à moi comme… un singe, en claquant des mâchoires et en sifflant. C'est là que j'ai compris.

– Barnabas, tu ne veux pas dire que c'était…

– Un vampire.

– Oh, mon Dieu ! T'a-t-il…

– Il m'a fait saigner, mais il n'a pas… bu.

– Il n'y a pas eu…

– Non, je n'ai pas senti ses dents plonger dans ma chair, je n'ai pas perdu conscience. As-tu trouvé quelque chose ?

Elle tourna Barnabas vers la fenêtre, où un pâle soleil perçait à peine les épais nuages, et inspecta les blessures nettoyées.

– Des coupures et des entailles profondes, mais pas de marques de morsure. Tu as eu de la chance. Comment t'es-tu échappé ?

– Je l'ignore. Il était maladroit, peut-être… Novice… Inexpérimenté.

– Ou bien, c'est peut-être… ton sang – l'élixir dans tes veines – qui l'a repoussé.

– Oui, tu as raison, c'est possible.

Brusquement, Barnabas se sentit très fatigué. Il poussa un profond soupir et s'affaissa. Julia pansa ses blessures.

– Je pense que tu vas bien. Mais je devrai te faire une piqûre, pour être sûre. (Elle prit sa trousse médicale, en sortit une seringue hypodermique qu'elle remplit, et lui administra le sérum.) Il faut te reposer, à présent. Je vais rester avec toi jusqu'à ce que tu t'endormes.

– Sois bénite, Julia, dit-il avec reconnaissance. Tu es tout ce que j'ai au monde, tu le sais.

Il se rallongea, elle remonta les draps et l'embrassa, puis elle s'assit sur le bord du lit jusqu'à ce qu'il sombre dans un sommeil agité. Elle le vit gémir et remuer, et dut le calmer par des paroles apaisantes et en lui caressant le front.

Elle remarqua le journal qu'elle avait posé sur le lit. Elle hésita un instant, puis elle se pencha et s'en empara, l'ouvrit, tourna les pages, frémit et le reposa sur la table de chevet. Puis elle se ravisa et, vérifiant que Barnabas dormait toujours, elle le reprit, le glissa dans sa poche et sortit à pas de loup.

16

Dans le crépuscule, entre veille et sommeil, Barnabas était la proie de souvenirs douloureux qui le transportaient à l'été de sa dix-huitième année.

La rapide frégate se profilait sur l'horizon, toutes voiles dehors. Alors qu'elle approchait, ils aperçurent par la longue-vue le pavillon de l'Empire espagnol flottant au grand mât et le redoutable drapeau noir frappé d'un crâne et de tibias croisés au-dessous. Les marins se précipitèrent pour bourrer les canons. Mais leurs batteries étaient mal placées et les boulets manquèrent leur cible. La frégate fondait inexorablement sur eux et même s'ils changèrent de cap et naviguèrent au vent, elle les rattrapa sans peine et les pirates sautèrent à l'abordage en brandissant leurs sabres.

Barnabas s'était montré brutal et téméraire. Dans cette confusion d'épées et de cris, il avait estimé que les boucaniers n'étaient pas des gentilshommes, car au lieu de se battre comme des soldats, ils prenaient leurs adversaires en traîtres et les poignardaient par-derrière. Dos au grand mât pour se protéger de ces ruffians, il avait vainement tenté de les repousser. Il se rappelait le pont ruisselant de sang visqueux, un bras et même une tête tranchés net par un prodigieux coup de lame !

Mais il succomba sous le nombre et vit son courageux capitaine – cet homme qui avait déjà perdu trois doigts contre des pirates et se battait pourtant encore vaillamment – taillé en pièces par ces monstres assoiffés de sang.

D'abord, il n'avait pas compris pourquoi les pirates avaient jugé bon de l'épargner. Mais une fois la goélette entre leurs mains et ses camarades massacrés, il entendit les bandits se quereller. L'un de ses collègues officiers avait cru avoir la vie sauve en leur disant qu'il y avait à bord le fils d'un riche négociant qui représentait une belle rançon.

Ils mirent Barnabas aux fers en compagnie de ses esclaves capturés. Enchaîné avec eux à fond de cale, il partagea leurs souffrances. Ce fut une telle humiliation et il éprouva un tel remords qu'il décida de devenir un homme intègre et épris de justice.

Mais à quoi bon, puisqu'il allait mourir ? Il en était sûr, il payerait de sa vie la traite des esclaves, ce commerce ignoble que pratiquait sa famille.

Combien de temps était-il resté prisonnier ? Cela n'avait été qu'une longue nuit de faim, de soif et de déchéance. Puis finalement le navire était entré dans des eaux calmes et avait jeté l'ancre. Ils étaient venus chercher les esclaves en ricanant, mais ils l'avaient laissé là, et il y mourrait, il en était certain.

C'est alors qu'il s'était passé quelque chose d'inattendu. Accompagné d'un esclave, un jeune garçon était venu le délivrer, en lui disant qu'il le protégerait et qu'il n'avait rien à craindre. Puis son sauveteur l'avait entraîné, ils étaient passés devant les deux gardes qui vomissaient sur le pont, des chopes de rhum renversées à côté d'eux. Pendant que l'esclave faisait le guet, le garçon l'avait fait descendre dans une chaloupe.

Incroyable ! C'était elle qui lui avait sauvé la vie ! Totalement réveillé à présent, Barnabas brûlait de curiosité. Les souvenirs qu'il avait retrouvés manquaient de détails. Comment s'y était-elle prise ? Le rhum, bien sûr ! Déjà sorcière à treize ans, elle avait empoisonné le rhum.

Il fallait qu'il en ait le cœur net. Il se redressa en grimaçant de douleur et chercha le journal à tâtons. Il restait introuvable. Julia l'avait-elle rangé quelque part ? À genoux, épuisé, il chercha sous le lit, puis parmi les draps et l'édredon. Il avait disparu !

Il tituba à travers la chambre, la douleur se ravivant à chaque mouvement, et mit la pièce sens dessus dessous. En vain. Comment avait-il pu disparaître ? Julia. Bien sûr, c'était elle ! Il courut dans le couloir et l'appela. Elle sortit de sa chambre, l'air inquiet, mais il la connaissait trop bien pour ne pas lui déceler un petit air coupable.

– Qu'y a-t-il, Barnabas ?

– Julia, qu'est devenu le journal d'Angelique ? Qu'en as-tu fait ?

– Tu disais qu'il ne t'intéressait pas et, comme je ne voulais pas qu'il reste dans ta chambre, je l'ai emporté.

– Où est-il ?

Elle le regarda d'un air réprobateur.

– Alors tu le lisais ?

– Oui, oui, s'agaça-t-il. Et puis après ?

– Barnabas… le journal est maléfique…

– Sottises !

– La haine d'Angelique et sa jalousie sont la cause de la malédiction d'il y a deux siècles. Tu me l'as toi-même avoué. Ce soir, tu as été attaqué par un vampire. Tu n'envisages tout de même pas d'avoir auprès de toi une force maléfique qui t'influence…

– Comment oses-tu t'imposer et décider de ce que je peux lire ou non ? Tu ne vois pas que c'est une intrusion dans ma vie privée ? Tu crois que je ne suis pas capable de juger si le journal d'une enfant exerce un pouvoir sur moi ? Tu ne penses pas que je suis bien placé pour savoir ce qu'est le mal, depuis le temps ?

– Je pense simplement que tu es vulnérable, dans ton état actuel. N'oublie pas que je suis médecin et que je décide…

– Tu ne décides rien du tout ! Oui, tu es mon médecin, mais tu n'es pas ma mère ! L'as-tu brûlé ?

– Non, j'ai eu peur de le faire.

– Où est-il ?

Il avait peine à se contenir, tant il était incroyable qu'elle lui tienne tête.

– Il n'est pas question que je te le dise.

– Tu ne comprends pas ? Je dois le savoir ! (Il se jeta sur elle et l'empoigna par les épaules.) Où est-il ?

– Barnabas, arrête, je t'en prie !

Il la lâcha brusquement et recula, étonné de son comportement. Qu'est-ce qui lui avait pris ? Il fixa ses mains, stupéfait.

– Julia, dit-il d'une voix tremblante, pardonne-moi. Je ne sais pas quelle mouche m'a piqué. (Il retourna s'asseoir sur son lit et se cacha le visage dans les mains.) C'est juste qu'il faut que je le récupère, comprends-le.

– Très bien, soupira Julia. Puisque tu y tiens tant, je vais te le dire. Je l'ai enterré dans le cimetière, sous la pierre tombale d'Angelique.

Ivre de douleur, Barnabas traversa la pelouse en titubant. La pluie insistante qui tombait depuis des heures le trempait jusqu'aux os, mais il continua en baissant la tête, résolu. Il tenait à lire le récit de la bataille. Angelique allait le décrire, raconter ses exploits, dire combien il avait été vaillant et généreux. Ses paroles le réconforteraient et lui redonneraient vigueur et courage. Il pourrait de nouveau se voir à travers son regard, jeune, optimiste, « gai et courtois », comme elle avait qualifié le jeune homme qu'il avait été autrefois avant de sombrer dans la dépravation. Son cœur se serra.

Leur première passion était née à la Martinique sous une chaude pluie tropicale et caressante. Il avait embrassé son visage ruisselant, ses lèvres gorgées d'eau. Il l'avait serrée contre lui et elle n'avait plus été que chair liquide qui l'enveloppait. Ils s'étaient allongés sous la pluie. Ses seins étaient lisses comme de jeunes graines, leurs corps dérivaient et glissaient l'un sur l'autre. Tandis que les gouttes lui criblaient le dos, il s'était noyé en elle et la pluie et la rivière n'avaient plus fait qu'une.

Il arriva à la grille du cimetière. Au même instant, un roulement de tonnerre ébranla le sol et un immense éclair déchira le ciel, illuminant pendant une fraction de seconde la statue de l'ange qui se dressait sur la tombe d'Angelique. Il suffit d'un coup d'œil à Barnabas pour voir l'endroit où la terre avait été déplacée.

Il se jeta à genoux et creusa à mains nues avant de le sentir au bout de ses doigts. Il eut envie de pleurer en voyant dans la boue les pages trempées et la reliure de cuir noircie et abîmée.

Il le ramassa en espérant que certaines pages puissent encore être sauvées, mais il se rendit compte que sa ferme résolution de se consacrer à une nouvelle vie avait cédé aussi facilement que la terre sous ses genoux. Une fois de plus, il avait succombé à sa détestable obsession. Une fois de plus, elle l'avait pris au piège de son sortilège irrésistible et il allait sacrifier à ses appétits méprisables toute vertu, même le cœur généreux d'une femme qui l'aimait.

Julia l'avait libéré de tout cela. Au nom du ciel, mais que faisait-il, alors ? Au moment même où il avait la possibilité de vivre comme un homme intègre, il était prêt à tout abandonner ? N'avait-il pas assez souffert ? Qu'est-ce que ce journal pouvait lui offrir de plus qu'un plaisir illégitime ? Julia avait tenté de le lui faire comprendre et il avait refusé de l'entendre.

L'enfance d'Angelique avait été tragique, mais elle était incontestablement maléfique, et il avait toujours lutté contre elle et contre le monstre qu'elle avait fait de lui. Enfin, c'est en lui résistant qu'il avait renoué avec le bien qui était en lui, et c'était de ce bien dont il avait le plus besoin à présent, de cette paix que seul peut accorder un cœur libéré de toute culpabilité.

Il fallait le laisser là ! Soulagé et encore tremblant d'avoir pris cette décision, il plongea de nouveau les mains dans la boue et enterra de nouveau le carnet. Puis, d'un pas chancelant mais déterminé, il quitta le cimetière.

17

Port-au-Prince ! Les *loas* planent sur la ville comme si l'air était l'haleine des esprits. Ils chuchotent : « Liberté. » La ville est envahie de Noirs, nègres marron, mulâtres, quarterons, d'hommes et de femmes splendides et luisants, le cœur rempli de cette fureur qui galope dans les rues et les impasses. Il n'y a pas de dieu chrétien, ici. L'Afrique règne dans toute sa vibrante puissance, avec ses ancêtres vengeurs et ses dieux sanguinaires. À chaque porte et sur chaque poitrine en sueur est accrochée à un lien de cuir une amulette d'os. Des autels aux marches tachées de sang, de plumes et de poils se dressent dans toutes les cours.

Je le vis sur le quai, entouré de Noirs. Je m'approchai, comme attirée par un aimant. Il dansait dans le feu, son corps noir ruisselant et luisant, et quand il frappait le sol, flamme et fumée jaillissaient. Envieuse, je restai avec lui toute la journée.

À la nuit, ils allumèrent des feux rituels et il commença la cérémonie que je croyais si bien connaître. Mais elle était différente. Il est véritablement un réceptacle pour les esprits, qui vinrent à lui aussitôt. Une fois en transe, il s'empara de l'épée. Les tam-tams résonnaient comme le tonnerre dans le ciel. Il tremblait. Son long pagne d'herbes ondulait comme des algues dans le flot. Une fois l'épée chauffée au rouge dans les charbons, il s'en appliqua le tranchant sur un bras, puis l'autre. Il coupa avec la plus grande précision dans sa poitrine, son cou, sa langue. Il leva la lame et se fendit un œil. Nul sang ne coulait. Ni traces ni cicatrices. Son œil resta entier.

Julia avait laissé le carnet sécher pendant plusieurs jours, enveloppé dans des serviettes, et elle commençait enfin à séparer les pages au souffle d'un sèche-cheveux. C'était une tâche longue et frustrante : une grande partie du journal était perdue. L'encre avait coulé sous la pluie comme les mots d'une lettre d'amour sous des larmes. Certaines pages étaient ramollies et fragiles, mais certains passages étaient encore lisibles.

Brusquement, il sauta dans le feu et dansa dans les charbons ardents pendant que les tam-tams s'enfiévraient. Il galopa follement sur les braises et je fus certaine qu'il avait les pieds brûlés, et pendant tout ce temps tout mon corps me démangeait. Puis, enfin, il s'effondra, épuisé, haletant. La plante de ses pieds était grise de cendre mais intacte. Incapable de résister, je la touchai et découvris que la peau était fraîche et sèche. Je lui offris de l'eau qu'il but en me souriant.

Julia frémit, mais elle ne doutait pas de la véracité de ce qu'elle lisait. Simplement, cela lui faisait peur. Rien dans sa nature n'aspirait à la magie ou ne réagissait aux puissances qui l'invoquaient. Elle était plus fascinée par les explications scientifiques. La peau était épaisse. La transpiration faisait écran à la chaleur. Une supercherie était toujours possible, tant les sorciers étaient astucieux.

Je le suivis chez lui, car je n'avais nulle part où aller et que je voulais être son esclave. Il vit dans l'une de ces masures bâties à flanc de colline, avec un sol de terre battue et un tapis élimé en guise de couche. Il n'a ni nourriture ni eau. On lui donne à manger, car c'est un grand *houngan*. Et comme c'est un *bokor* renommé, je savais que personne ne trouverait à redire à une petite Blanche vivant avec lui, à condition de le convaincre de me laisser rester.

Je lui demandai : « Enseigne-moi à faire naître le feu. »

Il voulut savoir pourquoi j'estimais qu'il devait me l'apprendre. Qu'avais-je vu ? Je lui racontai tout ce que je savais. Je lui parlai de

Chloe et d'Erzulie et de la dernière cérémonie, où j'avais retourné la lame dans la main de mon père. Je récitai les incantations de mon livre et les sortilèges que je maîtrisais. Il m'écouta sans mot dire jusqu'au bout. Puis il dit : « Tu ne connais rien, mon enfant. Ton savoir n'est qu'en esprit, tu n'as aucun don inné. Je ne peux pas perdre mon temps avec toi. »

Il me dit que je pouvais rester une nuit, puis que je devrais partir. Je lui demandai où je dormirais et il me désigna le sol près du mur du fond. Je réclamai de l'eau et il secoua la tête. « Pas d'eau », dit-il. Les Noirs n'avaient pas le droit d'utiliser le puits sur la place. Ils devaient marcher des lieues pour trouver de l'eau dans la campagne.

Je me réveillai juste après minuit en entendant le bruit d'un ruisseau qui coulait, d'abord infime, puis de plus en plus clair.

Quand le jour vint, je dis au *houngan* que j'avais trouvé de l'eau. Il répondit que c'était impossible, qu'ils avaient essayé de creuser bien des puits, mais sans succès. Je déclarai : « L'eau est derrière ce mur, là où tu m'as fait dormir. Creuse là. »

Il appela plusieurs hommes et ils commencèrent à creuser. Ils trouvèrent le ruisseau souterrain le premier jour. L'eau jaillit comme une flamme d'argent et le *houngan* déclara : « Très bien. Ce soir, tu viendras avec nous. »

Le lieu de rendez-vous était à un carrefour, dans un petit village dans la campagne. Il y avait plusieurs cases à toit de chaume et des milliers de bougies alignées au croisement dans les quatre directions. Des gens accouraient, comme des ombres sur les sentiers. Ils portaient les costumes de couleur vive du *soukougnan*, qui se dépouille de sa peau, et du loup-garou. Le *bokor* dit : « Cette cérémonie est un *bizango*, un sacrifice de sang. » Chaque homme dansait en imitant un animal, un coq qui parade, un chien qui aboie, un cochon qui couine, et même des démons cornus. J'ignore comment ils se transformaient. Ils invoquèrent Carrefour, et non Legba, et une fois qu'il fut rassasié, Baron Cimetière.

Je fus entraînée au centre du cercle avec une petite chèvre terrifiée et je crus qu'elle serait sacrifiée. Je commençai à bêler avec elle et lui donnai à manger des feuilles pour la calmer, mais elle ouvrait de grands yeux fous. Les tam-tams se turent et ils s'éloignèrent tous sans un bruit, furtifs comme des léopards. Ils avaient de longues cordes dans les mains, des cordes que le *bokor* disait faites de boyaux très solides. Quand on ramena la victime, c'était un homme, mais il fut transformé en vache avant d'être sacrifié.

Julia séparait précautionneusement les pages avec un bistouri, des ciseaux et des pincettes. Mais il manquait une grande partie du carnet. Elle se demanda si rendre le journal à Barnabas dans un pareil état ne ferait pas que le troubler plus encore.

Le *bokor* a des yeux pétillants et il aime plaisanter. C'est un homme très menu, très noir, tout petit. Il est maigre, avec des mains et des pieds minuscules, et son visage est aussi ridé qu'un concombre de mer.

Julia avait mal au dos et aux yeux à force d'essayer de déchiffrer le texte. Elle espérait pouvoir en sauver davantage.

Il m'a dit que le vaudou vient d'Afrique, mais que les Français l'appellent « voir Dieu ». Je lui ai répondu que j'avais entendu dire que cela voulait dire « voir dedans ». Je croyais important de connaître l'exacte signification, mais il m'a dit que non. Il m'a demandé pourquoi j'avais mémorisé des invocations africaines.

– Tu n'es pas une Noire.

– J'ai un peu de sang noir en moi.

– Utilise ta propre langue. Les mots n'ont pas d'importance. La magie vient de l'âme.

Œil de triton et doigt de grenouille,
Poil de chauve-souris et langue de chien.
Vampire, goule, suceur de sang, parasite.
Tambours, rhum, sang.

– Donne-moi trois noms de tambours.

– Cata, Seconde, Maman.

– Pourquoi les appelle-t-on ainsi ?

– Je ne sais pas.

– Cata est espiègle, coquin, c'est un enfant rebelle. Seconde est au milieu, c'est l'être humain dans son entier. La vie ordinaire. Maman est *vaudou.*

Julia avait honte d'avoir pris le journal et tenait à le restaurer et le rendre à Barnabas en espérant qu'il lui pardonnerait. Le lendemain matin, encore couchée, elle commença à réfléchir aux explications scientifiques de la sorcellerie, tout comme elle s'était plongée dans l'étude et la découverte d'un remède définitif au vampirisme. Une curiosité particulière lui titillait l'esprit. Elle était bien forcée d'admettre qu'elle était fascinée par le surnaturel et son antithèse, les explications « naturelles ».

Je lui demandai : « Peux-tu tuer quelqu'un ? » et il répondit : « Tuer est facile, mais c'est contre la loi. » Et je lui demandai : « Peux-tu forcer quelqu'un à t'aimer ? » et il répondit : « Tu paies et tu subis les conséquences. » Puis je demandai : « Peux-tu invoquer les morts ? » et il répondit : « Oui, s'ils sont d'humeur espiègle. Les morts adorent qu'on les invoque. Sauf, bien sûr, si ce sont des zombies. Dans ce cas, tu as un esclave. »

Les zombies ! Voilà qui était un phénomène intéressant. Les morts-vivants. On ouvrait un cercueil et le corps ne s'était pas décomposé. Les cheveux et les ongles avaient poussé. La peau avait un teint encore plus éclatant que dans la vie, il y avait des signes de rajeunissement, parfois une érection. Pourquoi utilisait-on des pierres tombales depuis l'Antiquité ? Pour empêcher les cadavres de se relever. Et pourquoi y avait-il une multitude de cérémonies pour les morts ? Afin qu'ils reposent en paix dans leurs tombes. S'ils disposaient du nécessaire, ils accepteraient peut-être d'y rester : du vin dans une jarre, des céréales dans une coupe, des pièces pour Charon dans la bouche, des graines de pavot pour un sommeil sans rêves.

Un planteur vint voir le *bokor* pour acheter des ouvriers et le *bokor* prit son argent. Puis, le visage déformé par une grimace, le *bokor* monta à l'envers sur un cheval et s'arrêta devant une maison. Il colla ses lèvres à une fente de la porte et aspira l'âme de la victime. Au bout de quelques jours, cette dernière mourut. Le *bokor* m'emmena à minuit au cimetière où le mort était enterré, et quand il prononça son nom, le mort fut obligé de répondre, car le *bokor* avait son âme dans un pot de terre. Puis il passa le pot sous le nez du mort afin de le laisser sentir son âme, et le mort se leva et le suivit. Arrivé chez lui, le *bokor* lui donna l'élixir rouge dont la formule est secrète et l'homme devint un zombie. À présent, il travaillera sans relâche pour l'heureux planteur.

POUDRE DE ZOMBIE :

Prendre un arrière-faix, avec la membrane intacte et une portion du cordon ombilical. L'envelopper serré dans des feuilles de mancenillier.

Écraser au pilon :

Un crapaud bouga ou du manioc non lavé,
Des millepattes ou des tarentules,
Des graines et feuilles de plantes vénéneuses,
Des épines de poisson-coffre,
Un cadavre humain récent.

Un homme qui avait volé le secret de la poudre de zombie fut tué par le *hounci* du *bokor*. Jamais il ne sut qu'on avait trouvé son petit sac caché. On l'emmena dans un bateau, puis, loin du rivage, on lui ligota les mains dans le dos et on lui érafla le cou avec un caillou. Sur la plaie, on frotta un poison fulgurant. Il était mort avant de toucher l'eau.

Le *bokor* a dit qu'il fabriquait la poudre de zombie parce que c'était plus facile que d'aspirer les âmes par les trous de serrure.

Sous l'emprise de la fièvre, Barnabas n'avait pas prononcé une parole rationnelle depuis leur dispute. Il oscillait entre repentir coupable et détermination inébranlable. « Assez ! Assez ! » criait-il quand il émergeait d'un sommeil agité. D'autres fois, il agrippait les mains de Julia, le regard fou, et la suppliait de lui pardonner en lui disant : « Julia, reste avec moi, ne m'abandonne pas ! » Et un instant plus tard, il fixait le vide en hurlant : « Éloigne-toi de moi ! Laisse-moi ! » et elle reculait, effrayée, convaincue qu'il passait sa colère sur elle.

Le *bokor* déclara :

– Je ne te montrerai pas le meurtre et la mort. Tu les as déjà vus. Je te montrerai la vie qui revient d'entre les morts. Et ce soir, je te montrerai comment tuer la Mort elle-même. Ce soir, tu poignarderas un vampire.

Le vampire a des dents longues et pointues, pour aspirer la force vitale, et il laisse ses victimes épuisées. C'est un être égoïste et sans compassion. Je t'ai dit que tous les dieux viennent de notre imagination, et de la même manière le vampire est né de nos peurs et de nos désirs les plus profonds. Mort, mais non mort. Le sang coule toujours dans ses veines. L'odeur du vampire est celle des fientes dans les grottes où s'accouplent les chauves-souris. Ses yeux sont des abîmes de folie avec lesquels il voit des couleurs éclatantes. Il a l'ouïe d'un prédateur et des capacités de survie bien supérieures à celles des hommes. Il ne peut être tué s'il est réveillé ; il ne faut donc pas le tirer de son sommeil. Il ne peut être tué que dans la tombe.

– Qu'est-ce qui l'a rendu ainsi ?

– La chauve-souris vampire s'est repue de lui et a empoisonné son sang.

– Pourquoi vient la chauve-souris ?

– C'est une malédiction – un ennemi jette un sort, la forme suprême de la vengeance. Il faut un immense pouvoir pour prononcer cette malédiction. Un immense pouvoir allié à une haine immense.

Les bruits de la nuit étaient assourdis et les chandelles projetaient une faible clarté. Nous nous rendîmes au cimetière sous un ciel voilé de nuages. Nos pas étaient comme le murmure des morts. Le *bokor* se dirigea vers la tombe où dormait le vampire. Je vis la croix blanche et le cercueil dans la fosse. « Tu ne peux avoir peur, dit-il. La peur n'est que faiblesse. » Et il mit le pieu dans ma main.

Je baissai les yeux vers le vampire, émerveillée de percevoir son mystère et sa force. Son visage et ses mains croisées sur sa poitrine étaient d'un blanc d'ivoire si transparent qu'on distinguait ses os sous la peau. Ses ongles étaient longs et jaunes et je sentis l'odeur de fientes de chauve-souris qu'exhalait son corps. Son manteau et son col en dentelle étaient couverts de terre et de moisissures. Il dormait si paisiblement que je répugnai soudain à lui faire du mal.

Les *houncis* s'approchèrent. « Ce soir, tu vas tuer la Mort elle-même. » Je posai la pointe de mon pieu sur sa poitrine en me demandant, menue comme j'étais, où je trouverais la force de transpercer son cœur. Je me redressai et enfonçai le pieu pointu que je sentis traverser l'étoffe, puis la peau. Le monstre gémit. Le pieu glissa sur une côte et pénétra dans la chair.

À cet instant, le vampire ouvrit les yeux et son regard magnétique me fit tressaillir de tout mon être. Je le sentis aspirer ma force avec sa volonté tandis que ses yeux brûlaient mon âme, puis il leva les mains et les referma sur le pieu. Il découvrit ses dents blanches et pointues et, paralysée, je ne pus enfoncer davantage le pieu.

C'est alors que le *bokor* sauta sur mon dos pour appuyer sur le pieu. Nous nous effondrâmes sur le vampire, la pointe transperça son cœur et le sang qui jaillit m'éclaboussa. J'étais allongée sur lui, mon visage près du sien, et j'entendis gargouiller un râle dans sa gorge.

Julia frémit. Elle se rappela Barnabas rentrant en frissonnant sans le journal, les vêtements trempés et crottés. Les blessures s'étaient rouvertes et il était épuisé d'avoir perdu du sang. Elle redoutait que les blessures du vampire ne provoquent une rechute, car Barnabas paraissait en proie à une lutte intérieure entre un tourbillon d'émotions et sa nature profonde. La plupart du temps, il ne semblait pas savoir qui il était ni où, car dans son délire il disait être enchaîné sur un navire attaqué par des pirates. D'autres fois, il paraissait plus calme et parlait d'une voix douce à quelqu'un qu'il aimait. Julia continua de restaurer le journal.

Le *bokor* aimait me taquiner et me tourmenter avec ses énigmes.

– Désires-tu toujours devenir une *vaudou mambo* ?

– Oui.

– Ce n'est pas un choix aisé, et une fois entrepris ce voyage, on ne peut faire marche arrière. Iras-tu jusqu'au bout ?

– Je ne veux pas rester dans les ornières de la misère.

– Pourquoi ?

– Je crois que c'est mon destin.

– Le destin n'est que ce que l'on croit.

Il gloussa. Il aimait s'écouter parler. Cette fois, il allait devoir m'écouter.

– J'ai des dons et un savoir.

– Comme tout le monde.

– M'enseigneras-tu ce que tu sais ?

– Le *vaudou* est un fardeau. Il ne rendra pas ta vie meilleure.

– J'ai besoin de quelque chose qui me protège.

– Il ne fera que te rendre plus vulnérable.

– Mais ne me donnera-t-il pas un pouvoir ?

– Le pouvoir est difficile à manier. Tu veux maîtriser les choses, mais le *vaudou* n'est pas cela. C'est pourquoi je sais que tu ne seras jamais une *mambo*. Tu es une Blanche. Comment peux-tu regarder dans l'âme africaine ? Tu veux seulement qu'on t'obéisse, comme toutes les femmes vaniteuses. Tu veux des petits tours, de stupides petits sortilèges, jouer avec les autres comme avec des poupées. Ce n'est pas du pouvoir, c'est un futile amusement.

– Je vais te dire pourquoi j'ai si peur. J'ai commencé à me dire que j'étais liée au diable.

– Et tu veux te libérer de lui.

– Oui, être libre.

– Mais le diable n'est qu'un *loa* pas très intéressant. C'est un autre esprit lumineux. Les *loas* ne te feront jamais de mal, sauf si tu les laisses faire. Donne-leur à boire et à manger et ils ne t'inquiéteront jamais. Frappe le *vévé* avec l'*asson* et le *loa* sera obligé de venir. Tu le sais. Tous les dieux ne sont que le produit de notre imagination et le diable ne fait pas exception.

– En es-tu sûr ?

– Je ne suis sûr de rien.

– Mais je l'ai vu et je lui ai parlé.

– Je ne dis pas qu'il n'existe pas.

– Alors, comment puis-je m'en libérer ?

– Très bien, alors, réponds : qu'est-ce que la sorcellerie, si tu ne le sais pas déjà ?

– Tu me l'as toujours dit. C'est une perturbation, une influence.

– Comment fonctionne-t-elle ?

– Il faut trouver le point faible et y appliquer son pouvoir.

– Alors tu viens de répondre à ta question. C'est ainsi que tu te libéreras.

– Le diable a un point faible ? Lequel ?

– N'est-il pas le dieu Cornu ?

Le *bokor* éclata de rire, faisant tressauter son petit corps ridé comme un concombre de mer.

– Qu'est-ce que cela signifie ?

– Ah, tu es encore trop jeune pour le savoir. Il est toujours cocu. Tu ne dois pas le craindre. Tant que tu le craindras, il te tiendra.

– Pourquoi me dit-il que mon pouvoir vient de lui, alors que j'ai souffert pour apprendre toutes ces choses seule ?

– C'est facile. Réfléchis à ce que tu viens de dire.

– C'est mon point faible.

– Précisément. Il sait combien tu es fière. Il essaie de te dire quelque chose que tu sais déjà. Tu as plusieurs choix. Quels sont-ils ?

– Mener une vie ordinaire, répondis-je après réflexion, et n'être jamais ce à quoi j'étais destinée. Me contenter de petits maléfices. Ou choisir le *vaudou.*

– Une fois que tu auras choisi le *vaudou*, il n'y aura plus de vie ordinaire.

– Et si je choisis seulement la bonne magie, comme ma mère, qui était guérisseuse ?

– Mais il n'y a pas de bonne magie. Tout est influence, et donc mal. Cela ne veut pas dire que ce n'est pas distrayant, gloussa-t-il de nouveau.

– Cesse ces ridicules énigmes. Dis-moi la vérité !

– Mais la vérité est une énigme !

Et ses éclats de rire redoublèrent. Au moins, il s'amusait.

– Alors, si je deviens une sorcière…

– Tu en es déjà une.

– Si je pratique seulement ce que je sais et que je ne suis pas orgueilleuse, il me laissera en paix ?

– Non. Parce que ton savoir est insignifiant. Et nous voici revenus au début de notre conversation. Écoute-moi, Angelique, et je te dirai la vérité, comme tu l'appelles. Tout ce que je te dis, tu l'oublieras, parce que tu ne le comprendras pas. Mais je te le dirai tout de même, et peut-être qu'un jour tu t'en souviendras. La mort est l'unique pouvoir et le diable est la mort. La mort est au cœur du *vaudou.* Quand tu accepteras la mort et que tu ne t'accrocheras plus à rien dans la vie, ton pouvoir, apparaîtra et le *vaudou* te guidera.

En es-tu capable ? Peux-tu parvenir à l'indifférence ? Je ne crois pas. Pour moi, tu seras toujours obsédée par quelque chose. Tu n'as pas le caractère d'une *mambo.* Tu t'accrocheras à la vie et ignoreras la mort dont elle est issue. Tu chercheras l'amour et il se transformera en jalousie, puis en vengeance, parce que sous cette myriade de couleurs en toi, il y a une sombre flaque de désespoir, et parce que tu es gouvernée par le désir. Tu dis qu'Erzulie est ta déesse, mais son reflet est Erzulie Ge Rouge. Laquelle ce sera ? Le lis ou la rose ? L'innocence parfaite ou la compréhension totale ? La Mort est assise à côté de la grande déesse vaudoue. Il faudra bien des années avant que tu ne te rendes compte, si cela arrive jamais, que tu es condamnée par ton obsession et que le plus grand pouvoir est de ne rien désirer.

18

Angelique était si crasseuse qu'il semblait impossible qu'elle ait la peau claire. La saleté avait pénétré tous ses pores et sa peau était couleur de cendre. Elle avait de la suie sous les ongles et ses cheveux blonds étaient cachés sous un fichu graisseux. Elle était si maigre, repliée sur le sol de terre battue, que Cesaire ne l'aurait jamais reconnue s'il n'avait pas vu luire ses yeux dans la poussière comme deux opales de feu.

– On m'a dit que je te trouverais ici, dit-il. Mais je n'y croyais pas.

– Que t'a-t-on dit d'autre ?

– Que tout le monde tremble dans ton *hounfor*. Que tu n'es pas cruelle, mais que tu es cruellement gentille. Que ta magie est comme la foudre, qu'on ne sait jamais quand elle frappera ni si elle atteindra sa cible. Que des étincelles jaillissent de tes doigts et que tes potions ne sont pas sûres, que tantôt tu guéris, tantôt tu mutiles.

– Erzulie est en moi, à présent, Cesaire. Ma peau ne l'empêche plus de pénétrer. Le *loa* entre en moi quand je respire.

– Erzulie, celle qui est aimée pour sa pureté ?

– Oh, non, l'autre Erzulie. Son reflet dans le miroir, Erzulie Ge Rouge, qui est bien plus puissante et se nourrit de l'âme des hommes.

Cesaire fronça les sourcils et vint la rejoindre.

– Que fais-tu avec ces gens, Angelique ?

– Comment cela ? Je vis ici.

– Pourquoi ?

– Où irais-je, sinon ? C'est le *hounci* qui s'occupe de moi et me nourrit.

– Est-ce si important d'être une petite déesse ? De vivre dans ce lieu ignoble ?

– Tu me crois vaniteuse et orgueilleuse, flamboya-t-elle. Tu ne sais rien. Ce n'est pas pour cela que je suis *bizango*, à présent. Erzulie me protège de lui.

– De qui, du *bokor* ?

– Non, pas du *bokor*. De lui !

Angelique se leva et gagna l'autel. De la fumée s'élevait de ses vêtements comme s'ils étaient faits de cendres. Elle resta immobile, svelte et étrangement royale, le regard fixé sur la table sacrée. Un long serpent cuivré rampait sans bruit entre les pots de terre, les plats de nourriture en décomposition, les tas d'ossements et les bougies.

– Je te ferai un charme, Cesaire, un *ouanga* d'amour, si tu le désires. Ce matin, j'ai attrapé un oiseau-mouche et je dois l'utiliser avant qu'il ne soit froid. Un *ouanga* d'amour rien que pour toi. Cela te plairait ? Y a-t-il une jolie fille que tu convoites ?

Elle se retourna en lui présentant le minuscule oiseau aux plumes irisées et à la poitrine écarlate.

– Il me faut un peu de ton sang et de ta semence, dit-elle en tendant la main avec un sourire aguicheur. Viens.

– Je n'ai pas besoin de charme.

Il détacha difficilement son regard d'elle et contempla la peinture au-dessus de l'autel. Elle représentait une femme nue aux seins opulents dont le bas du corps était recouvert d'écailles. De chaque côté étaient accrochés des portraits de la Vierge Marie.

Angelique prit une petite poupée en peau séchée et lui passa distraitement au cou un collier de dents humaines. Elle avait une petite tête racornie avec des yeux globuleux et des aiguilles plantées dans la poitrine.

– Angelique, je suis venu te chercher pour retourner à la Martinique.

– Non. Je ne veux pas y aller. Je ne peux pas y retourner !

Cesaire frissonna et regarda de nouveau la peinture. À côté de la femme-poisson, un navire aux voiles blanches voguait sur des vagues bleues. Au-dessous, un calice était rempli de fleurs pourpres et le ciel noir était piqueté d'étoiles. La femme tenait une tête humaine. C'est alors qu'il remarqua que tout l'autel d'Angelique était fait de crânes.

– Écoute-moi, petite demoiselle, j'ai des nouvelles de ta mère. (Elle releva vivement les yeux et le scruta, redevenant un instant une petite fille.) Elle a de graves ennuis. J'ai pensé que tu aimerais le savoir.

– Où est-elle ?

– En prison.

– En prison ? Mais pourquoi ?

– Elle a été condamnée pour sorcellerie. (Angelique le fixa sans répondre, les yeux embués de larmes.) J'ai un bateau. Viendras-tu ?

Il y avait une forte houle et la brise changeante forçait la goélette à prendre vent debout. La mer semblait exulter et plus d'une fois Angelique, appuyée au bastingage, murmura en regardant sa surface bouillonnante.

De l'autre côté du pont, Cesaire était effrayé. Il ne la reconnaissait plus, elle était devenue un spectre noir dressé sur le ciel et ses cheveux blonds retombaient sur ses épaules comme un nuage pâle. Elle pouvait tendre le bras et toucher l'esprit des Ténèbres quand les vagues bondissaient jusqu'à sa main. Il n'était pas de la mer, mais il était dans les profondeurs et elle lui murmura :

– Ne me suis pas.

Elle pénétra dans la cour de la prison envahie d'herbes. Le temps changeait et de menaçantes bourrasques agitaient les maigres palmiers dans une danse macabre. Juste à côté de la porte, le garde qui sommeillait sur une chaise sursauta et se leva en chancelant.

– Les visites sont terminées, dit-il d'un ton rogue.

C'était un mulâtre de haute taille, à la barbe rousse, avec un œil aveugle d'un bleu opaque qui lui donnait l'air désemparé de celui qui n'a que la moitié d'une âme.

– J'ai fait tout le voyage depuis Port-au-Prince pour voir la femme qui a été condamnée pour sorcellerie. Laissez-moi entrer, je vous en prie.

– J'ai ordre de ne laisser entrer personne. Reviens demain, ricana-t-il, imbu du pouvoir des petites gens.

– Et si je vous disais que la femme que je veux voir est ma mère ?

– Je n'ai rien à voir avec cela, dit-il froidement. On pend et on fusille tous les jours. Je garde les prisonniers, c'est tout, et si je suis d'humeur, je leur donne un quignon de pain. Maintenant, va-t'en, j'ai du travail.

Elle tourna les talons à contrecœur et, ce faisant, jeta un coup d'œil à la petite pièce derrière le garde, qui devait être son logement. Elle vit un lit de camp et une chaise couverte de vêtements, une table avec du pain, du fromage, une bouteille de rhum et une grosse chandelle de suif à demi consumée qui s'était répandue en une flaque jaune. Elle fixa la flamme.

– Est-ce votre logis ? demanda-t-elle. Il hocha la tête et, flairant l'air, elle ajouta : Je crois que quelque chose a pris feu.

Le garde lâcha une bordée de jurons quand il se retourna et vit les flammes qui s'élevaient du sol. Il courut les éteindre à coups de botte, mais le feu qui mourait à un endroit renaissait ailleurs. Il avait atteint les draps quand l'homme empoigna une bassine d'eau et l'aspergea. Angelique entra pendant qu'il avait le dos tourné.

Quand elle arriva dans le couloir de la prison et regarda au travers des barreaux, son cœur se serra. Cela faisait quatre ans qu'elles ne s'étaient vues, mais Cymbaline n'avait pas changé. Assise sur un petit tabouret, elle chantonnait. Ses cheveux brillants tombaient sur ses épaules et sa peau dorée étincelait dans la pénombre de la cellule, comme si la lumière émanait d'elle et non de la petite lucarne.

Lorsqu'elle vit Angelique, une lueur passa dans ses yeux noirs, d'abord soupçonneuse, puis incrédule. Elle secoua la tête, désemparée, et tendit les bras. Angelique passa les siens par les barreaux et elle l'attira contre elle en sanglotant.

– Mon ange, mon ange, ma fille, ma précieuse enfant !

– Maman, oh, maman, je pensais ne jamais te revoir ! Tu m'as tellement manqué ! Pourquoi es-tu ici ? Qu'est-il arrivé ?

Mais Cymbaline était incapable de répondre. Elle avait pris le visage d'Angelique entre ses mains et l'embrassait comme elle pouvait ; les mots s'étranglaient dans sa gorge. Elle la caressait comme si elle ne pouvait en croire ses yeux et avait besoin de vérifier qu'elle était vraiment là.

– Oh, tu es si belle ! chuchota-t-elle enfin. Si grande, si forte. Tu es une femme, maintenant, je le vois.

– J'ai quatorze ans.

– Et as-tu appris ce qu'est la vie ?

– De la vie, je connais peu de choses, seulement ce que tu m'as enseigné, maman, mais je suis allée à Port-au-Prince, et je crains d'y avoir appris les secrets de la mort.

– L'île du diable où les esprits sont si puissants. Raconte-moi tout. Je veux tout entendre – je sais que tu as fui Basse-Pointe durant la révolte.

– Maman, mon père a tenté de me tuer durant la cérémonie. C'était son intention depuis le début. Il t'a menti. Jamais il n'a voulu m'élever comme sa fille.

– Le monstre m'a trompée. Oh, j'ai été sotte de le croire ! Pardonne-moi pour tes souffrances.

– Je l'ai tué avec son propre couteau.

– Vraiment ? Et tu as fait voile vers Hispaniola ?

– Dix jours sur un navire corsaire. À mi-chemin, nous avons été abordés par des pirates sanguinaires, armés de sabres et de mousquets. Maman, ils ont tué officiers, marins et même le cuisinier ! Ils ont épargné mon ami Cesaire parce que c'était un Noir et qu'il savait manœuvrer le navire.

– Comment t'es-tu échappée ?

– On ne m'a laissé la vie sauve que parce que je travaillais dans la cambuse et qu'ils avaient besoin de quelqu'un pour cuisiner. À leur insu, j'ai empoisonné le rhum avec une potion qui les a aveuglés et leur a brûlé les entrailles.

– Ah, je vois que tu es devenue sorcière.

– Que voulais-tu que je fasse ?

– J'aurais agi comme toi.

– Ils disent que tu es une sorcière.

– Ce n'est pas vrai, c'était le mancenillier.

– Mais tout le monde sait que c'est du poison. Qu'as-tu fait ?

– J'ai travaillé pendant trois ans dans le dispensaire des esclaves de La Trinité, à la plus grande habitation. J'ai mis des enfants au monde, réduit des fractures, guéri des fièvres. On a souvent dit que je faisais de la sorcellerie, alors que je n'étais qu'une guérisseuse dévouée.

Un contremaître cupide et dépravé ne me laissait pas en paix. Au début, je ne me suis pas inquiétée, me croyant à l'abri au dispensaire. J'étais nécessaire et, quand le contremaître m'importunait, je mettais une poudre dans sa boisson pour éteindre son désir. Une nuit qu'il était affreusement ivre, il m'a attrapée dans la cour. Il m'a traînée dans les buissons, mais j'ai raclé de mes ongles le mancenillier et lorsqu'il m'a plaquée au sol, je lui ai griffé le dos. Ce gredin a cru que cela me plaisait jusqu'au moment où le poison a agi. Je l'ai entendu hurler de douleur dans son agonie.

– Et on t'accuse de l'avoir tué ?

– Non, ils m'ont accusée de ne pas l'avoir sauvé. Je ne pouvais ni ne voulais lui donner de remède. Vois-tu, ils veulent ma mort pour bien des raisons.

– Alors, quelle est la sentence ?

– Ce n'est pas si affreux. Je mourrai sans souffrir en raison des services que j'ai rendus. Je serai pendue dans deux jours.

– Oh, maman…

– Angelique, mon enfant, n'aie pas de peine. Je n'aurais pas pu rêver plus beau cadeau que de te revoir avant de mourir.

Les yeux brillants de larmes, elle souriait. Angelique avait le cœur serré.

– Maman, j'ai apporté une poudre secrète de Port-au-Prince. Si on sait que je l'ai prise, on me tuera.

– Quelle est cette poudre ?

– Elle provoque un sommeil si profond qu'il ressemble à la mort.

– Tu veux parler de la poudre de zombie ?

– Oui.

– Faite avec des cadavres ? Je n'en veux pas ! s'exclama Cymbaline, horrifiée.

– Maman, allons ! La poudre n'apporte pas la mort, mais seulement le sommeil de la mort.

– Mais le zombie est pitoyable et dément parce qu'on lui a pris son âme ! Il arpente le monde dans une transe sans vie, en essayant de la récupérer. La mort est moins pire que cela.

– Non, prendre l'âme est un rituel qu'accomplit le *bokor*.

– Comment le sais-tu, Angelique ?

– Je l'ai vu, à maintes reprises. La poudre sert seulement à faire dormir, et la folie n'est causée que par le réveil dans la tombe et l'horreur d'avoir été enterré vivant. Mais je peux te faire sortir de ce sommeil. Ce sera moi qui te réveillerai, et tu ne sauras jamais où tu es allée. Tu dois me faire confiance. Prends de cette poudre. C'est ta seule chance, maman. Et regarde, j'ai l'antidote.

Elle montra à sa mère les deux sachets de poudre, l'une blanche, l'autre écarlate. Cymbaline recula avec répugnance.

– Que t'est-il arrivé, mon enfant ? Qui t'a donné cette chose maléfique et enseigné comment t'en servir ?

– Maman, j'ai vécu avec le grand *bokor* de Port-au-Prince. J'ai vu comment la poudre était préparée. J'ai vu l'homme se lever d'entre les morts. Il suffit d'en mettre sur sa paume, de souffler dessus et d'en aspirer un peu pour perdre conscience. Tu tomberas dans un sommeil si profond qu'on te croira morte. On t'ensevelira au cimetière derrière le morne.

– Non ! s'indigna Cymbaline. C'est trop horrible. Ensevelie vivante ? Jamais je ne le supporterai.

– Quand tout le monde sera parti, je viendrai, j'ouvrirai le cercueil et je te réveillerai. Tu n'en sauras jamais rien. Cela aura été comme un rêve pour toi. Et nous nous enfuirons ensemble. Je t'emmènerai à Port-au-Prince. (Cymbaline regarda sa fille avec inquiétude et pitié.) Maman, il n'y a pas d'autre moyen.

– Donne-moi la poudre, soupira-t-elle enfin. Je réfléchirai. J'aime la vie de tout mon cœur.

– Je te promets que je te sauverai, maman.

Cymbaline caressa le visage d'Angelique et la contempla comme pour graver ses traits dans sa mémoire.

– Avant que tu ne partes... dit-elle. Il y a quelque chose que je pensais ne jamais pouvoir te dire.

– Quoi, maman ?

– Theodore Bouchard, ce monstre ignoble, je suis heureuse que tu l'aies tué. Oh, Angelique, je t'ai fait un tel mal, en te mentant à cause de ma cupidité ! Ce n'était pas ton père.

– Mais comment peux-tu dire cela ? La marque sur ma jambe est la même que la sienne !

– Mon enfant, une tache de naissance est facile à imiter, pour quelqu'un comme moi.

– Mais pourquoi m'avoir dit que j'étais sa fille ?

– Je pensais qu'il deviendrait un puissant et riche planteur et qu'il t'offrirait une belle vie. Il prétendait vouloir faire de toi une dame. J'ai honte de dire que cet homme au cœur si noir était mon amant. Il voulait m'épouser et j'ai refusé. Mais il m'a crue quand je lui ai dit que tu étais sa fille. Il n'a jamais su qu'il était Cochon gris. Je t'ai laissée aller avec lui, mon cher ange. C'était très mal de ma part de t'avoir menti, et cela me déchire le cœur. Alors, vois-tu, je mérite ma terrible sentence. Je dois payer pour ce crime !

– Ne dis pas cela ! Maman, qui était mon père ?

– Je ne sais pas. Je crois vraiment qu'il venait de la mer. Tu te rappelles que je te disais que tu étais née de l'eau ?

– Oui, et j'ai toujours pensé que c'était vrai, parce que je suis si heureuse dans la mer.

– Je vais te raconter le jour où ton père est venu et tu décideras. Ce n'était pas un matin comme les autres et il n'y avait pas de vent sur l'océan. Il soufflait de la montagne Pelée, âpre et brûlant. Le ciel était d'un bleu saisissant, et l'écume comme de la crème. Je ramassais des crabes, et j'ai pensé qu'un sortilège allait survenir, car l'air était très chaud et immobile, puis j'ai vu un oiseau blanc qui me regardait et j'ai su que j'avais vu juste.

– Qu'est-il arrivé ?

– Eh bien, tu t'en doutes, un homme est sorti de la mer, couleur d'or comme un dieu, avec des yeux comme deux morceaux de ciel.

– Et c'était lui ?

– Il est resté avec moi cinq jours. Nous avons fait l'amour, et quand il est parti, tu étais en moi.

Angelique ferma les yeux et eut une vision de sa mère marchant dans l'écume – mince, ses cheveux noirs déployés, l'étoffe fleurie collant à son corps souple et généreux. Mais surtout, elle vit sa maladresse de fillette, avançant dans le sable, timide, souriante comme à un amant, ondulant comme si elle avait la musique en elle.

Au bout de sa corde, le pendu tournait lentement, les yeux exorbités et figés dans la mort. L'air était chaud et humide, mais il n'y avait pas un souffle de vent dans le ciel couleur de plomb.

Devant la prison, Angelique attendait parmi la foule impatiente de mulâtres et de békés venus assister à l'exécution. Les gardes décrochèrent le cadavre de l'esclave que l'on venait de pendre et repassèrent la corde sur le gibet. Une rangée de grossières caisses en planches tenant lieu de cercueils attendait le long du mur de la prison.

Elle ne vit que quelques Blancs, des négociants et des boutiquiers. Les juges étaient là, en robe noire, avec un petit détachement de la milice, et le père Le Brot près de l'échafaud, venu administrer l'extrême-onction. Elle recula, craignant qu'il ne la remarque.

– Tu connais la sorcière ?

Elle se retourna et vit une femme brune à l'air bienveillant qui portait un bébé sur sa hanche.

– C'est ma mère, répondit-elle doucement.

La femme compatit et se retourna en chuchotant vers ses voisins. Tous regardèrent Angelique avec un air peiné, et une autre Noire s'approcha, pleine de sollicitude.

– Ta mère n'a rien fait de mal, dit-elle gentiment. C'est injuste. C'est une bonne guérisseuse. Elle a mis mon enfant au monde et tous les esclaves de La Trinité l'adoraient.

– Ce sont les planteurs de Grande Anse qui voulaient venger le contremaître, renchérit une autre. Ses camarades de boisson de Saint-Pierre. Depuis la rébellion, ce n'est que tyrannie, suspicion et cruauté. Beaucoup sont exécutés sans raison.

Alors que la pluie menaçait dans le ciel de plus en plus noir, Cymbaline sortit de la prison et marcha lentement vers l'échafaud. Le cœur d'Angelique se mit à battre et elle regarda avec inquiétude les nuages bas, redoutant que la pluie n'emporte la poudre.

Sa mère, ses cheveux noirs dénoués, était vêtue d'une longue tunique blanche qui dissimulait mal sa belle silhouette. Elle rayonnait, avec sa peau soyeuse et ses yeux flamboyants de tigresse, qui balayèrent la foule et s'attardèrent sur Angelique. L'ombre d'un sourire passa sur ses lèvres.

Le tonnerre gronda dans l'air moite et lourd comme un drap mortuaire. Cymbaline monta sur l'échafaud la tête haute, et, une fois sur la plateforme, seul un léger tremblement trahit sa peur. Une brise fugace fit voleter le bas de sa tunique.

Angelique espéra que Cymbaline avait la poudre dans sa main. Mais quelque chose n'allait pas : sa mère avait les mains attachées dans le dos. Comment allait-elle pouvoir respirer la poudre ?

Un juge en robe noire lut la sentence d'une voix nasillarde.

– Cymbaline Harpignies, tu as été accusée du crime de

sorcellerie, reconnue coupable et condamnée à mort. As-tu quelque chose à ajouter ?

Cymbaline baissa les yeux vers la foule.

– Je vous conjure de m'écouter tous une dernière fois. Je n'ai commis aucun crime et je me suis simplement défendue d'une humiliation qu'aucune femme ne devrait être forcée à subir. Vous dites que c'était un homme blanc et que, ayant du sang africain dans mes veines, je n'avais pas le droit de le frapper. Il était blanc, oui, mais c'était une brute ignoble et débauchée. Pour moi, c'était plus une bête qu'un homme et quiconque désire vengeance pour sa mort bien méritée est un monstre aussi bestial que lui !

Un murmure parcourut la foule tandis que les juges faisaient signe au père Le Brot de monter sur l'échafaud.

– C'est une sorcière ! cria un homme. Elle n'a pas besoin de la communion !

– Tous sont égaux aux yeux de Dieu, lui répondit le prêtre, et tous ceux qui reçoivent les derniers sacrements rejoignent le paradis.

Angelique n'y tenait plus. Espérant qu'il ne la reconnaîtrait pas, elle s'avança pendant que le prêtre posait l'hostie dans la bouche de Cymbaline. Puis, arrivée sous l'échafaud, elle cria :

– Mon père, laissez-la tenir un crucifix ! Elle en a besoin !

Le père Le Brot fronça les sourcils en entendant sa voix, mais il ne baissa pas les yeux et jeta un regard interrogateur aux juges. Ils haussèrent les épaules et Angelique poussa un soupir de soulagement en voyant un garde détacher les mains de sa mère et le prêtre lui tendre le crucifix. Cymbaline considéra la croix de bois un long moment, puis elle croisa le regard d'Angelique qui hocha lentement la tête.

Cymbaline prit rapidement le crucifix, le porta à ses lèvres et souffla un petit panache de fumée blanche dans l'air. Puis elle serra le crucifix sur sa poitrine. Ses narines se dilatèrent, elle écarquilla les yeux, regarda Angelique et inspira profondément au moment où le bourreau allait lui passer la corde au cou. Immédiatement, son regard se voila, elle vacilla et s'effondra. La foule stupéfaite s'approcha. Elle avait cessé de respirer.

Comme en réponse, le ciel s'assombrit et les nuages vomirent leurs torrents de pluie. Le garde retourna le corps inerte de Cymbaline et scruta son visage.

– Est-elle morte ? demanda quelqu'un.

– Morte, répondit-il en secouant la tête.

La foule se déchaîna et les récriminations fusèrent vers les juges.

– C'était une sorcière ! Le crucifix l'a tuée !

– Non ! Cela prouve que c'était une martyre ! Le crucifix a été son salut !

– Qu'on la pende quand même !

– Le verdict était injuste !

– Et si c'est une sorcière et qu'elle revient nous tourmenter ?

– Ce n'est pas vrai ! Le Christ l'a prise dans ses bras quand elle a porté le crucifix à sa poitrine. Elle mérite un enterrement chrétien !

– La sorcière doit être pendue, sinon elle va ressusciter !

Mais le père Le Brot intervint et le corps de Cymbaline fut rapporté à la prison. On l'y enveloppa dans un linceul et la déposa dans un cercueil.

La procession funèbre s'ébranla lentement vers les abords de la ville. Les cercueils étaient entassés sur un chariot tiré par deux chevaux, suivi des familles des condamnés exécutés, les uns en pleurs, les autres en proie au remords. Le cercueil de sa mère était le dernier à l'arrière du chariot et le père Le Brot avait attaché le crucifix à la corde qui maintenait le couvercle. Angelique s'approcha et effleura les planches comme pour se rassurer.

La pluie tombait sans relâche, poussée par un vent traître qui courbait les arbres. De la mer s'élevait le mugissement des vagues qui se fracassaient sur le rivage.

Le cercueil fut descendu dans la fosse qui se remplissait d'eau. Les fossoyeurs durent pousser des pelletées de boue en luttant contre la violence du vent qui faisait vaciller tout le monde. Ils terminèrent enfin leur tâche et, appuyé sur sa pelle, l'un d'eux essuya l'eau qui ruisselait sur son visage. Angelique reconnut avec surprise le garde de la prison, avec sa barbe rousse et cet œil aveugle qui lui donnait un air malfaisant.

C'est dans l'ouragan déchaîné qu'Angelique retourna au cimetière désert avec une pelle et commença à creuser, fouettée par le vent. Les palmiers s'agitaient dans les airs et des frondes arrachées volaient au-dessus de sa tête. Elle eut bientôt mal aux bras et au dos. Le vent était presque une créature vivante qui s'acharnait sur son corps menu et épuisé par les privations de Port-au-Prince, et elle titubait à chaque bourrasque. Elle finit par se jeter à genoux et creuser à mains nues, sans se soucier des cailloux qui lui écorchaient les doigts.

Elle continua jusqu'à ce qu'elle touche les planches du cercueil et commença à prier à mi-voix :

– Maman, ne te réveille pas, je suis là, je viens te chercher, je vais te sortir de là, cette mort sera emportée par l'ouragan et nous nous rappellerons seulement ta résurrection.

Elle débarrassa enfin les dernières mottes de terre, arracha le crucifix de la corde qui entourait la caisse et souleva le couvercle. Hormis un linceul trempé plaqué sur le fond, le cercueil était vide ! Comment était-ce possible ? Où était-elle ? Elle chercha autour d'elle une autre tombe fraîchement creusée, mais partout ce n'étaient que débris et branchages. Elle appela sa mère en hurlant, mais personne ne lui répondit.

– À cause de moi, sanglota-t-elle en tombant à genoux, quelque part dans l'obscurité, elle doit mourir une seconde fois... Et elle souffre, elle m'appelle... Et je ne peux ni l'entendre ni la retrouver... Oh, mon Dieu, je Vous en supplie... Qu'est-ce que tu m'as fait ? hurla-t-elle en levant les bras au ciel. Tu m'as trahie ! Réponds-moi ! Diable ! Bourreau ! Assassin !

Elle sentait sa présence dans l'air, tout comme les deux cœurs qui battaient en elle, et elle comprit qu'il avait découvert comment l'anéantir à jamais. Elle leva les yeux vers le ciel tourmenté et de toutes ses forces elle l'implora :

– Sauve-la ! Montre-moi où elle est, démon ! Satan ! Où es-tu ? Pourquoi m'as-tu abandonnée ? Viens à moi !

C'est alors qu'une voix répondit dans le vacarme assourdissant :

– Je suis là…

Elle fit volte-face en tâtonnant vainement dans l'obscurité.

– Sauve-la !

– Tu me déçois, Angelique, répondit la voix grave et rauque. Je n'ai pas touché son corps. Pour cela, vois le garde borgne. Ton orgueil et tes peurs te paralysent. Tu crois seulement en ton propre pouvoir. Tu m'as repoussé, et maintenant que tu as besoin de moi, tu m'invoques. Je suis las de toi. Quand ton cœur sera de pierre, je viendrai à toi. Jusqu'à ce moment-là, tu ne sauras jamais quand tes pouvoirs te feront défaut.

– Je renonce à mes pouvoirs ! M'entends-tu ? Je n'en veux plus, pour toujours. Ils ne me servent à rien ! Ils ne m'apportent que peine et désespoir ! Laisse-moi une bonne fois pour toutes et emporte-les avec toi !

Ce fut comme si le vent éclatait d'un rire sifflant.

– Comme tu le souhaites, mon enfant, répondit la voix. Tu as fait ton choix.

Et il disparut dans le tourbillon de l'ouragan.

19

Assis à la fenêtre de sa chambre, Barnabas contemplait les lourds nuages aux contours argentés qui s'amoncelaient dans le ciel bas, laissant passer çà et là d'éclatants rayons de soleil. L'air avait été lessivé par la pluie, et dans la lumière revenue, l'herbe était d'un éblouissant vert émeraude.

Deux semaines avaient passé depuis son évanouissement, et Julia et lui estimaient que l'attaque du vampire n'avait pas provoqué de rechute. À force d'avoir passé de longues journées alité, il ne tenait pas en place, et malgré sa faiblesse il ne pouvait rester dans sa chambre une heure de plus.

Julia l'entendit frapper alors qu'elle étudiait le journal dont elle avait fini par réussir à décoller la plupart des pages.

– Oui ?

– C'est Barnabas. Puis-je entrer ?

Elle courut lui ouvrir et vit qu'il avait repris des couleurs.

– Barnabas, tu ne devrais pas être levé.

– Oh, Julia, je m'ennuie ! Je voulais te demander si je pouvais aller me promener et si tu voulais te joindre à moi. Je ne crois pas avoir besoin d'un fauteuil roulant, plaisanta-t-il. Je peux peut-être simplement m'appuyer sur ton épaule.

– Quelle charmante idée ! s'écria-t-elle en rougissant. Je viens tout de suite.

Elle prenait son manteau quand il aperçut quelque chose sur la table dans la lumière de la lampe de bureau. Il fronça les sourcils, puis, comprenant de quoi il s'agissait, il parut troublé.

– Julia, mais… c'est le journal d'Angelique ! Tu l'avais enterré !

– Je sais. Je m'en excuse. C'était stupide et égoïste de ma part. J'avais l'intention de te le rapporter, Barnabas. Je travaille dessus. J'en ai récupéré tout ce que j'ai pu. Mais… toute la partie centrale est malheureusement perdue, à l'exception de fragments.

– Tu l'as lu ? demanda-t-il, incrédule.

– Oui… Je dois dire qu'elle a eu une enfance fascinante. Mais tellement baignée dans le surnaturel ! C'était vraiment une sorcière, on lui a appris la magie, elle était prêtresse vaudoue à quatorze ans. Les portions que j'ai lues étaient très dérangeantes. Bien sûr, ce n'est que le récit d'événements qu'elle a vécus, mais ils sont entachés de dépravation et dépourvus de toute spiritualité. Cependant, elle a tant souffert que j'ai presque de la pitié pour elle. Elle n'a jamais connu son père, et sa mère a eu une mort affreuse à cause d'elle. Je crois qu'elle a tenté de renoncer à ses pouvoirs et de vivre une existence ordinaire.

– Mais tu estimes toujours que son journal est maléfique et dangereux.

– Eh bien, je pense qu'il pourrait l'être, oui. Cependant, cela fait plusieurs soirs que je le lis et… il n'a eu aucun effet sur moi… hormis que je trouve certaines parties répugnantes…

– Alors tu penses que je peux le lire ?

– Je pense que je n'aurais pas dû t'empêcher de le lire.

– Eh bien, à la vérité, Julia, je ne m'y intéresse plus du tout. J'aurais préféré que tu le laisses dans le cimetière.

– Et moi qui ai passé des heures à sécher et décoller les pages ! gloussa Julia. C'était peut-être idiot, mais je voulais te le rendre pour que tu ne sois plus fâché contre moi.

– Mais Julia, je ne l'ai jamais été. Je te suis dévoué et extrêmement redevable. Allons nous promener et ne parlons plus de ce ridicule journal.

La nuit venue, comme chaque soir, Barnabas ne put s'endormir. Il frappa doucement à la porte de la chambre de Julia et l'ouvrit. Elle dormait profondément et il préféra ne pas la réveiller. Le journal d'Angelique était posé sur son bureau, nimbé de la lueur fantomatique du clair de lune. Après une brève hésitation, il le prit, referma la porte sans bruit et retourna à sa chambre.

Il ouvrit le carnet d'une main tremblante, commença à lire, et immédiatement, des images commencèrent à se former dans son esprit, comme s'il était happé dans un rêve.

Cesaire trouva Angelique prostrée et au bord de la noyade près de la tombe, et la ramena, hébétée, à la cabane du maître voilier. Elle resta accablée de chagrin, au bord de la folie, et seules sa compassion et son attention constante l'empêchèrent de se tuer. Elle était tenaillée par la culpabilité et ses nuits étaient peuplées d'atroces cauchemars. Un jour, elle sembla aller mieux quand elle se réveilla. Elle regarda par la fenêtre, le visage pâle et les traits tirés, puis elle se tourna vers Cesaire.

– Dis-moi, que s'est-il passé à Basse-Pointe ?

– Il n'y a plus que des rats. Tout le monde est parti et tous les esclaves rebelles sont morts. L'habitation est abandonnée. Les gens s'en écartent et disent qu'elle est hantée.

– Tu m'y emmènerais ?

– Pourquoi veux-tu y retourner ?

– Je veux mes livres.

Cesaire emprunta donc un vieux cheval et ils montèrent tous les deux dans les collines. Appuyée contre son dos, les jambes pendant le long des flancs de la jument, bercée par le pas de l'animal, elle sentit le chagrin qui se dissipait.

Elle n'avait jamais remarqué combien la forêt était luxuriante, avec ses arbres qui touchaient le ciel, les sombres sous-bois remplis de feuillages et de lianes garnies d'orchidées, ses fougères bruissantes de bourdonnements et de froissements.

De temps en temps, ils apercevaient une portion de ciel où la montagne Pelée se dressait enveloppée de brume, ses flancs escarpés recouverts d'une fourrure verte, et Angelique avait l'impression que la montagne l'appelait.

Ce fut étrange de franchir la lourde grille béante et de traverser la cour. Cesaire n'avait pas menti, l'habitation était déserte. Le beau moulin tournait lentement comme un fantôme, mais il n'était plus relié à son mécanisme et les broyeurs restaient immobiles. La brise froissait les feuilles parcheminées des cannes sèches entassées le long des murs.

Angelique monta l'escalier menant à son ancienne chambre. Rien n'avait changé : ses livres étaient restés là où elle les avait laissés un an plus tôt, dans la poussière sous son lit. Elle sortit le journal, quelques cahiers et le recueil de Shakespeare.

La pièce derrière l'autel lui parut plus petite et délabrée ; elle y choisit soigneusement des herbes et des poudres qu'elle rangea dans un sac. Elle ne toucha pas le livre de sortilèges qui gisait dans un coin, couvert de suie.

Elle souleva le rideau et pénétra dans le sanctuaire. Elle resta quelques minutes devant l'autel, écoutant le vent qui bruissait dehors. Et comme elle l'avait fait près de la tombe de sa mère, elle fit ses derniers adieux à ses pouvoirs.

– Mais je ne veux pas être une femme de chambre !

– Angelique, écoute-moi, tu dois poursuivre ta vie. Que peux-tu faire d'autre ? Tu ne peux pas faire fonctionner le moulin, lui dit Cesaire tandis qu'ils mangeaient le poisson séché et les biscuits qu'ils avaient apportés.

– Je ne peux pas rester ici avec toi ?

– Il n'y a rien pour toi, ici. (Il leva le papier qui portait le nom : comtesse Natalie du Pré.) Regarde cela et réfléchis. C'est un bon signe. Une grande dame de Paris. Avec ton éducation et ta réserve, tu es exactement celle qu'elle recherche.

– Mais Cesaire, une servante…

– Petite demoiselle, tout le monde sert quelqu'un. Ceux dont nous nous occupons nous permettent de vivre.

– Non, je veux rester ici.

– Tu es trop bien pour cette vie. C'est pour cela que je m'en vais aussi.

– Ah bon ? Tu pars ?

– J'ai toujours rêvé de prendre la mer, et c'est bien mon intention. Le cochon ne se soucie pas de la boue dans laquelle il se vautre, mais l'oiseau a besoin de s'envoler.

La grandiose habitation de La Trinité était entretenue avec goût. En arrivant devant la demeure, Angelique fut presque aveuglée par le soleil qui brillait sur le toit de tuiles de la véranda. C'était une belle construction de deux étages, en stuc, avec de gros volets verts. Une grande roue de bois plongeant dans un torrent traversant la prairie faisait tourner le moulin. Quatre ou cinq esclaves travaillaient dans le jardin, entre les pelouses et les arbres fruitiers, et d'autres portaient du bois à la cuisine. Sur le flanc des collines, les champs de canne étalaient leurs taches d'acajou, d'or et d'émeraude.

La comtesse Natalie du Pré buvait du thé, assise dans un grand salon sur une chaise longue en osier. Elle portait une robe de taffetas rose et ses cheveux roux et bouclés encadraient un visage aux pommettes hautes et au nez aquilin. Elle considéra Angelique avec une moue dédaigneuse.

– Angelique, c'est cela ? Mais vous êtes une enfant bien terne et sans intérêt. Pourquoi vous engagerais-je ? Vous êtes d'évidence une petite paysanne ignorante qui n'a rien à offrir. Qui est votre mère ?

– Elle est morte, madame. Elle travaillait au dispensaire des esclaves. Elle s'appelait Cymbaline.

– Ah oui, je me souviens. Condamnée pour sorcellerie. Tenez-vous d'elle ?

– Oh, non, madame !

– Vous ne préparez pas de poisons et ne faites pas de sorcellerie ?

– Non, madame, ces choses me font peur.

– Bien sûr, qu'allais-je imaginer ? Vous êtes bien trop commune pour vous intéresser à l'occulte.

– Mais je travaillerai dur, madame, et j'apprends vite.

– Non, non, ce n'est pas la question. J'ai besoin d'une fille qui suive des cours avec Josette. Savez-vous au moins écrire ?

– Oui, madame, et réciter Shakespeare par cœur.

– Oh, vraiment ? Réciter Shakespeare ? J'ai bien du mal à le croire.

– C'est vrai, madame.

– Eh bien, récitez-m'en un passage.

– Quelle est votre pièce favorite ? demanda Angelique.

– Prétendriez-vous toutes les connaître ? Ou bien cherchez-vous à gagner du temps parce que vous m'avez menti ?

– Je peux vous réciter un passage de *La Tempête*, si vous le désirez.

– Faites.

Angelique prit une profonde inspiration et commença doucement, prenant de l'assurance au fur et à mesure :

Par cinq brasses sous les eaux
Ton père étendu sommeille.
De ses os naît le corail,
De ses yeux naissent les perles.
Rien chez lui de périssable
Que le flot matin ne change
En tel ou tel faste étrange,
Et les nymphes océanes
Sonnent son glas d'heure en heure.

– Où avez-vous appris cela ? s'étonna la comtesse.

– Dans un recueil de Shakespeare qu'on m'a offert quand j'étais petite, madame.

– Cela dit, la mémorisation n'est pas un signe d'intelligence. Ce sont l'imagination et la perspicacité qui sont les marques d'un esprit bien tourné.

– Oui, madame.

– Cependant, il est impossible de trouver sur cette île des domestiques ayant une éducation. Puisque j'ai besoin d'une femme de chambre digne de ce nom, vous ferez peut-être une bonne apprentie. Et Josette a besoin de compagnie. C'est toute une affaire pour qu'elle s'en tienne à ses leçons.

– J'étudierai avec elle, madame, et je m'efforcerai de l'aider.

– Elle est plus jeune que vous, et bien plus jolie. C'est pourquoi son père lui passe tout. Nous allons faire un essai. Je vous préviens, au moindre signe de paresse ou d'insolence, je vous chasse ! Vous demeurerez dans les quartiers des domestiques, mais vous retrouverez mademoiselle Josette dans la bibliothèque quand son précepteur viendra, et si vous vous révélez une élève studieuse, qui sait ? peut-être que je vous garderai.

Et c'est ainsi qu'Angelique commença son service comme femme de chambre. Elle vécut une vie ordinaire et monotone, mais elle avait un emploi et le confort. Des tâches innombrables l'occupaient de l'aube au crépuscule, et c'est seulement une fois seule dans son lit la nuit qu'elle avait le temps de penser à elle-même, à ses souvenirs et à ses rêves.

La comtesse était une maîtresse capricieuse et irritable. Elle demandait un dévouement total et toujours plus que ne pouvait en faire Angelique. Elle ne remarquait jamais qu'une exigence avait été satisfaite ou une compétence acquise, et se plaignait de quelque maladresse ou négligence nouvelle. Jamais satisfaite, elle était avare de compliments. Mais même si elle refusait de l'admettre, surtout à elle-même, elle était de plus en plus dépendante d'Angelique, car malgré ses grands airs, elle était singulièrement paresseuse.

Il fallait la réveiller à neuf heures en ouvrant les rideaux, et comme elle détestait la chaleur du soleil, elle était toujours de mauvaise humeur le matin. Elle demandait du thé et des gâteaux, mais si le thé n'était pas assez chaud ou pas assez fort, ou les gâteaux trop secs, elle les renvoyait avec d'aigres récriminations. Elle exigeait que le plateau en argent soit parfaitement poli, et la serviette sans un seul faux pli, faute de quoi elle les renvoyait également. Elle se plaignait constamment de la Martinique, « cette abominable jungle infestée de fleurs et de pestilence ».

Pour sa toilette matinale, elle prenait un bain agrémenté d'huiles et Angelique devait la frotter, mais pas trop vigoureusement. Après quoi, il fallait la poudrer et la coiffer, en faisant preuve d'inventivité chaque matin.

La comtesse du Pré se considérait comme un membre de la famille royale et n'avait que Versailles à la bouche. En conséquence, les goûts parisiens étaient ceux qu'elle observait. Même dans la chaleur moite de la Martinique, elle portait une robe de soie et des jupons, préférant souffrir de l'inconfort du climat plutôt que de se vêtir, disait-elle, « comme une paysanne ».

Une fois qu'elle était habillée, elle laissait Angelique aller à la bibliothèque, où le précepteur de Josette entreprenait d'enseigner ses leçons à cette enfant gaie mais dissipée. Poésie, rhétorique, musique, mathématiques et géographie étaient leur quotidien, et Angelique vit qu'il n'était pas difficile d'être une élève modèle. Elle était fascinée par tous ces sujets et s'y appliquait de toute son énergie. Elle appréciait en particulier la littérature et trouvait toujours la leçon trop courte.

En revanche, Josette préférait jouer à cache-cache, se déguiser et s'inventer des personnages. Elle aimait surtout ce qui touchait à l'éducation d'une dame. Vêtements et manières étaient son obsession et elle parlait toujours d'aller à Paris et d'être reçue à la Cour.

Mais Angelique devait bien avouer qu'elle avait un certain charme. D'une nature chaleureuse et bavarde, elle avait toujours d'aimables remarques et des commentaires bien sentis sur les gens et le monde qui l'entouraient. Elle avait un don musical et, malgré son refus de suivre des leçons, jouait du clavecin avec aisance, de mémoire et d'oreille, en chantant d'une voix haut perchée.

Comme Josette aimait tout le monde, elle appréciait Angelique, qui lui rendait cette affection avec une certaine réticence. Ayant toutes les deux besoin d'une compagnie de leur âge, elles finirent par être proches. Si la comtesse ne laissait jamais Angelique oublier quelle était sa place, Josette ne prêtait aucune attention à leur différence de rang et traitait Angelique comme sa sœur.

Elle était généreuse à l'excès et aurait donné tous ses jouets et vêtements à Angelique si la comtesse l'avait laissée faire. Josette en recevait constamment de nouveaux. Cependant, Angelique n'était jalouse de rien, hormis de son teint pâle, qu'elle protégeait religieusement du soleil tropical. Elle sortait rarement sans ombrelle et elle était comme une fleur du jardin quand elle y promenait sa jolie silhouette gracieuse, ses boucles rousses tombant sur ses épaules.

Le déjeuner avait lieu dans le jardin ombragé et Angelique était tenue de servir. La comtesse du Pré enseignait à Josette les raffinements de l'étiquette, l'art de la politesse et de la modestie des remarques. Elle corrigeait en permanence la posture de Josette, et la manière de tenir chaque couvert, verre ou soucoupe était l'objet d'une attention tyrannique. Angelique put ainsi apprendre les particularités du service dans l'aristocratie. L'intention de la comtesse était de préparer les deux filles à leurs futurs rôles respectifs.

L'après-midi, Josette devait faire ses devoirs ou de la broderie, et Angelique se consacrer au repassage et à la couture. Elle était chargée de l'entretien de tous les vêtements et du linge de la comtesse et de Josette. Quand le professeur de musique ou de danse venait donner une leçon, Josette bénéficiait d'une attention toute particulière en tant que fille de la maison, Angelique ne servant que d'accompagnatrice ou de cavalière.

La comtesse tenait à ce que l'on s'habille pour dîner, même si cette exigence irritait parfois le père de Josette, André du Pré. Angelique aimait beaucoup le comte, un petit homme rond au grand cœur, bien que distrait et brouillon. Il se consacrait à la gestion de la propriété, une perpétuelle source d'inquiétudes. Mais il s'en sortait bien et ses esclaves étaient contents de leur sort, pour la plupart.

André respectait le *Code noir** et ne battait pas ses esclaves. Ils étaient bien nourris, disposaient de jours de repos et d'un lopin de terre. Il avait fait construire un dispensaire pour eux. Il avait même tendance à leur pardonner lorsqu'ils trahissaient sa confiance et à les traiter comme des enfants désobéissants. Il avait le bon sens de reconnaître qu'il ne pouvait produire de sucre sans leur travail et que toute sa fortune reposait sur eux. Les esclaves avaient le droit de danser le dimanche après-midi, et le son des tam-tams, loin d'être menaçant, était toujours joyeux et accompagnait les chants jusqu'à une heure avancée de la nuit.

La mère de Josette étant morte, et Natalie ayant accepté de venir à la Martinique s'occuper de son éducation, André se sentait redevable envers sa sœur et cédait à tous ses caprices, acceptant de porter habit et gilet pour le dîner. Il avait des cheveux blonds clairsemés, de gros favoris et un teint rougeaud à force de passer ses journées à inspecter les champs à cheval. On remarquait surtout ses yeux bleus et vifs qui étincelaient quand il souriait ou fronçait les sourcils, car s'il aimait l'esprit, il se vexait tout aussi facilement.

Angelique ne servait pas au dîner, puisqu'il y avait un majordome. Elle dînait dans la cuisine avec les autres domestiques. C'était ce moment qui lui rappelait le plus vivement sa situation. La famille avait de la porcelaine de Limoges et du cristal, alors que le personnel se contentait d'écuelles en bois ou en grès. Angelique fermait les yeux et imaginait qu'elle portait une fourchette en argent à ses lèvres ou que son cidre aigre était un délicieux vin français dans un verre délicat.

Les mois passaient et Angelique s'efforçait de tenir l'esprit des Ténèbres à distance. Jamais elle n'utilisait la moindre magie. Quand elle était malade, elle attendait patiemment que son corps se remette de lui-même. Si la comtesse avait des exigences particulièrement irritantes, Angelique balayait toute velléité d'employer la sorcellerie. Elle se tirait bien de son rôle de domestique. Elle usait de ses dons naturels et aimait apprendre, s'appliquait aux leçons et en retirait autant que sa jeune maîtresse, sinon davantage.

Quand la comtesse avait engagé Angelique, elle l'avait qualifiée d'enfant bien terne et sans intérêt, sans s'imaginer quelles passions bouillonnaient sous la surface. Et même si ces passions restaient bien cachées, elles couvaient toujours et ne cessaient de la tenter. N'ayant pas d'amis, elle ne révélait à personne ses sentiments et se sentait très seule. Aucun des autres domestiques n'était son confident. Elle se repliait sur elle-même, trop fière pour s'associer à ceux qu'elle considérait comme des inférieurs.

Pourtant, ses passions devaient bien déboucher sur quelque chose, se nourrir et porter des fruits. Et la jalousie grandit dans son petit cœur comme une fleur vénéneuse, gorgée par les larmes de la frustration. Elle était bien consciente, surtout quand elle relisait des passages de *Macbeth* et d'*Othello*, que la jalousie était un péché capital, une folie qui emprisonne la raison. Mais elle avait beau se forcer, elle ne pouvait résister à sa pernicieuse influence.

Le dimanche, la famille allait à la messe dans la chapelle de l'habitation, à laquelle tous les domestiques et esclaves devaient assister. Parfois, l'office était célébré par le père Le Brot. S'il remarqua qu'elle était assise avec le personnel des du Pré, il n'en montra jamais rien, mais elle ne pouvait pas voir sa petite silhouette grassouillette et son visage jovial sans éprouver une immense gratitude pour cet homme qui avait tenté de lui sauver la vie.

Une seule fois, elle s'imagina qu'il la regardait et elle trembla en entendant l'homélie du jour, inspirée par le dixième et dernier commandement : « Tu ne convoiteras point la maison de ton prochain ; tu ne convoiteras point la femme de ton prochain, ni son serviteur, ni sa servante, ni son bœuf, ni son âne, ni aucune chose qui appartienne à ton prochain. »

Le prêtre semblait s'adresser directement à elle tandis qu'il continuait à lire un passage de l'Exode : « Tout le peuple entendait les tonnerres et le son de la trompette ; il voyait les flammes de la montagne fumante. À ce spectacle, le peuple tremblait et se tenait dans l'éloignement… mais Moïse s'approcha de la nuée où était Dieu. »

Angelique avait vu la montagne Pelée fumer et elle avait senti les vapeurs sulfureuses qui s'exhalaient des fissures près du sommet du volcan, cet air fétide qui faisait tomber du ciel les petits oiseaux. Les villageois disaient que le dieu se retournait dans son sommeil, mais Angelique avait peur, car elle croyait fermement que le dieu de la montagne Pelée ne pouvait être que le Malin. Le sermon de ce matin lui était destiné. Comment le prêtre avait-il pu savoir qu'Angelique avait envié Josette dès le premier jour ?

Le samedi, jour de marché, était la journée la plus excitante de la semaine. Angelique et le cocher partaient dans une petite carriole avant l'aube, l'Atlantique rugissait sur le rivage alors que la ville dormait encore. Elle ne se lassait jamais de traverser les collines de bon matin et retenait son souffle quand elle voyait la mer et le croissant de lune turquoise de l'anse du port, avec ce collier de sable nacré qu'était Saint-Pierre. En se retournant, elle pouvait voir l'amphithéâtre des montagnes et la montagne Pelée qui s'élevait au-dessus des forêts, la tête dans les nuages. L'impatience la gagnait quand ils entraient dans la ville et tous ses rêves renaissaient dans les rues étroites et tortueuses de Saint-Pierre, éclatantes de couleur et inondées de soleil.

La ville, autrefois un repaire de boucaniers, offrait un mouillage sûr pour les navires marchands de tous les pays et elle cherchait toujours du regard une goélette battant pavillon américain. Des navires de toutes tailles et formes peuplaient l'anse et les quais bourdonnaient d'activité. Saint-Pierre était le centre culturel de la Martinique et dans ses vitrines s'étalaient bijoux, soieries, cuirs et mobilier de luxe.

Angelique appréciait particulièrement la vaste place Bertin, avec ses pavés, ses gracieuses fontaines et son élégant jardin. Elle admirait les trois étages du magnifique théâtre, ses sept arches avec leurs colonnes ioniques et son double escalier à balustrade en fer forgé. Il y avait souvent une troupe itinérante de ballet ou de théâtre, généralement venue de France, et les affiches lui mettaient l'eau à la bouche.

Ce fut donc une grande journée quand André du Pré annonça qu'il avait acheté une maison de brique en ville, sur une charmante avenue bordée d'arbres. Sa calme vie campagnarde allait prendre un nouveau tournant. L'organisation du déménagement occupa la famille pendant des mois. Et le premier soir où Angelique dormit dans la nouvelle maison, elle resta éveillée à fixer le plafond de sa petite chambre du rez-de-chaussée.

Savoir que la vie recelait tant de promesses la torturait. Depuis qu'elle avait renoncé à ses pouvoirs, elle vivait avec le souvenir de dons inexploités qui sommeillaient en elle. À quoi bon s'être fermement abstenue de pratiquer la sorcellerie si cela la privait de son avenir ? Son âme était emprisonnée comme lorsqu'elle était enfermée dans la chambre de la tour à Basse-Pointe.

L'emménagement à Saint-Pierre fit revivre un passe-temps qu'adorait Angelique. Le dimanche après-midi, une fois libérée de ses devoirs, elle prit l'habitude de descendre à la plage au-delà du port et de nager dans la mer. Elle se dévêtait et allait retrouver les récifs, plongeait dans les creux des rochers et explorait les mystérieux horizons du fond de l'océan. Les coraux étaient plus ravissants que jamais, avec leurs formes étranges et leurs vives couleurs. Elle redécouvrit le plaisir de se laisser porter par les flots entre les algues et trouva une large bande de sable couverte de milliers d'étoiles de mer rouges. Parmi ces créatures libres, elle était de nouveau heureuse.

Le long d'une plage où elle nageait parfois, un profond chenal séparait le rivage et le récif. Si elle voulait rejoindre les jardins de corail, elle devait traverser cette passe animée d'un fort courant. La paroi tombait à pic et elle regardait cet abîme infini où seuls perçaient quelques scintillements. Il fallait de longues minutes pour franchir cette eau de plus en plus sombre à mesure que le fond descendait, avant de voir apparaître les branches éclatantes des coraux.

Allongée dans son lit la nuit, elle avait parfois l'impression d'être dans ce chenal, de nager à n'en plus finir dans ce purgatoire aquatique, au-dessus d'insondables profondeurs vers lesquelles l'attirait le courant.

20

Un après-midi, Angelique s'aventura si loin sur la plage qu'elle aperçut une vieille cabane au loin. Elle hésita un moment, en proie à un mélange d'émotions douloureuses, puis elle s'élança et courut jusqu'à ce qu'elle atteigne la véranda, la cour et le toit chaumé de neuf.

Elle vit que la maison était recouverte de filets de pêche très fins accrochés à de hauts piquets comme des toiles d'araignées géantes. Elle remarqua des paniers et des baquets dans le jardinet bien entretenu, un âtre en extérieur et, à côté, une chaise en bois grossièrement taillée.

Elle s'approcha de la porte et jeta un coup d'œil à l'intérieur. Dans un coin étaient entassées des couvertures et presque toute la pièce principale était occupée par du matériel de pêche, des cannes, des rouleaux de fil, des filets, des poids et des leurres sculptés à la main. Dans la cuisine, il y avait quelques casseroles en cuivre, des pots accrochés au mur et des conserves de bœuf séché sur la table. Une veste et plusieurs chemises d'homme étaient posées sur le dossier d'une chaise. Elle fut surprise de voir une étagère de livres et du papier sur la table.

Quand elle ressortit vers la mer, elle aperçut le pêcheur qui avait tiré son bateau sur la grève et amenait sa voile qui claquait dans le vent, puis le regarda enrouler ses lignes d'une main adroite. Après quoi, il ramassa sous le gouvernail une corde qu'il hissa sur son épaule, où étaient accrochés quatre gros tarpons argentés qui brillaient au soleil. Le pêcheur était torse et pieds nus et elle fut étonnée, alors qu'il approchait, de constater qu'il n'avait qu'un ou deux ans de plus qu'elle.

Il s'arrêta en l'apercevant devant sa porte, puis, voyant qu'elle était seule, il continua vers la maison, déposa ses prises dans un baquet d'eau salée et se lava les mains.

Il était svelte et bien charpenté, la peau tannée par le soleil et le sel. Ses cheveux blonds encadraient un visage aux traits fins où brillaient des yeux d'un vert de mousse.

– Que veux-tu ? demanda-t-il. Tu es perdue ?

– Non. J'ai vu la maison alors que je me promenais sur la plage.

– Quand je l'ai trouvée, ce n'était qu'un tas de débris. Ce que tu vois, je l'ai construit de mes mains, seul. J'ai fini le toit la semaine dernière.

– J'ai vécu ici autrefois, quand j'étais petite, dit-elle. C'était ma maison avant qu'elle ne s'écroule et que tu la reconstruises.

– Tu habitais dans un endroit magique, dit-il simplement.

– Connais-tu les grottes ? demanda-t-elle.

– Bien sûr. J'y vais souvent.

Elle fut ravie d'avoir trouvé quelqu'un qui lui ressemblait.

– Celles où pénètrent les rayons du soleil…

– Où la pluie a tracé de longues lignes rouges sur les roches…

– Et où l'eau est si claire qu'on dirait de la lumière.

Le garçon la considéra un instant, puis il haussa les épaules.

– Il faut que je nettoie mon poisson. Viens, tu pourras m'aider.

Il alla chercher un couteau et une corbeille de citrons verts dans la maison et lui fit signe de le rejoindre près du baquet et d'une grosse planche. Il lui tendit les fruits et le couteau.

– Tu vas les presser.

Elle attendit qu'il étale un poisson sur la planche et entreprenne de le vider. Elle fut surprise par la délicatesse de ses poignets et de ses bras, ses muscles souples et ses longs doigts minces qui rinçaient le tarpon dans le baquet avant de le lui tendre avec un signe de tête, comme si elle savait ce qu'elle devait faire.

Elle coupa un citron vert en deux et l'écrasa entre ses paumes pour faire couler le jus sur le poisson.

– C'est bien, sourit-il. Il en faut beaucoup.

Des étincelles d'ambre scintillèrent dans ses yeux verts. Tous deux s'activèrent pendant une heure, jusqu'à ce que le soleil descende dans le ciel et qu'elle doive rentrer. Il ne lui proposa pas de l'accompagner et se contenta de lui demander :

– Viendras-tu au marché samedi ?

– Oui, j'y vais toujours faire les achats pour la famille qui m'emploie. Je suis la femme de chambre des du Pré.

– J'y serai pour vendre mon poisson. Viens me trouver et je te donnerai une livre en récompense de ton aide.

Elle courut jusqu'à la maison le long de la mer embrasée par le soleil.

Le samedi venu, elle le retrouva perché sur un splendide chariot et vendant son poisson salé citronné. Il lui fit un petit signe qui la fit frissonner. Elle le rejoignit derrière le chariot et il lui déposa une pièce dans la main.

– Reviens me voir demain, dit-il avant de retourner à ses clients.

Elle repartit vers son panier en serrant la pièce.

Après cela, Angelique fit le chemin le long de l'anse tous les dimanches. Avant d'arriver à la cabane du garçon, elle enlevait sa robe de servante et s'enveloppait d'une douillette qu'elle nouait à son cou. Elle se sentait plus à l'aise dans la peau d'une fille des îles.

Il s'appelait Thierry et vivait seul depuis trois ans. Son père était un ancien pêcheur de Marseille, venu travailler dans les îles, mais lui et sa mère étaient morts du *mal de Siam**, la fièvre jaune. Thierry traitait Angelique comme s'il l'avait toujours connue. Parfois, il ne rentrait de sa journée de pêche qu'à la nuit tombée et elle devait repartir sans l'avoir vu. En l'attendant, elle faisait le ménage dans la cabane et le jardin en chantonnant.

D'autres jours, quand il y avait peu de vent, il ne prenait pas la mer et ils allaient nager ensemble dans le récif ou se promener dans les grottes et contempler les créatures marines colorées. Ils pouvaient passer des heures à regarder un bernard-l'ermite changer de coquille, et s'ils voyaient une raie surgir du sable, ils allaient caresser son dos velouté. Ils jouaient à cache-cache dans les algues ou flottaient le long des champs d'anémones, taquinant les tentacules de ces fleurs pour les voir se recroqueviller et disparaître. Ils surprenaient les requins dormeurs et les regardaient s'enfuir en agitant leurs nageoires mouchetées. Certains jours, ils restaient assis dans les dunes et elle lui lisait Shakespeare tandis qu'il contemplait le ciel, allongé sur le dos.

Quand il l'emmenait en mer, elle s'asseyait à la proue et le regardait pêcher. Elle admirait son corps souple appuyé sur le gouvernail, la tête levée pour mesurer le vent, ses jambes musclées quand, campé sur le bateau, il jetait son filet et le ramenait rempli de sardines étincelantes.

Chaque fois qu'il la frôlait, cela l'électrisait et la faisait frissonner. Pendant toute la semaine, elle se rappelait l'endroit précis où sa main l'avait touchée et elle essayait de revivre cette sensation.

Ils commencèrent à explorer mutuellement leurs corps en toute innocence. Un jour qu'ils étaient assis dans un bassin peu profond dans une grotte, il dégrafa doucement sa douillette et contempla ses seins, puis il referma la main dessus, traçant leur contour du bout des doigts, effleurant un téton qui se tendit comme une anémone de mer effrayée.

Il l'embrassa et elle sentit la chaleur de ses lèvres et de sa langue. Puis il replaça l'étoffe et la renoua sur son épaule. Il ne la toucha pas davantage, mais il la regarda et elle se laissa sombrer dans le vert profond de ses yeux, pendant que les vaguelettes clapotaient doucement sous elle.

Durant la semaine, en s'acquittant de ses différentes tâches, elle l'imaginait, démêlant ses filets dans l'eau, réparant ses hameçons et salant ses prises. Elle avait l'impression qu'ils travaillaient à l'unisson, qu'elle faisait les mêmes gestes que lui. Elle ne pensait qu'à son corps nerveux et ses mains fines aux mouvements si adroits et assurés, et chaque fois qu'elle se rappelait leur frôlement, tout son corps vibrait.

La semaine suivante, il lui enleva sa douillette alors qu'elle était allongée dans l'eau et il regarda sa silhouette ondoyer dans le flot scintillant, puis il lui caressa les bras, les seins et le ventre comme s'il dessinait dans le sable.

Un dimanche, Thierry proposa de prendre le bateau, car la pêche avait été bonne toute la semaine et il n'aimait pas manquer une occasion. Elle mourait d'envie de retourner dans les grottes et de reprendre leurs délicieux jeux dans l'eau, et était un peu vexée qu'il s'intéresse davantage aux profits qu'il pouvait faire au marché. Cependant, comme elle s'était habituée au feu qui courait en elle et que rien ne semblait pouvoir éteindre, elle l'aida à sortir le bateau dans les flots et sauta à bord.

Il hissa la voile et le petit bateau s'élança, montant et descendant sur les vagues dans un mouvement de balancier qui la berçait et la troublait tout à la fois. Elle regarda le visage de Thierry qui se découpait sur le ciel. Les boucles qui frissonnaient sur son front dans le vent, ses joues semées de taches de son et ses lèvres douces qui semblaient sculptées dans un bois rare et précieux. C'était un beau garçon. Il posa un long moment sur elle ses yeux verts et son cœur fit un bond dans sa poitrine.

Le bateau n'avançait pas vite, mais ils étaient déjà assez loin du rivage quand le vent tomba complètement et qu'ils s'immobilisèrent. Thierry hissa une deuxième voile, mais elle resta inerte le long du mât. Il contempla la mer, si étrangement calme, et en suivant son regard, elle aperçut une écume huileuse qui tourbillonnait à la surface de l'eau. Hormis le clapotis des vaguelettes et le cri d'un oiseau sur le rivage, il n'y avait pas un bruit.

Thierry haussa les épaules et ramena la deuxième voile, la plia et la déposa au fond du bateau. Puis il sortit ses hameçons, en garnit trois d'appâts et lança ses lignes. Sans lui jeter un regard, il en attacha deux au gouvernail et la troisième à sa cheville pour être prévenu si cela mordait, et tendit les bras vers elle. Elle s'empressa de le rejoindre.

Ils restèrent allongés sous la grand-voile inerte, contemplant l'azur. Le tangage irrégulier du bateau les rapprochait et elle se laissa bercer bienheureusement alors qu'ils s'embrassaient pour la première fois, hésitants. Ils étaient si étroitement enlacés qu'elle sentait leurs deux cœurs battre comme dans la même poitrine, le sien palpitant et celui de Thierry, plus lent et plus fort.

– Je ne veux pas te faire de mal, dit-il. Si nous faisons cela, nous serons liés l'un à l'autre. Est-ce ce que tu veux ?

– Je veux vivre pour toujours avec toi, dit-elle.

– Moi aussi, je veux être avec toi pour toujours.

Elle se cambra contre lui et l'étreignit. En tremblant, Thierry lui écarta les cuisses avec ses genoux. Elle le sentit se glisser entre ses jambes alors qu'elle levait les hanches pour venir à sa rencontre.

À cet instant, la ligne accrochée à la cheville de Thierry se raidit, puis elle le tira si violemment qu'il faillit être arraché du bateau. Il se redressa vivement, empoigna la ligne et la ramena, en pesant de tout son poids, appuyé contre le plat-bord.

– C'est un marlin ! cria-t-il. Un gros ! Nous avons une fortune au bout de cette ligne !

Il éclata d'un rire insouciant. Angelique le regarda jouer avec le poisson, puis elle vint le rejoindre et l'aida à tirer.

– Pourquoi ne saute-t-il pas ? s'écria-t-il. À croire qu'il ne veut pas nous montrer à quoi il ressemble.

Au même moment, le poisson apparut brusquement le long du bateau et ils virent que ce n'était pas un marlin, mais un grand requin noir dont la queue en forme de faux fouettait l'eau. Angelique fut saisie de peur devant l'œil rouge qui se levait vers elle, le museau noir et le corps fuselé qui ondulait sous l'eau.

– Coupe la ligne, dit-elle à Thierry.

– Pourquoi ? Un requin, c'est une bonne prise, il suffit d'attendre que nous l'ayons épuisé. Et regarde sa taille, presque aussi long qu'un homme. Il y a de quoi manger.

– Libère-le, je te dis, répéta-t-elle, glacée de peur. Il est maléfique. Ce poisson, c'est l'esprit des Ténèbres, c'est le diable.

– Mais tu es folle ! Je ne vais pas renoncer à pareille prise. Tu ferais bien de le comprendre, si tu dois devenir femme de pêcheur.

Il continua de hisser la ligne, l'enroula autour d'un taquet, puis il attira Angelique contre son corps nu en riant comme si elle n'était qu'une enfant superstitieuse.

– Thierry, dit-elle en se raidissant et le repoussant, j'ai vu l'œil rouge du diable.

Elle tomba à genoux et chercha le couteau qu'elle savait rangé sous le gouvernail.

Au même moment, le poisson plongea en entraînant le bateau. Angelique perdit l'équilibre et s'affala. Alors que le requin s'enfonçait, Thierry saisit la ligne et résista, mais elle lui filait entre ses doigts et lui brûlait les paumes.

– Viens m'aider ! cria-t-il.

Mais la ligne glissa dans ses mains en sifflant et en emportant rapidement les boucles enroulées à ses pieds. Avant qu'il ait pu la rattraper, elle se tendit, toujours accrochée à sa cheville, et il fut soulevé et emporté à la mer. Dans un hurlement, il se rattrapa de justesse au plat-bord, les yeux écarquillés de surprise.

Angelique lui saisit une main et s'y cramponna farouchement, mais elle fut lentement tirée par-dessus bord à son tour. Il s'agrippa à sa taille et, les poumons en feu, elle nagea vers la surface. Elle sentit ses mains qui glissaient le long de son corps et finissaient par lâcher prise. Elle se retourna et vit son visage disparaître dans l'obscurité, ses yeux terrifiés et sa bouche ouverte dans un cri muet.

Elle reprit son souffle en émergeant et contempla la mer déserte, où flottaient quelques traces d'écume sur une surface lisse. Elle replongea jusqu'à ce que ses poumons près d'éclater la forcent à remonter. Elle recommença plusieurs fois, allant jusqu'aux profondeurs obscures, mais elle ne trouva aucune trace de lui. Les ténèbres l'avaient englouti.

Épuisée, elle regagna le bateau, se hissa à bord et se laissa tomber, les poumons en feu et anéantie. En contemplant le ciel d'un regard aveugle, elle songea à son beau garçon et à l'horrible souffrance de la noyade. Elle gisait là, hébétée, quand elle entendit dans le clapotis des vaguelettes contre la coque :

– Angelique… c'est l'heure…

– Pourquoi ? geignit-elle.

– Pensais-tu que j'allais te laisser l'aimer ? Tu es une sorcière. Tu as oublié ? Jamais tu ne pourras aimer.

– Pourquoi l'as-tu tué ? Tu es sans cœur, maléfique… cruel…

– Pour te sauver, murmura le clapotis. Te sauver de la faiblesse humaine.

– Assassin ! chuchota-t-elle. Démon !

– Je t'ai choisie pour épouse, répondit-il. Comment peux-tu refuser ton destin ? Un don comme le tien n'apparaît qu'après des siècles peuplés de charlatans. À travers toi, je serai vénéré et adoré, et les âmes cupides des hommes tomberont en mon pouvoir.

Elle se souleva avec peine et regarda l'eau.

– Jamais je n'irai avec toi ! Je te méprise ! s'écria-t-elle.

Le diable s'éleva sur une énorme vague, ses narines de cheval fumantes d'écume. Le petit bateau fut soulevé jusqu'en haut de la crête et retomba en tremblant. Elle se cramponna au bastingage tandis qu'il descendait de son chariot et traversait les flots, sa robe flottant sur les vagues et ses cheveux ruisselant d'eau salée.

– Laisse-moi ! Disparais ! cria-t-elle, désespérée.

Il tendit la main. Son visage de marbre était aimable et beau, comme celui de Thierry, mais elle savait que c'était une illusion et elle se recroquevilla tandis qu'il la recouvrait de sa forme glacée.

– Ma douce et éclatante fille, chuchota-t-il à son oreille. Tu es née de la race la plus ancienne. Adore la déesse de la Terre et tu mèneras une existence ordinaire. Tu connaîtras la douleur de l'enfantement et l'humiliation de la vieillesse. Ou bien viens avec moi et deviens ma compagne, et ensemble nous volerons dans les ténèbres.

– Je ne veux pas de toi ! cria-t-elle en repoussant sa silhouette mouvante. Mon pouvoir m'appartient, ajouta-t-elle avec ferveur. J'ai appris seule et non de toi. Et tu ne peux pas me l'enlever.

– Alors, fais-le revenir… Fais-le revenir, Angelique. Tu sais que tu le peux.

Elle hésita.

– Non, je ne le ferai pas, dit-elle d'une voix sourde.

– Un jour, chuchota-t-il, tu me serviras, tu te réjouiras d'être à mon service et ce sera ton triomphe. Tu es mienne, et cela depuis la nuit sur l'autel où tu as anéanti ton bourreau. Tu as fait ce choix cette nuit-là. L'immortalité t'appelle. Viens.

Et lentement il disparut sous les vagues.

21

C'était un après-midi d'été ensoleillé. Un chariot de livraison s'arrêta devant une belle maison de Saint-Pierre et un mulâtre alla livrer un gros paquet à la porte. Vêtue d'une robe toute simple, une coiffe de dentelle sur ses cheveux blonds, Angelique vint lui ouvrir. En voyant le paquet, elle se rembrunit, puis le prit sans un mot ni un sourire et donna une pièce au livreur.

– Angelique ?

La comtesse sortait du salon, vêtue de l'une de ses ridicules robes parisiennes, avec une longue traîne ample. Des auréoles de transpiration apparaissaient sous les aisselles. *Jamais je ne pourrai les ravoir*, songea Angelique. Les anglaises qu'elle avait coiffées ce matin étaient déjà retombées avec la chaleur.

– La robe de Josette est arrivée ? Montrez-la-moi !

Angelique posa la boîte sur un banc au bas de l'escalier et souleva le couvercle. La robe était en taffetas de satin d'un bleu turquoise clair.

– Enfin, ce n'est pas la robe que j'ai commandée ! s'irrita la comtesse. Elle devait être lie-de-vin et brodée de perles.

– Mais… celle-ci est très belle, Madame, s'étonna Angelique.

– Elle est atroce ! Josette sera affreuse dans ce bleu hideux ! C'est la couleur la plus laide qui soit, et de toute façon, la robe est trop simple pour le bal. Oh, je suis catastrophée ! Voilà comme je suis récompensée d'avoir fait mon achat à la

Martinique ! On ne peut pas faire confiance à ces affranchis ! Quand je pense que cette femme se disait couturière…

– Que devons-nous faire de la robe, Madame ?

– Renvoyez-la immédiatement. Rattrapez le livreur.

Angelique courut à la porte et regarda des deux côtés de la rue, mais le chariot avait disparu. Un instant, elle s'imagina courir après l'attelage, sauter à l'intérieur et se laisser emporter vers un nouveau monde. Elle inspira une longue bouffée de l'air marin en frissonnant, puis elle rentra dans la maison, accablée.

Josette apparut à son tour et un sourire espiègle se peignit sur ses lèvres quand elle la vit.

– Angelique ! chuchota-t-elle. Comment as-tu pu me laisser seule avec ce tyran ? Viens donc !

– Je ne peux pas. La comtesse demande que j'aille en ville.

– Veux-tu bien venir ! Je t'assure que je ne peux apprendre à danser sans toi.

Un instant plus tard, à contrecœur, Angelique prenait la pose en face de sa maîtresse, tandis que le professeur de danse, un jeune homme affecté, battait la mesure au clavecin, tout en les considérant d'un air réprobateur. Josette leva les yeux au ciel et Angelique, hésitante, entreprit de répéter avec elle.

– Et un, et deux, un tour et révérence, criait-il d'une petite voix nasillarde en martelant le clavier.

Les deux filles exécutaient gravement les mouvements. Josette était gracieuse, sa mince et souple silhouette bien droite sous sa robe d'organdi blanc. Tout en imitant les sourires, révérences et pirouettes de Josette, Angelique, dans sa rude tenue de domestique, se disait que c'était peine perdue d'apprendre à danser, puisqu'elle n'irait pas au bal.

– Non, non, non ! Pas à gauche ! s'impatienta le professeur en levant son petit menton pointu. Quelle mouche vous pique, Josette ? Allez dans l'autre sens, sinon vous vous retrouverez sans cavalier ! (Il se leva pour montrer l'exemple, prenant une pose féminine et tendant une main agacée vers Angelique.) Et tam, tadam… chevrota-t-il en se lançant dans un quadrille.

En le voyant, Josette éclata de rire et se laissa tomber sur un fauteuil dans un jaillissement de dentelles.

– Oh, monsieur Beauregard, je vous en prie, laissez-nous nous reposer un moment. Trop danser me tourne la tête !

– Et si vous ne connaissez pas les pas d'ici samedi soir, que ferez-vous ? rétorqua-t-il sèchement.

– Nous sommes à la Martinique, monsieur. Personne ne connaît les pas. Et de toute façon, tout le monde voudra danser la calinda !

– Oh, mademoiselle, quelle horreur ! s'écria-t-il. Ce serait bien au-dessous d'une famille distinguée comme la vôtre.

– Pourquoi ? Ignorez-vous que les religieuses catholiques ont été surprises à la danser ? N'est-ce pas, Angelique ?

– Dans la chapelle à la veille de Noël, confirma Angelique. Elles étaient très gênées. Mais, Mademoiselle, la prévint-elle, la plupart des invités seront des *gens de couleur** qui préféreront danser le menuet plutôt que la calinda.

– Oh, que d'affectation chez ces *nouveaux riches**, se moqua Josette. Ces femmes vont porter plus de bijoux que la comtesse !

– Et des masques pour cacher leur peau cuivrée, ajouta Angelique.

– Et la milice, mademoiselle ? interrogea le professeur. Ces jeunes gens venus de France savent fort bien danser le quadrille.

– Ils viendront ? demanda Josette, soudain sérieuse.

– Mademoiselle, votre famille est la plus riche et la plus puissante de Martinique, et c'est votre dix-huitième anniversaire. Il est temps que vous vous conduisiez en dame. (M. Beauregard reprit sa place au clavier.) Ne tardons donc plus. Allons, allons ! Et un, et deux…

Il recommença à jouer, mais quand il se retourna, les deux jeunes filles s'étaient envolées.

Tard cette nuit-là, Angelique travaillait dans la cuisine à polir tous les chandeliers d'argent avant le bal. Cela terminé, elle devait repasser la grande nappe blanche et chauffer le four. Puis elle devrait se lever de bonne heure pour aller au marché. Avec la fête dans deux jours, la maison était sens dessus dessous. La pendule venait de sonner minuit quand elle entendit frapper timidement à la porte de service. Elle fut surprise de trouver un petit Noir dans l'allée.

– Excusez-moi, mademoiselle, dit-il. Je suis bien à la maison des du Pré ?

– Oui, c'est ici. Que puis-je pour toi ?

– Je cherche la jeune dame qui habite ici.

– Josette ? Elle est couchée. Dois-je lui transmettre un message ?

– Non, mademoiselle, la dame que je cherche, elle s'appelle Angelique.

– Eh bien, c'est moi. De quoi s'agit-il ?

– S'il vous plaît, mademoiselle, mon père m'a envoyé vous voir. Ma petite sœur mourante a besoin de vous.

Angelique jeta un coup d'œil par-dessus son épaule et sortit dans la nuit en refermant la porte.

– Je ne peux rien pour elle. Il faut aller trouver un médecin.

– Nous n'avons pas d'argent pour le payer, mademoiselle.

– Alors, un guérisseur…

– Mon père dit qu'il connaissait votre mère quand elle travaillait à La Trinité. Que vous avez appris la magie avec elle. S'il vous plaît, mademoiselle, il pleure à son chevet, son vieux chapeau à la main. Je crois qu'il va mourir aussi, à force de pleurer.

– De quoi souffre-t-elle ?

– Elle a le ventre enflé et dur comme une coco.

– Si tu attends ici, je vais aller te chercher des herbes.

– Non, mademoiselle, il faut que vous veniez aussi ! la supplia-t-il.

– Comment t'appelles-tu, mon petit ? demanda-t-elle gentiment.

– Nicaise, mademoiselle.

– Écoute-moi, Nicaise. J'ai renoncé à la magie il y a longtemps, quand ma mère est morte. Cette magie est maléfique. Elle vient des ténèbres et non de la lumière. Comprends-tu ?

– Oh, je vous en prie, mademoiselle, pleura Nicaise en s'accrochant à son bras, quel mal peut-il y avoir à soigner une enfant ? Ne faites pas de magie, venez seulement toucher son petit ventre tout dur !

Angelique se laissa fléchir. Un quart d'heure plus tard, elle suivait Nicaise dans les rues de Saint-Pierre, à la lueur d'une lanterne. Après un court trajet, elle vit un grand bâtiment sur sa droite, toutes les fenêtres allumées, et elle entendit de la musique et des rires. Ils étaient dans le quartier des casernes et de jeunes hommes buvaient à la taverne du coin. Trois soldats étaient assis à une table près de la fenêtre, vêtus des vestes écarlates qu'elle avait toujours espéré revoir. Au passage, elle surprit des bribes de leur conversation échauffée par le rhum.

– Ah, la *belle affranchie, la Martiniquaise**! disait l'un. Ces suaves filles des îles, mûres et prêtes à être cueillies !

Angelique fut surprise de reconnaître un accent américain et s'arrêta pour regarder par la vitre.

– La Martinique est célèbre pour ses femmes, disait un autre. Il devait y avoir en Afrique une tribu de belles femmes dont elles descendent toutes !

– Les femmes d'ici ont bien du charme, dit une autre voix, mais elles n'ont pas de fortune.

– Eh bien, ne les épouse pas, Barnabas ! répondit un autre soldat en levant son verre. Le jour viendra où tu jureras fidélité à une femme pour la vie – à condition que tu ne meures pas sur le chemin du retour. Alors vis, bon Dieu ! Vis tant que tu le peux encore !

Elle étouffa un cri. Avait-elle bien entendu le prénom ? Elle se retourna vers la fenêtre et vit distinctement à la lueur de la lampe le jeune homme qui se levait. C'était lui ! Barnabas ! Il était robuste, à présent, et d'une beauté rude, avec le même éclat dans les yeux, les mêmes boucles noires et insolentes tombant sur son front. Il portait la tenue ajustée d'un officier de marine, avec de gros galons dorés, et son chapeau à plumes blanches était posé sur la table. Elle sourit, débordant de joie de le voir heureux et en vie. Lui, au moins, en avait réchappé, songea-t-elle.

Elle n'avait jamais su s'il avait pu se sauver après qu'elle l'avait aidé à descendre dans la chaloupe. L'éblouissant jeune homme qu'elle gardait toujours dans ses rêves était là, de nouveau à la Martinique. Mais c'était un officier, et de bonne famille. Avec sa situation, elle ne pouvait guère faire sa connaissance. Sans compter qu'il lui était interdit de fréquenter le moindre jeune homme.

Elle s'arracha à la fenêtre et suivit Nicaise à contrecœur. Les pavés avaient laissé la place à la terre battue et la rue serpentait entre des arbres chétifs et des masures minuscules entassées les unes à côté des autres. Quand ils arrivèrent à la case, Angelique passa la porte basse et sentit une odeur âcre. À la lueur de sa lanterne, elle vit l'enfant sur sa couche.

Le père leva ses yeux embués de larmes alors qu'Angelique se penchait sur la fillette en guenilles ruisselante de sueur.

– Va me chercher de l'eau, dit-elle à Nicaise. Et des linges propres.

Il rapporta un seau et, sans attendre, elle déchira un morceau de son jupon qu'elle trempa. Elle commença à laver l'enfant et à la rafraîchir. La fillette avait le regard vide ; elle était mince et bien faite, en dehors de son ventre enflé, et Angelique ne put s'empêcher de penser à Chloe. Elle sut immédiatement qu'il n'y avait pas d'espoir.

– C'est une mauvaise fièvre, dit-elle au père. Soit elle va cesser, soit la petite va mourir. Continuez de la baigner et de l'éventer pour qu'elle reste au frais.

Le pauvre homme prit le linge et obéit d'une main tremblante, marmonnant et plein d'espérance. Elle ouvrit sa trousse et trouva sur le dessus l'amulette de sa mère, qu'elle avait cessé de porter depuis des années. Elle la garda un instant entre les doigts. Elle sentait encore le petit crâne et la pierre de lune. Sur un coup de tête, elle la noua de nouveau à son cou.

– Il faut faire bouillir de l'eau, dit-elle au père.

Elle sortit ses sachets et vida plusieurs poudres dans sa main. Ses gestes étaient rapides et efficaces, mais elle avait le cœur battant. Pendant que le père allumait un petit feu par terre, elle essaya d'apaiser ses doutes. Elle craignait de provoquer l'esprit des Ténèbres.

Une bonne action ne va tout de même pas attirer son attention, songea-t-elle, *si je n'invoque pas les* loas *et ne récite aucune incantation. Je vais simplement utiliser un remède.*

Une fois les herbes infusées, elle donna le gobelet à la fillette en lui soulevant la tête.

– Bois, dit-elle. Tu te sentiras mieux.

L'enfant but quelques gorgées sous le regard attentif du père accroupi sur la natte. Ils attendirent une heure sans constater aucun changement. L'enfant jetait des regards suppliants à Angelique et respirait difficilement. Nicaise attendait sur le seuil, les bras ballants. Le vieil homme se mit à pleurer.

– Je ne crois pas que je puisse faire beaucoup plus, hélas, dit-elle à Nicaise.

– Touchez son ventre, l'implora-t-il.

– Je ne peux pas.

– S'il vous plaît, une seule fois.

Angelique prit une profonde inspiration, tendit lentement la main et caressa le ventre enflé de la fillette, doucement, calmement, luttant pour garder l'esprit clair, mais consciente de l'étincelle qui s'allumait en elle. Elle frémit, mais elle ne l'éteignit pas et laissa le feu parcourir son corps et descendre dans son bras comme un éclair. L'enfant se convulsa et une odeur fétide emplit l'air. Quand ils soulevèrent les guenilles, ils virent qu'elle avait expulsé un liquide ignoble. Un quart d'heure plus tard, son ventre avait dégonflé et elle n'avait plus de fièvre. Le père lui prit la main en pleurant.

– Sois bénie, mon enfant, chevrota-t-il. Tu as accompli un miracle ! Comment pourrai-je te remercier ?

– D'une seule manière, répondit-elle. Cela devra demeurer notre secret. Ne dis à personne que je suis venue ici.

Le vieil homme hocha la tête sans mot dire.

Angelique sortit dans la nuit, épuisée, mais avec la sensation de revivre enfin depuis des années. Elle courut dans l'étroite ruelle en entendant la musique de l'eau qui coulait. À Saint-Pierre, le bruit de l'eau – les fontaines dans les jardins, le flot des caniveaux, les petits ruisseaux de montagnes – résonnait en permanence. Elle prit une rue pavée qui débouchait sur un escalier à peine éclairé par la lune et descendit vers la pénombre du boulevard.

Une seule chose la préoccupait : Barnabas était-il toujours dans la taverne ? L'apercevrait-elle encore ? Mais elle déchanta en voyant que tout était éteint. Puis elle entendit les rires des soldats qui sortaient dans la rue déserte.

Le cœur battant, elle continua son chemin vers les officiers ivres, et quand elle tourna le coin de la rue, la lumière d'un réverbère éclaira son visage.

Barnabas s'arrêta en l'apercevant et la fixa, fasciné et intrigué, telle une vision inattendue née de la nuit. Ils se regardèrent un long moment avant qu'elle ne batte en retraite dans l'obscurité. Mais elle eut le temps de se rendre compte que ses amis ne parvenaient pas à l'entraîner. Elle sentit ses yeux la suivre, comme le reflet de la lune sur l'eau suit le promeneur solitaire sur la grève.

Par une belle matinée réchauffée par le soleil levant, Angelique traversait le marché dans les odeurs de fleurs, de fruits et de pâtisseries qui parfumaient l'air. Des chariots de légumes, porcs et poulets et des ânes chargés de bois de chauffage arrivaient sur la place.

Ravie de toute cette agitation, elle allait d'étal en étal pour faire son choix. Elle avait une allure élégante et gracieuse, inhabituelle pour une domestique. Elle se sentait plus enjouée que d'habitude et avait conscience que la coupe de sa robe mauve soulignait les mouvements de son corps svelte.

Une euphorie nouvelle l'animait et, d'un mouvement léger de danseuse, elle se haussa pour examiner des mangues empilées sur une charrette. Dans le fond d'un moule en étain, elle aperçut le reflet de ses cheveux blonds et de ses yeux bleus et lumineux. Elle fut irrésistiblement attirée par la couleur jaune d'or d'un étal de pommes. Elle en prit une et la retourna dans sa main, hésitant entre l'acheter et la manger sur-le-champ ou en rapporter tout un sac à la maison, quand une voix d'homme lui parla à l'oreille.

– À n'en pas douter, la main d'Eve n'était pas si charmante ni son poignet aussi délicat.

Elle fit volte-face, leva les yeux et se retrouva devant Barnabas. Immédiatement, la foule qui les entoura devint une masse floue et indistincte et elle ne vit plus que lui. Le garçon aux taches de rousseur et au sourire joyeux était toujours là, mais ses traits étaient maintenant finement ciselés et d'une diabolique beauté. Ses yeux noirs brillaient sous ses épais sourcils, avec un éclat si familier et si pénétrant qu'elle en eut un pincement au cœur. Le feu aux joues, elle parvint à sourire.

– Prenez garde, dit-elle doucement. L'arbre de la connaissance porte des fruits amers.

Il frôla la pomme du bout des doigts.

– Me l'offrirez-vous ?

– Pourquoi imaginez-vous que cette pomme puisse venir du jardin d'Éden ? demanda-t-elle.

– Parce que… tout endroit où vous vous trouvez, madame, devient le paradis.

Rougissant du compliment, elle se détourna et commença à déposer des pommes une par une dans son sac. Puis elle paya la femme du fermier. Barnabas ne l'avait pas quittée des yeux.

– Je vous ai suivie du regard tandis que vous traversiez la place, lui dit-il.

– Et si nous sommes vraiment au paradis, demanda-t-elle sans oser le regarder, qui êtes-vous ? La première création de Dieu, faite à son image parfaite ? Ou bien l'autre, celui que je dois redouter ?

– Le premier pour Dieu ? Je préférerais être le premier pour vous.

– Le premier pour moi. Et pas le dernier ? Alors, c'est une illusion de paradis.

– Dites-moi, est-ce que je vous connais ? demanda-t-il brusquement.

Se pouvait-il qu'il l'ait reconnue ?

– Je… je ne crois pas.

– Vos yeux, comme des myosotis… ils ont quelque chose de familier. Quel est votre nom ?

– Vous serez déçu, monsieur. Je ne m'appelle pas Eve. Et puisque nous n'avons pas été présentés selon les usages, je crois qu'il serait mal avisé de vous dire mon nom.

Elle fut stupéfaite de se montrer aussi impudente, mais cela ne le découragea pas.

– Je comprends. Eh bien, je m'appelle Barnabas Collins. Et c'est un honneur de faire votre connaissance, mademoiselle Mystère.

Il lui baisa la main, puis se redressa, la regarda dans les yeux et retourna sa main pour en embrasser la paume. Elle se dégagea, gênée.

– Monsieur, je vous préviens, ne prenez pas plus de libertés.

– Chère mademoiselle, je désire seulement me promener ce matin sur la place avec une femme charmante à mon bras. Ce serait pour moi un bonheur rare. Accepterez-vous au moins de m'accompagner un peu ?

Le ton était taquin, presque moqueur, mais sous cet humour elle sentit un empressement qui la désarma. Le téméraire jeune garçon qui était monté dans sa chaise à porteurs autrefois était encore là, mais quand elle osa le regarder enfin, elle vit dans ses yeux un désir tourmenté qui l'émut.

Elle inclina la tête en souriant. Il lui prit le bras et ils traversèrent le marché pour gagner le calme du square. Il l'entraîna jusqu'à un immense figuier derrière l'arcade et ils s'arrêtèrent sous son ombre. Les lourdes branches formaient une voûte de feuilles argentées au-dessus d'eux.

– Vous vous êtes levée avec le soleil, dit-il finalement. Faites-vous les achats de si bonne heure pour votre famille ?

Ne voulant pas révéler sa condition de domestique ni lui mentir, elle répondit :

– Oui, je viens toujours tôt, avant qu'il y ait trop de monde. J'ai plus de choix. Et j'étais curieuse de voir quels navires étaient arrivés durant la semaine.

– Guettiez-vous ma goélette ? demanda-t-il.

Elle fut surprise. Pouvait-il savoir que son navire était celui qu'elle attendait depuis si longtemps ?

– Pourquoi ferais-je cela ? dit-elle d'un ton désinvolte. Je ne connais pas votre goélette, monsieur.

– Alors, êtes-vous de Martinique ?

– J'ai vécu ici toute ma vie.

Son regard était si pénétrant qu'elle se sentait mal à l'aise, et, plutôt que de le croiser, elle posa la main sur le tronc gris et leva les yeux vers le feuillage. Il suivit son regard.

– Oh, voyez donc où nous sommes ! dit-il en se rapprochant d'elle. C'est l'intérieur d'une grotte, une cachette secrète où nous pourrions vivre ensemble à l'insu du monde entier.

Le sous-entendu était clair et elle aurait dû s'en offusquer, mais cette badinerie lui parut assez inoffensive et trop agréable. Une brise souleva les branches et des feuilles tombèrent en pluie.

– Ah, oui, murmura-t-elle, prise d'un léger vertige. À l'abri jusqu'à l'orage.

– Non, ne voyez-vous pas comme les branches sont épaisses ? C'est un arbre aussi ancien que sage. Je le connais bien. C'est un ami intime avec qui j'ai de sérieuses conversations, plaisanta-t-il en balayant une feuille sur son épaule. Il a accepté de nous abriter et de nous protéger, sans jamais révéler à quiconque notre présence.

– Et de qui donc nous cachons-nous ? demanda-t-elle.

Il secoua lentement la tête avec un sourire entendu, comme s'il reconnaissait avoir trouvé adversaire à sa mesure. Il se pencha vers elle et elle se rappela brusquement une peinture qu'elle avait vue dans la bibliothèque des du Pré, dans un livre de reproductions d'un musée européen : *Le Soldat et la Servante*. Elle l'avait regardée souvent et appréciait tout ce qu'elle suggérait. La naïve paysanne, serrant son sac contre ses jupes, levant les yeux vers le beau jeune homme en uniforme, qui lui faisait clairement des compliments propres à éveiller ses passions et corrompre sa vertu. C'était comme si elle s'était trouvée dans le tableau, mais que les intentions du soldat n'avaient pas été aussi transparentes ni la fille aussi innocente.

Le cœur d'Angelique fuyait les attentions irrésistibles, non pas du premier venu, mais de l'homme qu'elle chérissait dans ses rêves depuis tant d'années, celui qui, jeune garçon, avait pénétré dans son sanctuaire, avait vu sous son déguisement la fille qu'elle était vraiment et s'était moqué de cette supercherie.

« Vous n'êtes pas une vraie déesse, n'est-ce pas ? », lui avait-il chuchoté. Elle sentait à son cou le *ouanga* où sommeillait la pierre de lune. Il avait été charmé par sa personne à l'époque et elle lui avait fait confiance. Tout comme maintenant, alors qu'il était de nouveau attiré vers elle. Elle sentit mille ans de solitude disparaître en un instant. Il croisa les bras et s'appuya contre le tronc.

– Vous ne m'avez pas demandé pourquoi j'étais levé de si bonne heure. Pensez-vous que je sois venu pour les légumes ?

– Pas du tout, répondit-elle en sortant un fruit de son sac. Peut-être étiez-vous venu pour les pommes.

Elle sourit et mordit dans le fruit. Il contempla un instant sa bouche.

– Je ne suis pas allé me coucher hier soir. La vie est trop merveilleuse pour qu'on la gâche en dormant, ne trouvez-vous pas ?

– J'ai très peu dormi aussi.

– Vraiment ? Étiez-vous avec votre amant ?

– Non, monsieur, je n'en ai pas.

– Mais vous en aurez un. Je le vois dans votre démarche et dans vos yeux. Vous êtes une flamme pour les papillons de nuit.

– Composez-vous des vers pour toutes les filles ?

– La poésie ne me vient pas facilement, mais je n'ai jamais été vraiment inspiré jusqu'à cet instant. Quel sort m'avez-vous jeté, jeune dame ?

– Voyons, aucun, à ce que je sache, monsieur.

– Et si je vous disais que je vous ai vue la nuit dernière dans la rue, sous le réverbère, et que vous m'avez vu aussi ? Vous vous rappelez, n'est-ce pas ? Si je suis venu ici, c'est qu'ensuite, incapable de dormir, je me suis promené le long de la mer en me disant : « Mon Dieu, qu'en serait-il d'être aimé par une telle femme ? »

– Monsieur ! l'interrompit-elle. Comment pouvez-vous dire que vous n'avez pas dormi alors que vous avez passé toute votre nuit à rêver ?

Il lui prit la pomme des mains et la porta à ses lèvres.

– Qu'est-ce qui vous a empêchée de dormir, vous ? demanda-t-il en mordant lentement dans le fruit.

– Je… Je ne crois pas que cela vous intéresserait.

– Pourquoi dites-vous cela ?

– Parce que… Ce n'était pas pour une raison frivole.

– Ce qui me rend d'autant plus curieux.

De nouveau elle se sentit en confiance.

– Très bien, je vais vous le dire, monsieur. J'ai… été appelée au chevet d'une fillette gravement malade. Je suis restée avec elle durant la nuit et je l'ai soignée, et je crois… avoir réussi à…

– Lui sauver la vie.

– Oui.

– Seriez-vous une sorcière ?

– Vous plaisantez, monsieur.

– Pardonnez-moi. Je voulais dire que vous étiez versée en matière de médecine.

– Ma mère avait un don de guérisseuse.

– Et vous ? Pouvez-vous soigner… rien qu'en touchant ?

– Je l'ignore. Peut-être pourrez-vous me le dire. (Elle hésita un peu, se disant que c'était peut-être imprudent, puis elle posa la main sur sa joue.) Sentez-vous quoi que ce soit d'étrange ?

Il ferma les yeux avec le même sourire délicieux sur les lèvres.

– Aaah, c'est curieux, votre main est fraîche, mais là où vous la posez, elle laisse de la chaleur… Je suis certain de sentir un frissonnement…

Elle ôta vivement la main, le feu aux joues. Il était plus vaniteux qu'elle ne le pensait, et tout aussi malhonnête. Mais il continua de sourire, visiblement charmé.

– J'ai toujours entendu dire que les femmes de Martinique sont belles, chuchota-t-il en lui frôlant le bras. Mais je ne savais pas que c'était vrai jusqu'à cet instant. Me laisserez-vous vous donner un baiser ? demanda-t-il en se penchant vers elle.

Elle sentait le parfum de la pomme et mourait d'envie de lever son visage vers le sien, mais elle se dégagea.

– Vous badinez avec moi, monsieur, une fois de plus. Vous m'avez déjà embrassée au creux de la main.

– Alors, vous devez me rendre la pareille, dit-il en lui présentant la sienne. Ma main est à vous. Faites-en ce qu'il vous plaira.

Elle la prit et l'effleura des doigts, avec l'impression qu'elle allait s'embraser si elle bougeait.

– Peut-être… parvint-elle à dire, que je devrais vous dire votre avenir.

– Faites donc…

Elle baissa les yeux, animée d'émotions contradictoires. Lire les lignes de la main était un enfantillage, alors qu'elle voulait être sincère.

– Je vois un navire sur l'océan, commença-t-elle. Et une grande agitation sur le pont. Vous avez été menacé de mort et vous avez risqué plusieurs fois votre vie pour sauver vos camarades. Vous avez beaucoup souffert, mais vous n'avez jamais perdu courage.

Il la considéra avec stupéfaction, puis il se rembrunit.

– Vous pourriez en dire autant de n'importe quel marin et ce serait tout aussi vrai.

Elle fronça les sourcils en examinant sa paume, puis secoua la tête.

– Quoi ? demanda-t-il. Autre chose ?

– Le mal de mer ? demanda-t-elle. Un marin qui a le mal de mer ?

Il éclata de rire.

– Comment pouvez-vous le savoir ? Cela a toujours été mon secret ! Allez, dites-m'en davantage.

– Je vois que vous êtes impulsif, capricieux et coléreux. Que d'irrévérence pour la bienséance et l'autorité ! Vous aimez enfreindre les règles. (Elle leva les yeux et il lui fit signe de continuer.) Vous avez aussi une âme de chef, vous êtes généreux et plein de ressources et de sollicitude pour ceux qui souffrent. Dites-moi, pourquoi êtes-vous si dur avec vous-même ? (Il grimaça comme si elle avait touché un point sensible, mais il haussa les épaules en feignant l'indifférence.) Je vois un autre homme sous ce dehors badin, continua-t-elle en le regardant dans les yeux. Un homme qui brûle d'explorer les mystères les plus profonds de la vie... une passion pour la tendresse qui n'a jamais été comblée... et une... soif d'amour. Vous avez un tempérament impétueux qu'il ne faut surtout pas réprimer. S'il s'épanouit en vous, vous trouverez un grand bonheur.

– Qui êtes-vous ? lui demanda-t-il, abasourdi.

– Tout cela est exact ?

– Absolument pas, dit-il doucement. Comme diseuse de bonne aventure, ma chère, vous êtes une amatrice.

– Très bien. Dans ce cas, monsieur, si je ne vous convaincs pas, je vais vous laisser.

– Chère jeune dame, dit Barnabas en pâlissant, croyez bien que je ne voulais pas me montrer ingrat. Je vous en prie, pardonnez-moi, je suis un sot. Je désire vivement vous rendre visite et connaître votre famille.

Elle eut un pincement au cœur devant sa proposition.

– C'est impossible, dit-elle d'un ton qu'elle espéra dédaigneux. Je crains que vous n'ayez gâché toute possibilité de me rendre visite.

Elle tourna les talons, mais il s'interposa d'un bond.

– Mademoiselle, croyez bien que je ne voulais pas être désagréable. J'ai menti en vous disant que vous aviez médiocrement lu mes lignes de la main. C'était plus juste que je n'étais disposé à l'admettre. Je sais que ce n'est qu'un tour, mais à la vérité, j'ignore comment vous avez fait pour voir aussi clairement dans mon âme. Dites-moi que vous acceptez ma présence, afin que je puisse dorénavant faire montre à votre égard de la plus grande courtoisie.

Elle considéra son expression si fervente et sincère tandis qu'il débitait ces absurdités, et elle sut qu'elle devait s'enfuir avant d'embrasser cette bouche et de s'humilier irrémédiablement. Elle tourna les talons et s'enfuit avec son sac de pommes.

Il la regarda partir, mais cette fois ne la suivit pas.

22

L'attelage parti, Angelique rentra dans la maison. Tout était calme, à présent, après le départ fébrile de la famille pour le bal. Elle monta dans la chambre de Josette, jonchée de bas, jupons, chaussures et rubans éparpillés dans l'agitation des préparatifs. Machinalement, elle redressa les tapis, lissa le lit et ramassa les vêtements, les plia soigneusement et les rangea. Elle en fit de même avec les bijoux épars sur la commode. Tout était délicieux et évoquait l'existence enchantée de Josette : le camée en ivoire offert par son père à son anniversaire ; le crucifix incrusté de diamants, héritage familial ; le collier de perles et grenats, commandé à Paris par la comtesse.

Elle vit alors combien elle enviait sa maîtresse, qui semblait ne jamais remarquer que tout cela était précieux et raffiné. Ce n'était pas étonnant que Josette fût si affectueuse, car tous ses désirs étaient comblés et ses actes n'avaient aucune conséquence. Même si elle était toujours généreuse et bonne, elle était protégée par sa condition et arborait l'arrogance inconsciente des classes supérieures pour qui le privilège est un dû.

Des larmes brûlèrent les yeux d'Angelique. Elle s'irrita de s'être apitoyée sur son sort. Elle se répéta que ce n'étaient que des objets, mais elle savait que ce qu'elle désirait tant, c'était ce qu'ils représentaient : confort, avenir, et plus que tout, affection.

Cela faisait cinq ans qu'elle était femme de chambre de la comtesse du Pré et il semblait qu'elle ne connaîtrait jamais d'autre existence. Chaque jour, de l'aube au crépuscule, elle s'efforçait de se satisfaire de sa vie en essayant d'oublier le passé. La rencontre avec Barnabas au marché avait attisé sa soif de changement. Son allure et ses paroles promettaient l'extase, et elle ne connaissait que l'insatisfaction. Les joies de l'amour lui seraient-elles toujours refusées ?

Pour Josette, chaque jour apportait des délices nouvelles et inattendues, alors que la vie de domestique consistait toujours à organiser et préparer celle des autres, invisible, sans jamais être remarquée ni appréciée. Seule une tâche mal exécutée soulevait une remarque. Et tous ces objets qu'elle touchait appartenaient à quelqu'un d'autre et n'existaient que pour son plaisir.

La richesse était une rivière calme sur laquelle on flottait, se dit-elle. Josette était constamment comblée de cadeaux et elle en avait tellement reçu ce jour-là, pour son anniversaire, de la part d'admirateurs, d'amis d'André ou de parfaits inconnus cherchant à s'attirer ses bonnes grâces ! Certains n'avaient même pas été ouverts, et d'autres lui avaient arraché des cris de joie avant d'être mis de côté. Elle pouvait tout avoir et l'oublier à peine l'avait-elle reçu. Le plus difficile pour Angelique était de supporter ce gâchis, comme si on se contentait de prendre une bouchée d'un gâteau et de laisser le reste.

En sortant, elle remarqua par terre la boîte contenant la robe turquoise dédaignée. Sur un coup de tête, elle la sortit et la plaqua sur sa poitrine devant le miroir. La couleur rejaillit jusque dans ses yeux. Un instant plus tard, elle l'avait mise.

Elle n'était pas parfaitement ajustée, car le corset était un peu étroit : ses seins faisaient gonfler le décolleté et la taille était si serrée qu'elle eut peine à l'agrafer. La robe était aux mesures de Josette, qui était plus mince, mais les manches froncées flottaient à ses épaules ; la jupe, que la comtesse n'avait même pas pris la peine de déplier, était faite de mètres et de mètres d'une étoffe scintillante couleur d'azur. Angelique se mit quelques gouttes de l'eau de rose de Josette dans le cou et releva ses cheveux sur sa tête.

Elle ne se rappela pas avoir quitté la maison. Elle savait seulement qu'elle s'était retrouvée dans la rue. Le théâtre se trouvait non loin de là et elle partit dans la direction du bal, déterminée et intrépide, sans réfléchir à ce qu'elle dirait si la famille la voyait. Peu importait, elle trouverait bien une réponse. Elle avait le droit d'être là. Et elle n'avait rien volé, pas un ruban ni un bijou, à peine un soupçon de parfum et une robe dont personne ne voulait. Les grillons et les grenouilles chantaient dans la chaleur de la nuit. Elle entendit bientôt la musique et il ne fallut guère de temps avant qu'elle ne se retrouve sur la cour pavée devant le théâtre, encombrée de calèches, de fiacres et de chevaux attachés à tous les réverbères. À l'entrée se pressait toute une foule de Noirs bruyants et excités venus lorgner les Blancs, des békés, les seuls descendants blancs créoles des premiers colons, et les mulâtres invités au bal. On s'écarta pour la laisser passer, personne ne semblant remarquer qu'elle était arrivée seule et à pied. Pour eux, ce n'était qu'une élégante parmi d'autres, se rassura-t-elle, le cœur battant.

Tremblant à l'idée que la comtesse ou qu'André la voient, mais attirée par la musique de l'orchestre et le concert des voix, elle monta le grand escalier circulaire, la tête haute, sa robe flottant sur les marches de marbre. En arrivant devant l'une des portes, elle attendit un instant dans la pénombre de la voûte.

Le théâtre était rempli de monde. Vêtus de leurs plus beaux atours, tous les planteurs et leurs familles étaient là, mais ils étaient éclipsés par des groupes de mulâtresses éblouissantes en robes éclatantes qui semblaient faites pour l'Opéra de Paris. Leurs cheveux noirs et brillants étaient piqués de fleurs et des bijoux scintillaient à leurs oreilles et leur cou. Bon nombre de femmes, ainsi que leurs cavaliers tout aussi splendides, portaient des loups de plumes ou de dentelle qui couvraient leurs visages, mais révélaient leurs yeux étincelants et leurs lèvres maquillées.

Tous les propriétaires et marchands de Martinique avaient reçu une invitation. André du Pré était d'une grande ouverture d'esprit en la matière, surtout parce qu'il était assez malin pour comprendre que c'était tout à son avantage d'accepter tous les nouveaux-venus dans le monde des affaires, quelle que fût leur couleur. Mais le cœur d'Angelique s'arrêta de battre quand elle reconnut plusieurs personnes. Il y avait M. Santurin, son épouse et leurs deux juments de filles, qui venaient parfois en visite chez les du Pré. Terrifiée à l'idée qu'on la remarque, elle se glissa dans un groupe de femmes noires. L'une d'elles, particulièrement haute en couleur, sembla remarquer sa gêne et lui fit un clin d'œil rusé.

– Voudriez-vous un masque, ma chère ? s'enquit-elle. Je pars avec mon cavalier et je n'ai plus besoin du mien. Et... il s'accorde bien avec votre robe.

Le masque était en plumes de paon. Un masque ! Quel merveilleux déguisement !

Les danses reprirent et l'orchestre, fatigué mais enthousiaste, se lança dans une polka. Soudain, toute la salle fut remplie de couples tourbillonnant avec insouciance. Elle prit un verre de rhum sur le plateau d'un jeune esclave qui passait et le but d'un trait, sans réfléchir, alors qu'on annonçait le quadrille. Elle sentit un bras robuste lui enserrer la taille, et un jeune homme l'entraîna dans la longue double file qui se formait dans la salle. C'est alors qu'elle aperçut à l'autre bout Josette entourée de ses soupirants. Angelique s'en voulait d'être sur la piste et facilement repérable, mais avant qu'elle ait pu s'échapper, la musique commença et elle fut forcée de garder sa place, saluer, traverser, tourner et ainsi de suite, chaque fois avec un nouveau cavalier.

Dans toute cette exubérance, elle n'avait pas remarqué les uniformes écarlates. À son dixième tour, elle vit les boutons et les galons dorés avant de lever les yeux vers le visage du cavalier suivant. Elle fut stupéfaite de trouver Barnabas.

– Ha, ha ! Une femme mystérieuse ! s'écria-t-il en voyant son masque. (Il lui prit la main, l'accompagna le long de la file et, dès qu'il plongea son regard dans le sien, il la reconnut.) C'est vous ! s'exclama-t-il, incrédule.

Angelique passa derrière lui, mais Barnabas continua de

la suivre du regard alors qu'elle s'éloignait de place en place jusqu'à la fin du quadrille. Et immédiatement, il accourut auprès d'elle et lui prit les deux mains.

– Vous ne vous enfuirez pas, cette fois, car je ne vous laisserai pas partir, dit-il. Ah, mais c'est un rêve ! Je priais pour que vous soyez là. Écoutez ! Une valse. Et vous êtes avec moi. Dansons !

– Non, je ne désire pas danser, monsieur…

Ses protestations furent englouties par l'orchestre alors qu'il l'entraînait en tourbillonnant dans la foule. D'abord trop troublée pour suivre, elle manquait des pas, mais il la rattrapait sans faillir. La musique enfla alors que les couples virevoltaient autour d'eux. Et finalement, elle s'abandonna au tempo et parut presque ne plus toucher le sol. Elle sentait son corps ferme et puissant contre le sien et son entêtante odeur musquée. La valse terminée, elle se laissa aller contre lui, ivre de musique, puis elle leva les yeux. Il avait un sourire moqueur. Il l'emmena sur le balcon où ils restèrent à savourer la caresse de l'air nocturne et parfumé.

– Ôtez votre masque, chuchota-t-il. Je veux voir votre visage.

Il détacha le cordon et la découvrit. Il se mit à la dévisager en gloussant.

– Qu'avez-vous ? demanda-t-elle.

– Je songeais à toutes les pauvres jeunes filles que j'ai abandonnées. J'ai signé tant de carnets de bal…

– Alors, allez les retrouver.

– Je veux rester avec vous.

– Il n'y a pas souvent de bals à la Martinique, et…

– J'ai un secret à vous confier. Quand je vous ai vue la première fois l'autre nuit sous le réverbère, je vous ai suivie jusque chez vous.

– Vraiment ? Je suis choquée, monsieur. Qu'avez-vous vu ?

– Je vous ai vue passer par l'entrée de service. J'ai attendu pour vous apercevoir encore et j'ai été récompensé quand je vous ai aperçue à votre fenêtre en train de tresser vos cheveux blonds à la lumière des bougies.

– Vous n'auriez pas dû. Pourquoi m'épier ?

– Laissez-moi vous poser une question : croyez-vous au coup de foudre ?

– Pour certaines personnes, monsieur. Cependant, je crains que l'amour et moi ne soyons pas en bons termes. Au contraire, nous sommes ennemis.

– Ennemis ? Vraiment ? Ha, ha ! (Il recula et l'étudia, l'air moqueur.) Enfin je trouve ma vocation. Je serai votre champion et il sera de mon devoir de vaincre tous vos ennemis.

– Et si l'amour est mon seul adversaire ?

– Alors je le forcerai à se soumettre à ma volonté, sinon je serai sans pitié, répondit-il en mimant un coup d'épée.

– Vous assassineriez l'amour afin de le posséder ? demanda-t-elle.

– Oui, si c'était nécessaire.

– Mais… il ne vous resterait rien, alors, observa-t-elle.

– Rien ou tout… chuchota-t-il en s'approchant.

Au même instant, elle eut la vision d'un autre visage tanné par le soleil qu'elle avait essayé d'oublier. Barnabas lui prit le menton dans la main.

– Oh, comme vous m'intriguez ! Comme vous êtes secrète et fascinante. Un mystère sommeille en vous. Je ne cesse de penser à vous.

Des images de Thierry tentant de s'agripper au plat-bord, la mer lisse et déserte, le diable sur son char de ténèbres assaillirent l'esprit d'Angelique. Qu'avait-elle fait ? Si absorbée par les délices du badinage, elle avait oublié sa stricte résolution. Égoïstement, elle avait permis à Barnabas de lui faire la cour et il était à présent en grand danger. Elle ne pouvait laisser se poursuivre cette folie.

– Ce que vous voyez en moi, vous devriez le craindre, dit-elle vivement.

– On redoute toujours autant qu'on désire une nouvelle aventure.

– Et si je vous disais que je ne suis pas ce que vous croyez que je suis ?

– Ce que je crois ? J'ignore ce que je crois. Je sais que si je devais rêver d'une femme, dans toute sa beauté et son mystère, cette femme serait vous.

– Je ne suis pas comme les autres filles de Martinique. Je n'ai pas été élevée comme elles.

Elle voulait être plus claire, mais sa présence la troublait. Il posa son bras sur sa taille.

– Je sais déjà qu'il n'y a personne comme vous.

– Vous parlez d'amour, bredouilla-t-elle, mais pourriez-vous aimer une sorcière ?

– Une quoi ?

– C'est vrai, haleta-t-elle. Vous m'avez même demandé en plaisantant si j'étais... ce genre de créature. Votre intuition était juste. Vous devez me croire, car il m'est interdit...

Elle se tut, comprenant que tout cela n'avait aucun sens pour lui. Comment pouvait-elle expliquer que l'esprit des Ténèbres la surveillait, alors que Barnabas, en chair et en os, était clairement épris d'elle ?

– Vous n'êtes pas vraiment une sorcière, n'est-ce pas ? demanda-t-il en resserrant son étreinte.

– Mais si. J'ai voyagé dans les plus lointains paysages de l'esprit. J'ai jeté des sorts qui vous terrifieraient.

Son regard noir flamboya. Il était intrigué.

– Racontez-moi quelque chose que vous avez fait, que je vois si cela m'effraie, la défia-t-il.

Elle hésita un moment, pensant aux horreurs qu'elle ne pourrait jamais révéler, mais consciente qu'elle devait le décourager.

– Je possède le pouvoir de provoquer le feu, dit-elle finalement.

– Vous l'avez déjà prouvé, ma chère dame, chuchota-t-il en l'attirant contre lui.

Angelique n'avait fait que l'exciter plus encore par ses paroles. Il la souleva contre lui, l'embrassa dans le cou en respirant son parfum, maladroitement, puis d'une manière plus insistante ; il trouva ses lèvres et les baisa doucement, puis avec une telle passion qu'elle crut que son cœur allait se rompre. Elle ne se rendit compte de la présence d'une foule autour d'eux que lorsqu'elle rouvrit enfin les yeux, étourdie. Des voix s'élevaient et plusieurs bras se tendaient vers la montagne Pelée. Elle se retourna, effrayée de ce qu'elle allait découvrir. Des fumées rougeâtres s'échappaient du sommet du volcan et des étincelles jaillissaient dans le ciel.

– Regardez, chuchota Barnabas. La montagne Pelée crache le feu !

– Le dieu se retourne ! cria une femme.

– Il est fâché d'avoir été réveillé ! s'exclama un homme.

Un frisson parcourut Angelique.

– Le dieu ? Du volcan ? demanda Barnabas à l'homme.

– Le dieu qui garde l'entrée du monde souterrain, répondit l'autre. Baron Cimetière. Le dieu de la Mort.

Dans un grondement soudain, le ciel fut déchiré d'éclairs aveuglants. Angelique eut le ventre noué en voyant la lave déborder du cratère et des roches flamboyantes dévaler les pentes dans des gerbes d'étincelles.

– Regardez donc ! s'écria Barnabas, enchanté. C'est stupéfiant ! Comment cela se fait-il ?

– Ne le savez-vous pas ? Nos îles sont toutes des sommets volcaniques. Des montagnes d'une terre sous la mer, avec des prairies d'algues et des forêts de corail… (Il la dévisagea, ensorcelé. Pourquoi lui parlait-elle soudain des endroits qu'elle aimait ?) Et… c'est dans ce monde que vivent les plus belles créatures qui soient. Mais au-dessous, il y a un sanctuaire de ténèbres où vit l'esprit de la montagne Pelée.

– Qu'est-ce qui le fâche autant ? demanda-t-il pour lui faire plaisir.

– Que je sois avec vous, répondit-elle, les larmes aux yeux.

– Je vois son feu qui brille dans votre regard. Ah, à présent, je comprends. Il est jaloux, il se languit de vous comme moi, il brûle du même désir…

– Vous vous moquez alors que je suis sincère, Barnabas ! Ce que je vous dis est vrai !

– Je vous crois, répondit-il en l'attirant contre lui. Ne dit-on pas que les dieux envient les mortels amoureux ? C'est la nuit la plus heureuse de ma vie !

Une fois de plus, sa ferveur juvénile lui faisait oublier ses mises en garde.

– Vous ne devez pas me tenter, Barnabas, dit-elle. Je ne dois jamais tomber amoureuse.

– Pourquoi dites-vous cela ?

Elle tenta de répondre, mais elle parlait en énigmes.

– Tout… dans le monde… possède son ombre. Le chagrin… est le reflet de l'amour. L'amour n'est pas pour moi, Barnabas. Je l'ai appris depuis longtemps.

– Mais vous êtes si belle. Vous êtes faite pour l'amour.

Au même instant, elle entendit une voix familière et, en se retournant, elle vit Josette qui arrivait sur le balcon, accompagnée de deux jeunes gens.

– Il est trop tard ! s'écria Angelique, désespérée. Vous devez me laisser seule. Il est trop tard !

Elle fit volte-face et dévala l'escalier pour s'enfuir loin de lui dans la nuit.

23

Le lendemain après-midi, dans la chambre de Josette, Angelique recousait le jupon de la robe bleue dont quelqu'un avait déchiré l'ourlet en marchant dessus durant le bal. Elle sourit en songeant qu'elle avait dansé sur la même musique que Josette à son insu. Elle était rentrée de bonne heure avant la famille et avait rangé la robe dans son carton. Cette soirée volée était à présent un rêve sans conséquences. Mais elle repensait à ce délicieux souvenir et aux baisers insistants de Barnabas.

Elle entendit en bas des voix d'hommes et songea distraitement qu'André recevait des visiteurs. André gérait son habitation mais, habile investisseur, il tirait sa véritable fortune des prêts qu'il consentait aux planteurs nouvellement établis. Si leurs projets échouaient, comme souvent, il saisissait leurs biens, et dans le cas contraire il touchait d'énormes intérêts. Cependant, Angelique vivait avec la famille depuis assez longtemps pour savoir qu'André avait un grave défaut. Il adorait le jeu, tout comme Theodore Bouchard, l'homme qu'elle avait autrefois cru être son père. Parfois, les messieurs qui venaient à la propriété étaient là pour qu'André s'acquitte de ses dettes. Elle sortit sur le palier et se pencha discrètement à la balustrade. André parlait à son visiteur dans le hall, et quand elle vit la veste écarlate, son cœur fit un bond dans sa poitrine. Barnabas était là !

Bien sûr, il savait où elle habitait. Il l'avait suivie la première nuit qu'il l'avait vue, et à présent il tenait parole : il venait lui rendre visite. Elle comprit immédiatement que les vains espoirs qu'elle avait pu nourrir étaient fracassés à jamais. Elle se cramponna à la balustrade.

Elle entendit les derniers mots de la conversation alors que les deux hommes entraient dans le salon.

– Bien évidemment que je vous connais, monsieur ! s'extasiait André. La famille Collins est renommée dans nos îles, et vous aussi. C'est vrai, vous êtes une sorte de héros, n'est-ce pas ? Vous avez échappé aux flibustiers ! J'adorerais vous entendre me raconter cette histoire ! Bécé ! cria-t-il à son boy. Du cognac au salon !

Angelique descendit silencieusement l'escalier et écouta par la porte entrebâillée. André et Barnabas discutaient de la guerre en France.

– C'est fait, alors ? Le pauvre roi Louis est parti ? Le meilleur des rois et le plus humain des hommes, mené à l'échafaud par un peuple féroce.

– Et la France ne connaît plus la tranquillité depuis.

– La guillotine ! Mon Dieu, quelle scène affreuse cela a dû être ! Saviez-vous qu'ils voulaient introduire l'un de ces satanés engins en Guadeloupe ? Une invention du diable !

– Et pourtant, monsieur, à la Martinique, le commerce prospère, maintenant que les Anglais menacent de s'en emparer. Nos navires ont même un droit de passage jusqu'à ce moment.

– Quel lamentable spectacle nous allons donner, ne croyez-vous pas ? La Martinique tombera sans un bruit. Je m'en moque, car je suis fâché contre la République. Ils ont toujours cru que les colonies n'existaient que pour le bénéfice de la métropole. Vous avez réglé vos querelles concernant le droit divin des souverains. Les nôtres ne font que commencer.

– Cela paraît assez calme, ici.

– C'est le calme qui précède la tempête.

– Mais le bal d'hier soir était l'exemple même de la courtoisie et de l'insouciance.

Angelique eut la nausée. Elle s'appuya à la balustrade pour ne pas défaillir.

– Vous y étiez ? s'exclama André. Belle assemblée, je dois dire. Le théâtre était magnifique avec toutes ces lumières.

– Même le volcan y est allé de ses feux d'artifice.

– Splendide ! Et cela ne m'a pas coûté un sou ! C'était le volcan qui rendait hommage à ma fille pour son anniversaire.

– Oh, oui, votre fille, monsieur du Pré. Je crois avoir dansé avec elle. Tient-elle de vous, monsieur ?

– À quel égard ?

– A-t-elle les yeux bleus ?

– Non, Josette a les yeux noirs de sa mère, Dieu ait son âme. Ma fille est brune et d'une joliesse peu commune – une créature délicieuse, la joie de mon cœur, et qui promet. Elle a eu les meilleurs précepteurs, toutes les bonnes influences qu'une jeune dame aurait à Paris. Resterez-vous à dîner avec nous, Mr Collins ?

– Ce sera un plaisir.

– C'est merveilleux d'avoir un gentilhomme américain pour discuter politique. Nous devons allez chasser ensemble. J'ai quelques excellents pistolets. Et j'aimerais vous présenter Josette. Je dois vous prévenir. Vous risquez de tomber amoureux d'elle.

– Auriez-vous une autre fille dans votre maison, également présente au bal ? Avec des cheveux blonds ?

– Non, une seule, Josette. Mais je suis certain qu'elle vous charmera. Nous avons une domestique blonde, Angelique, mais elle ne nous a pas accompagnés hier.

En entendant cette phrase accablante, Angelique sentit ses jambes se dérober sous elle.

« Une domestique ». À présent, Barnabas savait et c'en était fini de son petit stratagème. Elle se répéta que cela n'avait aucune importance. Après tout, ses craintes l'avaient amenée à le repousser. Même si elle lui avait cédé, il l'aurait certainement utilisée à son avantage, comme le font les jeunes gens fortunés, avant de l'abandonner. Mieux valait qu'il ait appris sa situation avant qu'elle ne succombe à ses avances. André continua sur la canne à sucre.

– Nous avons besoin d'un stock inépuisable de main-d'œuvre pour récolter tout cela.

Des domestiques, songea-t-elle. Nécessaires pour la bonne marche de l'existence raffinée des maîtres. Indispensables et invisibles. Séparés de leurs maîtres par un océan infranchissable. Sa position l'irritait : si elle avait eu nom et fortune, elle serait entrée dans le salon et elle aurait été ravie de voir la surprise de Barnabas.

– Dans combien de temps serez-vous forcés d'accorder la liberté à vos esclaves ? demanda Barnabas.

– Qui sait ? L'influence des métis est de plus en plus grande. Parfois, mon cher, je désespère. La vie est un bien éphémère qui ne peut que se terminer dans la violence ou se prolonger dans la douleur.

Aux oreilles d'Angelique, ces paroles résonnèrent comme une lugubre prophétie qu'elle aurait pu elle-même proférer.

Elle resta dans sa chambre durant le dîner, n'ayant pas la force de risquer de croiser Barnabas. Elle ne passa qu'une fois devant la porte de la salle à manger en allant à la cuisine. André racontait sa vie, d'une voix alourdie par l'alcool.

– Mon grand-père, un réfugié, a débarqué en Dominique avec quinze francs en poche. Aujourd'hui, mon habitation en vaut à elle seule cent soixante-sept mille.

– À quoi devez-vous cette réussite ? s'enquit poliment Barnabas.

Ce fut Josette qui répondit :

– À la prudence, la prévoyance et la mesure, dit-elle d'un ton enjoué. Mon père a toujours dit que le jugement et le caractère sont décisifs pour faire fortune, et non les hauts et les bas du marché du sucre.

– Voulez-vous que je vous confie mon secret ? renchérit André. Je n'ai jamais prêté à des planteurs qui avaient des héritiers de couleur !

Tout le monde rit de bon cœur.

Plus tard dans la soirée, alors qu'elle allumait les lampes,

Angelique remarqua qu'il n'y avait presque plus de pétrole dans la lanterne de l'entrée et alla en chercher. En ouvrant la porte de la remise, elle aperçut un jeune homme devant la maison de l'autre côté de la rue. C'était Barnabas. À peine l'eut-il vue qu'il accourut.

– Angelique ! C'est bien votre nom, n'est-ce pas ? demanda-t-il en lui prenant les mains. J'attends ici depuis une heure dans l'espoir de vous voir. J'ai supporté cet interminable souper sans vous apercevoir, et pourtant vous étiez là, quelque part dans la maison. Je dois vous parler, continua-t-il. Pouvez-vous venir à ma chambre cette nuit ?

– Non, monsieur. Comment pouvez-vous demander une chose pareille ?

– Je ne vous ferai rien de mal. Vous avez ma parole de gentilhomme.

– Vous savez sûrement que vous demandez l'impossible. Vos attentions me flattent, mais maintenant que vous connaissez la vérité sur mon compte…

– Que voulez-vous dire ?

– Que je suis une femme de chambre, et non une aristocrate. J'aurais pensé que vous l'auriez remarqué au marché, d'après mes vêtements…

– Vos vêtements ! répéta-t-il en riant. Vous êtes si exquise et délicate ! Vous devez être une princesse, avec un tel port. J'ai trouvé charmante votre robe. Les *élégantes** parisiennes ne s'habillent-elles pas en paysannes pour se divertir ?

– Je l'ignore, monsieur, dit-elle avec un pincement de cœur. Mais veuillez m'excuser, à présent. Je dois rentrer.

– Angelique, ne partez pas. Je vous en supplie. Je souffre le martyr depuis la nuit dernière en essayant de trouver un moyen de vous revoir. Je brûle d'en savoir davantage sur vous. Si vous ne venez pas ce soir, que ce soit demain. Retrouvez-moi à la taverne, au théâtre ou, si préférez, à la cathédrale, peu importe ! Dites-moi seulement que je pourrai vous revoir.

– Dans le square, près de la fontaine, dit-elle après une hésitation. Demain soir à 6 heures.

Il était déjà là quand elle arriva, et elle put l'observer un moment avant qu'il ne la voie. Un pied nonchalamment posé sur la margelle de pierre, il contemplait la mer. Il avait ôté sa veste d'uniforme et ne portait qu'une culotte et une ample chemise blanche qui rehaussait ses traits finement ciselés et ses boucles brunes.

Le voir suscita en elle une émotion inattendue et un moment de faiblesse. La lumière qui tombait sur la fontaine auréolait sa tête. Quand il la vit, il se redressa vivement, son visage s'éclaira et ses yeux glissèrent sur sa silhouette. Elle avait l'impression de flotter au-dessus du sol. Il s'avança et lui prit les mains avec un regard passionné. *Les gens ne se regardent pas ainsi*, songea-t-elle. *Ils vivent ensemble durant des années en se voyant à peine l'un l'autre.* Mais ce regard intime et dérangeant était difficile à supporter. Cependant, si elle se détournait, elle n'aurait plus l'impression que le temps s'était arrêté.

– Marchons, dit-il aimablement. La nuit est si délicieuse.

Il lui offrit son bras et ils longèrent sans parler l'avenue bordée d'arbres qui descendait vers le quai.

Ils s'arrêtèrent et contemplèrent la mer, où la lune traçait un long ruban argenté. Ils s'assirent sur un muret de pierre. L'air embaumait le chèvrefeuille et les frangipaniers, et le chant des grenouilles se mêlait au violon d'un petit orchestre de gitans devant le théâtre. Barnabas lui prit le bras, comme si elle avait pu s'envoler dans la nuit, et lui parla de sa vie de fils d'armateur dans le Maine, de ses études en Angleterre et de sa maison à Collinsport, une ville baptisée du nom de sa famille. Il lui raconta les années passées en mer, ses nombreuses expéditions et le fascinant épisode de sa capture par les boucaniers. Elle écouta, le cœur battant, mais sans rien dire. Avoir frôlé la mort l'avait beaucoup changé, assurait-il. Cela l'avait transformé et assagi. Il lui fit des confidences inattendues. Il avait eu honte d'apprendre que sa famille possédait des esclaves ; il s'était toujours senti éloigné de son père, l'un comme l'autre n'approuvant guère leurs manières de vivre respectives. Il lui parla de sa solitude désespérée, la distance qui le séparait de ses camarades. Il lui confia qu'il avait été imprudent et intrépide durant toute sa jeunesse, non par goût de la bravade, mais par aversion pour tout ce qui constituait son monde.

Elle lui raconta les portions de sa vie qu'elle pouvait révéler : l'enfance au bord de la mer, le lien qu'elle avait avec l'océan. Le petit couvent où les religieuses lui avaient appris à lire, sa camaraderie avec Josette, les précepteurs qui leur enseignaient l'éducation d'une comtesse parisienne. Elle lui parla de son amour pour Shakespeare et les poètes anglais, et lui confia qu'elle consignait depuis toujours pensées et souvenirs dans un journal. Suspendu à ses lèvres, il l'encourageait à poursuivre. Durant tout ce temps, il semblait victime d'un tourment intérieur, d'une sorte d'ivresse qu'il réprimait au prix d'un immense effort.

Ils se promenaient depuis une heure quand il s'arrêta face à une élégante demeure, devant laquelle attendaient un laquais et un petit cabriolet dont le cheval était attaché à un poteau.

– Ce sont mes appartements privés, dit-il. Le dîner m'attend.

Angelique songea qu'il allait rentrer et demander qu'on la raccompagne chez elle avec l'attelage. Elle hocha la tête et se tourna, mais il l'arrêta en lui prenant la main.

– Faites-moi l'honneur de vous joindre à moi, dit-il avec un regard si sombre et un ton si pressant qu'elle en fut stupéfaite.

C'étaient des appartements élégamment meublés, aux lambris d'acajou tendus de velours, éclairés par des chandeliers. Avec une sollicitude hésitante, il la conduisit à la table où scintillaient porcelaine et argenterie sur une nappe blanche. Dans ce confort raffiné, le voyant enchanté de sa présence, elle oublia tout, comme si elle avait toujours su qu'une telle vie serait la sienne. Le luxe dont elle avait toujours rêvé lui était aussi naturel que le sable du rivage et il la traitait comme si elle était en tout point son égale.

Il avait des yeux noirs et ardents aux longs cils et d'épais sourcils. Un visage qui lui rappelait les profils de pièces romaines, plein de caractère et de force, mais empreint de cette humanité qui suggérait que même les dirigeants des grands empires avaient des soucis ordinaires.

Après le dîner, alors qu'ils terminaient le vin, il se renversa en arrière et la contempla. La nuit était douce et moite. Barnabas paraissait calme, mais Angelique sentait qu'il bouillonnait d'émotions qu'il avait peine à réprimer.

– Vous m'avez dit que vous n'aimeriez jamais, commença-t-il. Vous devez me dire pourquoi.

Elle soupira. Réchauffée par le vin et l'ambiance langoureuse, elle ne voulait que savourer ce délicieux instant et oublier tout le reste.

– Y a-t-il un autre homme dans votre vie ? Qui a éclipsé tous les autres ?

Elle secoua la tête et le regarda. Elle avait toujours senti qu'elle pouvait lui faire confiance, même quand elle était enfant et qu'il lui avait donné la pierre de lune, ou lorsqu'il lui avait si aimablement parlé sur le pont de la goélette.

– Ceux que j'aimais m'ont été enlevés, dit-elle finalement. J'ai en moi quelque chose de dangereux, un sombre pouvoir que je ne comprends pas…

– Qu'est-ce qui vous fait dire cela ?

– On me l'a dit autrefois, il y a longtemps.

– Une diseuse de bonne aventure ?

– Oui…

– Oh, charmante dame… dit-il avec tant de compassion qu'elle eut l'impression que ses peines n'étaient qu'un souvenir. Ses yeux s'embuèrent de larmes. Curieusement, alors qu'elle voulait être forte, elle pleurait.

– Pourquoi cette question ? dit-elle. En quoi est-ce important ?

– Parce que j'ai trouvé la femme que je désire aimer, répondit-il. J'ai su dès l'instant où je vous ai vue que je vous désirais, et depuis ce moment je n'ai pu penser à rien d'autre. Je redoute simplement que vous m'oubliiez une fois que je serai rentré en Amérique.

– Je ne vous oublierai pas. Comment pouvez-vous dire

cela ? demanda-t-elle en portant inconsciemment la main au *ouanga* à son cou.

– Sachez que j'ai la plus grande considération pour vous, débita-t-il d'une traite. Vous n'êtes pas seulement belle, vous avez intelligence et force de caractère. Et une qualité à laquelle peu de femmes peuvent prétendre, le mystère. Vous ne ressemblez à aucune autre. Quelque chose en vous m'émeut. Et je sais seulement que je brûle de vous posséder. Rien d'autre ne compte. Je ne sais comment vous exposer plus honnêtement mes sentiments.

– Je crains, monsieur, que vous regrettiez plus tard vos généreuses paroles… (Elle se tut, car il s'était jeté à genoux et lui prenait la main.) Oh, je vous en prie, ne vous…

– Et vous, Angelique ? demanda-t-il en lui baisant les mains. Avez-vous aussi pour moi des sentiments ?

La tête lui tournait et elle ne sut que répondre.

– Je suis très flattée de votre déclaration, et j'aimerais vous dire oui de tout mon cœur, mais… je crains que vous ne vous soyez laissé emporter imprudemment et que vous repreniez vos esprits sous peu. Je ne me trompe pas en pensant que vous me faites une demande en mariage, n'est-ce pas ?

– Bien sûr, se hâta-t-il de répondre. Qu'imaginiez-vous ? Je me languis de vous. Mon Dieu, que je vous aime ! Je veux que vous viviez avec moi et que jamais personne d'autre ne vous possède.

– Mais nous sommes séparés par la société. Notre différence de classe pourrait vous amener à changer d'avis plus tard…

– Angelique, je possède une fortune suffisante pour nous deux !

Il la fixa un moment, puis il se leva et alla chercher une autre bouteille de vin. Quand il reprit la parole, Angelique sentit qu'il était en proie à un conflit intérieur.

– Le mariage de mon père n'est pas une union heureuse, dit-il enfin. Ma mère est une femme très bien, mais il ne l'aime pas. Je ne le crois pas capable d'amour. Et du coup, malheureusement, elle boit.

– Mon… mon père était un ivrogne. Dépravé et imprévisible… et fort cruel avec moi.

– Je ne peux le comprendre ! Elle est souvent si ivre dès l'après-midi qu'elle ne descend pas dîner. Elle boit parce qu'elle est affreusement seule. Et lui aussi ! Mon père a amassé une fortune dans le négoce, mais son cœur est vide. Si les sentiments étaient des pièces, il serait sans le sou.

– Le connaîtrai-je ?

– J'espère que vous n'y serez jamais forcée. Vous ne l'aimeriez pas.

Il se rassit et lui prit les mains.

– J'en suis venu à préférer des choses plus subtiles, continua-t-il d'un ton pressant. J'ai juré que je connaîtrais l'amour dans ma vie. Je veux une femme qui soit mon âme sœur et je crois que c'est vous. Si vous acceptez, Angelique, je reviendrai dans un an, une fois que j'aurai hérité de ma fortune. Et je vous ramènerai en Amérique.

– En Amérique ! C'est si loin… Je ne sais que dire…

– Alors, dites oui !

Pendant un moment, elle fut hypnotisée, étourdie par des émotions contradictoires. Il disait qu'il l'aimait, cet homme qu'elle adorait depuis si longtemps. Il lui demandait de l'épouser. Il était impétueux et peut-être ne savait-il pas vraiment ce qu'il voulait. Mais elle, pouvait-elle échapper aux forces cruelles qui régnaient sur son existence ? L'esprit maléfique qui possédait son âme avait-il enfin renoncé à elle ?

– Dites oui, répéta-t-il en lui baisant les mains.

Ce fut comme si l'aube se levait et que le ciel resplendissait de lumière. Effrayée, mais incapable de s'en empêcher, elle prononça les mots qu'elle pensait ne jamais pouvoir dire.

– Oui, je partirai avec vous, Barnabas…

– Et m'aimez-vous ? Dites-le-moi !

– Oui, je vous aime de tout mon être. Je vous ai toujours aimé et je vous aimerai…

Il la prit dans ses bras et la dévora comme un fruit suave dans un baiser qui lui coupa le souffle.

– Je vous désire, chuchota-t-il d'une voix rauque, tremblant, tout en la serrant contre lui et en l'embrassant de plus belle.

Il glissa le long de son cou jusqu'à sa gorge avec la violence passionnée de la jeunesse. Tremblant, comme près de voler en éclats sous la force de son désir, il lui déclara :

– Je vais vous ramener dès maintenant. Je promets que je n'attenterai pas à votre honneur, et je suis un homme de parole. Venez, dit-il en lui effleurant la joue. Avant qu'il ne soit trop tard.

Ils n'avaient parcouru qu'une courte distance quand il commença à pleuvoir.

– Nous devrions rentrer, dit-il. Mais je ne pourrais répondre de moi si j'étais seul avec vous dans cette chambre, ajouta-t-il en souriant.

La pluie était violente, mais chaude et caressante, et ils continuèrent leur chemin sans se soucier d'être trempés jusqu'aux os. Une pensée bourdonnait dans l'esprit d'Angelique et elle se rendit compte qu'elle retenait son souffle, certaine de ce qui les attendait. Quelque catastrophe diabolique la guettait. Elle allait glisser sur les pavés et faire une chute mortelle, ou bien le ciel s'assombrirait et un éclair la foudroierait. Mais il n'y avait que la pluie et la rue devant eux.

Si quelque chose devait l'arrêter, elle voulait que ce soit maintenant, avant qu'elle n'ait totalement perdu son cœur. Où était-il, cet esprit des Ténèbres qui lui avait interdit d'aimer ? Pourquoi n'y avait-il aucun signe ? Soudain, elle eut envie de le défier, de l'appeler. S'il venait, qui anéantirait-il ? Barnabas était trop fort et trop joyeux. Elle leva les yeux vers lui et il lui sourit, le regard débordant d'énergie.

Tenté, il l'arrêta le long d'un haut mur dans une rue déserte et l'attira contre lui.

– Juste un baiser, dit-il doucement.

Insouciante, elle s'abandonna à lui en oubliant sa peur. Il la plaqua contre les pierres et, enhardie, elle se colla contre lui. Il l'embrassa, buvant la pluie qui coulait de ses lèvres, collant son corps contre ses jupes trempées. Elle sentit son cœur battre la chamade alors qu'elle oubliait toute prudence et défiait le diable d'apparaître.

Le visage ruisselant, Barnabas la souleva et la pressa contre sa poitrine. Effrayée, elle chercha à se libérer, mais il la retenait si fermement qu'elle craignit qu'il ne la brise entre ses bras puissants. Il l'entraîna jusqu'à une brèche du mur et ils entrèrent dans le jardin.

C'est alors que, comme sortant d'une transe, elle se retrouva allongée sur des marches moussues au-dessus d'un ruisseau. Barnabas l'attira contre elle en continuant de l'embrasser. La pluie martelait son dos nu et, lorsqu'il pénétra en elle, ce fut comme si elle avait retenu son souffle pendant des milliers d'années et qu'elle pouvait enfin respirer.

Ils rentrèrent en silence et, une fois devant la maison des du Pré, il lui demanda simplement :

– Vous me retrouverez demain soir ?

– Oui, demain, et le lendemain, et le surlendemain.

– Alors bonne nuit, et que tous vos rêves soient doux.

Il l'embrassa doucement et la serra un long moment contre lui, puis il tourna les talons et disparut dans la nuit.

Une fois dans sa chambre, elle alla à la fenêtre. La pluie avait cessé et le ciel était clair et profond comme la mer. Tremblante, mais toujours animée d'un esprit de défi, elle murmura une prière :

– Puissance des Ténèbres, tu m'as laissée seule pendant tant d'années. Es-tu encore là à me surveiller ? Es-tu toujours aussi déterminée à régir ma vie et mon cœur ?

Il n'y eut pas de réponse. Seules les étoiles scintillantes la fixaient, froides et muettes.

La nuit suivante, elle retourna aux appartements de Barnabas. Alors qu'il lui ôtait sa robe, elle se demanda si elle avait réellement existé jusqu'à cet instant. Il embrassa le creux de ses mains qui caressaient son visage, glissa le long de ses seins, de son ventre et de ses hanches jusqu'au creux de ses cuisses. Chaque frôlement faisait déferler en elle des vagues de plaisir si intenses qu'elle en pleurait presque. Elle était stupéfaite par son propre corps, et toute la magie qu'elle avait apprise jusque-là était bien peu en comparaison de ces nouveaux secrets, si profonds et si vifs qu'elle oublia tout et n'eut plus d'autre désir que de comprendre une seule chose : l'irrésistible pouvoir de l'amour.

24

Pendant trois semaines enchanteresses, les amants profitèrent du moindre instant qu'ils pouvaient passer ensemble à la dérobée : une conversation au marché, une promenade en bord de mer, une visite aux appartements de Barnabas au petit matin. Souvent, c'était à l'aube qu'Angelique rentrait à la demeure des du Pré en passant discrètement par l'office. Chaque rendez-vous était empreint de la certitude que le temps filait et que le navire de Barnabas allait bientôt repartir pour l'Amérique.

Ils organisaient leurs rencontres clandestines dans des chuchotements, et l'impossibilité de révéler leur liaison était une cruelle entrave. Mais les baisers dans l'ombre étaient plus délicieux que le soleil, et les rendez-vous galants, follement enivrants.

Un après-midi où ils s'étaient abrités dans le secret de l'épave d'une goélette échouée sur la grève, Angelique déclara :

– Je ne supporte plus de me cacher. Nous devrons le dire un jour. Pourquoi ne pas le faire dès maintenant ?

– Je veux que le monde entier le sache, répondit Barnabas. Et je le dirai à tous, quand je reviendrai. Vous devez me croire. Quand mon héritage sera assuré et que mon père ne pourra plus me renier, nous serons libres de nous aimer ouvertement.

– Votre fortune m'importe peu. C'est vous que j'aime.

– Ma chérie, voulez-vous que nous soyons dans le dénuement ?

– M’écrirez-vous ?

– Comment le pourrais-je ? demanda-t-il après réflexion. Mme du Pré ne risquerait-elle pas de découvrir les lettres ?

– N’y a-t-il aucun moyen que je vous écrive, moi ?

– Où enverriez-vous vos lettres ? Mon père… (Il soupira et l’attira contre lui.) Le temps passera vite et je reviendrai. Ne nous inquiétons pas de détails futiles. M’oublierez-vous ?

– Jamais !

– Moi non plus.

Le matin du départ de Barnabas, le port était enveloppé de brouillard. La goélette flottait comme un vaisseau fantôme sur la brume qui tourbillonnait sur la mer. En la regardant depuis le quai s’éloigner vers le néant, Angelique se dit qu’elle avait l’air d’une peinture, avec ses voiles blanches sur le ciel blême, incurvées comme des coquilles blanchies.

Josette et Angelique continuèrent leur existence commune, mais chaque saison leurs chemins divergeaient davantage. Désormais, Josette accompagnait la comtesse dans ses visites aux autres habitations, parfois pendant des semaines d’affilée, cette Parisienne facilement blasée recherchant stimulation et distraction dans ce qu’elle qualifiait de « jungle infernale grouillant d’âmes infortunées ». Josette, invitée à des bals et des thés à Saint-Pierre, trouva un groupe de riches jeunes dames qui jouissaient de la même situation. Angelique devait davantage servir Josette et avait de plus en plus de mal à se comporter en domestique en sachant qu’elle allait épouser un homme riche. Elle trouvait le temps long.

Josette semblait se replier sur elle-même. Elle passait des heures seule à jouer du clavecin et à chanter de suaves et plaintives mélodies d’amour, dessinait et rédigeait de longues lettres qui occupaient presque tout son temps. Angelique aurait voulu écrire à Barnabas si elle avait pu et recevoir elle aussi des lettres.

Cette correspondance était souvent le sujet de conversations animées avec la comtesse, qui était devenue sa confidente,

Josette recherchant les conseils et l'expérience d'une femme du monde. Parfois, Angelique surprenait des bribes de leurs discussions derrière la porte du boudoir de la comtesse.

– Vous devez être réservée, Josette, et ne pas apparaître trop éprise. N'oubliez pas que les hommes aiment faire la cour. Ne répondez pas immédiatement, attendez une ou deux semaines, puis invoquez des occupations variées et des responsabilités familiales qui paraîtront amusantes. Parlez-lui de voyages ou de soirées passionnantes afin qu'il croie que vous êtes trop occupée pour penser à lui. Il vaut mieux le laisser s'interroger sur vos sentiments. Mais rappelez-lui toujours combien vous êtes heureuse de recevoir de ses nouvelles et que vous l'admirez – faute de quoi, il pourrait vous échapper !

Josette avait un soupirant, c'était évident, mais elle était secrète et Angelique ne pouvait s'empêcher de se demander lequel de ces jeunes visiteurs était l'heureux élu. Elle avait vu en visite l'éblouissant jeune fils d'un planteur du Lamentin, tellement épris de Josette qu'il restait assis au salon, son chapeau à la main, l'air douloureux, à l'écouter jouer du clavecin.

Un riche jeune propriétaire semblait être le favori de M. du Pré, car les deux hommes conversaient durant des heures quand il venait, et Josette attendait patiemment dans le salon. André adorait donner des conseils financiers à ce jeune entrepreneur, qui semblait destiné à faire fortune dans le sucre.

Il n'approuvait pas certains soupirants, mais il s'abstenait d'exprimer son opinion, car il faisait confiance à sa fille. Angelique se demandait souvent ce qu'elle aurait éprouvé avec un père aussi affectueux qui lui aurait passé tous ses caprices. Elle enviait Josette pour son père comme elle l'enviait pour tout le reste.

Un jeune et bel officier retrouvait souvent Josette à la porte de service de la maison de Saint-Pierre et Angelique entendait parfois la jeune fille glousser à ses remarques. En l'apercevant une fois en train de lui parler, elle eut un petit pincement au cœur en se rappelant la veste écarlate identique et les baisers avides de Barnabas.

C'étaient les lettres en provenance de l'étranger qui semblaient combler Josette de bonheur, qui les rangeait, liées par un ruban bleu, dans un tiroir fermé de son bureau. De quel soupirant pouvait-il s'agir ? Saint-Pierre grouillait de marchands et négociants d'Europe et d'Amérique, et beaucoup rendaient visite à la jeune fille. La richesse de son père suffisait à la faire convoiter des gentilshommes comme des chasseurs de dot. Angelique finit par décider que le favori était le beau jeune officier, puisque ses attentions étaient si bien reçues.

Josette reçut un jour une lettre qui la rendit extatique. Elle courut dans sa chambre et y resta cloîtrée tout l'après-midi. Le soir, les portes du salon restèrent fermées sur une longue conversation entre père et fille, dont Josette sortit avec un sourire béat.

Le lendemain matin, elle appela Angelique dans sa chambre et, l'étreignant pour la première fois depuis des mois, lui raconta tout.

– Oh, Angelique, je suis si heureuse ! J'ai reçu une proposition de mariage qui me comble de joie ! Hier soir, père m'a accordé sa permission et je voulais que tu le saches avant tout le monde. Je suis si amoureuse que mon cœur est près d'éclater !

– Qui est l'heureux gentilhomme ?

– C'est encore secret. Nos pères doivent échanger leurs accords et tout organiser, car c'est un homme de grande fortune qui possède un domaine en Nouvelle-Angleterre. Angelique, je vais être la maîtresse d'une grandiose propriété !

– En Amérique ?

– Oui, c'est là-bas que je vais aller un moment, même si nous vivrons aussi ici, et j'espère sincèrement que tu m'accompagneras. Je ne sais ce que je ferais sans toi.

Angelique eut un pincement au cœur, comme chaque fois qu'elle parlait avec Josette, mais elle se garda bien de lui dire que par une incroyable coïncidence elles pourraient bien devenir un jour voisines.

– Je suis contente pour vous, Mademoiselle. Vous méritez un tel bonheur.

– Viendras-tu avec moi aujourd'hui choisir des étoffes ? La comtesse tient à ce que ma robe vienne de Paris, mais les couturiers ne sont plus guère fiables là-bas depuis la Terreur. Et nous avons de la dentelle de Bruges à la Martinique ! Ce sera exquis !

Le lendemain après-midi, André alla chasser avec d'autres planteurs, et les deux jeunes filles prirent le cabriolet pour se rendre à Saint-Pierre et voir la couturière. On prit les mesures de Josette pour la robe de mariée et la mulâtresse dévouée déroula des mètres de splendides tissus pour que la jeune fiancée fasse son choix. Celle-ci opta pour une soie crème qui venait d'Inde et coûtait soixante livres le mètre.

La semaine suivante, Josette se rendit à son premier essayage. La robe à l'éclat nacré soulignait son teint d'albâtre et lui donnait l'air d'une figurine de porcelaine.

Angelique garda en mémoire tous les détails des préparatifs, se disant que viendrait bientôt le jour où elle connaîtrait pareilles délices. Cela faisait une longue et pénible année que Barnabas était parti, et tous les matins elle se réveillait en se demandant quand il reviendrait la demander en mariage. Tout le jour, elle nourrissait ses espoirs, perdue dans une merveilleuse rêverie, entre le souvenir de leur temps passé ensemble et la perspective de leur futur bonheur. Elle songeait souvent à la boutique de la couturière et s'imaginait allant acheter l'étoffe de sa robe de mariée, un taffetas de soie bleu pâle comme la glace, qu'elle avait vu sur la plus haute étagère. Et elle ferait broder le corset de perles véritables.

Un après-midi, alors qu'elle pensait ne plus supporter d'attendre, elle passa devant la boutique en revenant du marché. Elle décida de commander une robe qu'elle porterait au retour de Barnabas.

Dès lors, elle économisa dans une petite bourse le moindre sou de son maigre salaire. Cette robe de dame élégante, parfaitement ajustée et coupée, serait la première de toutes celles qu'elle accrocherait un jour dans sa penderie.

Le jour du choix du tissu, Angelique laissa libre cours à son imagination devant l'étalage de soieries. Tout en les caressant du bout des doigts, elle rêva devant les magnifiques nuances de vermillon et de vert qui lui rappelaient les coraux où elle aimait nager. Elle choisit un satin d'or très pâle qui coula comme du métal liquide dans sa main lorsqu'elle le déroula.

Pendant qu'on coupait et épinglait le patron en tulle sur elle, la couturière s'affairait en la complimentant sur sa gracieuse silhouette et en lui assurant que la robe serait magnifique. Les essayages furent un plaisir inattendu, car la femme était aussi douée qu'aimable et Angelique était ravie de se retrouver debout derrière la vitrine, où tous les passants pouvaient voir qu'elle était traitée avec le respect que mérite une cliente de marque.

Elle songeait à l'époque où Thais l'habillait en déesse et piquait des fleurs sur sa jupe, quand elle vit un jeune Noir passer devant la vitrine et entrer dans le square. Quelque chose dans son allure et sa démarche lui parut familier. C'était Cesaire ! Elle courut sur le pas de la porte et l'appela. Le jeune homme se retourna, interloqué, puis un grand sourire éclaira son visage et il revint sur ses pas.

– Angelique, petite demoiselle, c'est vraiment toi ? Comme tu as grandi !

– Cesaire ! Mon Dieu, je pensais ne jamais te revoir.

Elle aurait voulu l'étreindre, mais une jeune fille blanche ne pouvait se conduire ainsi avec un Noir à la Martinique.

– Que fais-tu là et qu'est-ce que c'est que tout cela ? Tu te fais épingler des voiles partout ?

– Je fais des essayages pour une robe, petit sot ! Oh, Cesaire, tu es parti si longtemps !

– Je suis allé voir le monde, petite demoiselle, et j'ai sillonné les mers.

– Es-tu retourné en Afrique ?

– Oui, et au Venezuela, et même à Philadelphie ! Je suis en Guadeloupe quand je ne navigue pas, car les esclaves ont été affranchis, là-bas, contrairement à ici. Les planteurs ont peur de la guillotine, en Guadeloupe !

Cesaire était devenu un fier jeune homme, avec sa peau

d'ébène et ses yeux flamboyants. Il devait penser la même chose d'elle, car il lui déclara :

– Je vois que tu es devenue une femme élégante, et assez riche pour te faire tailler des robes. Tu n'es plus domestique à La Trinité ?

Elle baissa les yeux, un peu honteuse, mais elle se ressaisit rapidement.

– Je le suis toujours, Cesaire, dans le même emploi, chez la famille du Pré.

– Alors pourquoi cette jolie robe ?

– Oh, Cesaire, ma vie va bientôt changer.

– Oui, je vois cela, s'amusa-t-il. Tu es amoureuse, c'est cela ?

– Comment as-tu deviné ?

– J'ai déjà vu ce regard chez d'autres. Que crois-tu ? J'ai eu bien des jolies filles dans mes bras et j'ai vu leur regard. Alors, qui est le chanceux ?

– Oh, tu ne me croiras pas ! Il était sur la goélette qui nous emmenait à Hispaniola. L'officier que nous avons sauvé, tu te souviens ?

– Bien sûr… et c'était un gentilhomme.

– D'une excellente et puissante famille du Maine.

– Qu'est-ce que tu fais à être amoureuse d'un gentilhomme ? se rembrunit-il.

– Il m'a demandée en mariage ! Et bientôt, dans très peu de temps, il reviendra à la Martinique.

– Mais c'est un rêve, Angelique. Et tu vas t'en mordre les doigts si tu ne te réveilles pas. La petite barque des îles ne rattrape jamais le brigantin, même avec le vent derrière.

– Ce n'est pas un rêve, Cesaire.

Il hésita un peu, puis :

– Sois heureuse, petite demoiselle. Je ne t'oublierai pas. Je n'ai jamais connu personne d'aussi brave que toi et je ne veux pas que tu aies le cœur brisé. Mon bateau part avec la marée. Je ne suis descendu à terre que pour prendre une poignée d'anneaux en fer à la fonderie.

– Reviendras-tu me voir ?

– Je pars en France, Angelique, pour travailler dans une voilerie de Marseille. Il s'écoulera bien des années avant que je te revoie. Prends soin de toi et n'oublie pas d'être prudente !

– Peut-être que je te verrai dans le Maine…

– Dans le Maine, alors ! lança-t-il en s'en allant.

Après ces retrouvailles, Angelique se sentit plus seule que jamais, d'autant que Josette venait d'apprendre que son fiancé allait venir d'Amérique lui rendre visite. Une villégiature prolongée avec ses meilleurs amis aux Trois-Îlets l'occupa pendant plus d'un mois, mais à l'approche de la date d'arrivée de son futur époux, elle revint tout préparer pour l'accueillir.

On fit des pâtisseries, le linge fut repassé, l'argenterie, nettoyée, et un cochon engraissé. La comtesse exigea qu'on gave une oie pour préparer du foie gras, tout en déplorant que celles de Martinique soient d'une espèce médiocre. On nourrit des crabes dans des baquets d'eau de mer, récolta de l'okra et des herbes dans le potager, et une tortue fut retenue pour un potage. Angelique fut emportée par cette fébrilité, car elle était de plus en plus curieuse de savoir qui était le promis de Josette et l'enthousiasme de sa jeune maîtresse lui faisait oublier son attente.

L'après-midi de l'arrivée du jeune homme, Josette fut incapable de quitter sa chambre tant qu'Angelique ne l'eut pas coiffée et maquillée à la perfection et parée de son collier de grenats. Alors qu'Angelique lui boutonnait sa robe d'organdi, la jeune fille faillit défaillir de joie.

– Oh, je suis si amoureuse ! J'ai cru que j'allais m'évanouir.

– Vous êtes si belle, Mademoiselle. Vous allez lui briser le cœur.

– Oui, je dois être la plus belle possible, si jamais il avait oublié mon visage.

– Comment pouvez-vous dire une chose pareille ! Bien sûr qu'il s'en souvient.

– Mais peut-être pas, dit Josette en se ressaisissant et en gagnant la porte. Vois-tu, bien que nous ayons échangé beaucoup de lettres, je ne l'ai vu qu'une seule fois, il y a plus d'un an. Comme j'ai peur !

Avant qu'Angelique n'ait pu répondre à cet étrange aveu, Josette dévalait déjà l'escalier. Angelique la suivit jusqu'à la balustrade, se pencha et vit André qui attendait avec un grand jeune homme aux cheveux noirs et courts en veste de velours bleu et gilet de brocard. Il fut présenté à Josette, qui fit une jolie révérence, et dont il baisa la main. Les murmures de leurs voix montèrent jusqu'à Angelique, puis André les fit entrer dans le salon.

Alors que le gentilhomme suivait Josette, il se retourna et leva les yeux vers l'escalier. Quand il plongea son regard noir et pénétrant dans le sien, Angelique sentit le sang se glacer dans ses veines et en eut le souffle coupé. C'était impossible ! Le fiancé de Josette était l'amant qu'elle attendait depuis si longtemps, Barnabas Collins.

25

Angelique fut au supplice pendant plusieurs jours. Barnabas venait chaque matin prendre Josette dans son petit attelage. D'après les récits extasiés qu'elle lui faisait ensuite, Angelique apprit qu'ils étaient allés voir des amis à Fort-Royal et aux Trois-Îlets, où d'autres riches familles possédaient des propriétés.

Elle fouilla dans ses souvenirs, essayant de comprendre ce qui s'était passé, incapable de surmonter cette immense déception. Avait-il cessé de l'aimer ? Cela ne semblait pas possible. Pourquoi l'avait-il abandonnée pour Josette ? La douleur de cet abandon était si insoutenable que chaque nuit elle se réfugiait dans sa chambre pour pleurer : les larmes lui faisaient oublier la jalousie et la rancune qui la rongeaient.

Avec le temps, elle prit la décision de le revoir, lui parler et le regarder droit dans les yeux. Elle le mettrait au pied du mur, le forcerait à avouer. Il lui avait proposé le mariage uniquement pour coucher avec elle, il l'avait séduite et abandonnée. Au moins, elle entendrait la vérité de sa propre bouche. La colère qui s'accumulait en elle finit par la remplir entièrement.

Ayant entendu Josette dire à son père le nom de l'auberge où Barnabas séjournait, elle lui envoya un billet demandant une entrevue. Pendant plusieurs jours, dans l'angoisse et la peine, elle attendit vainement une lettre, gagnée par une incompréhension et une stupéfaction qui la rendaient folle.

Puis, ne recevant aucune réponse, elle résolut d'aller le voir le soir même.

Elle sortit la robe de satin doré et l'étala sur la chaise. Dans les affaires de Josette, elle prit des bijoux, un corset et des jupons, des mules de satin et une étole. Elle se fit un chignon bouclé comme elle avait si souvent coiffé Josette, et accrocha des boucles d'opales et de diamants à ses oreilles. Dans le miroir, elle se trouva élégante, avec sa taille bien prise, son buste délicat, une masse de boucles d'or et des yeux d'un azur étincelant rehaussé par les feux des opales et les diamants. À cet instant, la haine qui agitait son cœur s'apaisa et elle fut certaine de pouvoir le reconquérir. Comment ne pouvait-il pas l'aimer autant qu'elle ?

Elle descendit sans bruit l'escalier. Il était 11 heures passées et la maison était plongée dans le silence et l'obscurité. Elle trébucha sur un tas de bottes et de vestes dans l'entrée. André était revenu d'une partie de chasse avec d'autres propriétaires. Elle s'arrêta en remarquant le coffret qui contenait ses pistolets. Hésitante, elle s'agenouilla et l'ouvrit. Les deux pistolets reposaient sur le velours, l'un contre l'autre comme des amants. Incapable de résister, elle en saisit un et le serra dans sa main. Il était lourd et froid, et il était chargé. Sans réfléchir, elle le glissa sous son étole et sortit dans la nuit.

Dans l'air lourd et parfumé, une légère brise faisait ondoyer les frondes des palmiers. En passant devant la fontaine, elle songea à sa première nuit avec Barnabas et la colère durcit de nouveau son cœur. Elle aurait satisfaction, faute de mieux. Elle trouva l'auberge et le portier lui indiqua la chambre de Barnabas avec un regard lourd de sous-entendus. Puis, retenant son souffle, elle alla frapper discrètement.

– Oui ? demanda une voix irritée par cette visite inattendue.

La porte s'ouvrit sur Barnabas. Il portait un peignoir en soie et elle entraperçut par le col sa poitrine puissante couverte de poils noirs. Elle avait oublié combien il était grand et robuste. Il ouvrit de grands yeux en la voyant.

– Angelique !

– Oui, Barnabas. Pensiez-vous que je ne viendrais pas ?

– Quelle merveilleuse surprise, dit-il.

– Je devais vous voir. J'ai attendu si longtemps votre retour à la Martinique et voici que…

– Je… Je sais. Je suis désolé, ma chère, bredouilla-t-il d'une voix avinée. J'avais l'intention de vous voir au plus vite.

– Avez-vous reçu mon billet ? demanda-t-elle, serrant toujours le pistolet sous son étole.

– Oui, et j'avais l'intention d'y répondre. Mais… c'est très difficile. Josette est…

– Est-ce vrai que vous êtes fiancé à Josette ?

– Je vous en prie, entrez… dit-il aimablement.

Il lui prit le bras, l'entraîna dans la chambre et referma la porte sans un bruit. Un frisson la parcourut à son contact. Il lui prit les mains en tremblant. Sa gêne redonna courage à Angelique.

– Permettez-moi de vous servir un verre de vin, dit-il de cette voix qu'elle se rappelait si bien. Nous pouvons nous installer près de la fenêtre devant la mer pendant que je vous explique tout.

Angelique sentit le sang affluer au bout de ses doigts, ses membres se remplir d'énergie, comme si tout son corps n'était plus de chair, mais une vibration de lumière. Elle gagna la fenêtre, mais au lieu de s'asseoir elle se retourna vers lui et attendit qu'il parle. Il la regarda un moment, puis, à sa surprise :

– Mon Dieu, vous êtes d'une telle beauté ! dit-il. (Elle vit qu'au moins il la désirait toujours.) Vos yeux… m'hypnotisent. J'avais oublié…

Il referma vivement son col et renoua la ceinture de son peignoir, puis il alla prendre du cognac. Un grand miroir doré accroché au-dessus du cabinet à liqueurs reflétait la pièce. Il y eut un cliquetis de verres, comme s'il tremblait. Et c'est alors qu'elle tira le pistolet de sous son étole. Au même instant, en levant les yeux, Barnabas vit dans le miroir qu'elle braquait une arme sur lui.

– Mon Dieu ! s'exclama-t-il en faisant volte-face.

– Vous ne pensiez pas que j'accepterais votre trahison sans rien dire, comme une dame bien élevée, Barnabas ?

– Je vous en prie, ma chère… rangez cela…

– Je l'ai trouvé dans le coffret à pistolets de votre futur beau-père, Barnabas. Comme cela est ironique, ne pensez-vous pas ? Et je tirerai si tel est mon désir. Donnez-moi une bonne raison de ne pas trouer d'une balle votre poitrine de traître, où bat déjà un cœur vide !

– Angelique, je vous en prie, c'est dangereux. Asseyez-vous, je vous en conjure, et buvons… (Il la dévisagea, puis il recula, défait.) Oh, très bien, tirez ! dit-il, accablé. Je le mérite. Débarrassez le monde d'un méprisable gredin qui sera heureux d'être libéré de ces mois de torture… Je devrais me réjouir que vous fassiez pour moi ce dont je n'ai pas eu le courage…

Elle fut un instant abasourdie par ces paroles, mais elle n'était pas dupe.

– Oh, enfin, Barnabas, deux femmes sont amoureuses de vous et vous voulez mourir ? Vous devriez avoir honte, alors qu'une vie passionnante vous attend ! Dites-moi la vérité !

– Je suis… fiancé à Josette.

– Fiancé ? Cela veut dire que vous avez fait votre choix ? Une vie superficielle, une vie consacrée à satisfaire les caprices et les exigences d'une enfant gâtée, sentimentale, certainement, mais qui n'est qu'artifice. Elle est faite pour qu'un joli galant s'assoie à ses pieds et lui offre des friandises. La préférez-vous à… à votre âme sœur, comme vous le disiez vous-même ? À une femme passionnée qui vous connaît, vous adore et vouera toute sa vie à votre bonheur ? Dites-le-moi, et vite. Mon bras fatigue et mon doigt repose sur la détente !

– Angelique. Regardez-moi. Ne savez-vous pas que personne ne peut vous remplacer ? Elle ferma les yeux un moment. La voyant hésiter, il s'empressa d'ajouter : Vous devez me croire, j'ai été tourmenté, accablé de remords… Elle baissa l'arme, se sentant soudain prise de faiblesse. J'ai rêvé de vous, je me suis langui, continua-t-il.

– Mais vous n'êtes pas revenu. Et quand vous êtes enfin

arrivé, ce n'était pas pour me voir. Je vous aime. C'est moi qui souffre… C'est moi qui désire mourir…

Son bras tremblant retomba. Il se précipita et s'empara du canon pour essayer de lui faire lâcher prise. Elle ouvrit de grands yeux et, brusquement, la détonation éclata.

– Non ! s'exclama Barnabas alors que la balle faisait voler en éclats le miroir.

– Le miroir ! s'écria-t-elle en regardant le rectangle noir sur le mur. Je l'ai cassé…

Elle tremblait tant qu'elle crut qu'elle allait s'évanouir.

Il lui prit doucement l'arme, la conduisit à un fauteuil et s'agenouilla devant elle en lui caressant les mains.

– Ce n'est rien, dit-il. Tenez, buvez un peu… Calmez-vous… Vous savez combien je vous suis dévoué. Vous m'avez fait connaître un grand bonheur… Voudrez-vous m'écouter ? La seule explication que je puisse vous donner, c'est que le père de Josette a suggéré ce mariage financièrement avantageux pour nos deux familles. Je n'ai jamais pris l'idée très au sérieux. À la vérité, je ne pensais pas qu'elle accepterait. Je ne l'avais vue qu'une fois. Jamais elle ne m'avait encouragé et… j'avais tant de joie, avec vous… Quand j'ai quitté la Martinique, j'avais toutes les intentions de revenir à vous. Mais il était impossible que nous correspondions tout en gardant le secret sur notre liaison. Alors que Josette et moi nous sommes écrit. Des petits mots aimables, au début. Puis j'ai senti croître mon affection pour elle. (Angelique se raidit et se détourna. Il se hâta de poursuivre.) Vous devez comprendre que ma famille a pris une grande importance pour moi cette dernière année et que j'ai dû reconnaître mes obligations de fils d'un riche armateur. Mon père n'a jamais vu d'un bon œil mes aventures… Je croyais que j'allais hériter, mais il a retardé mon accession à mes biens et posé comme condition… Eh bien, sachez que si je vous épousais, je serais déshérité. Je ne pourrais plus rien vous offrir. Il verrait cela comme un nouvel écart de ma part et comme un prétexte pour me renier.

– C'est ainsi que vous me voyez ? Vous pensez que je vous aime pour votre fortune ?

Angelique perçut dans son regard la flamme du désir. Il tremblait, sa voix était pleine d'ardeur, et elle fut de nouveau séduite par ce visage passionné dont elle avait rêvé pendant si longtemps.

– Cependant, continua-t-il, ce projet d'union de nos deux familles a été la première chose que mon père ait approuvée de moi. Et à mesure que passaient les mois, il a commencé à penser que le mariage était une affaire réglée, ce qu'il appelait « une alliance que nous ne pouvions laisser passer », ajouta-t-il, un peu amer. Quant à Josette… elle est jeune, innocente… elle est tombée amoureuse de moi.

– Josette est ma maîtresse, Barnabas, répondit Angelique. Vais-je devoir l'accompagner en Amérique ? Et garder en moi cette souffrance ? Sans jamais rien dire ? Qu'est-ce ce que vous attendez de moi ? (Il secoua la tête et lui baisa les mains. Elle se dégagea.) Alors, dites quelque chose qui me permette de vous mépriser, de vous haïr ! s'écria-t-elle. Que je ne voie en vous que laideur et difformité. Libérez-moi ! Le pouvez-vous ? Repoussez-moi, aussi habilement que vous m'avez courtisée. (Il se leva et recula. Elle se leva à son tour et s'appuya à la table.) Je suis venue comme la chèvre à l'abattoir, continua-t-elle. J'ai eu beau bêler et me débattre, mon destin était scellé. Que dois-je faire ? La colère – et mon cœur en est rempli – ne fera que vous repousser. Je pourrais être généreuse, sans doute, vous pardonner et vous libérer de tout sentiment coupable, mais je n'en ferai rien. Jamais je ne vous pardonnerai ! Je veux vous voir mort ! (Elle vit son regard s'assombrir douloureusement.) Non, continua-t-elle en tremblant, il n'y a aucune satisfaction pour moi ici. Alors, pourquoi suis-je venue ? Si vous voulez savoir, c'était seulement pour plonger mon regard dans vos yeux, entendre de nouveau votre voix et me trouver en votre compagnie. Car c'est vous que je chéris. Et pour cela, je dois ravaler ma fierté. J'ai payé ce fugace plaisir par l'humiliation et la honte. Mais je l'ai payé de bon cœur, car je vous aimais et je vous aime toujours.

La bougie à la fenêtre crachota et sa mèche menaça de se noyer dans la cire fondue. Barnabas alla en chercher une autre et l'alluma à la flamme agonisante. La main en coupe, il attendit qu'elle prenne, puis la colla dans le reste de cire. Une petite brise tiède passant par la fenêtre les caressa tous les deux.

– Je suis toujours aussi attiré par vous, dit-il douloureusement. Être ici avec vous, vous voir, sentir votre mystérieuse présence, c'est comme un rêve.

– Pourquoi dites-vous cela ? Vous m'insultez en m'offrant un espoir ! Y a-t-il la moindre possibilité pour que nous soyons réunis ?

– Non…, répondit-il après une longue hésitation.

– Et vous souhaitez que je vous laisse.

– Oui…

– Alors… adieu, Barnabas.

Elle gagna lentement la porte. Elle sentit le désir de Barnabas qui la suivait, comme s'il pénétrait dans son esprit. La main sur la poignée, elle se retourna et le regarda droit dans les yeux, songeant à l'extase de sentir sa bouche sur la sienne. Elle savait qu'il viendrait si elle lui imposait sa volonté. Elle sentit le pouvoir qui rayonnait en elle.

– Angelique…, souffla-t-il. Je vous en prie… Ne partez pas…

Cela faisait des heures qu'ils s'enfonçaient dans la forêt luxuriante et l'ascension était difficile sur ce gigantesque escalier de roches argentées. C'est avec soulagement qu'ils arrivèrent tout en haut, là où un torrent prenait source. Angelique se retourna en riant tandis qu'elle entraînait Barnabas jusqu'à la cascade qui les inonda de la tête aux pieds, dans un brouillard d'eau scintillante et diaphane comme une lumière liquide. C'était seulement en la franchissant que l'on pouvait pénétrer dans le lac souterrain.

Sous la cascade dont le grondement couvrait tous les autres bruits, ils trouvèrent une grotte bordée de fougères. Là, à l'abri du monde, ils regardèrent la lumière jouer dans le rideau translucide où ils passaient leurs mains.

Les amants avaient passé ensemble en cachette des heures d'une incroyable félicité. Barnabas devait toujours se marier avec Josette, mais Angelique se cramponnait à la certitude qu'elle resterait, quoi qu'il arrive, sa maîtresse et sa bien-aimée. Elle se consolait en imaginant qu'il changerait d'avis concernant Josette et que le mariage n'aurait jamais lieu. Parfois, elle sentait son agitation, voire ses accès de culpabilité, et la colère commençait à monter en elle, mais dès qu'il était dans ses bras, il n'avait plus le moindre désir d'être ailleurs et elle excusait ses moments de doute passagers et sans importance.

Josette, ignorant tout de la vie secrète de Barnabas, ne cessait de babiller sur leurs fiançailles. Comme c'était douloureux de voir le bonheur dans les yeux d'une autre ! Au fil des confidences innocentes de la jeune fille, Angelique apprit que Barnabas ne l'avait jamais embrassée : les convenances interdisaient les tête-à-tête, même à un couple de fiancés.

Barnabas se leva et se campa sur le bord du précipice, sa magnifique silhouette se découpant sur le ciel et le rideau de la cascade. Angelique fut de nouveau gagnée par la pitié et la colère. Sa beauté la séduisait, mais son indifférence à ses peines lui déchirait le cœur. En le regardant, elle songea combien il serait facile de le précipiter dans la mort. Comme il était vulnérable, ainsi en équilibre au bord de la vie, inconscient du danger et de ce qu'elle pouvait penser ! On voyait bien à sa posture arrogante qu'il se considérait comme un dieu qui contemple le monde à ses pieds.

Elle vint se placer derrière lui et l'enserra dans ses bras, caressant sa poitrine. De nouveau, elle songea qu'il suffirait de le pousser pour qu'il tombe et disparaisse dans cette jungle luxuriante. Personne ne le retrouverait et il ne la torturerait plus. Au même instant, il se retourna et l'embrassa.

Le jour baissait. Ils étaient allongés dans l'herbe et Angelique contemplait les reflets sur la surface calme du lac. Elle se rappela ce que lui avait dit le *bokor* : « Peux-tu parvenir à l'indifférence ? Je ne le crois pas. Tu t'accrocheras à la vie et ignoreras la mort dont elle est issue. Tu chercheras l'amour et il se transformera en jalousie, puis en vengeance, parce que sous cette myriade de couleurs en toi, il y a une sombre flaque de désespoir, et parce que tu es gouvernée par le désir. »

Elle n'avait jamais compris ce qu'il avait voulu dire. Elle savait seulement qu'il parlait de la magie à laquelle elle avait renoncé. Tout cela faisait partie du passé. À présent, elle était heureuse d'avoir choisi une vie ordinaire, libre de toute sorcellerie, d'avoir renoncé à ses pouvoirs et repoussé le diable pour toujours. L'indifférence ? Elle ne serait jamais indifférente aux joies de la passion. Les longues années de solitude étaient révolues. Elle savait seulement qu'elle avait trouvé l'amour et que jamais elle ne désirerait rien d'autre.

– Regardez, dit-elle. Tout existe en double. Les nuages qui flottent et les cimes se font écho dans l'eau.

– Ah, oui, c'est vrai. Le lac est un miroir.

Tout autour, des silhouettes sombres surgissaient de la surface lisse de l'eau.

– Que voyez-vous ? lui demanda-t-elle.

– Hum… Des oiseaux qui virent de l'aile, des poires coupées en deux, des papillons, des squelettes…

– Deux mains, pouce contre pouce, des arbres qui s'inclinent vers leurs jumeaux…

– Des coquillages qui s'ouvrent, des orchidées, le sexe d'une femme…

– Et la lune est tombée dans l'eau comme un poisson.

Ils se turent.

– Je vous aime, Angelique, dit-il doucement.

Elle sourit, il fit un signe, et la lune, prisonnière d'une vaguelette, devint un os blanc. Il avait dit qu'il l'aimait et un vers de Shakespeare lui revint en mémoire : « Oh, ne jure pas par la lune, l'inconstante lune… »

Ils étaient toujours allongés dans l'herbe et elle songea, alors qu'il se penchait sur elle, combien la nature aime son reflet, tout comme Narcisse adorait le sien. De la même manière, elle était le reflet de Barnabas.

26

Boston était sans nul doute la ville la plus incroyable qui fût. Les rues étaient remplies de monde et d'attelages. De nombreux beaux bâtiments se dressaient sur les avenues bordées d'arbres. Sur le marché, on vendait de tout, de l'argenterie aux légumes, et Angelique ne put s'empêcher de remarquer que les distinctions de classe étaient moins importantes ici qu'à la Martinique. Il y avait peu d'esclaves, mais la pauvreté était plus visible. Le mendiant et le marchand côtoyaient dans la rue les gens de bonne famille et l'air était rempli de vitalité et de promesses.

André, désirant passer des vacances une dernière fois avec sa fille, avait fait voile avec elle pour New York. Ils devaient y acheter son trousseau et il lui ferait visiter la ville.

Certaine que Josette serait déjà arrivée, même si elle n'avait reçu aucun message, la comtesse Natalie du Pré avait finalement décidé de quitter Boston avec Angelique et de prendre la route de Collinsport, à deux jours de voyage de là. Elle ne souhaitait pas arriver trop en avance et s'imposer, mais si elles n'étaient pas là-bas, Josette n'aurait ni domestique ni compagnie. Angelique était ravie, ses trois mois d'attente étaient terminés.

Elles partirent de bonne heure. Angelique, désemparée, contemplait la campagne qui défilait par la vitre de la diligence. La pluie tombait sur un morne paysage de champs désolés. Elles longèrent des bois ceints de murs bas, d'où dépassaient des branches noires et dépouillées dressées sur un ciel blafard. Elle ne s'attendait pas à cette grisaille et ce froid. La mince cape que la comtesse lui avait trouvée à la dernière minute la protégeait à peine et elle frissonnait. Ses mains étaient glacées, mais son cœur battait la chamade et un feu faisait rage en elle. Elle brûlait d'impatience, attendant le premier instant où elle se retrouverait en présence de Barnabas. À n'en pas douter, elle défaillirait de bonheur.

Elles passèrent la nuit dans une petite auberge de campagne où tous les hommes de la région semblaient s'être réunis ce soir-là pour se réchauffer autour d'un verre. Leur tapage dura tard dans la nuit et les deux femmes furent heureuses de remonter le lendemain matin dans leur diligence, ne fût-ce que pour dormir. Plus tard dans la journée, la route commença à suivre des falaises dominant une mer rugissante. Les chevaux avaient peine à gravir la pente et les cahots étaient incessants sur la route désormais creusée d'ornières.

– Je crois que je n'en supporterai pas davantage, se plaignit la comtesse. Cette route est ignoble.

Angelique crut voir dehors de petits morceaux de ciel qui voletaient dans l'air.

– Oh, regardez, Madame ! Qu'est-ce donc que cela ?

– Cela, Angelique, c'est de la grêle ! Vous n'en avez jamais vu, n'est-ce pas ? répondit la comtesse avec dédain. Quel temps épouvantable ! Il pleut de la glace et cette route est un fleuve de boue. On croirait rouler dans une porcherie !

En voyant la grêle, Angelique fut prise d'une étrange sensation. Elle n'avait jamais vu le Maine avec ses rivages sauvages, mais quelque chose lui paraissait familier, comme un vague souvenir d'une époque où elle n'était pas une enfant de la mer, où son univers n'était pas que bleu et or. Elle imagina ces branches délicates couvertes du feuillage vert éclatant de la Martinique. Mais elle renonça à son souvenir et revint à la réalité. Dans cette région froide et éloignée de tout qui semblait infini, elle allait être chez elle, désormais. À la Martinique, elles auraient eu le temps de traverser l'île et de revenir. Brusquement, un violent cahot la projeta dans les bras de la comtesse.

– Je savais que nous allions avoir des ennuis ! s'étrangla celle-ci.

La diligence s'était arrêtée. Le cocher fouettait les chevaux qui peinaient sans pouvoir bouger la voiture. Au bout d'un moment, le cocher vint à la portière.

– Madame, nous sommes embourbés.

– Eh bien, ne pouvez-vous pas nous sortir de cette ornière, mon brave ? répondit la comtesse, exaspérée.

– J'essaie, madame. Nous ne sommes pas bien loin de la propriété de Collinsport, à peine un quart de lieue. Dès que j'aurai dégagé cette roue, nous y serons en un rien de temps.

– Alors dépêchez-vous, avant que nous ne mourions gelées !

Voilà que survenait un autre retard alors que l'attente était devenue insupportable. Angelique ne put se contenir plus longtemps.

– Si ce n'est pas loin, je peux aller chercher de l'aide, proposa-t-elle.

– Comment, ma fille ? Mais ne dites pas de sottises, répondit la comtesse. Enfin, la nuit tombe et cette pluie est glaciale. Mieux vaut nous reposer sur la force et la pelle de ce cocher.

– Mais s'il n'y parvient pas ? Nous ne pouvons passer toute la nuit ici. Jamais je ne vous laisserai souffrir ainsi !

– Allons, mon enfant. Tenez, drapez cette couverture sur moi, voulez-vous ?

Mais Angelique avait déjà sauté de la voiture et, troussant sa robe pour ne pas la crotter de boue, elle alla trouver le cocher.

– Collinsport est juste au bout de la route, monsieur ?

– Oui, mademoiselle. C'est regrettable que nous n'ayons pas évité cette profonde ornière. Les chevaux son épuisés et…

– À quoi ressemble la maison ?

– Eh bien, c'est la deuxième sur la route, mademoiselle. Un peu en retrait, avec un portique rond et une grande colonnade blanche. Avant cela, il y a une autre grande demeure qui est en fin de construction, mais… Dites-moi, mademoiselle, vous ne comptez pas y aller à pied, n'est-ce pas ?

Mais Angelique s'était déjà élancée et courait, sans se

soucier de la boue et de la pluie. Elle ne songeait qu'au visage de son bien-aimé Barnabas et son cœur battait à se rompre. Elle vola presque sur le chemin et, quelques instants plus tard, elle était sous les larges colonnes devant une grande porte. Elle entendit des voix à l'intérieur. On se querellait et un homme s'écria :

– L'amour ! Mais ce n'est qu'un mot dans les romans pour jeunes filles !

Une autre voix d'homme répondit en maugréant, et la première reprit, tout aussi furieuse :

– Une *femme* n'est pas un *avenir* !

Qui pouvait se quereller ainsi ? Barnabas et son père ? Se pouvait-il qu'ils parlent d'elle ?

Elle souleva le heurtoir et le laissa retomber. La porte s'ouvrit et elle le vit, vêtu d'une veste lie-de-vin, ses cheveux noirs retombant sur ses grands yeux étonnés.

– Barnabas !

Son cœur fit un bond dans sa poitrine et elle crut qu'elle allait s'évanouir de joie. Elle avait envie qu'il la prenne dans ses bras, mais il ne bougea pas et se contenta de la regarder gauchement sans mot dire.

– Êtes-vous surpris ? demanda-t-elle.

Elle songea que la présence de l'autre homme, qu'elle avait entendu mais pas encore vu, lui interdisait de montrer qu'ils se connaissaient.

– Étonné, répondit-il. Nous n'attendions pas la comtesse avant une semaine. (Il jeta rapidement un coup d'œil derrière lui et hésita.) Où est-elle ? Et pourquoi êtes-vous à pied ?

– Oh, vos routes, monsieur, sourit-elle, gênée. (Elle devait offrir un bien curieux spectacle, décoiffée et avec sa cape ruisselante.) La diligence est embourbée et nous sommes coincées !

– À quelle distance d'ici ?

– Trop loin pour que ma maîtresse vienne à pied.

Elle eut envie de se pencher et d'ajouter à mi-voix : « Mais pas assez pour que je ne vole jusqu'à vous. » Elle se sentait comme une petite fille, tout étourdie par sa joie. Elle le scruta, cherchant dans son regard la preuve qu'il était aussi heureux qu'elle.

Mais à sa déception, avec une certaine méfiance, il se contenta de la prier d'entrer. Elle ôta son capuchon et vit la pièce qu'elle avait imaginée mille fois, chaleureuse, charmante et raffinée. Il était plus riche qu'elle n'avait cru, et elle se rendit compte que les liens familiaux devaient être puissants – mais pas autant, songea-t-elle, que le serment qu'ils s'étaient fait. Elle se tourna et vit près de la cheminée un homme plus âgé, élégant, avec des cheveux blonds grisonnants et de gros favoris.

– Père, dit Barnabas, voici Angelique. La femme de chambre de la comtesse du Pré.

Elle fit une révérence. Donc c'était avec son père qu'il se querellait. Mr Collins portait un gilet de velours et une montre de gousset en or. Malgré ses dehors irritables, il avait un air épuisé et accablé. Angelique se dit qu'il avait dû connaître dans sa vie quelque immense déception. Barnabas demanda si les chambres étaient prêtes. Puis :

– Il faut que j'aille chercher la comtesse, dit-il.

– Je vous accompagne, répondit aussitôt Angelique.

– Ce n'est pas nécessaire.

L'avait-elle imaginé, ou bien avait-il vraiment peur de la regarder ?

– Oh, mais c'est tout à fait nécessaire pour ma maîtresse, affirma-t-elle. (Elle se retourna vers Joshua Collins et s'inclina.) C'est un grand privilège d'être enfin arrivée chez vous, dit-elle en souriant.

Mr Collins se contenta de grommeler et se détourna. Elle eut un pincement de dépit, comme elle en avait si souvent connu à la Martinique. Il la traitait comme une servante, invisible, ordinaire, facile à remplacer. La colère bouillonna en elle et le sang lui monta au visage.

Elle n'était rien de tout cela. Son moment était venu, et bientôt elle allait jeter ce déguisement de domestique. Elle était belle et, une fois revêtue d'une robe et de bijoux, personne ne manquerait de le voir. Elle était certaine que Barnabas ne trouverait personne qui la remplace dans ses bras.

Il faisait chaud dans l'écurie. De la vapeur s'élevait des bêtes trempées par la pluie. L'odeur douceâtre des chevaux et du foin l'enivrait. Elle se rappela le plaisir d'être au côté de Barnabas, quand le monde entier était enchanté et que tout ce qui lui passait par la tête semblait être de la poésie. Elle attendit pendant que le valet et le régisseur préparaient la calèche, brûlant de plonger son regard dans celui de Barnabas, mais craignant de dévoiler son empressement. Enfin, quand l'attelage fut prêt, elle monta à côté de lui. À son grand dam, le régisseur se hissa à son tour dans la voiture en portant une hache.

– Pour couper des branches et les mettre sous les roues, dit-il, voyant qu'Angelique la regardait.

Elle le trouva un peu simplet.

– Bonne idée, Ben, dit Barnabas.

L'homme était robuste. Il s'installa en face d'elle et posa sur eux un regard vague. Sa présence interdisait la moindre conversation intime. Barnabas releva la capote sur eux en lui faisant un rapide sourire qui dissipa ses craintes. Elle fut remplie de bonheur en sentant la chaleur de son corps sous la couverture tandis que la voiture prenait la route. Elle aurait pu se contenter de rester ainsi éternellement à son côté et elle ferma les yeux en espérant que le temps s'arrêterait.

Un moment plus tard, quand la comtesse du Pré arriva à Collinsport, coiffée de son immense chapeau orné de plumes d'autruche assorti à son manchon, Joshua Collins se montra méprisant et elle, en réponse, déplaisante. Ce fut une joute verbale dès le premier instant.

– La région où vous habitez est aussi aride d'émotions que de courtoisie, déclara-t-elle.

– Dans ce cas, vous auriez dû rester à Boston, si elle vous déplaît tant.

Angelique fut ravie que l'entrevue soit si tendue, car cela ne pouvait que rejaillir sur Josette. En entendant la question de la comtesse, elle sourit intérieurement, car elle pensait comme elle :

– Il ne fait jamais chaud, ici ? Et il n'arrête donc jamais de pleuvoir ?

Une fois dans sa petite chambre dans les quartiers des domestiques, Angelique considéra avec mépris le mobilier grossier et la cheminée en brique. Il ne manquait plus qu'un vieux rouet et des quenouilles. Voulait-on lui faire comprendre que sa place ici était avec les serviteurs ? Mais ce n'était pas le moment de s'indigner comme une enfant gâtée, elle devait se préparer à la visite qu'elle était certaine de recevoir. Elle choisit dans son bagage une robe à fleurs simple et se fit des anglaises. Elle se regarda dans le miroir, songeant aux paroles de la comtesse qu'elle n'oublierait jamais : « Vous vous trouvez belle ? C'est pour cela que je vous surprends à vous regarder dans le miroir ? Vous ne l'êtes pas, Angelique. Josette, elle, est belle. »

Elle n'avait pas la pâleur d'une jeune aristocrate, mais elle avait des traits réguliers, le nez et la bouche peut-être un peu petits, mais avec des yeux profonds et langoureux. Elle trouva en cet instant qu'elle n'avait jamais été aussi désirable, car elle avait le feu aux joues et les yeux remplis de désir. Elle frissonna, brûlant de le retrouver, de sentir sur elle la chaleur de ses mains.

Elle s'assit au bout de son lit et s'appuya au pilier d'acajou en repensant à leur dernière nuit à la Martinique : la cascade, la brume de gouttelettes, la pénombre de la grotte, le goût suave de l'eau sur ses lèvres, leurs corps enlacés sous cette pluie. Un désir impuissant palpitait au plus profond de son être.

Comme l'heure avançait, et que le tonnerre continuait de gronder et la pluie de cingler sa fenêtre, Angelique ne put supporter d'attendre plus longtemps et se glissa furtivement dans le couloir. Elle monta le grand escalier et quelque instinct la conduisit à la chambre de Barnabas, où elle vit filtrer de la lumière sous la porte. Elle frappa discrètement.

– Qui est-ce ?

Au bout d'un long moment, il vint lui ouvrir et elle se précipita dans la chambre.

– Un fantôme de votre passé ! s'écria-t-elle en se jetant dans ses bras et en l'embrassant. Oh, mon amour, je vous ai attendu... Je n'en pouvais plus ! Pourquoi n'êtes-vous pas venu ? Étiez-vous trop fier pour cela ? Ne savez-vous pas combien je vous aime ? (Elle se colla contre lui en soupirant.) Après votre départ de la Martinique, j'ai rêvé de vous toutes les nuits, je vous ai entendu prononcer mon prénom... j'attendais cela depuis si longtemps ! Serrez-moi dans vos bras !

Griffant sa veste de velours, elle lui embrassa le visage, les lèvres. Elle mit un moment avant de sentir qu'il résistait et la repoussait sans répondre à ses baisers.

– Oh, vous êtes glacial comme cette vieille maison ! s'écria-t-elle. Qu'y a-t-il ?

– Je ne suis pas froid avec vous, Angelique, mais je dois l'être, dit-il à mi-voix. Je ne peux faire ce que vous demandez. Je vous en prie, vous devez comprendre... (Il leva mollement la main, gêné.) Tout cela est une erreur.

La tête lui tourna et elle crut qu'elle allait s'évanouir.

– Comment cela, une erreur ?

– J'ai eu... la faiblesse de vous aimer... bredouilla-t-il en se détournant. J'ai eu tort... Pardonnez-moi... (Elle vit qu'il était déchiré et avait peine à s'exprimer.) Quand nous étions ensemble... Je n'étais pas encore certain de me marier... Josette m'aimait, mais je n'ai jamais imaginé que je l'aimerais aussi...

– Vous aimez Josette ? Mais elle est si fade ! Quand vous êtes venu m'ouvrir ce soir, n'étiez-vous pas heureux de me voir ?

Il la considéra un moment.

– J'ai été surpris. Je ne pensais pas que vous viendriez. J'ai été confondu par votre allure, vos yeux, dissimulés sous votre capuchon...

Elle se mordit la lèvre, attendant qu'il dise ce qu'elle attendait tant, mais il n'en fut rien.

– Essayez de comprendre, Angelique. Vous et moi ne pourrons jamais… Il est impossible que nous nous mariions. Je sais que j'ai pu vous laisser le croire, mais mon père…

– Votre père ! Pourquoi vous souciez-vous de lui ? Votre père n'est pas vous ! (Elle se jeta sur lui, lui empoigna les bras et leva son visage vers le sien.) Où est le rebelle passionné que j'aimais ? Jamais je n'aurais imaginé une telle faiblesse ! Enfin, vous devez avoir le courage de dire à votre famille ce que vous attendez de la vie ! Vous savez que vous m'aimez !

– Non, vous vous trompez, dit-il en se détournant. Je vous ai aimée, certes. Vous êtes une femme belle et fascinante, mais… peut-être que je n'ai pas autant de courage que vous. J'ai d'autres choses plus importantes à prendre en compte. Je sais que c'est difficile pour vous de le comprendre, mais j'ai des devoirs envers ma famille. (Elle le regarda, impuissante, interdite, alors qu'il tentait de poursuivre.) Le fait est que j'ai fini par aimer Josette, dit-il enfin. Je l'aime désormais de tout mon cœur. Et si la force de l'amour a pour vous autant de prix que vous le dites, vous respecterez mes sentiments. À présent, pardonnez-moi, je ne veux pas vous blesser, mais… je dois vous demander de partir.

– Partir ? répéta-t-elle, accablée. Avant que vous ne regrettiez toutes les absurdités que vous venez de me dire ?

Il y eut un long silence avant qu'il murmure :

– Oui.

– Vous ne me désirez plus.

– Non.

Trop fière pour laisser voir ses yeux en larmes, elle s'enfuit.

Une fois revenue dans sa chambre, elle pleura comme si cela pouvait soulager le poids qui broyait son cœur, comme si on l'avait poignardée. Elle pleura jusqu'à en suffoquer, tout en imaginant qu'elle entendait son pas dans le couloir, que la porte allait s'ouvrir et qu'il entrerait pour la prendre dans ses bras. C'était comme être déchirée par les griffes acérées d'un monstre cruel et indifférent. L'incrédulité le disputait au désespoir, et elle se rendit compte qu'elle n'avait jamais imaginé que Barnabas aurait pour elle une telle froideur.

Elle s'était préparée à fuir avec lui, à partager la difficile vie d'un homme déshérité, à rester à son côté, tout endurer et travailler avec lui. Elle avait rêvé des aventures, des épreuves, puis du retour au sein de sa famille.

Mais jamais elle n'avait imaginé cela. Loin de voir en Josette une rivale, elle l'avait considérée comme un moyen de venir en Nouvelle-Angleterre retrouver Barnabas. Elle aurait même supporté leur mariage si elle avait pu rester sa maîtresse bien-aimée. Comment avait-elle pu être aussi aveugle ? Rien ne l'avait préparée à ce vide incroyable qu'allait désormais être sa vie. Qu'allait-elle devenir ? Où irait-elle ? Comment pourrait-elle rester ici comme domestique, voir Barnabas chaque jour et rester invisible, humiliée de savoir qu'il vivait avec Josette et lui faisait l'amour ?

Elle se leva, s'approcha de la fenêtre et posa la main sur la vitre glacée. Les arbres dépouillés dressaient leurs silhouettes macabres dans l'orage. La flamme de sa bougie tremblota et s'éteignit, et dans l'obscurité glaciale, striée par les éclairs, elle commença à songer aux possibilités qui s'offraient à elle.

Comment pourrait-elle amener Barnabas à fléchir et succomber à ses plus profonds désirs ? Cette fidélité à son père et à sa famille n'était qu'une posture qu'il avait adoptée, elle en était certaine. Pouvait-elle l'affaiblir et l'en détourner ?

Elle caressa l'idée qu'un petit peu de magie pourrait lui faire prendre conscience de ses véritables sentiments. Elle la regretta aussitôt : la magie lui était désormais interdite.

Elle revint à son lit et s'allongea en fixant le plafond. À mesure qu'elle cherchait des solutions, son esprit s'apaisa. Une idée se fit jour. Il avait oublié qu'il l'aimait. Plus probablement, il avait décidé de ne pas l'aimer. La manière la plus sûre de lui éclaircir l'esprit, c'était de lui faire frôler la mort. Quand il prend conscience de sa condition mortelle, l'être humain comprend ce qui importe vraiment. C'était ce qu'il fallait faire pour amener Barnabas à retrouver la raison.

Seulement, comment pouvait-elle y parvenir, puisqu'elle

avait arrêté depuis si longtemps les potions et les sortilèges ? Cette petite manipulation en valait-elle la peine ? Elle devait être très prudente, car il ne fallait surtout pas éveiller l'attention de l'esprit des Ténèbres. Elle avait renoncé à ses pouvoirs, et il l'avait laissée en paix. Ils avaient conclu une trêve. Mais quelque chose d'aussi infime ne pourrait être remarqué. C'était tentant ; elle devait faire fléchir Barnabas d'une manière ou d'une autre. Elle opta pour la patience. Et avec cette nouvelle idée en tête, elle s'endormit.

L'occasion se présenta plus facilement que prévu. Elle avait repris ses devoirs de domestique avec humilité et résolution. La comtesse dépendait d'elle pour tant de petites tâches qu'elle se demandait souvent comme cette femme aurait pu s'habiller ou se coiffer seule. Angelique ne cessait de recoudre, tailler, nettoyer, choisir pour le corset la dentelle qu'il fallait ou le bijou qui convenait. Parfois, elle se disait qu'elle était bien plus compétente que la femme élégante qu'elle servait. Chaque jour, elle la laissait sortir dans le monde, transformée et parée, et elle était la seule à connaître toutes les peines qu'avait exigées cette transformation.

La petite Sarah, sœur cadette de Barnabas, venait souvent jouer dans la chambre d'Angelique. Elle n'avait que six ans, mais sa présence ramenait Angelique à sa propre enfance en compagnie de sa mère. Elle songeait souvent à l'homme qu'elle avait cru être son père et combien elle avait été désobéissante. Combien elle avait été obsédée par la lecture du livre de magie. Sa détermination et son courage l'avaient sauvée, à l'époque. Il était difficile de croire qu'elle avait été naguère adorée comme une déesse et qu'Erzulie l'avait habitée.

Sarah était une fillette pleine d'imagination, qui se laissait captiver par les histoires que lui racontait Angelique. Elle ouvrait de grands yeux en entendant la description des cérémonies. Des Noirs qui dansaient sur des braises sans se brûler la plante des pieds, qui entraient en transe en chantant et en dansant. Elle adorait particulièrement les récits des émeutes réprimées par les soldats à la Martinique. Un jour, elle apporta un petit soldat en bois pour le lui montrer et le laissa lorsqu'elle partit dîner.

Angelique prit le jouet et l'examina attentivement. Il était en bois peint, avec un uniforme bleu, un tricorne et un bras mobile qui tenait un mousquet. Elle se rappela en souriant la première fois qu'elle avait vu Barnabas dans cet uniforme, sa prestance, et elle devina que le jouet lui avait appartenu. Elle le glissa dans la poche de sa robe.

À mesure qu'elle échafaudait ses projets et que l'espoir lui revenait, son humeur s'éclaircit. Un vers lui revint en mémoire : « Ressemblez à la fleur innocente, mais soyez le serpent sous elle… » Elle sourit même en ramassant le châle de la comtesse dans le salon et elle s'arrêta pour admirer les meubles, l'acajou luisant et la texture du brocard, imaginant que ces richesses seraient un jour à elle.

Elle sortit le jouet de sa robe et le regardait tout en songeant aux possibilités qu'il lui offrait, lorsque Jeremiah, l'oncle de Barnabas, apparut dans la pièce. Angelique se rappela l'avoir vu à la Martinique, au carnaval où elle avait rencontré Barnabas pour la première fois. Elle fut immédiatement frappée par son beau visage et son comportement respectueux. Comme il était différent de son frère Joshua, si brutal et arrogant, et de Barnabas, passionné et imprévisible ! Jeremiah parut reconnaître le jouet.

– Savez-vous ce que c'est ? demanda-t-elle.

– Un membre du régiment, dit-il en souriant. Un vieux soldat.

– Il était à vous ?

– Non, à Barnabas. C'étaient ses jouets préférés quand il était enfant. Il devrait être dans la salle de jeux.

Elle avait donc bien deviné.

– Dans ce cas, je vais l'y rapporter, dit-elle.

– Très bien. (Il lui sembla voir dans son regard une étincelle d'intérêt qui disparut aussitôt.) Voulez-vous que je le fasse ? demanda-t-il comme s'il cherchait à poursuivre la conversation.

Elle sentit en lui une certaine mélancolie, comme s'il n'avait aucun but dans la vie, rien qui lui apporte de l'énergie, hormis son travail au chantier naval. Peut-être qu'il était sous le joug implacable de Joshua Collins depuis plus longtemps encore que Barnabas, puisqu'il était le cadet, au point d'en avoir perdu le goût de l'aventure. *Comme il est vulnérable !* songea-t-elle. *Ceux qui sont résignés à une vie sans romance sont les plus sensibles à l'appel de l'amour.*

– J'aimerais le conserver encore un peu, répondit-elle, pour le regarder. C'est un petit jouet si fascinant.

– Très bien, dit-il gauchement. Gardez-le tant qu'il vous plaira.

Elle soutint son regard. Oui, c'était l'instrument idéal, mais il servirait plus tard. Pour le moment, elle n'avait besoin que du jouet, si elle se décidait, pour causer à Barnabas plus de souffrances et de peines qu'il n'en avait jamais connues.

Ce soir-là, Angelique s'assit à sa fenêtre et contempla le ciel. La lune nimbée de brume éclairait faiblement la mer. Ici, elle était glaciale, songea-t-elle, et son étreinte était sombre et menaçante. Malgré tout, elle avait envie de sentir sa puissance qui s'abattait sur le rivage. Cela faisait si longtemps qu'elle n'avait pas tenté de pratiquer la sorcellerie qu'elle se demandait si ses pouvoirs étaient en sommeil ou s'ils avaient totalement disparu. Cela faisait des années que l'esprit des Ténèbres avait parlé et qu'elle l'avait repoussé. Mais elle n'avait pas besoin de lui maintenant, plus du tout.

Elle sortit le coffret qu'elle n'avait pu se résoudre à laisser à la Martinique et qu'elle n'avait pas touché depuis bien longtemps. Elle en souleva le couvercle. Boîtes, sachets et flacons étaient bien là. Elle frissonna et le referma lentement. On frappa à la porte et elle glissa le coffret sous son lit.

Elle fut surprise de voir Barnabas sur le seuil. Jamais il n'avait paru aussi séduisant, avec son gilet en soie et son ample chemise dont les manchettes de dentelle couvraient ses mains puissantes. Ses cheveux noirs retombaient sur ses yeux ardents et elle vit qu'il essayait de prendre un air détaché.

– Puis-je entrer ? demanda-t-il à mi-voix.

Elle s'effaça pour le laisser passer, pleine d'espoir. Elle avait toujours su qu'il viendrait. Elle n'avait pas besoin de sortilèges alors qu'elle possédait une telle emprise sur lui.

– Je veux vous dire combien je suis navré, commença-t-il. Et que je regrette ce qui s'est passé. (Angelique ne répondit pas et attendit, le cœur battant.) J'avoue que j'ai profité de vous et que je vous ai traitée avec moins de respect que vous ne le méritiez. Mais… je n'ai sûrement pas été votre seul amant, et la Martinique était… un lieu enchanteur. Un rêve. Je suis venu vous dire que je ne vois pas pourquoi nous ne pouvons pas être amis.

– Simplement amis ? chuchota-t-elle.

– Oui, pourquoi pas ? Vous êtes dévouée à Josette, et elle à vous. Tout ce que je souhaite, c'est que nous soyons tous contents. Ne voyez-vous pas que notre… liaison à la Martinique restera éternellement un souvenir qui nous sera cher ? Je ne penserai jamais à vous sans affection. Mais désormais, nous avons tous les deux des rôles différents à assumer dans la vie.

« Un nouveau rôle dans la vie, avait dit son père, que tu peux être fière d'endosser. » Jamais elle n'oublierait ces paroles qui l'avaient plongée dans une existence malheureuse, soumise aux caprices d'un homme sans cœur.

– Et quel est mon rôle ? demanda-t-elle. La femme de chambre de la comtesse ?

– Angelique…, dit Barnabas avec un regard suppliant.

– Je suis votre servante, et vous êtes mon maître, dit-elle simplement.

– Angelique, je vous en prie…

– Que désirez-vous vraiment en cet instant, au fond de votre cœur ? demanda-t-elle en s'avançant vers lui. Pourquoi êtes-vous venu ?

Il porta une main tremblante à sa bouche. Elle songea au nombre de fois où cette main l'avait touchée, où ces doigts l'avaient caressée, et qui se posaient désormais sur ses lèvres pleines auxquelles elle s'était abandonnée. Il lui avait dit un jour qu'il aurait pu ne se nourrir que de ses baisers. Le voyant en proie à des sentiments contradictoires, elle eut de la peine pour lui.

– Je vous aime, dit-elle en le prenant dans ses bras. Je ferais n'importe quoi pour vous rendre heureux. Elle l'embrassa doucement, à pleine bouche en se collant contre lui et en chuchotant : Pensez à toutes ces nuits à la Martinique. Personne ne s'est jamais aimé comme nous. Vous vous en souvenez, n'est-ce pas ? Il lui prit les mains en gémissant. Elle murmura, ses lèvres à son oreille : Si toutes les promesses que nous nous sommes faites n'étaient rien d'autre que de suaves mensonges nés du moment, alors mentez-moi encore. Quelle importance ? Mentez-moi encore, murmura-t-elle en se serrant plus encore contre lui et en le sentant faiblir.

Il la souleva, la porta sur le lit et elle fut stupéfaite par son ardeur soudaine. Il la caressa, faisant courir ses mains sur son corps à travers l'étoffe. Elle était dans la mer, soulevée par la houle, et le ressac grondait dans ses oreilles. Ses baisers étaient déchaînés et son souffle haletant était comme le vent dans une grotte. Il glissa la main sous sa jupe et elle le sentit se raidir. Il pesait sur elle et la broyait et, bien que sentant avec un pincement de regret que son désir pour elle avait vaincu sa raison, qu'elle l'avait pris au piège, elle se laissa tout de même aller à cette vague qui l'emportait, la bousculait et la soulevait avant de la plonger dans les profondeurs.

Après cela, elle se laissa dériver avant de se tourner vers lui et de voir le remords assombrir son visage. Elle caressa sa joue du doigt en se demandant pourquoi il était si changé après l'amour.

– Vous voyez, chuchota-t-elle en souriant. Rien ne peut nous séparer. (Il se leva et se rhabilla, gêné.) Je vous avais dit que vous ne pouviez me résister.

– J'avoue que c'est difficile… J'ai perdu mon sang-froid.

– Quand deux êtres sont amoureux, rien ne peut les empêcher d'être ensemble.

– Je crois… qu'il vaudrait mieux que nous ne nous revoyions pas en tête à tête.

– Comment garderez-vous vos distances ?

– Je le ferai. Je le dois. Josette va arriver. Angelique… Je l'aime.

– Non, Barnabas, vous l'imaginez seulement. Vous essayez de vous en convaincre.

– Je vais l'épouser.

– Ce mariage ne sera qu'une comédie. Une semaine après, vous le regretterez. Elle ne vous rendra jamais heureux.

Il se retourna vers elle, les yeux rouges, et son intonation lasse lui donna envie de pleurer.

– C'était la dernière fois, Angelique. Je vous demande de me croire et de ne pas rendre les choses plus difficiles qu'elles ne le sont déjà.

Son cœur se remplit soudain de haine. Il était faible et malhonnête et il s'était de nouveau servi d'elle. Elle l'avait laissé faire, s'était humiliée dans cet effort désespéré pour rallumer le feu de leur amour. Comme elle avait été sotte !

– Partez. Laissez-moi, dit-elle, glaciale.

Il se retourna sur le seuil.

– Ne pouvons-nous pas rester amis ? l'implora-t-il.

– Oh, Barnabas ! dit-elle à mi-voix. Je serai toujours bien plus près de vous que vous ne le pensez.

Le navire transportant André et Josette à New York avait été retardé de plus d'une semaine par une tempête. Leur séjour là-bas avait été écourté, mais Josette avait eu le temps de faire les boutiques pour acheter les derniers articles à la mode. Elle avait hâte de rejoindre son fiancé et, comme André avait encore des affaires à régler en ville, il l'avait laissée partir la première à Collinsport avec un chaperon.

Elle arriva revêtue d'un long et ample manteau bordeaux à traîne et d'un manchon en renard, et coiffée d'un chapeau orné de lavande et de roses d'où retombaient ses boucles châtain jusqu'à sa poitrine. Rayonnante et toujours aussi affectueuse, elle étreignit Angelique. Barnabas apparut, hors d'haleine, et, tenaillée par l'envie, Angelique vit Josette se jeter dans ses bras et l'embrasser avec la plus grande tendresse.

– Josette, ma bien-aimée, bienvenue dans votre nouvelle demeure, dit-il chaleureusement.

Son amour était visiblement sincère. Il rayonnait en la regardant. Un peu gênée, Josette se tourna vers Angelique.

– Mes bagages ont-ils été envoyés ?

– Oui, Mademoiselle.

– Dans ce cas… voudrais-tu veiller à ce qu'on les défasse ?

Josette était toujours aussi aimable, sans aucune condescendance, mais l'intonation était sans équivoque. Elle voulait rester seule avec lui.

Bien sûr, Josette était charmante et gentille, affirmant qu'Angelique était son amie et non sa domestique. Elle allait de nouveau lui faire des confidences à propos de Barnabas. Angelique serait obligée d'écouter avec sollicitude, d'offrir compréhension et consolation, même si le poison de la jalousie la rongeait déjà.

Une fois revenue dans sa petite chambre, elle ouvrit le tiroir de sa commode et sortit le jouet. Sa main tremblait et son bras était engourdi. Le petit soldat était solide et prêt à la bataille, aussi résolu que l'homme qu'il représentait. Le mouchoir qu'elle avait pris sans peine dans les affaires de Barnabas était brodé à ses initiales et ferait parfaitement l'affaire.

– Réveille-toi, petit soldat, dit-elle d'une voix suave. Le moment est venu pour toi d'accomplir ton devoir. Ma maîtresse est arrivée pour le mariage. Mais il ne va pas y avoir de noces, n'est-ce pas ? (Elle fit avec le mouchoir une boucle qu'elle passa autour du cou du jouet.) Il suffit de serrer un petit peu au col, dit-elle.

Comme elle aurait aimé assister à ce spectacle ! Mais ce n'était pas nécessaire, car elle pouvait l'imaginer sans peine. Ensuite, elle retint son souffle et appela le feu. Il commença aussitôt à palpiter en elle, comme un serpent de flammes, et dansa le long de ses bras jusqu'à ses mains. Comme c'était simple !

Et voilà ! En bas dans l'entrée, Barnabas était en train d'embrasser Josette, quand il s'interrompit, déconcerté, puis affolé par la sensation d'étranglement.

– Barnabas, qu'avez-vous ? s'écria Josette, effrayée, en le voyant s'effondrer dans un fauteuil, la main à sa gorge.

– Je ne peux plus respirer…

Angelique serra encore. Elle sourit en sentant la force qui se répandait en elle, physique, délicieuse, comme si elle était avec lui et le sentait dans son corps.

– Quelque chose m'étouffe… Tout devient noir… Où êtes-vous, Josette ?

Il gémit et s'effondra sur le sol en renversant le fauteuil. Josette poussa un hurlement. Des domestiques accoururent et l'emportèrent dans sa chambre avant d'aller chercher un médecin.

Plusieurs heures passèrent, puis Angelique décida d'aller voir Barnabas. À son chevet, Josette pleurait de désespoir.

– Oh, Angelique, mais que vais-je faire ? demanda-t-elle en levant ses yeux rouges et gonflés.

– Comment va-t-il, Mademoiselle ?

– Bien pire, hélas. Même le médecin dit ne rien pouvoir pour lui. (Angelique eut un petit frisson d'orgueil.) Il a déclaré qu'il n'y avait rien d'anormal au point de vue médical. C'est comme si… quelque chose l'avait attaqué. Il a eu ce regard, en portant la main à sa gorge. Veux-tu venir prier avec moi, Angelique ?

– Bien sûr, Mademoiselle.

Angelique s'agenouilla au côté de sa maîtresse, puis elle se tourna vers elle, les mains jointes, et, comme prise d'une idée soudaine, elle demanda :

– Si vous désirez prier, peut-être qu'il serait utile que vous ayez votre médaillon de Saint-Pierre ? L'avez-vous emporté ?

– Oh, oui, il est dans mon bagage ! Laisse-moi aller le chercher, souffla-t-elle, manifestement soulagée d'avoir un prétexte pour s'absenter un instant. Reste à le veiller.

Elle s'en alla précipitamment et, demeurée seule, Angelique considéra sa victime.

– Barnabas, chuchota-t-elle en se penchant sur lui. Vous êtes un si pitoyable sot.

Livide et ruisselant de sueur, il bougea vainement les lèvres. Elle effleura sa gorge et il ouvrit les yeux.

– À quoi pensez-vous ? demanda-t-elle doucement, sans rancœur. (Elle attendit pendant qu'il la regardait, torturé, larmoyant, en essayant de parler.) Chercheriez-vous à me dire quelque chose ?

– Je me meurs, dit-il d'une voix rauque et à peine audible.

Angelique perçut sa terreur. Enfin, il ne pouvait pas être si proche de la mort. Il s'était passé trop peu de temps. Elle se rappela un souvenir enfoui et, soudain, son cœur se mit à battre.

– Je me meurs, répéta-t-il. La mort m'enveloppe…

– Non ! Non, vous ne pouvez pas mourir !

Elle se pencha encore, son souffle se mêlant au sien.

– Angelique… je vous en conjure… aidez-moi…

– Je vous aime ! Si vous mourez, je n'aurai plus personne !

Le souvenir se fit brusquement plus clair. Chloe ! Elle courut jusqu'à sa chambre, la gorge serrée, et prit la poupée dans ses mains tremblantes. *Chloe !* Elle s'acharna sur le mouchoir, mais il était si serré autour du cou du petit soldat qu'elle ne parvint pas à l'ôter. Glacée par la panique, elle revivait son cauchemar en s'accablant de reproches. Elle tuait ce qu'elle aimait. Elle anéantissait toutes ses chances de bonheur. Que ferait-elle s'il mourait ? Si elle le perdait, elle serait toute seule !

Désespérée, elle chercha vainement dans un tiroir des ciseaux ou un couteau. Elle tira de nouveau sur le nœud. Il devait céder, il le fallait. Impuissante, elle essaya de nouveau, s'arrachant presque les ongles, puis elle le sentit se relâcher et, glissant un doigt dessous, elle parvint à l'enlever.

Elle imagina Barnabas reprendre son souffle et respirer à nouveau tandis que Josette l'étreignait avec joie.

– *C'était terrifiant*, disait-il en la serrant dans ses bras. *La mort… me chuchotait à l'oreille.*

Angelique s'assit, étourdie et soulagée, en fixant le jouet dans sa main. *Comment ai-je pu être aussi imprudente ?* songea-t-elle. *S'il était mort, il ne me serait rien resté. Je ne dois pas jeter un sort sur Barnabas. Je dois trouver un maléfice qui agira sur ce qui l'entoure, qui anéantira ses espoirs afin qu'il cherche une consolation auprès de moi et que je sois de nouveau sienne…*

27

Un matin, un attelage s'arrêta sur l'allée et il y eut une grande agitation à la porte. Des paquets étaient arrivés de Paris pour le mariage et la lune de miel de Josette, qui devait se dérouler à la Martinique. On porta les cartons à l'étage, et comme Josette était partie en ville avec la comtesse, ce fut à Angelique qu'il revint de les ouvrir. En défaisant les ficelles, elle songea combien elle avait changé depuis son arrivée, comme si tout son être avait été empoisonné par la jalousie. Jamais elle n'avait autant haï Josette.

Sous des couches de papier de soie, elle trouva de la lingerie, des jupons en dentelle et des robes en taffetas ornées de magnifiques plissés, fronces et broderies. Il y avait également des gants et des chaussures en daim ainsi que des coiffures en rubans, paille et fleurs.

L'un des chapeaux était si joli qu'Angelique ne résista pas à l'envie de l'essayer, et à peine l'eut-elle placé sur sa tête pour se regarder dans le miroir qu'elle eut un pincement au cœur. Elle souffrait que sa beauté ne soit pas mise en valeur et elle songea aux jardins sous-marins de corail dont les couleurs scintillantes pâlissaient et devenaient d'un gris aussi terne que sa robe de femme de chambre lorsqu'on les arrachait et qu'on les exposait au soleil. Elle regarda son visage sous ce chapeau qui lui allait tant, qui soulignait si bien ses traits et ses yeux, et le désespoir de sa situation lui parut plus insupportable que jamais.

À ce moment la porte s'ouvrit d'un coup et Josette apparut, rouge d'excitation.

– Les paquets sont arrivés de Paris ! Oh, Angelique, laisse-moi voir !

Elle se précipita vers le lit et souleva une robe à rayures bleues et argent qu'elle plaqua sur elle. C'est seulement lorsqu'elle s'approcha du miroir qu'elle remarqua ce que portait Angelique.

– Oh, que c'est charmant ! s'écria-t-elle. Que tu es ravissante avec ce chapeau ! (Puis, lui prenant le bras avec un sourire espiègle :) Angelique, essayons les robes ensemble !

– Je ne peux pas, dit Angelique. Elles ne sont pas à moi.

– Dans ce cas, je t'en donnerai une, dit Josette, toujours aussi impétueuse, même si une petite étincelle dans son regard indiquait qu'elle se rendait compte de sa trop grande générosité.

– Où la porterais-je, Mademoiselle ?

– Oh, je ne sais pas. Qu'est-ce que cela change ? Tiens, essaie celle-ci ! dit-elle en jetant une robe en taffetas gris sur le lit.

Quelques minutes plus tard, les deux jeunes filles s'admiraient en posant devant le miroir, leurs sveltes tailles prises dans des corsets et leurs bras délicats drapés dans les manches froncées. Josette attira Angelique près d'elle et posa une main affectueuse sur son épaule.

– Regarde-nous, murmura-t-elle. Ne sommes-nous pas bien assorties ? Tu es encore plus belle que moi.

– Ce n'est pas vrai, Mademoiselle. C'est vous la plus belle.

– Mais ensemble, nous représentons toute la séduction de la féminité. Toi avec tes cheveux blonds et moi avec mes yeux noirs. Quel dommage qu'aucun homme ne puisse avoir les deux à la fois ! s'exclama-t-elle en riant, ravie de cette idée.

En regardant leur reflet, Angelique songea amèrement qu'en effet c'était vrai. Josette était son contraire, non seulement par le physique, mais par la nature. C'était comme si toute la haine dans son cœur avait aspiré toute celle qu'aurait pu contenir celui de sa maîtresse, si bien que la brune n'était que pureté, confiance et sincérité, alors qu'elle-même était corrompue par une force maléfique qui la rendait méfiante et fermée au monde. Comprenant que cela ne changerait jamais, des larmes lui montèrent aux yeux.

– Oh, non, ne pleure pas ! s'écria Josette en courant chercher le chapeau. Tiens. Je te le donne. Peu importe que tu le portes ou non. Garde-le.

– Je ne peux pas. Je vous assure que je ne peux pas, refusa Angelique.

– Tu le dois, sinon je serais très fâchée, dit Josette en l'entraînant vers le lit et en s'asseyant avec elle avec un petit sourire. Écoute, nous allons te trouver un beau jeune homme. Je ne supporte pas d'être la seule qui soit heureuse. Une fois que je serai mariée, j'ai l'intention de tout faire pour que tu le sois aussi. Je ferai l'entremetteuse ! Et tu auras une occasion de porter ce chapeau, je te le promets.

Le moment était venu de recourir aux potions et poudres et, surtout, de trouver une aide, quelqu'un qui lui procure ce dont elle avait besoin. Angelique se rendit compte qu'elle avait été bien imprudente et pouvait facilement éveiller les soupçons. Même la simple quête de belladone dans les bois avait alerté Ben, le régisseur un peu benêt, qui l'avait suivie.

– Qu'est-ce que vous faites avec ces feuilles ? demanda-t-il d'un ton bourru qui la fit sursauter.

– Je cherche des herbes. Ma maîtresse… aime qu'on en parfume sa salade.

Heureusement que c'est un crétin, songea-t-elle. *Sans quoi, il n'aurait jamais cru à une explication aussi sotte.*

– Et que croyez-vous que c'est ?

– Du laurier, répondit-elle avec hauteur.

– Non, c'est de la belladone et c'est du poison.

– Du poison ? fit-elle mine de s'étonner.

– J'ai vu du bétail mourir d'en avoir mangé et les bêtes ont drôlement souffert.

– Oh, je vous suis très reconnaissante de me prévenir, dit-elle en laissant tomber sa corbeille sur le sol. Vous êtes Ben, n'est-ce pas ? (Il acquiesça.) Je vous ai déjà vu. C'est vous qui avez dégagé d'une ornière la diligence de la comtesse. Eh bien, vous êtes fort comme deux hommes… et vous connaissez aussi les plantes ?

Comme elle s'y attendait, l'homme se radoucit devant ses flatteries.

– Je vous connais aussi. Vous êtes la femme de chambre de la comtesse.

– Je m'appelle Angelique et j'espère que nous pourrons devenir amis.

– Je… Je ne devrais même pas vous parler. Mr Joshua me ferait donner le fouet.

– Je ne dirai rien à personne, répondit-elle en lui effleurant le bras.

– Les femmes ne veulent pas me parler, d'habitude.

– Eh bien, moi, cela me plaît beaucoup de vous parler, dit-elle avec un grand sourire, voyant qu'il s'imaginait qu'elle ne lui était pas insensible.

Revenue dans sa chambre, Angelique broya deux poudres avec son mortier et son pilon, puis elle versa une décoction de la belladone qu'elle avait ramassée après le départ de Ben et mélangea le tout avec un peu de son propre sang en se piquant le doigt avec une aiguille. Ensuite, elle regarda fixement le feu. Elle prononça plusieurs fois le prénom de Ben à mi-voix et il ne fallut que quelques instants avant qu'il ne vienne frapper à sa porte. Il sembla stupéfait qu'elle le laisse entrer.

– Je ne sais pas ce que je fais ici, dit-il.

– Je voulais que vous veniez.

Il resta confondu en l'entendant, mais il ne perdit pas de temps. Avec un sourire lascif, il chercha à la prendre dans ses bras, mais elle l'esquiva et lui offrit un gobelet contenant la potion.

– Buvez cela, d'abord, et ensuite nous verrons, dit-elle d'un air lascif.

Ben vida d'un trait le gobelet, cligna des paupières et la regarda d'un air hébété.

– Comment vous sentez-vous ? demanda-t-elle.

– Dans un état étrange…

– C'est parce que vous n'avez plus de volonté propre, dit-elle d'un ton impérieux. Ma volonté est la vôtre. Vous devrez faire tout ce que je vous dirai. Vous serez mon esclave.

Il balaya vaguement ses paroles comme si c'était un caprice féminin, mais elle vit à son regard trouble que la potion faisait effet. Il tituba un peu et se rattrapa au bras d'un fauteuil, fixa un moment le sol comme pour se rappeler où il était, puis il leva vers elle un visage abasourdi et inquiet.

– Maintenant que vous avez bu la potion, vous êtes en mon pouvoir, dit-elle d'une voix sourde. Et je vous protégerai des esprits maléfiques, et même de la mort. (Elle prit sa grosse main pataude.) J'utiliserai votre main quand la mienne sera trop petite, et votre bras quand le mien sera trop faible. (Elle enlaça les gros doigts avec les siens.) Nous sommes unis par des liens invisibles qui ne peuvent être rompus, ajouta-t-elle.

Puis elle le lâcha, alla à sa commode, réfléchit un instant et se retourna. Ben continuait de la fixer d'un air hébété.

– Il me faut une toile d'araignée provenant d'un chêne de Virginie. Tous ses fils doivent demeurer intacts. Allez m'en chercher une, tout de suite. J'ai des choses importantes à faire.

Ben tourna les talons et sortit sans un mot. Quand il revint, il avait retrouvé sa voix.

– J'ai dû m'y reprendre à trois fois avant d'en trouver une qui était parfaite, dit-il. Pourquoi vous la voulez ?

Angelique prit la toile enroulée autour d'une brindille.

– Pour une robe.

Le regard de Ben s'éclaira.

– Une robe ! J'aimerais bien voir cela ! dit-il d'une voix pâteuse.

– Pas pour moi. Pour cette femme.

Elle lui montra une grossière poupée en argile posée sur sa table.

– Elle n'a pas de tête.

– Cela n'a pas d'importance, car la femme est Josette. Et

la robe tiendra sur son corps grâce à une mèche de cheveux de son amant.

– Où allez-vous trouver une mèche de cheveux de Mr Barnabas ?

– Pas de Barnabas, dit-elle en souriant avec gourmandise. De Jeremiah. Ce sera bientôt lui, l'amant de Josette.

Ben éclata d'un grand rire qui l'irrita. Même s'il était forcé d'accomplir sa volonté, il continuait de la traiter avec familiarité, comme s'ils étaient sur un pied d'égalité.

– Jeremiah ? Là, vous vous trompez, c'est sûr.

– Dites-moi, Ben, qu'est-ce qu'un homme déteste le plus chez une femme ?

– Je ne connais pas bien les femmes.

– Mais si vous étiez marié, que voudriez-vous qu'elle soit ?

– Eh bien… fidèle, je pense.

– Et que feriez-vous si elle ne l'était pas ?

– Je… (Il s'anima soudain en imaginant la situation.) Je la tuerais !

– Barnabas ne la tuera pas, sourit Angelique. Mais je peux voir son visage… entendre sa voix… il la renverra chez elle ! Et ce sera auprès de moi qu'il trouvera le réconfort.

– Vous ne pouvez pas la forcer ! s'indigna Ben. Je lui dirai tout !

– Vous ne ferez rien de tel, cracha-t-elle. Si vous ouvrez la bouche pour dire quoi que ce soit contre moi, plus jamais vous ne parlerez.

Elle vit que Ben commençait enfin à comprendre.

– Vous êtes une sorcière ! dit-il, abasourdi.

Angelique sourit de nouveau devant cet esprit simplet.

– Oui. Je suis une sorcière. Et vous êtes mon serviteur.

Tard dans la nuit, assise auprès du feu, Angelique fixait la figurine d'argile posée sur sa table.

– « Oui, Mademoiselle Josette », « non, Mademoiselle Josette », dit-elle avec aigreur, le cœur glacé comme la pierre et rempli de rancune. Elle croit qu'elle peut me donner des ordres, chuchota-t-elle. Mais dans cette chambre, c'est moi qui commande.

Elle se rappela sa joie en arrivant à Collinsport. Comme elle avait été sotte, si absurdement naïve ! Quand avait-il cessé de l'aimer, et pourquoi ? L'amour qu'elle éprouvait pour lui avait changé aussi. La bienheureuse servitude avait laissé la place à une obsession torturante qui imprégnait tout son être. Son amour avait pris une autre forme, contrefaite, tranchante. Comme si une graine s'était retournée dans le sol pour présenter au soleil sa face obscure et faire jaillir une plante vénéneuse hérissée d'épines.

Peut-être avait-elle réprimé une nature qui avait toujours été la sienne. Elle songea aux magnifiques récifs de Martinique et à la vie fabuleuse qui peuplait les coraux. Elle se rappelait désormais que les habitants ne mangeaient jamais les poissons aux couleurs vives qu'ils prenaient dans leurs filets. Ces créatures multicolores aux nageoires flottantes comme de la dentelle avaient en elles un poison mortel.

Quand apprendrait-elle qu'elle n'obtiendrait rien sans effort, que rien n'était prévisible ? Il était évident que Barnabas s'était lassé d'elle. Elle était capable de le faire succomber pendant une heure, mais à présent il désirait sincèrement Josette à cause de son innocence et de sa fragilité. Le regard familier rempli d'affection et le sourire charmeur, c'était à Josette qu'il les destinait désormais, comme s'il jouait un rôle dans une pièce et récitait les mêmes répliques à une nouvelle ingénue.

Elle était forcée d'admettre qu'il était bien plus déterminé à l'égard de Josette qu'il ne l'avait jamais été pour elle. Oh, comme elle regrettait d'être allée le voir dans sa chambre cette nuit où elle avait revêtu sa robe de satin doré ! Si seulement elle n'avait rien fait, elle aurait peut-être pu le reconquérir après son mariage. Mais sans qu'il lui donne rien en échange, elle lui avait tout accordé.

Elle n'était pas comme Josette. Elle n'avait pas une existence luxueuse faite de promenades dans des jardins, de conversations légères avec des gentilshommes, de robes et de coiffures exquises, avec la certitude de séduire quiconque poserait les yeux sur elle. Pour Josette, tout tombait du ciel. Elle n'avait rien à craindre ni de quoi s'inquiéter. Mais tout cela allait bientôt changer.

– Je lui réserve une vie qu'elle détestera tellement qu'il ne lui restera plus qu'une seule solution, déclara-t-elle dans la chambre vide. C'est le présent que je lui offre. Et c'est aussi… mon seul choix, comprit-elle avec mélancolie.

Une fois que Ben lui eut apporté la mèche de cheveux de Jeremiah, Angelique eut tout le nécessaire pour accomplir son sortilège. Elle enveloppa la poupée du mouchoir de Josette et noua la mèche de cheveux noirs autour de la taille. C'était la plus simple des sorcelleries, et dès qu'elle commença à réciter les paroles datant d'un temps immémorial, elle se sentit soudain prise d'une faiblesse. Son esprit s'obscurcit et elle eut l'impression d'être entraînée dans un tourbillon.

Elle se cramponna à sa table pour se soutenir et, lorsqu'elle recouvra ses sens, elle reprit ses incantations. À mesure qu'elle psalmodiait, le feu derrière elle se mit à flamboyer comme en écho. Une pulsation familière gagna ses épaules et sa gorge, et les mots se mirent à tournoyer dans son cerveau, alors qu'elle sentait à nouveau l'odeur âcre qu'elle avait encore en mémoire.

– Que l'essence des cheveux de Jeremiah forme une ceinture pour la toile d'araignée de l'amour. (Elle drapa la tête de la poupée de la délicate toile dont les fils se collèrent à l'argile.) Que la toile d'araignée de l'amour emprisonne Josette et que ses fils soient comme l'acier. Elle ferma les yeux et murmura : Josette aime Jeremiah. Josette aime Jeremiah. Josette aime Jeremiah.

À mesure que la force vibrait en elle, son corps se tendit et des spasmes de plaisir l'assaillirent. Puis elle fut victime d'un étourdissement et s'évanouit. Elle resta allongée près du feu pendant un quart d'heure avant de reprendre conscience et se rappeler ce qu'elle avait fait.

Cela commença lentement, mais Angelique fut fascinée par la progression du sortilège. Ce matin-là, Josette choisit une robe à rayures, bien trop coquette pour elle. Puis, sur un caprice, elle exigea qu'on orne d'un nœud ses abondants cheveux bruns qu'elle laissa retomber librement sur ses épaules.

Angelique sourit intérieurement quand elle surprit une dispute puérile : Josette hésitait à laisser Barnabas l'embrasser. Elle fut certaine que les effets de la magie commençaient à se faire sentir et qu'il ne lui restait plus qu'à attendre patiemment. Josette commençait déjà à avoir un comportement ridicule.

Angelique fut intriguée quand Barnabas lui demanda de le retrouver dans le salon. Peut-être se lassait-il déjà de sa frivole fiancée. Mais dès qu'elle vit son visage, elle se raidit. Elle ne l'avait jamais vu aussi fâché.

– Que savez-vous de ceci ? demanda-t-il sèchement en lui tendant un grand carton carré.

– Rien, se contenta-t-elle de répondre.

– Je crois que si.

– Pourquoi ? Qu'est-ce que c'est ? demanda-t-elle, plus curieuse qu'effrayée.

– Un cadeau de mariage, ironisa-t-il. Voyez vous-même.

Angelique hésita, puis elle posa la boîte sur la table et en souleva le couvercle. Ce qu'elle vit lui figea le sang dans les veines. Dans la boîte se trouvait un crâne blanc coiffé d'une perruque brune ! Elle recula avec dégoût.

– Est-il de vous ? demanda-t-il.

– Bien sûr que non.

– D'évidence, il a été envoyé par quelqu'un qui n'approuve pas notre mariage.

– Mais comment aurais-je pu… Je n'ai pas quitté la propriété depuis mon arrivée.

– Alors, que dois-je en conclure ? demanda-t-il avec un regard si froid et si méprisant qu'elle en eut les larmes aux yeux.

– Vous agissez comme si vous ne saviez rien de moi, dit-elle, alors que vous me connaissez si bien. Vous savez que je ne ferais rien qui me fasse haïr de vous !

Et elle s'enfuit de la pièce, désespérée. Revenue dans sa chambre, elle alla à la fenêtre et fixa l'horizon en s'efforçant de se ressaisir. Elle ne voyait qu'un seul être capable d'un geste aussi macabre.

Rôdait-il depuis toujours dans les parages en attendant qu'elle faiblisse ? Ses longues années d'abstinence n'avaient servi à rien : elles avaient disparu comme une grande sécheresse se dissout dans un seul orage. Il était revenu, et il allait s'en prendre à elle, même si elle n'avait jeté que de petits sortilèges, ce que le *bokor* avait qualifié de « jouets ». Mais ils avaient suffi. Désemparée, elle balaya sa petite chambre du regard.

– Es-tu là en ce moment ? chuchota-t-elle.

Elle attendit, sans chercher à l'invoquer, et tendit l'oreille. Il n'y avait pas un bruit, pas un souffle, rien d'autre que le silence et le battement de son cœur. Cela valait-il la peine de risquer son retour ? Elle était petite, la première fois qu'il était venu à elle. Trop jeune pour le défier, et ne sachant pas encore comment se protéger. Quelque part, tout au fond d'elle, elle possédait la force de le combattre et elle devait l'utiliser. Mais avant, elle devait abandonner ces sortilèges puérils, qui n'étaient pas dignes de son talent et ne faisaient que troubler la longue trêve qui avait protégé son âme. Elle se promit de ne pas jeter d'autre sort.

Cependant, ses résolutions furent inutiles. Cette nuit-là, elle vit dans le couloir Josette qui se rendait dans la chambre de Jeremiah. Elle portait un léger peignoir lavande scandaleusement transparent et elle avait le feu aux joues. Elle avançait comme en transe, si absorbée qu'elle ne remarqua pas Angelique venue préparer son lit.

Elle frappa à la porte de Jeremiah et, quand il ouvrit, lui parla d'une voix rauque et langoureuse. Angelique ne put savoir ce qui s'était passé, mais Josette revint dans sa chambre bouleversée et accablée de honte, se jeta sur son lit et refusa qu'elle la console.

Le sortilège agissait, songea Angelique, et elle ne pouvait plus l'arrêter, désormais, même si elle l'avait voulu.

Le lendemain matin, elle vit Jeremiah dans le salon. Il paraissait troublé et préoccupé, mais il profita de sa présence pour l'interroger sur l'humeur de sa maîtresse.

– Comment se portait-elle quand vous l'avez quittée ?

– Oh, très bien, monsieur.

– Est-elle heureuse, ici ?

– Mais certainement, monsieur. Très heureuse.

– Selon vous, elle n'est en aucune manière… troublée ?

– Pas du tout. Elle est exactement telle qu'elle était à la Martinique.

Elle vit que le sous-entendu avait fait mouche. Jeremiah serra les mâchoires et secoua la tête d'un air résigné. Il avait du mal à croire ce que Josette avait fait. Et en effet, qui aurait pu imaginer de la dépravation chez un être dont la pureté et la vertu étaient l'évidence même ?

Angelique eut pour Josette un pincement de pitié qu'elle balaya aussitôt. Pourquoi la jeune fille aurait-elle échappé aux caprices du destin ? Elle savait que Jeremiah avait l'intention d'informer Barnabas que sa fiancée n'était pas digne de confiance. L'orgueil de Barnabas serait blessé et il perdrait un peu de sa superbe, mais il n'accepterait jamais Josette s'il découvrait qu'elle était inconstante.

La conversation eut en fait lieu ce même après-midi. Josette, encore humiliée par son geste, resta dans sa chambre et envoya Angelique dire qu'elle ne se sentait pas bien. Après avoir transmis le message et subi l'air déçu de Barnabas, Angelique resta dans le couloir pour épier la discussion avec Jeremiah.

– Josette n'est-elle pas charmante ? demanda Barnabas. Avez-vous remarqué comme elle est attentive et comme elle est gracieuse ? La seule chose que je ne comprends pas, c'est pourquoi elle m'a choisi. Je ne la mérite pas.

– Peut-être que vous ne connaissez pas Josette aussi bien que vous ne le pensez, marmonna Jeremiah, cherchant une manière d'aborder un sujet aussi difficile devant une telle adoration.

– Mon Dieu, Jeremiah, qu'est-ce qui vous fait dire une chose pareille ?

– Vous m'avez toujours dit que je jugeais les gens avec perspicacité.

– Et vous sentez que quelque chose ne va pas ? Vous ne l'aimez pas ?

– Bien sûr que si, répondit-il sans hésitation, avant d'ajouter malgré lui : beaucoup.

– Elle vous apprécie, si c'est ce qui vous inquiète. D'ailleurs, je crois qu'elle est jalouse de vous, de notre affection. Elle espère sincèrement que vous l'approuvez.

– Et comment pensez-vous qu'elle puisse rechercher mon approbation ?

– Eh bien, Jeremiah, comme vous êtes sérieux ! Elle n'a pas besoin de la rechercher ! Je me demande si ce n'est pas vous qui êtes jaloux. Je me trompe ? N'estimez-vous pas que je suis un homme excessivement chanceux ?

Jeremiah hésita, puis il sembla renoncer à son dessein.

– Vous avez de la chance de pouvoir aimer à ce point, dit-il finalement. Et de faire une telle confiance.

La jalousie piqua de nouveau Angelique, furieuse que ses machinations n'aient pas réussi à révéler l'inconduite de Josette. Dépitée, elle redoubla de détermination et décida d'abandonner le projet de faire connaître à Josette la souffrance d'aimer en vain. Le moment était venu pour que Jeremiah réponde à ses avances, et même qu'il les désire.

Mais cette fois, une impatience inquiète rendit difficile la préparation de la potion. Elle trouva l'herbe dont elle avait besoin dans la forêt. Selon la volonté d'Angelique, Ben allait apporter à Jeremiah son grog, dans lequel il verserait la potion. Le plan était sans faille, mais son exécution n'avançait pas. Elle avait du mal à se concentrer. Elle savait qu'elle ne recourait qu'à une magie superficielle, mais elle avait peur d'aller plus loin. Tout à sa tâche, elle se rappela les paroles du *bokor* : « Peux-tu forcer quelqu'un à t'aimer ? » lui avait-elle demandé.

À quoi il avait répondu : « Tu paies et tu subis les conséquences. »

Un philtre d'amour était difficile et altérait la destinée. Jamais elle n'en userait avec Barnabas. Il devait venir à elle comme à la Martinique, parce qu'il la désirait et qu'il lui était dévoué. Elle savait qu'il l'aimait et qu'elle n'avait qu'à écarter les obstacles à cet amour. Elle devait seulement éliminer Josette aussi rapidement et simplement que possible.

Cependant, l'aigreur troublait la clarté de son jugement et son désir pour Barnabas l'empêchait de prendre les décisions nécessaires pour parvenir à ses fins. Elle ne doutait pas que jeter un sort soit la bonne solution, mais elle avait du mal à se concentrer. Une chose était sûre : elle était déterminée à empêcher le mariage. Josette devait s'enfuir avec Jeremiah. Après quoi, Barnabas comprendrait à quel point il s'était trompé et combien Angelique l'aimait. C'est à cette idée qu'elle s'accrocha de toutes ses forces.

Cette même nuit, les deux amants se retrouvèrent au clair de lune près de la fontaine en marbre de Diane, mus par une attirance inexplicable. Cependant, au grand dam d'Angelique, la comtesse du Pré suivit subrepticement Josette quand elle quitta la maison. Pire, cachée dans le jardin sous la statue de la Chasseresse, elle assista à la conversation gauche et au baiser hésitant qui scellait l'amour de Jeremiah et Josette. Leur comportement artificiel convainquit la comtesse, qui était vaniteuse mais pas sotte, que Josette agissait contre sa propre volonté.

Angelique commença alors à rencontrer des difficultés avec la comtesse, qui avait une sensibilité innée au surnaturel et se piquait de petits enfantillages comme la lecture des tarots. Ces instruments prophétiques, selon elle, indiquaient immanquablement la présence d'une « puissance maléfique » dans la maison. La comtesse sentait que la conduite de Josette ne lui ressemblait pas, et la résistance qu'elle y opposait le prouvait. En effet, Josette était d'une si irréprochable intégrité qu'elle parvenait à combattre inconsciemment le sortilège avec toutes les fibres de son être. La magie la tenait sous son emprise et la forçait à des actes allant à l'encontre de ses principes qui la laissaient abattue et accablée de culpabilité. Elle devint coléreuse et secrète, et cela éveilla de nouveaux soupçons chez la comtesse.

Malgré la vigilance de cette dernière, Angelique était convaincue que le maléfice lui permettrait de parvenir à ses fins. Elle tenta de maîtriser son angoisse en s'imaginant constamment le visage de Barnabas lorsqu'il comprendrait que Josette l'avait trahi. Pour elle, si Barnabas était aussi indifférent à son égard, c'est parce qu'il réfrénait ses véritables sentiments. Mais l'esprit des Ténèbres se manifesta insidieusement de nouveau, comme pour défier Angelique. La marque de la fourche du diable apparut mystérieusement sur la main de Josette.

La jeune fille fut extrêmement alarmée en voyant le funeste symbole et se frotta la main comme si elle était souillée, mais elle n'avait pas aussi peur qu'Angelique, qui avait immédiatement compris l'origine de la marque.

– Qu'est-ce que cela peut être ? demanda Josette, désemparée. Cela ne s'en va pas.

– Je n'en ai aucune idée, Mademoiselle.

– Peut-être est-ce un bleu.

La marque était absurde et grossièrement dessinée, comme si le diable essayait maladroitement d'aider Angelique dans son entreprise. Elle trouva un prétexte pour l'examiner de près et la jugea si ridicule qu'elle faillit éclater de rire.

– J'avais une marque de ce genre quand j'étais enfant, dit-elle pour consoler sa maîtresse. (Quelle ironie : en cherchant à compatir, elle avait dit une vérité au milieu d'un mensonge.) Et j'ai pu la faire disparaître avec de l'eau de rose, ajouta-t-elle.

Josette laissa Angelique frotter la marque avec son eau de rose, dans laquelle Angelique avait secrètement versé de l'élixir d'amour. La toile de ces mensonges tissés commençait à les prendre tous dans ses filets.

La marque s'effaça, mais le lendemain, à la stupéfaction de Josette et au grand dépit d'Angelique, elle réapparut, aussi foncée que la veille, et elle surgit également sur la main de Jeremiah. Angelique devina que les deux amants perplexes tenteraient de s'en débarrasser eux-mêmes dans la chambre de Josette, et qu'à force de se frotter avec l'eau de rose, ils finiraient inévitablement par se laisser aller à des caresses, puis à une étreinte.

C'était comme si le diable l'aidait, à présent, comme s'il travaillait à ses côtés en lançant des maléfices aussi puérils que les siens pour l'agacer et la narguer. Il n'était pas apparu et ne lui avait pas parlé, mais tapi dans l'ombre, il attendait.

28

André du Pré arriva finalement de New York pour célébrer le mariage de sa fille. Curieusement, Angelique fut heureuse de voir un visage familier, même s'il était toujours aussi sec et autoritaire et fut vexé qu'aucun membre de la famille Collins ne soit là pour l'accueillir.

– Angelique, ma chère, dit-il en la saluant d'un petit signe de tête, où diable sont-ils tous passés ?

Elle sourit en voyant que pour l'occasion André avait acheté un magnifique chapeau et un splendide costume en laine gris clair qui dissimulait habilement sa corpulence.

– Je vais annoncer votre arrivée à Josette, dit-elle.

Pour la première fois, elle éprouva un pincement de culpabilité en sachant que la conduite de sa fille allait plonger dans le désarroi cet homme si aimable. Quand Joshua Collins sortit de son bureau, André se montra gauche, intimidé par les manières impeccables de son hôte. *Que c'est triste,* songea-t-elle, *alors que c'est lui, André, qui a le plus de fortune et de biens.*

Mais André était « riche comme un créole », et l'argent gagné dans la canne n'était pas considéré comme aussi honorable que celui des armateurs. Pour Joshua, les planteurs antillais étaient des canailles européennes de basse extraction qui avaient fui leur milieu. Cependant, songea amèrement Angelique, Joshua ne dédaignait pas pour autant une union qui apporterait à la famille Collins une fortune incommensurable, à défaut de prestige.

André remarqua aussitôt que sa fille était dans tous ses états. Il n'aurait pas pu montrer plus de compréhension et de sollicitude et, une fois de plus, Angelique envia Josette d'avoir un père qui lui témoignait une telle affection.

Ce soir-là, la comtesse retrouva son frère dans un salon et, devant une bouteille de grand vin français, lui raconta tout ce qui s'était passé à Collinsport depuis son arrivée, y compris la conduite inqualifiable de Josette. Ils étaient à l'aise ensemble, heureux de se confier de nouveau l'un à l'autre, et Angelique fut envoyée chercher une autre bouteille dans la cave de Joshua. Souriant intérieurement en pensant à la réaction du patriarche quand il découvrirait ce pillage, elle prit le prétexte de ranimer le feu et de remettre des bûches pour s'attarder un peu.

– Que je sois damné si elle épouse un homme qu'elle n'aime pas ! s'exclama André. Lequel de ces deux-là désire-t-elle vraiment ?

– André, écoutez-moi. J'en suis arrivée à croire, si ridicule que cela paraisse, que Josette est victime d'une espèce de sortilège, qu'il… qu'il y a une sorcière dans ces murs, ou quelque démon malfaisant qui force Josette à se jeter dans les bras de Jeremiah. Ils ne s'aiment pas, j'en suis sûre. Elle agit comme sous l'empire d'une transe.

– Billevesées ! Vous savez, Natalie, votre imagination a été échauffée par votre séjour dans les îles. Josette a toujours été une enfant capricieuse qui change constamment d'avis. Je l'adore et je l'ai gâtée, et vous savez aussi bien que, même si nombre d'élégants lui ont fait la cour à la Martinique, elle n'a jamais été en présence de véritables gentilshommes. Barnabas est le premier et ce Jeremiah est manifestement un rival.

– C'est l'oncle de Barnabas et ils s'entendent très bien depuis toujours. Que vous croyiez ou non à la sorcellerie, je pense que ce mariage est en péril.

– Alors, qu'on l'annule ! Nous n'avons qu'à repartir à la Martinique et que le diable les emporte tous !

– Non, je pense que Barnabas et Josette devraient se marier au plus vite. Le plus tôt sera le mieux.

Angelique, qui avait continué de s'affairer auprès du feu depuis un peu trop longtemps, se rendit brusquement compte que le tisonnier était brûlant. Elle le laissa tomber dans l'âtre et le fixa, sans savoir comment le récupérer.

– Ce sera tout, Angelique, dit la comtesse. Vous pouvez disposer.

Elle n'alla pas plus loin que le couloir. Elle avait l'impression que ses jambes ne la porteraient pas jusqu'à sa chambre et elle s'appuya à la balustrade, prise d'un vertige. Le mariage devait avoir lieu dans quelques semaines et elle avait pensé avoir amplement le temps d'aller au bout de ses machinations. La romance entre Josette et Jeremiah n'avait pas progressé. Avec leur sens des convenances si profondément ancré en eux, ils luttaient désespérément.

– Vous voulez dire qu'ils se marient avant la cérémonie officielle que nous avons pris tant de peine à organiser ? J'ai cru comprendre que ce mariage devait être l'événement de la saison. N'y a-t-il pas un grand nombre d'invités ?

André jouait l'avocat du diable et, même à travers la porte, Angelique entendit le feu de l'alcool dans sa voix.

– Je sais, répondit la comtesse. Ici, tout est fastidieux et méticuleux. Dans les tropiques, les décisions fondent comme neige au soleil, mais ici, la glace est impossible à briser et… permanente.

– Je ne vais pas en vouloir à Josette, dit André.

Angelique sentit dans son intonation quelque chose de nouveau, à la fois pensif et mélancolique. Elle se colla contre la porte pour mieux entendre.

– Dites-moi, Natalie, maintenant que l'âge vous a rendue aussi sage que je le suis, lorsque nous étions jeunes, pensiez-vous à l'amour ?

– À l'amour, André ? Oh, je ne me rappelle pas ! C'était… oh, puisque vous insistez, c'était un ravissement ! Une félicité irrésistible et indéniable !

– Oui. Ah, oui ! répondit-il. Irrésistible… ravissement… Je ne vous l'ai jamais dit, Natalie, bien que nous ayons été très proches, mais Marie n'était pas mon seul et unique amour.

C'était une épouse dévouée et je l'aimais autant que je la respectais. Elle était bien née, comme vous le savez, et l'union était convenable, organisée par nos deux familles. Je l'ai épousée pour faire plaisir à père, et je dois dire que je n'ai jamais regretté ma décision. J'ai d'ailleurs eu beaucoup de chagrin quand elle est morte. C'était une femme charmante et délicieuse qui m'a donné une fille exquise qui illumine ma vie. Mais ce n'était pas la femme de mes rêves...

– Oh... Et qui était-ce, alors ?

– Je ne l'ai jamais avoué à personne, soupira André, mais la vérité est que je ne le sais pas vraiment. J'étais jeune et fringant, vous auriez été étonnée. Ah, oui, jeune, écervelé et j'adorais monter à cheval. La Martinique était encore sauvage et j'avais une magnifique monture que j'amenais à la mer. Avez-vous jamais galopé dans les vagues ?

– Non, je n'ai jamais...

– Vous n'imaginez pas quelle sensation c'est d'être en selle sur un cheval qui nage ! Cet animal puissant qui défie l'écume, bondit par-dessus les vagues, plonge et refait surface. C'est incroyable ! Quand je le montais, j'avais l'impression d'être... un dieu !

– Et comment avez-vous connu cette femme ?

– Eh bien, de bonne heure un matin, je galopais depuis des lieues sur le rivage, j'étais loin de la maison et je vis une fille qui ramassait des coquillages sur la laisse de mer. Elle portait un pagne de toutes les couleurs du corail et elle était gracieuse comme une danseuse quand elle se baissait pour mettre dans le panier à sa hanche ce qu'elle avait glané. Elle était... irrésistible, comme une vision irréelle. Il fallait que je sache ce qu'elle était avant de pouvoir repartir. C'était comme si j'avais vu l'un de ces oiseaux rares dans la forêt, vous savez, qui sont si beaux que vous vous en approchez sans un bruit parce que vous tenez absolument à les voir de près.

– Oui, oui, j'ai connu cela.

– Je me souviens que j'ai plongé dans la mer, espérant sans doute m'en approcher en nageant sans qu'elle m'aperçoive. Je devais craindre qu'elle disparaisse si elle me voyait. Quand je suis sorti de l'eau, elle a levé les yeux et m'a souri et, ne soyez pas choquée, Natalie, mais j'ai vu que c'était une quarteronne.

– J'allais vous dire : naturellement.

– Elle avait un teint de miel, avec de longs cheveux noirs et des yeux de tigresse. C'était une véritable beauté. Elle n'a pas prononcé un mot, elle s'est tournée et m'a emmené à sa cabane sur la plage, comme si elle m'attendait. Je l'ai suivie en contemplant sa chevelure noire qui retombait en cascade sur son dos, cette portion de peau dorée jusqu'à ses hanches et les courbes enveloppées dans l'étoffe.

» Elle m'a fait entrer. Sa cabane sentait la menthe et le laurier, tout comme elle. Il y avait des bouquets de fleurs séchées pendus au plafond. Elle m'a donné à manger, s'est occupée de moi et… elle a chanté pour moi. Que ses chansons étaient suaves ! C'était une déesse dans un rêve, une fleur, mais pas de ces espèces fragiles. Elle me faisait plutôt penser à une orchidée, celles qui poussent très haut dans les arbres, aux pétales cireux et fermes, comme l'intérieur d'un coquillage. Elle était satinée, avec ses yeux noirs et sa bouche tendre.

– Êtes-vous resté ?

– Bien sûr ! Des jours. Des semaines. Je ne me souviens plus. Je sais seulement qu'elle a été la seule femme que j'aie vraiment désirée. J'ai éprouvé un… ravissement… et je ne l'ai jamais oubliée.

– Pourquoi ne…

– Ne l'ai-je pas épousée ? Eh bien, un matin, je me suis réveillé et elle avait disparu. Comme un imbécile, je suis rentré chez moi et, six mois plus tard, j'étais un homme rangé et respectable avec Marie comme épouse.

– Vous n'êtes jamais retourné la voir ?

– Le croirez-vous ? Je suis un monstre de cruauté. Je n'y suis jamais retourné. Je ne devrais pas dire cela. Des années plus tard, alors que j'étais sur cette partie du littoral, j'ai retrouvé la cabane, mais elle était en ruine et déserte. Elle n'était plus là. Non, Natalie, je ne l'ai jamais revue.

Angelique s'appuya contre le mur, gagnée par la chair de

poule. Elle porta une main à son visage en suivant les contours du bout du doigt. Elle avait peine à croire ce qu'elle venait d'entendre. André était son père ! Bien sûr ! Elle avait ses yeux et ses cheveux clairs, et n'eût été ce tour cruel du destin, elle aurait aussi porté son nom. Elle avait toujours cru dans son cœur et son âme qu'elle était de naissance aristocratique, qu'elle était une dame du monde, et maintenant elle savait qu'elle avait vu juste. La rancœur l'envahit. Cette révélation ne faisait que l'accabler plus encore. Son véritable père !

La journée avait été glaciale et sombre, et dans le vent cinglant, les branches griffaient les vitres comme des spectres suppliant qu'on les laisse entrer. Le tonnerre grondait au loin, annonçant un orage, et des éclairs déchiraient le ciel noir. À sa fenêtre, Angelique se disait qu'elle n'avait jamais vu un soleil aussi blafard, si impuissant à percer la masse des nuages.

L'aigreur et l'hystérie le disputaient en elle. Le mariage avait été avancé au soir même et elle était convaincue de ne plus rien pouvoir faire désormais. Elle avait ajouté un philtre d'amour dans l'eau de rose de Josette, mais celle-ci n'aimait plus les parfums et refusa d'en mettre.

Malgré tout, Angelique s'accrochait à l'idée d'épouser Barnabas, comme si toute sa vie était en jeu. Chaque cruel obstacle ne faisait que renforcer sa détermination. Les idées s'agitaient dans son esprit. Jeremiah ! C'était son seul espoir. Cependant, cet après-midi, il avait promis à André qu'il quitterait Collinsport. Que pouvait-elle faire ? Il avait juré qu'il prendrait la première malle-poste quittant la ville, fait ses bagages à la hâte et demandé son cheval. Même s'il savait que Joshua ne lui pardonnerait jamais, Josette et lui avaient reconnu le danger de la situation et le scandale qui menaçait de déchirer la famille. Déconcerté et fâché, il avait galamment décidé de sacrifier sa carrière au chantier naval et de renoncer à Josette, même s'il était plus puissamment attiré par elle qu'il ne l'avait été de toute sa vie par aucune autre femme.

Après l'avoir longuement cherché, Angelique trouva Ben en train de couper du bois derrière la maison. Avec l'orage qui approchait, il fallait en faire provision. Il éclata de rire en la voyant.

– Votre magie n'était pas assez puissante ! Vous ne l'avez pas eu, finalement.

Elle ramena les pans de sa cape sur elle en frissonnant dans le vent glacé.

– Écoutez-moi, Ben. Il faut que je prépare un autre sortilège. Procurez-moi quelque chose qui appartient à Jeremiah. Un petit objet.

– Pourquoi vous ne vous en occupez pas vous-même ? demanda Ben en se redressant de toute sa hauteur.

– Comment ? Mais jamais je n'entrerais dans la chambre d'un homme ! Une dame ne fait pas ce genre de choses et il n'est pas question que Barnabas ait des raisons d'avoir honte de moi.

Le tonnerre gronda et le vent cingla violemment la cime des arbres.

– Pourquoi vous voulez faire du mal aux gens ?

– Je ne fais souffrir que ceux qui m'ont causé du tort.

– Qu'est-ce que Mademoiselle Josette vous a fait ?

– Elle m'a pris l'homme que j'aime !

– C'est elle qu'il aime, pas vous ! Vous ne le voyez pas ?

Il eut de nouveau son ricanement rauque. Cela la mit hors d'elle.

– Ben, vous êtes un sot ! Vous n'avez pas assez d'esprit pour comprendre quoi que ce soit. Pensez-vous que le cours d'un amour véritable ne puisse jamais être modifié ? Barnabas aura toutes les raisons de cesser de l'aimer. Elle appartiendra à un autre homme.

– Pourquoi vous lui faites cela ?

– Parce que je l'aime, soupira-t-elle, exaspérée.

Ben souleva sa hache et caressa le tranchant du bout de l'index.

– Mr Barnabas est bon avec moi. Faire quelque chose qui le rendra malheureux ne me plaît pas.

– Vous me sous-estimez, Ben. Je consacrerai toute ma vie à son bonheur.

– Mr Joshua me traite comme un esclave, mais Mr Barnabas a dit que je pourrais venir travailler pour lui quand il sera marié avec Mlle Josette. Je ne veux pas faire du mal à Mr Barnabas ni à Mlle Josette.

Il s'avança vers Angelique et elle vit dans son regard la haine née d'années de servitude impuissante, qu'elle avait réveillée en le forçant à lui obéir. Les ignorants, quand on les mettait en colère, étaient dangereux.

– Vous êtes une sorcière ! dit-il, la bave aux lèvres et les yeux injectés de sang, tandis qu'il levait sa hache. Je vais vous tuer…

Un éclair soudain déchira le ciel derrière lui dans un roulement de tonnerre. Au même instant, Angelique leva la main et sentit les forces du mal s'accumuler en elle.

– Pas un pas de plus, Ben, dit-elle d'une voix tranchante. (Elle prit une profonde inspiration et ce fut comme si l'électricité passait en elle depuis le sol jusqu'à ses doigts.) Vous ne pouvez rien me faire, siffla-t-elle. J'ai des pouvoirs qui me protègent et vous serez un plus grand imbécile que je ne le pensais si vous me frappez avec cette hache. Car la lame se retournera contre vous et vous fendra le crâne.

Ben resta paralysé, le bras levé. On aurait dit une statue dans un jardin public. Les yeux écarquillés de terreur, il bougea les lèvres, mais aucun son n'en sortit.

– Vous le sentez, Ben ? (Il hocha la tête.) Comprenez-vous que vous ne pouvez rien contre moi ? Vous me promettez de ne plus jamais me menacer ? (Il acquiesça.) Dans ce cas, je vous libère.

Elle baissa la main. Le corps de Ben frémit et il laissa tomber sa hache. Il la considéra avec ébahissement, comme s'il avait l'esprit vide.

– Maintenant, allez me chercher ce dont j'ai besoin.

Il tourna les talons et gagna la maison d'un pas traînant.

Angelique attendit un peu, tremblante et troublée. L'usage de ses pouvoirs l'avait affaiblie et elle était stupéfaite par la violence de la colère de Ben. Envahie par la solitude, elle contempla les branches nues des arbres qui se découpaient sur le ciel blême dans l'air âpre. Le soleil avait disparu, englouti dans la brume, et un vent glacial secouait les vitres de la maison comme des squelettes qui s'agitent dans leurs cercueils.

Elle entendit alors une étrange trille, comme si l'air était envahi de grillons, et des lambeaux d'ombre tournoyèrent au-dessus de sa tête. C'étaient des chauves-souris qui s'échappaient de la cheminée, où elle aperçut un trou béant.

Curieuse, elle s'approcha, tâta les briques et trouva un endroit où le ciment s'effritait. Une brique coulissa et révéla l'intérieur caverneux de la cheminée, où elle distingua les animaux qui voletaient et se bousculaient pour se faufiler par l'ouverture et partir chasser dans le crépuscule.

Quand elle rentra, elle trouva Josette dans sa chambre, redevenue elle-même, débordante de joie, en train de s'habiller pour la cérémonie. Angelique fut obligée de l'aider à fixer les minuscules agrafes de sa robe, d'en lisser les dentelles et la soie et d'arranger les fleurs dans ses cheveux. Pendant tout ce temps, son cœur déversait du poison dans ses veines. Elle se répétait : *André est aussi mon père. Tout cela aurait pu être à moi. Barnabas est l'homme que j'aime depuis que je suis enfant, celui qui a peuplé mes rêves, qui m'a enseigné les mystères de l'amour, le compagnon de mon âme. Comment puis-je le lui laisser ? Comment puis-je accepter qu'il en épouse une autre ?*

La comtesse, assise dans un fauteuil, s'extasiait sur la robe.

– Ma chère, vous êtes exquise ! Quelle magnifique mariée vous faites !

Angelique commençait à s'impatienter. Ben avait volé le mouchoir bleu de Jeremiah et elle demanda la permission de retourner dans sa chambre un moment.

– J'ai un petit présent que je veux vous donner, dit-elle à Josette, d'une voix si faible qu'elle crut qu'elle allait s'évanouir.

Une fois seule, elle façonna le mouchoir en forme de rose, pendant que la pluie criblait la fenêtre. Elle revint dans la chambre de Josette et chercha à la hâte le flacon d'eau de rose. Elle en répandit sur la fleur, éclaboussant la commode et mouillant le mouchoir. Ce sortilège pitoyable n'aboutirait pas, elle en était certaine.

– Que m'as-tu apporté ? demanda suavement Josette, qui fronça les sourcils en voyant la fleur informe.

– C'est… un talisman, Mademoiselle, pour vous porter bonheur.

Angelique se força à prendre un ton enjoué et se baissa pour épingler la fleur sur la robe. Le coton bleu terne jurait avec la délicatesse de la soie, et la fleur pendait lamentablement. Il était évident qu'en cet instant Josette luttait avec ses propres démons, car elle réagit nerveusement, d'une voix stridente.

– Oh, mais je ne peux décemment pas porter cela !

– Pourquoi donc, Mademoiselle ?

– C'est… eh bien, c'est trop encombrant. Et cela ne va pas avec ma robe.

– Mais cela vous portera bonheur.

– Je t'en prie, Angelique, ce n'est pas le moment de s'adonner à des superstitions stupides.

Angelique se détourna, désespérée, les larmes aux yeux. Josette fut stupéfaite.

– Comment, mais tu pleures ? Es-tu fâchée contre moi ?

– Je n'avais rien à vous donner pour votre mariage, Mademoiselle. Seulement quelque chose qui venait du cœur, et cela vous déplaît.

– Mais, Angelique…

– J'ai failli à ma tâche.

Josette chercha le soutien de la comtesse, mais pour une fois cette arbitre des élégances, prise de compassion pour Angelique, répondit à ce qu'elle percevait comme un geste de tendresse.

– Oh, portez cette amulette ! Quelle importance. Cela lui fera plaisir, et puis elle vous a bien servie.

Josette se retourna vers Angelique, luttant contre son désir de garder une robe immaculée. Sa gentillesse prévalut finalement sur sa vanité.

– Je vais la porter, dit-elle.

– Merci, Mademoiselle, répondit Angelique en s'agenouillant et en l'épinglant à l'étoffe.

Les invités attendaient depuis un moment dans le salon que la mariée fasse son entrée, et le prêtre, appelé à la dernière minute, était de plus en plus gêné pour le marié. La comtesse, partie chercher Josette, revint en annonçant, stupéfaite :

– Elle n'est pas dans sa chambre. Elle a disparu.

Au grand bonheur d'Angelique, ils avaient succombé au sortilège et le pauvre couple s'était enfui. Quand on découvrit que Josette était partie en même temps que Jeremiah, la consternation se répandit dans la maison. André était le plus désemparé et Barnabas resta perplexe.

– Jeremiah et moi sommes comme des frères, déclara-t-il en niant l'évidence. Il est inconcevable qu'il ait pu me trahir ainsi.

Craignant cependant pour la sécurité de Josette, il convainquit André de fouiller les bois malgré la tempête qui faisait encore rage. Il emporta ses pistolets, au cas où elle aurait été enlevée ou en danger. Mais Angelique savait qu'ils ne trouveraient rien et pria pour qu'une fois qu'il aurait accepté la déplaisante vérité de la trahison de Josette, il revienne chercher consolation auprès d'elle. Il serait tellement changé, contrit. Bien qu'ayant honte de ses machinations, Angelique estimait qu'elle n'avait pas eu le choix. Le couple était probablement déjà marié et se cachait dans quelque auberge de campagne. D'ailleurs, puisqu'ils étaient heureux, à présent, amoureux l'un de l'autre, cela n'avait pas d'importance. Elle n'avait plus qu'à attendre que Barnabas se rappelle tout ce qu'elle avait représenté pour lui à la Martinique. Ensuite il lui tomberait de nouveau dans les bras.

Mais l'homme épuisé et déçu qui revint de ses vaines recherches la remarqua à peine quand elle apparut dans l'entrée. Il tenait le châle déchiré de Josette qu'il avait trouvé accroché à un arbre et le contemplait comme s'il n'y avait rien de plus précieux au monde.

– Y a-t-il du nouveau ? demanda-t-elle en feignant l'inquiétude.

– Rien d'important.

– Il faut ôter vos vêtements trempés et vous reposer. Vous devez être fatigué après tout ce que vous avez enduré.

Elle voulut aller vers lui, mais sa froideur la retint. Il la regarda et sembla deviner ce qu'elle pensait.

– Malgré tout ce que j'ai enduré, répondit-il aigrement, je l'aime toujours. Vous le comprenez ? Quoi qu'il soit arrivé ou arrive, je l'aimerai toujours.

29

Quand Josette et Jeremiah revinrent, exténués et abattus, ils furent incapables de justifier leur escapade. Barnabas, bouleversé, sollicita une entrevue.

– Êtes-vous mariés ? demanda-t-il d'une voix sans timbre.

– Oui, répondit Josette en levant vers lui des yeux embués de larmes. Nous le sommes.

– J'exige une explication pour cette… perfidie… cette trahison.

– Nous n'en avons aucune, avoua Jeremiah. Nous ne pouvions nous en empêcher, en quelque sorte.

Furieux, Barnabas prit son gant et souffleta Jeremiah, interloqué.

– Dans ce cas, vous en répondrez ! s'écria-t-il. Je vengerai ce déshonneur !

Jeremiah accusa l'affront sans un mot. Ils n'avaient plus d'autre choix que de se battre en duel.

Toute la famille tenta de les dissuader en usant de tous les arguments possibles. Mais Barnabas resta inflexible et Jeremiah suivit son exemple comme en transe. La culpabilité l'accablait tellement qu'il n'avait plus d'autre désir que de mourir.

Angelique essaya aussi de fléchir Barnabas, mais il fit la sourde oreille. Le matin du duel, elle lui apporta une médaille qui le protégerait et, comme s'il n'avait rien remarqué, il la laissa la lui accrocher au cou.

Cependant, comme la suite le révéla, il n'avait nul besoin

de ce talisman. Alors que les deux rivaux se faisaient face et levaient leurs armes, seul Barnabas visa avec l'intention de faire mouche. Quand Jeremiah s'écroula, Josette, déchirée entre la perte de son véritable amour et la mort qu'avait frôlée son mari, se déchaîna contre Barnabas.

– Monstre ! Insensé ! l'accusa-t-elle. Vous ne supportiez pas de nous voir heureux. Vous avez tué le seul homme que j'aie jamais vraiment aimé !

Après le duel, elle ne quitta pas le chevet de Jeremiah, pleurant toutes les larmes de son corps. Jeremiah avait eu une partie du visage emportée par la balle et sa tête était enveloppée de bandages. Il ne prononça pas un mot. Toute la maisonnée savait qu'il ne survivrait pas et que ce n'était qu'une question de temps avant qu'il rende le dernier soupir. Barnabas ne pouvait regarder Josette en face, et à mesure que les jours passaient, il se montra mieux disposé à l'égard d'Angelique et accepta ses nombreuses amabilités.

Un soir qu'il était assis auprès du feu, abattu et inconsolable, il la laissa distraitement lui masser les tempes.

– Vous voyez que je puis être utile ! dit-elle.

Elle sentait la chaleur pénétrer le bout de ses doigts et elle était transportée de pouvoir enfin le toucher. Mais Barnabas avait l'esprit ailleurs et sembla à peine remarquer sa présence.

– Votre migraine a disparu ? demanda-t-elle.

– Quoi ? sursauta-t-il.

– Je me demandais simplement à quoi vous pensiez.

– Je réfléchissais... Dites-moi... Que pensez-vous du révérend Trask ?

Angelique considéra la question. La comtesse n'ayant cessé de prétendre que la sorcellerie était à l'œuvre dans la maison, un chasseur de sorcières renommé avait été appelé de Salem.

– Je crois qu'il faut trouver la sorcière et l'anéantir, répondit-elle. Le révérend Trask est un prêtre à la foi irréprochable, n'est-ce pas ?

– Je crois que c'est un charlatan et un hypocrite.

– Mais si la gouvernante est véritablement une sorcière, ne le découvrira-t-il pas ?

La famille avait estimé que Phyllis Wick, la préceptrice de Sarah nouvellement engagée, était une personne fort étrange. Elle était tendue et nerveuse, maladroite en société. Elle parlait peu et ne souriait jamais. Même Sarah en avait peur. Angelique était ravie que les soupçons se portent sur la gouvernante, puisque cela détournait l'attention d'elle.

– Phyllis Wick ne ferait pas de mal à une mouche, dit Barnabas.

– Comment expliquez-vous alors les étranges phénomènes qui surviennent dans la maison ?

– Je suis convaincu que la gouvernante n'y est pour rien.

Angelique ne laissa pas passer l'occasion d'avancer un argument :

– Vous devez avouer que vous n'avez pas toujours été le meilleur juge concernant les femmes, Barnabas.

– Vous faites allusion à Josette, répondit-il amèrement.

– L'avez-vous bien jugée ? Vous pensiez qu'elle vous aimait, mais était-ce le cas ? Elle vous a trompé. Avec un membre de votre propre famille.

– Je vous en prie, Angelique, ne…

Il se leva et s'éloigna.

– Vous ne supportez pas d'entendre la vérité ? s'emporta-t-elle.

– Je ne veux pas penser à elle.

– Pourquoi ? Parce que vous l'aimez toujours ?

– Non.

– Vous la haïssez ?

– Oui.

– Dites-le. Dites que vous la haïssez !

– Elle… Elle me répugne !

– Un jour, vous le penserez vraiment.

– Je le pense dès maintenant.

Il paraissait sincère, ou au moins résolu. Incapable de se retenir, elle courut à lui, hésita, puis se jeta dans ses bras en le serrant contre elle. Sa chaleur et sa proximité lui redonnaient de la force.

– Barnabas… Vous m'avez aimée. Vous le pourriez à

nouveau. Je vous aime de tout mon cœur. Je peux vous aider à oublier toutes vos peines et vos déceptions. Voulez-vous me donner la possibilité de vous rendre heureux ?

Il baissa les yeux vers elle, perplexe, et elle le sentit trembler. La tension des derniers jours lui creusait le visage et il semblait abattu.

– Oui, je le ferai, finit-il par dire dans un chuchotement, avant de l'étreindre et de l'embrasser passionnément.

– Viendrez-vous dans ma chambre cette nuit ? demanda-t-elle, transportée de joie. (Il hocha la tête.) Vous le promettez ?

– Oui, je le promets.

Cependant, c'est cette même nuit que Jeremiah rendit le dernier soupir et la maison fut plongée dans le deuil. Les membres de la famille allaient et venaient dans le hall, jetant parfois un coup d'œil sur Josette qui pleurait à son chevet, le visage sans expression. C'est Joshua qui vint finalement remonter le drap sur le corps et demander qu'on l'enveloppe dans un linceul. Jeremiah devait être inhumé dans le caveau des Collins. La famille prit les funérailles comme prétexte pour abandonner enfin cette demeure et emménager dans la nouvelle propriété, Collinwood, qui venait d'être achevée et était la plus belle bâtisse du comté.

Un soir comme tous les autres, Angelique attendait dans sa chambre, mais elle savait que Barnabas ne viendrait pas la voir. Maintenant qu'il avait enfin répondu à ses avances, elle était affolée que Josette soit de nouveau libre. Elle s'assit sur son lit et fixa le sac de simples ouvert sur ses genoux. Incapable de résister, elle ôta le *ouanga* fripé et le dénoua. La pierre de lune luisait toujours autant et, lorsqu'elle la fit rouler dans sa paume, elle fut soudain secouée par des sanglots.

C'était comme si la jalousie et la haine la lacéraient. Josette n'avait jamais donné à Barnabas de raison d'espérer. Chaque instant depuis son mariage avec Jeremiah, elle s'était montrée une épouse fidèle et dévouée, puisque c'était dans sa nature de l'être. Cependant, Barnabas espérait tout de même. Au fond de son cœur, il brûlait de retrouver Josette. Oh, mais pourquoi Jeremiah était-il mort ? C'était un tour cruel du destin, alors que le sortilège avait si miraculeusement bien opéré. Mais elle ne pouvait pas tout maîtriser. Le *bokor* le lui avait prédit, et la mort de Jeremiah était la conséquence.

« Tu ne sauras jamais quand tes pouvoirs te feront défaut », lui avait dit le diable. Parfaitement consciente de jouer avec le feu, Angelique sortit discrètement de la maison juste avant minuit. Elle emporta le pistolet chargé qui avait infligé la blessure mortelle et qu'elle avait pris dans la chambre de Barnabas. En traversant la vaste pelouse menant au cimetière, elle avait le cœur battant et la gorge serrée d'angoisse. Pourrait-elle se rappeler le sortilège ? Elle n'avait pas invoqué de défunt depuis le jour où le *bokor* lui avait appris l'incantation à la Martinique – un sortilège dangereux, difficile à accomplir et plus encore à maîtriser. Mais il était nécessaire que Jeremiah reste proche de Josette et ait toujours des prétentions sur elle. Angelique refusait de songer aux conséquences.

Le mausolée blanc luisait sous le clair de lune. Elle s'approcha de la porte avec détermination, tira l'anneau d'acier et l'ouvrit. Le tombeau de Jeremiah était juché sur un piédestal. Elle laissa tomber les feuilles d'acacia sur la sépulture et les mélangea avec de la terre fraîchement creusée. Elle alluma quatre cierges blancs et les disposa dans les coins de la crypte. Quand elle entendit gronder au loin le tonnerre, son cœur se mit à battre à l'unisson. Elle se redressa, raide comme une statue, mais lorsqu'elle leva le pistolet, elle vit que sa main tremblait. Elle tira le premier coup et la détonation qui résonna sur les parois lui déchira les oreilles. D'une voix hésitante, puisée au plus profond d'elle-même, elle commença à réciter l'incantation.

– Esprit de Jeremiah qui s'efface et disparaît, je t'ordonne de revenir sur la terre des vivants. Viens à moi sur-le-champ et accomplis ma volonté.

Elle se raidit, redoutant la secousse qui allait survenir et la douleur qui lui broierait le ventre. Mais il n'y eut rien de plus qu'une sourde vibration dans les pierres du caveau. Elle reprit courage.

– Ne disparais pas, Jeremiah, ne t'enfuis pas, car tu dois encore jouer ton rôle. Ne va pas rejoindre tes ancêtres cette fois, mais lève-toi et marche parmi nous, que nous te connaissions et subissions ta présence.

La voûte gronda et les dalles sous ses pieds bougèrent avant d'être violemment ébranlées, comme si quelque chose avait explosé sous la terre. Elle leva de nouveau le pistolet et tira. Cette fois, tout le caveau trembla et, horrifiée, elle vit la lourde plaque de marbre du couvercle glisser avec un raclement. Il y eut un mouvement furtif, puis une main jaunâtre apparut par l'ouverture.

Le révérend Trask mena des interrogatoires fouillés de tous les membres de la maisonnée. Il ne s'attarda pas sur Angelique, qui sut le convaincre qu'elle était une fervente catholique élevée par les religieuses de Martinique. Cependant, Barnabas dut malheureusement assister à l'interrogatoire de Josette. Elle était encore plus charmante que d'habitude, son chagrin lui donnant une apparence de résignation vertueuse. Son voile de dentelle noire révélait l'exquise délicatesse de ses traits.

Angelique vit bien que Barnabas était ému. Il était impossible de penser que Josette lui répugnait comme il le prétendait, car il arborait une expression compatissante et pleine de remords. Par une ironie du sort, les peines de Josette lui avaient donné une certaine profondeur et une grande dignité. Sa gentillesse et son humilité impressionnèrent jusqu'au révérend. Quand il découvrit la marque de la fourche sur la main de Josette, il poussa de hauts cris :

– C'est le signe du diable ! Le Malin anéantit bonté et pureté où qu'elles soient !

– Je vous en prie… ce n'est qu'un bleu, protesta vainement Josette.

– C'est la marque du Mal ! tonna le prêtre. Il la place sur ceux qu'il désire séduire ! Vous êtes possédée ! décréta-t-il.

Barnabas s'assombrit. Il n'alla pas voir Angelique dans sa chambre comme il l'avait promis, et lorsqu'elle le questionna au matin, il se contenta de la regarder et de répondre :

– Angelique, pardonnez-moi. Je ne peux vous donner ce que vous désirez.

– Mais pourquoi ? demanda-t-elle, connaissant déjà la réponse.

– Parce que… j'aime Josette. Je l'aime encore. Je sais que vous avez peine à le comprendre. C'est difficile pour moi aussi. En dépit de tout, je l'aime toujours.

– Êtes-vous allé la voir ?

– Oui, mais seulement pour échanger quelques mots.

– Que vous a-t-elle dit ?

– Rien, hormis que Jeremiah était son époux et qu'elle serait fidèle à sa mémoire.

Angelique se réjouit intérieurement, mais elle fut malgré tout émue aux larmes. Elle courut à lui et lui prit le visage dans les mains.

– Regardez-moi, Barnabas, je vous en prie, réfléchissez. Je pourrais remplir votre vie de bonheur. C'est tout ce que je désire. Ne le savez-vous pas ? Laissez-moi vous aimer et vous combler, je le peux, je le ferai…

– Non, dit-il doucement, un doigt sur ses lèvres pour la faire taire. Ne vous torturez pas. Essayez de comprendre. Je désire Josette. Je ne cesserai jamais de la désirer. Je ne suis capable d'aimer personne d'autre qu'elle.

– Mais elle vous a trompé et trahi !

– Peut-être que ce qui s'est passé, dit-il en contemplant pensivement le feu, n'était pas entièrement sa faute. Peut-être qu'elle est victime de quelque… sortilège.

Il eut un rire sans joie devant cette idée ridicule. Le cœur d'Angelique se durcit.

– Une fois de plus, vous me dites que je ne suis pas assez bien pour vous.

– Angelique, je vous en prie… Ce n'est pas vrai.

– Que vous préférez croire que vous aimez une intrigante,

une arriviste, une *menteuse*, qui n'a aucun sentiment pour vous, alors que je vous suis dévouée... pleine d'attentions...

– Angelique, vous êtes d'une grande beauté. Je suis seul, à présent. Il serait facile pour moi de prétendre que... que j'ai de l'affection pour vous. Je pourrais sans difficulté vous faire de nouveau l'amour. Mais ce serait vous faire une injustice. Ne le voyez-vous pas ? Ce serait cruel de vous tromper.

Mais elle ne le voyait pas. Une fois de plus, il l'avait laissée espérer, bâtir des rêves au bord de l'abîme avant de la précipiter dans les ténèbres.

– Votre cruauté a commencé à la Martinique, Barnabas, dit-elle. C'est là que vous m'avez trompée. Il y a bien longtemps.

La petite poupée de Sarah était posée sur la commode d'Angelique à côté des longues épingles à chapeau. Angelique faisait les cent pas, l'âme rongée par la rancœur. Elle ne se souciait plus maintenant d'éveiller l'attention du diable ni même que sa soif de vengeance doive anéantir une enfant innocente. Elle était stupéfaite de sa froideur cruelle et de son désir irrépressible de faire souffrir Barnabas. Un déluge de catastrophes ne suffirait pas à lui faire payer les peines qu'il lui avait causées.

Autrefois, elle avait été une enfant de l'âge de Sarah. L'homme désespéré qui croyait être son père l'avait emprisonnée et utilisée pour manipuler les autres. En quoi était-elle différente ? Elle comprenait enfin ses desseins insidieux. Peut-être que son sang ignoble coulait dans ses veines, finalement. Elle prit la poupée et invoquer le serpent de flamme lui fut aussi facile que pousser un soupir.

– Sarah... dit-elle, frémissante de haine. Ta chère petite sœur... quand tu la verras souffrir, Barnabas, tu souffriras également. Tu vas regretter de m'avoir abandonnée, Barnabas, grimaça-t-elle. Un jour, tu regretteras de ne pas m'aimer encore !

D'un geste cruel, elle planta une aiguille dans la poupée de chiffon, puis une deuxième et une troisième. Elle imagina Sarah qui poussait un cri et s'effondrait, l'œil affolé de la gouvernante, la famille se précipitant vers elle et le visage angoissé de Barnabas.

Quand Angelique entendit frapper à sa porte, elle cacha vivement la poupée sous son oreiller. Barnabas fit irruption dans la chambre, l'air désespéré.

– Avez-vous vu la poupée de Sarah ? s'écria-t-il. La petite poupée de chiffon bleue avec son tablier blanc. Elle la réclame en pleurant et nous ne la trouvons nulle part.

– Non, pourquoi serait-elle ici ? demanda-t-elle, glaciale.

– Il m'a semblé vous voir la prendre tout à l'heure.

– Je l'ai rangée avec ses jouets. Veuillez quitter ma chambre et ne plus venir m'importuner.

Il fit quelques pas dans la pièce en jetant des regards autour de lui comme s'il était certain de la trouver.

– C'est qu'elle est si malade et la réclame tant. J'ai cherché partout et je me suis dit que peut-être...

– Sarah est malade ?

– Oui. C'est incroyable. Elle souffre affreusement et s'est effondrée.

– La pauvre enfant. Avez-vous fait appeler un médecin ?

– Bien sûr, mais il dit ne rien pouvoir faire. Ma mère est dans tous ses états. Toute la famille est submergée de chagrin. Le médecin dit qu'elle risque de ne pas passer la journée.

– Où souffre-t-elle ?

– Oh, je l'ignore... L'épaule et le ventre, je crois. Elle sanglote, elle crie et se plie en deux comme si on la poignardait. Mon Dieu ! Je ne peux en supporter davantage. Elle est si jeune et je l'aime tant. Je crains le pire !

Il s'effondra sur le lit et enfouit son visage dans ses mains. Angelique vint lui poser une main sur l'épaule.

– Écoutez-moi, Barnabas. Il se peut que je sois en mesure de la soigner.

– Vous ? Comment pouvez-vous prétendre en savoir plus qu'un médecin ?

– J'ai… eu une maladie très semblable à ce que vous me décrivez quand j'étais petite. J'en serais morte si ma mère n'avait pas su quoi faire. Elle m'a préparé une tisane qui m'a remise sur pied. Voulez-vous que je la prépare pour Sarah ?

– En quoi une tisane pourra-t-elle la soigner ?

– Elle lui redonnera des forces. Cela ne peut pas lui faire de mal.

– Très bien. Je suis prêt à tout tenter. C'est vrai que vous m'aviez dit un jour que votre mère était guérisseuse…

Elle alla à sa commode d'un air faussement calme alors que son cœur battait la chamade et se retourna.

– Si je soigne Sarah, vous m'en serez reconnaissant, n'est-ce pas ?

– Bien sûr. Je serai votre débiteur pour le restant de mes jours.

– Il y a une manière dont vous pourrez vous acquitter de votre dette.

– Angelique, je vous donnerai ce que vous voulez, mais je ne crois pas que des herbes et une tisane…

– Il n'y a qu'une chose que je désire. Plus que tout.

– Si vous guérissez Sarah, je vous la donnerai, dit-il avec lassitude.

– Je veux que vous m'épousiez.

– Vous épouser !

– Le prix est trop élevé ?

– Mais, Angelique…

Il soupira, incrédule.

– Si elle survit, ferez-vous de moi votre épouse ?

Il hésita, puis il céda.

– Je ferai n'importe quoi, oui, n'importe quoi, naturellement, si vous parvenez à la sauver.

Une fois que Sarah eut bu la tisane, Angelique retourna dans sa chambre et ôta les aiguilles de la poupée. La tension dans sa poitrine disparut. Elle s'aperçut qu'elle était soulagée que Sarah ne soit pas morte. La pitié pour l'enfant la submergea et des larmes lui montèrent aux yeux. Avait-elle honte ? Elle songeait seulement que Barnabas serait si reconnaissant, si transporté de joie qu'il allait arriver d'un instant à l'autre pour la remercier et l'étreindre. Mais il ne vint pas.

Le lendemain matin, elle le trouva en train de lire au salon et fut tout émue en le voyant.

– Bonjour, Barnabas.

– Angelique.

– Comment se porte Sarah ?

– Beaucoup mieux. C'est incroyable. Le mal l'a quittée aussi vite qu'il était apparu.

Pourquoi ne disait-il rien ? Il avait été disposé à conclure le marché la veille, mais là, il semblait l'avoir oublié. Ce n'était pas possible. Elle voulut calmer son inquiétude, mais puisqu'il ne parlait pas de sa promesse, elle décida d'aborder le sujet.

– Barnabas ? (Il leva les yeux.) Quand parlerez-vous à votre famille ? demanda-t-elle en se forçant à prendre un ton enjoué. Ce sera une grande surprise pour eux d'apprendre que nous allons nous marier.

– Quoi ? Mais il n'en a jamais été question.

– Bien sûr que si. Vous avez oublié ? Une fois encore, vous m'avez promis de m'épouser.

– Mais... Je pensais que Sarah allait mourir. J'étais désespéré... Pardonnez-moi, mais vous devez savoir que je n'aurais pas fait une telle promesse dans une autre situation... Par ailleurs, je ne pense pas que votre tisane ait été la cause de sa guérison. L'herboristerie est une science primitive et... c'était une coïncidence, rien de plus. Vous le comprenez, tout de même ?

Angelique se détourna, le rouge aux joues.

– Pas un mot de plus. Je comprends parfaitement. Je vous aime, mais vous ne pouvez pas m'aimer et m'accepter comme épouse. Je dois reconnaître que vous ne m'en considérez pas digne. Depuis toujours. Votre duplicité ne connaît pas de limites. Vous m'avez trahie à la Martinique, vous me trahissez encore sans pitié, sans vergogne, en faisant des promesses uniquement pour que vos demandes soient exaucées.

Barnabas se leva et fixa le feu.

– Permettez-moi de vous demander quelque chose, Angelique. Pourriez-vous devenir mon épouse en connaissant mes sentiments pour Josette ?

– Tout ce que je sais, c'est que je vous aime plus que tout… plus que ma vie même.

– Dans ce cas… je tiendrai ma promesse.

Elle leva les yeux, n'en croyant pas ses oreilles. Il poursuivit :

– Si vous m'acceptez tel que je suis, dans ce cas, je vous épouserai, Angelique, et j'essaierai de vous rendre heureuse.

L'espace d'un instant, elle resta abasourdie. Puis il la regarda et elle trouva quoi lui répondre.

– Je serai une épouse dévouée jusqu'à mon dernier jour, dit-elle, transportée. Vous êtes tout pour moi et je vous aimerai et vous chérirai toujours.

Comme il fallait s'y attendre, le père de Barnabas entra dans une fureur noire. Rien n'aurait pu lui inspirer plus de colère que la mésalliance de son fils. Il était certain qu'Angelique avait profité de Barnabas après sa déception avec Josette. Pour lui, ce mariage n'était qu'un marché de dupes. Il exigea qu'elle vienne se présenter à lui.

Pendant qu'elle attendait devant le salon, Angelique entendit Joshua Collins répliquer avec véhémence à Naomi, la mère de Barnabas :

– Du tact ? Que me parlez-vous de tact quand il s'agit de s'adresser à une domestique ? Vous vous imaginez avec cette fille de paysans pour bru ?

Il va donc être difficile, songea-t-elle. Elle décida de garder son calme et de se montrer respectueuse, sans pour autant se laisser intimider. Naomi fit signe à Joshua de se taire alors qu'Angelique entrait.

– Venez ici, ordonna Joshua. Non, vous n'êtes pas censée vous asseoir. Restez debout quand je vous parle ! (Angelique attendit sans répondre.) Vous désirez donc épouser mon fils ?

– C'est lui qui désire m'épouser, monsieur.

– Ce n'est pas ainsi qu'il m'a présenté les choses. Il nous l'a annoncé sans la moindre émotion.

– Ce n'est pas le cas quand il me parle, monsieur.

– Pourquoi désirez-vous l'épouser ?

– Je l'aime.

– Voilà une raison que je trouve tout à fait incompréhensible, dit-il avec mépris. Il se tourna vers Naomi : Un amour qui surgit de nulle part ! À moins que je n'y connaisse rien en la matière.

Naomi regarda Angelique, qui crut voir dans ses yeux une certaine sympathie. Joshua continua :

– Je trouve consternant que l'on parle d'amour entre deux personnes qui n'ont jamais passé plus d'une heure en présence l'une de l'autre.

– J'ai passé beaucoup de temps avec Barnabas, se défendit Angelique.

– Vous avez grossièrement abusé de lui, dans une période de faiblesse.

– Les circonstances ne sont pas importantes. Nous nous serions mariés de toute façon.

Il lui jeta un regard glacial.

– Les gentilshommes n'ont pas coutume d'épouser des domestiques.

Ses paroles la piquèrent et elle dut se contenir avant de répondre.

– Je suis entrée dans votre maison comme domestique, monsieur. Mais je crois comprendre que dans cette grande démocratie qui est la vôtre, ce n'est pas un crime de s'élever au-dessus de son rang et de changer de situation.

– Il est compréhensible que vous veuillez changer de situation, dit Joshua avec un regard circonspect. J'ai quelque chose à vous proposer.

– J'ai déjà la seule chose que je désire, monsieur.

– Combien voulez-vous ?

Elle fut surprise. Alors c'était cela, son projet ?

Acheter son départ ?

– Je ne désire que votre bienveillance et votre bénédiction, monsieur.

Joshua releva le menton.

– Cela, n'y comptez pas ! (Il marqua une pause et la jaugea froidement de ses yeux gris.) Dix mille livres. En or. Une petite rançon pour racheter l'avenir de mon fils. Qu'en dites-vous ?

– Vous n'imaginez tout de même pas que je…

– Vous voulez davantage ? Vingt mille, et c'est mon dernier mot !

– Mr Collins, dit-elle en pesant ses mots. Aucune somme ne parviendra à me faire abandonner Barnabas. J'aime votre fils et…

– Allons, ma fille, songez à ce que vous faites. Vous pourriez rentrer à la Martinique en femme fortunée. Ouvrir une boutique ou acheter une petite habitation. Être admirée. Être une élégante dans votre monde. Alors que si vous insistez sur cette… alliance, je déshériterai Barnabas et vous n'aurez soutiré de lui que son déshonneur et son indigence.

C'était donc ainsi. Barnabas n'avait toujours pas obtenu son héritage. À une époque, avant qu'elle ne fasse sa connaissance à la Martinique, une telle somme lui aurait accordé tout ce qu'elle désirait. Mais à présent, rien ne pouvait valoir l'amour de l'homme qu'elle adorait. Elle savait ce qu'elle voulait et n'avait jamais été aussi déterminée.

– Je vous demande simplement de m'accepter, Mr Collins, et je vous traiterai toujours avec respect, mais je n'aime pas Barnabas pour sa fortune, ni pour la vôtre. Je l'aime pour lui-même, pour sa générosité et sa noblesse d'esprit. J'espère que vous m'accorderez cette chance. Mais dans le cas contraire, je crains que votre existence ne soit plus que solitude.

Elle posa son regard sur Naomi, qui sourit faiblement.

Joshua resta inflexible. Implacable, il s'emporta contre Barnabas.

– Je vous renie et vous n'aurez pas un sou ! Je vous ai rayé de mon testament et vous ne faites plus partie de cette famille.

Vous quitterez tous les deux cette maison avant le soir et n'y reviendrez jamais. Je ne vous adresserai plus la parole. Je ne suis plus votre père et vous n'êtes plus mon fils.

Cependant, Naomi, qui avait bon cœur, donna à Barnabas le titre de propriété de leur ancienne demeure en guise de cadeau de mariage, afin que Barnabas et Angelique puissent s'y installer. La cérémonie fut expédiée : les seuls à y assister furent Naomi, qui refusait de blâmer son fils bien-aimé, et Ben, seule personne que connaissait Angelique. Joshua ne voulut rien entendre.

En revanche, Naomi accepta de bonne grâce Angelique comme épouse pour Barnabas et elle lui trouva même une robe blanche toute simple. En se préparant pour la cérémonie dans sa chambre, Angelique se regarda dans le miroir. Elle était déçue de la robe, mais elle ne pouvait rien y faire. Elle ajusta un peu les manches et essaya de l'arranger au mieux, mais l'étoffe était raide et de mauvaise qualité. Elle songea avec regret à la robe en taffetas de soie de la boutique de la Martinique. Cela semblait si loin, et son vœu avait été exaucé. Elle avait enfin obtenu ce qu'elle voulait, sinon par amour, du moins de guerre lasse, et Barnabas l'attendait en bas dans le salon. Soudain, elle recula, horrifiée, en étouffant un cri. Comment était-ce possible ? La robe blanche, immaculée, apparaissait dans le miroir ruisselante de sang !

– Vous êtes très jolie ainsi, dit Naomi, qui ne voyait manifestement rien, alors qu'Angelique tentait de dissimuler son choc et sa terreur. Ma chère, qu'avez-vous ?

– Je... je voulais tant avoir l'air d'une mariée. Et vous avez été assez généreuse pour me donner cette robe, mais elle est si... simple.

Naomi s'approcha et épingla un camée en or et ivoire sur le corset.

– C'était la broche de ma mère, dit-elle. Je tiens à vous l'offrir.

Elle l'embrassa délicatement. Angelique baissa les yeux vers le bijou et ses yeux s'embuèrent de larmes.

– Mais qu'avez-vous, mon enfant ? Pourquoi pleurez-vous ?

– Je pleure de bonheur, répondit-elle, ce qui était vrai en partie. Cela fait si longtemps que l'on n'a eu tant de bonté pour moi ! Je vous suis reconnaissante. Et je ne vous oublierai jamais.

Naomi l'étreignit affectueusement, comme si elle comprenait au fond d'elle-même la détresse d'Angelique.

La cérémonie se déroula sans incident, même si la mariée était distraite. Barnabas prononça ses vœux avec raideur, comme s'il récitait, mais il garda vaillamment contenance et sourit même à Angelique quand elle prononça les siens.

– En vertu des pouvoirs qui me sont conférés, dit enfin le révérend, je vous déclare mari et femme. Ce que Dieu a uni, aucun homme ne peut le séparer.

Tout ce qu'Angelique pensa, c'était que la cérémonie s'était déroulée sans aucune joie.

– Nous aurions dû avoir des fleurs, dit-elle tristement. J'adore les fleurs, et il y en a tant là d'où je viens.

– Nous avons du champagne, dit Barnabas avec une gaité forcée. Ben, puisque vous êtes le témoin, portez le premier toast.

Ben alla chercher le champagne et les verres qu'il déposa sur la table, pendant que Naomi et Angelique attendaient en silence. Quand Barnabas leva la bouteille pour servir Angelique, elle sentit le même frisson d'angoisse.

Naomi étouffa un cri et Barnabas recula, épouvanté. Le champagne qu'il venait de verser était rouge et visqueux.

– Qu'est-ce que c'est ? chuchota Angelique. Ce n'est pas du champagne...

– Non ! s'exclama Barnabas, stupéfait. C'est... du sang !

Elle se redressa, vit son expression horrifiée et interdite, et elle s'enfuit du salon pour remonter dans sa chambre, où elle jeta de toutes parts des regards affolés.

– Tu es revenu, n'est-ce pas ? Jamais tu ne m'as quittée ! Où es-tu, à présent ? Pourquoi faut-il que tu me tourmentes ?

Seules lui répondirent les branches qui griffaient les vitres. Elle courut ouvrir les fenêtres et regarda les arbres noirs.

– Réponds-moi ! Pourquoi ne veux-tu pas me quitter ?

Une rafale glacée la gifla. Elle étouffa un cri et recula en fermant la fenêtre, mais le loquet résista et les battants restèrent à claquer. Soudain, elle entendit un pas traînant devant sa porte et fit volte-face.

– C'est toi, n'est-ce pas ? N'est-ce pas ? Réponds-moi !

Au même moment, retentit un tintement musical qu'elle n'avait encore jamais entendu. Une boîte à musique en or massif incrustée de pierreries était ouverte sur sa table. Tremblante, elle s'en approcha en se demandant d'où elle sortait. Elle était exquise, finement travaillée, ciselée de chérubins baroques. Elle n'avait jamais rien vu d'aussi beau. Son cœur bondit dans sa poitrine quand elle comprit que ce devait être un cadeau de Barnabas, pour leur mariage. Elle s'en empara en hésitant. Comment avait-elle pu douter de lui ? Il lui avait acheté ce magnifique présent. La délicate boîte jouait un air charmant, comme la pluie sur une cymbale, et elle l'écouta avec ravissement. Elle allait le rejoindre quand la porte s'ouvrit brusquement sur Barnabas, furieux.

– Où l'avez-vous trouvée ? s'écria-t-il.

– Elle… Elle était là, sur la commode.

– Donnez-la-moi ! dit-il en la lui arrachant.

– C'est à elle, n'est-ce pas ? À Josette ?

– Non, elle m'appartient, répondit-il vaguement.

– Mais vous l'avez achetée pour elle, n'est-ce pas ?

– Oui, oui…

– Pourquoi est-elle ici ? Dans ma chambre ? Je l'ai trouvée là.

– Je ne sais pas. J'ignore comment elle y est arrivée. Mais elle n'y restera pas longtemps !

Il tourna les talons et s'en alla d'un pas décidé.

– Vous l'aimez encore ! hurla-t-elle derrière lui.

Il lui claqua la porte au nez. Furieuse, elle s'apprêta à le suivre et la rouvrit.

– Vous l'ai…

Elle se tut et recula en fixant la créature incroyable qui se tenait dans le couloir. Un homme dont le visage était enveloppé de loques tachées de sang et de pus. Elle sentit une ignoble odeur de chair en décomposition et suffoqua. Quelque chose dans cette silhouette lui parut familier, et dans ces vêtements souillés elle reconnut le gilet de brocard de Jeremiah.

– Nooon ! hurla-t-elle en reculant. Ne m'approchez pas !

Mais l'apparition s'avança vers elle en tendant les bras. Elle vit qu'un de ses yeux était sorti de son orbite et pendait sur sa joue.

– Pourquoi êtes-vous là ? Qui vous a envoyé ?

Les lèvres en lambeaux ne bougèrent pas, mais la voix résonna à l'intérieur du corps en putréfaction dans un gargouillement sourd et monocorde.

– Tu as dérangé mon repos.

– Non ! Je n'ai rien fait !

– Tu en seras punie. Tu dois apprendre ce qu'il en est de ne pas connaître la paix sur la terre des morts.

Elle leva la main pour l'arrêter, mais il continua, ses doigts crochus brandis devant lui comme ceux d'un aveugle. De sa voix la plus glaciale, elle invoqua le diable :

– Je fais appel à toi, esprit des Ténèbres ! Belzébuth… viens me sauver ! Renvoie ce fantôme à son tombeau !

Mais l'incantation ne suffit pas à ralentir Jeremiah.

– Va-t'en ! hurla-t-elle ! Retourne à la terre d'où tu viens ! Je t'ordonne de t'en aller !

– Tu ne dormiras que lorsque je dormirai, geignit la voix. Tu n'auras de repos que lorsque je retrouverai le sommeil éternel.

– Qui est ton maître ? À quelles puissances obéis-tu ? s'écria-t-elle.

Mais il était trop tard. Il l'avait atteinte et la soulevait dans ses bras suintants, la serrait contre sa poitrine squelettique avant de se jeter par la fenêtre en l'emportant entre les arbres. Elle s'évanouit et, lorsqu'elle se réveilla, elle gisait dans une tombe ouverte et il était debout à côté d'elle.

Elle vit les parois fraîchement creusées de part et d'autre et sentit l'odeur putride de la mort, tandis que le monstre commençait à jeter des pelletées de terre sur son visage.

– Ben ! Ben ! Aidez-moi ! s'écria-t-elle.

Mais ses poumons se remplirent de poussière et elle perdit connaissance. La terre pesait sur elle, l'étouffait davantage à chaque instant, jusqu'à ce qu'il n'y ait plus d'air dans son tombeau solitaire.

Elle avait perdu conscience quand elle sentit sur sa bouche les gros doigts de Ben qui creusaient la terre. Dans un spasme, elle aspira une goulée d'air alors qu'il la hissait hors de la fosse.

– Vous avez réussi, cette fois, hein ? demanda-t-il sans méchanceté. Quelque chose s'est intéressé à vous, pour changer.

Il essuya sommairement la terre qui souillait son visage et sa robe, puis il la souleva et la transporta, encore gémissante, jusqu'à la maison.

– Il est venu s'en prendre à moi ! sanglotait-elle dans son cou. Il a essayé de me tuer ! Jamais je ne recommencerai, Ben. Plus jamais je ne jetterai un seul sort !

Il la déposa dans son lit et, alors qu'il remontait les couvertures sur elle, elle se rappela que c'était sa nuit de noces, celle dont elle avait rêvé et qu'elle avait attendue durant des années de solitude. Elle chercha à tâtons la broche que Naomi lui avait donnée. Elle avait disparu.

– Ben, dit-elle d'une voix rauque. Je vous en prie… retournez-y… J'ai perdu le camée, le cadeau de la mère de Barnabas. Retrouvez-le, s'il vous plaît… il est dans… la tombe…

30

Le soupçon régnait sur la maisonnée des Collins. Les nombreux événements étranges convergeaient vers une seule possibilité : la présence d'une sorcière. Même ceux qui se moquaient des superstitions se laissaient gagner à cette croyance. Joshua fulminait contre cette idée, mais il ne trouvait aucune explication à la suffocation de Barnabas, la brutale maladie de Sarah et son rétablissement tout aussi soudain, ainsi que les revirements de Josette. Sans oublier le mariage inexplicable de son fils avec une domestique. Même Ben avait succombé à la sorcellerie, car on l'avait surpris en train de profaner des tombes en pleine nuit, et il avait été jeté en prison.

Le mot « sorcière » était raillé par tout le monde dans la famille, mais personne n'était en mesure d'expliquer ce que tous qualifiaient de « curieuses manifestations ». Le moment était venu pour Angelique de se protéger. Même Barnabas la considérait avec froideur. Elle savait que tous les indices mèneraient vers elle si une enquête était lancée, et elle n'eut d'autre choix que de détourner les soupçons sur Phyllis Wick. La pauvre gouvernante avec ses manières sinistres faisait une coupable idéale.

La famille, inquiète de ce que la comtesse persistait à appeler « une force maléfique dans cette maison », parlant de la demeure où Barnabas et Angelique résidaient désormais, avait fait revenir le révérend Trask, qui avait accepté de procéder à un exorcisme. Barnabas, prenant Phyllis en pitié et la croyant innocente, lui avait offert un refuge dans une chambre de l'étage où elle se terrait, loin des accusations de Trask, tant elle était terrifiée de devoir l'affronter. Tout était prêt et il ne restait plus qu'à jeter Phyllis Wick en pâture à la vindicte de la famille.

Angelique décida de construire un château de cartes de tarot. La comtesse, qui en possédait plusieurs jeux, en avait laissé un dans le salon. Cela tombait bien que celle qui avait lancé le sujet de la sorcellerie fournisse à présent à Angelique le moyen de jeter un nouveau sort.

Angelique se retira dans son ancienne chambre, où personne ne viendrait la surprendre. La fenêtre était assez proche de la porte d'entrée pour qu'elle puisse entendre les radotages du révérend qui commençait ses invocations. Comme ses pouvoirs étaient ridicules à côté des siens ! Ce prétendu révérend était un misérable charlatan, mais il serait cependant utile et ses molles incantations ne feraient que servir ses desseins.

Elle échafauda délicatement un château de cartes sur la table nue, en inclinant les magnifiques lames en équilibre deux par deux, puis en posant un toit pour l'étage suivant. Le château, qu'un souffle aurait suffi à faire s'écrouler, tenait bon, et sa légèreté allait lui donner des ailes. Elle lui parla intérieurement.

Tu es les murs de la pièce où Phyllis Wick se cache. Tu es l'endroit où elle se trouve en ce moment. D'abord le vent glaçant, puis le feu. Cette pièce est ici, entièrement en mon pouvoir.

Elle entendit la voix nasillarde du révérend qui entonnait :

– J'appelle les forces de la Lumière à venir combattre les puissances des Ténèbres. Phyllis Wick, je vous mets en garde : les Forces de la Lumière sont à l'œuvre et vont frapper votre âme même ! Votre anéantissement est proche ! Venez ! Rendez-vous !

Angelique sut qu'il avait dessiné un symbole d'exorcisme dans la terre devant la porte, car il s'écria :

– Phyllis Wick, la terre connaît désormais votre nom et la terre le proclamera au ciel ! Rendez-vous avant que les feux de l'enfer ne vous consument pour l'éternité !

Elle vit la pauvre Phyllis recroquevillée dans un coin de sa chambre, craignant de bouger ou de respirer, terrifiée par les vertueuses exhortations du révérend. Elle se souvint brièvement d'avoir connu la même situation autrefois. La femme ne se montrerait pas, sauf si elle y était forcée. Angelique, évitant de penser à l'être maléfique auquel elle s'adressait, reprit sa tâche. Elle alluma la chandelle et l'approcha de la fragile construction qui abritait l'innocente gouvernante et commença son incantation.

– J'invoque le cœur de Feu qui brûle dans le cœur de Glace.

Elle trembla. Elle se rendait pleinement compte à présent de ce qu'elle faisait. Elle était tombée si bas qu'elle allait demander son aide au diable. Elle entendait également les paroles de Trask, comme s'ils œuvraient de concert et suscitaient une force en alliant leurs volontés.

– Esprit du Mal ! Montre-toi ! Avance et franchis ce seuil ! Sors des ténèbres vers la lumière ! Avant que les feux ardents du Bien ne t'y forcent par la terreur !

Le château de cartes prit feu et Angelique sentit son corps englouti par la chaleur. L'énergie jaillissait du bout de ses doigts et s'écoulait de ses lèvres.

– Cœur de Feu, chuchota-t-elle, qui brûle dans le cœur de Glace. Feu qui gèle et ne se consume pas. J'invoque l'œil de Feu qui brûle dans l'œil de Glace et veille sur toutes les choses mauvaises. Je l'appelle dans la pièce que j'ai choisie. Cœur de Feu. Cœur de Glace. Œil ardent du Mal le plus glacé. Je t'ordonne d'apparaître. Viens et consume ! Brûle ! Brûle ! Brûle !

Angelique sut que le feu commençait à prendre dans la chambre de Phyllis et que la femme, affolée, se convulsait de terreur.

– Œil de Feu. Cœur de Glace. Je vous convoque depuis les eaux glacées de l'au-delà…

Elle entendit devant sa porte un bruit de pas dans le couloir. Ils s'arrêtèrent et il lui sembla voir la poignée tourner sous l'action d'une main invisible. Mais au même instant, Phyllis Wick se mit à hurler : « Au feu ! Au secours ! À l'aide ! » et les pas s'éloignèrent.

La gouvernante se précipita dans les escaliers et tomba dans les bras du révérend Trask qui jubilait. Il l'attira contre lui en hurlant comme un dément :

– Les forces des Ténèbres sont désormais vaincues ! Les puissances de la Lumière triomphent ! À genoux, sorcière ! À genoux ! Je tiens la sorcière !

Tandis que le révérend emmenait Phyllis, Barnabas fit montre d'une tendresse qu'Angelique ne lui avait pas vue depuis des semaines. Instinctivement, il semblait savoir que la gouvernante était innocente et, à l'irritation d'Angelique, assura à Phyllis qu'il ferait tout en son pouvoir pour qu'elle soit libérée.

Barnabas savait quelque chose. Angelique le sentait à ses manières et à la froideur de son regard. Était-ce lui, le fantôme qui était passé devant sa porte ? Mais s'il la soupçonnait, il n'avait aucune preuve. Ben était la seule personne à connaître la vérité. Il était en prison, et si Barnabas allait le voir et que Ben tentait de parler contre Angelique, il serait immédiatement frappé de mutisme.

Cependant, le comportement glacial de son époux et ses réponses maussades à ses questions l'éprouvaient. Il semblait réprimer une fureur tangible qui viciait l'air autour d'eux. Quand elle lui parlait, il répondait laconiquement, avec indifférence, et quand elle tentait de le toucher, il se dérobait.

D'autres fois, il était incroyablement aimable avec elle et ses espoirs renaissaient. S'il était tout juste courtois, elle préférait cette politesse à sa froideur. Quand elle subissait son antipathie, elle espérait seulement qu'un jour il comprenne que tout ce qu'elle avait fait, c'était par amour pour lui. Ses actes, impitoyables en apparence, étaient des tentatives désespérées pour reconquérir son amour à tout prix. Tout cela en vaudrait la peine s'il lui revenait.

Un soir, à sa grande surprise, il revint après une longue journée passée au-dehors, et quand elle lui demanda s'il était allé au chantier naval, il répondit avec une gentillesse inattendue :

– Il me semble que j'ai attrapé froid en revenant du village. Je crois que je vais prendre un verre de sherry. M'accompagnerez-vous ?

L'invitation était si inhabituelle qu'elle ne sut que répondre. Il alla prendre des verres, les remplit et lui tendit le sien avant de s'installer dans un fauteuil près du feu. Tout à sa joie, elle alla s'asseoir à ses pieds. Un bref instant, elle fut submergée de bonheur. Ils étaient mariés depuis plusieurs semaines, mais ils n'avaient pas encore partagé le même lit et elle commençait à comprendre ce qu'il avait voulu dire quand il lui avait annoncé qu'elle devait accepter de l'épouser en sachant qu'il ne l'aimait pas. Mais peut-être que ce soir, ce serait différent.

– J'ai une proposition à vous faire, dit-elle d'un ton enjoué. J'aimerais que nous partions en voyage de noces. Loin de tout cela.

– Je ne crois pas qu'il soit possible d'échapper à tout ce qui est arrivé ici, répondit Barnabas sans émotion.

Elle posa le bras sur son genou et le sentit tressaillir, mais elle continua :

– Je peux vous faire oublier, dit-elle en souriant.

– Comment le pourriez-vous ?

– En vous aimant.

Il la regardait fixement et, au moment où elle allait boire une gorgée de sherry, on frappa à la porte. Elle se leva pour ouvrir et Naomi entra, l'air soucieux.

– Barnabas, j'ai appris ce qui était arrivé. Vous allez bien ?

– Oui, parfaitement bien.

– Que voulez-vous dire ? demanda Angelique.

– Il ne vous a rien dit ? Il est allé voir Ben à la prison et ce misérable l'a frappé à la tête avec une bouteille avant de s'évader !

– Vous avez rendu visite à Ben ? demanda Angelique, troublée par cette révélation et par ce qu'il avait pu découvrir.

– Vraiment, mère, il ne m'a fait aucun mal, la rassura

Barnabas, toujours aussi affable. D'ailleurs, ce coup à la tête est parvenu à me rendre un peu de ma raison.

Angelique, se rappelant ses devoirs de maîtresse de maison, proposa à Naomi un verre de sherry qu'elle accepta volontiers, ayant besoin de se calmer les nerfs. Comme elle n'avait elle-même pas encore touché au sien, Angelique le lui donna et alla s'en servir un.

Barnabas s'irrita sans raison et soutint que le verre de sa mère était ébréché. Naomi balaya la remarque d'un geste et le porta à ses lèvres. Il se précipita sur elle et lui fit tomber des mains le verre, dont le contenu se répandit sur la robe.

– Oh, mère, pardonnez-moi ! Regardez ce que j'ai fait, j'ai abîmé votre robe.

– Je vous en prie, mon cher, ce n'est rien, répondit-elle.

Des soupçons gagnèrent Angelique. Elle tamponna l'étoffe avec une serviette, ramassa le verre vide et retourna à la table. Du bout du doigt, elle constata que le cristal n'était pas ébréché. Elle flaira le verre et décela l'odeur caractéristique du poison.

Dans un vertige, elle entendit Naomi dire à Barnabas qu'elle avait apporté un paquet qui venait d'arriver de France. Elle vit Barnabas le prendre avec empressement et fut stupéfaite de parvenir à l'aimer encore en cet instant. Ses gestes étaient pleins d'élégance et d'énergie et son beau visage, ciselé par la pénombre. *Un tel mensonge peut-il habiter dans un si splendide palais ?*

Il déballa le paquet d'un geste vif, recula et laissa échapper un soupir. C'était un portrait de Josette.

– Il y a un mot, dit Naomi avec un regard coupable vers Angelique. Qu'est-il écrit ?

– « Quand mon père insista pour vous l'offrir comme cadeau de mariage, lut Barnabas d'une voix tendue, j'éclatai de rire et lui déclarai : "Père, pourquoi Barnabas aurait-il besoin d'un portrait ? Sa voix se brisa sur les derniers mots : Alors qu'il m'aura en chair et en os ?" »

– Vous l'aimez, toujours, n'est-ce pas ? demanda Angelique en le voyant froisser le mot d'un air accablé. Je suis seulement jalouse. C'est douloureux pour moi de vous voir regarder ce portrait, alors que je vous aime tant.

– Angelique, dit-il d'un ton lugubre. Qu'imaginez-vous que soit l'amour ?

Ainsi, il la haïssait. Il voulait la voir morte. Cette révélation fut comme un coup en pleine poitrine et elle se rendit compte que son propre cœur était devenu dur comme la pierre, comme le marbre le plus glacé. Elle n'avait plus aucun sentiment. Les souffrances de Barnabas le faisaient sombrer dans la folie et elle était en danger de mort. Le chagrin et les soupçons avaient déformé le jugement de son mari, si bien qu'il était désormais son pire ennemi. Elle devait trouver le moyen de se protéger, de survivre à sa colère et ses manigances jusqu'à ce qu'il ait recouvré un peu de sa raison. À présent, elle devait surveiller ses moindres gestes.

Ce soir-là, une fois qu'ils se furent retirés dans leurs chambres, elle façonna dans son lit la forme d'un corps endormi et se cacha derrière la porte de son boudoir. Craignant le pire et espérant s'être trompée, elle attendit dans l'obscurité glaciale au point de finir engourdie. À la faible lueur de la lune qui projetait des ombres grises dans la pièce, elle apercevait son image dans le miroir. Elle fut bouleversée en voyant cette silhouette spectrale et cadavérique, comme si c'était le reflet véritable de son âme. Elle allait renoncer à son embuscade et succomber à la fatigue, quand elle entendit un bruit dans le couloir. La poignée de la porte tourna lentement. Barnabas entra furtivement dans la pièce et s'avança vers le lit.

Elle eut envie de pleurer en le voyant brandir un couteau dont la lame scintilla un instant avant qu'il ne l'abaisse rageusement. Sans pitié, il cribla de coups la forme sous les couvertures. Puis il s'interrompit, surpris, posa le couteau et arracha les draps pour découvrir le lit vide. Soudain certain de sa présence, il fit volte-face, haletant, le visage grimaçant de fureur.

– Vous me haïssez donc tant ? demanda-t-elle dans un sanglot.

– C'est vous, la sorcière ! cracha-t-il, venimeux.

– Je ne voulais pas que vous le sachiez, l'implora-t-elle.

– J'ai entendu à travers la porte, quand vous avez provoqué l'incendie qui a délogé Phyllis Wick. J'ai entendu votre incantation. Je sais tout, désormais.

– Que je vous aime ? Cela, vous le savez ? Que je vous aime encore ? Que je ne cesserai jamais de vous aimer ?

– M'aimer ! Nous divergeons sur la définition de ce mot, ma chère ! Votre amour est un poison ! Il est difforme, corrompu ! Ce n'est pas de l'amour, c'est une obsession perverse et dévoyée ! Vous m'avez amené à me mépriser moi-même et vous avez ruiné ma vie !

Il se précipita sur elle avec le couteau, mais elle leva la main et l'arrêta, sentant le feu qui jaillissait en elle. Il poussa un cri de douleur et elle retint ce feu avant qu'il ne retourne la lame contre lui. Barnabas jeta le couteau et, avec un grognement de fauve, se jeta sur elle pour l'étrangler à mains nues.

Mais elle résista et recula, le feu jaillissant de ses yeux.

– Vous ne pouvez pas me tuer, chuchota-t-elle d'une voix rauque, les joues ruisselantes de larmes brûlantes. Vous ne pouvez me toucher. J'ai de nombreux pouvoirs, Barnabas. Il y a longtemps, j'ai tenté de vous mettre en garde, mais à présent je suis navrée qu'il faille vous dire la vérité. Vous ne pouvez m'approcher que si je le désire.

Il continua pourtant d'essayer, les mains agrippant le vide.

– Je vous mépriserai jusqu'à votre dernier jour. Et c'est moi qui vous tuerai !

– Baissez les bras, Barnabas, dit-elle. Si je leur ordonnais de m'étreindre, ils obéiraient. Mais je ne voudrais pas être aussi cruelle.

– Cruelle ? Avez-vous jamais été autre chose ? cracha-t-il. Vous avez détourné de moi la seule femme que j'aie jamais aimée. Déchaînez donc tous vos pouvoirs, je vous en défie ! Essayez tant qu'il vous plaira, vous ne pourrez m'empêcher d'aimer Josette.

– Je ne ferais pas cela. Je ne pourrais vous désirer ainsi. Je vous aimais parce que vous étiez un homme, et non une marionnette. Je ne ferais pas de vous un pantin à présent, même si c'était le seul moyen pour que vous soyez à moi. Quand nous nous sommes connus à la Martinique, vous avez vu en moi une femme, pas une sorcière. Vous m'avez désirée, courtisée, aimée. C'est cette femme qui est devant vous en cet instant.

– Je ne vois qu'une chair vile et putréfiée sous cette façade avenante. La sorcière est toujours dans votre cœur ! Songez à ce que vous avez fait !

– La nuit de mon arrivée, quand je suis venue dans votre chambre, je n'avais encore rien fait. J'avais résisté et renoncé à mes pouvoirs depuis des années. Si vous m'aviez aimée comme vous m'aimiez à la Martinique, rien de tout cela ne serait arrivé. Pourquoi m'avez-vous repoussée ?

– J'aime Josette ! Ne pouvez-vous pas l'accepter ? Mon Dieu, Angelique, j'ai simplement couché avec vous ! Une vestale n'en aurait pas fait une telle histoire ! C'est vieux comme le monde, le conte du soldat et de la paysanne. Je suis sûr que vous en aviez connu d'autres avant moi !

– Monstre ! Comment osez-vous ? Vous refusez de voir la vérité. Cette première nuit, vous m'avez tellement mise en colère que je ne voulais plus vous aimer. Je voulais vous voir… oui, je voulais vous voir mort ! Mais quand je vous ai vu souffrir, cela m'a été insupportable. J'ai levé le sortilège. Ne le voyez-vous pas ? Je vous aime ! Je ne pourrais jamais vous faire de mal.

– Et je devrais avoir pitié de vous pour cela ? Vous avez rendu malade Sarah, avec son jouet, sa petite poupée et des épingles… Vous m'avez forcé à vous épouser…

Elle vit qu'il faiblissait en voyant toute l'étendue de ses méfaits et qu'il se tournait vers la porte.

– Où allez-vous ?

– Je quitte cette maison, dit-il sans la regarder. Je vais vous dénoncer aux autorités.

– Non, vous ne ferez rien de tel.

– Vous croyez que nous allons pouvoir continuer à jouer au couple marié et heureux ? ricana-t-il.

– C'est exactement ce que je crois. Et avec les années, vous apprendrez que nous pouvons avoir une existence heureuse ensemble.

Il se retourna et lui jeta un regard méprisant, comme si elle avait perdu la raison. Il avait les yeux injectés de sang, et c'est en vacillant légèrement qu'il écouta son ultimatum.

– Si vous me quittez, dit-elle d'une voix blanche, si vous parlez à quiconque de moi, si vous m'accusez, si vous vous comportez autrement qu'en époux dévoué… alors, il arrivera quelque chose… à Josette. (Il blêmit.) Voulez-vous que je vous fasse voir à quoi ressemblerait sa mort ?

– Non…

– Je le pourrais aisément. Ce ne serait pas réel, mais cela en aurait toutes les apparences. Pour le bien de Josette, vous resterez avec moi. Pour toujours.

Le lendemain matin, de bonne heure, Angelique fut réveillée par des roulements de tonnerre qui ébranlaient le ciel. Le vent venait des terres, et pendant toute la journée, une pluie lancinante et glaciale tomba d'un ciel blafard. Une fine bruine couvrit les branches des arbres d'un givre luisant comme le cristal.

De sa fenêtre, Angelique contempla le paysage. Des arbres aux buissons et même aux allées, tout était couvert de glace et chaque brin d'herbe scintillait.

L'une après l'autre, sous ce poids, les branches des plus grands arbres commencèrent à ployer dans l'air immobile, puis à se rompre et tomber dans un fracas de verre brisé.

Lentement et méthodiquement, elle dessina deux yeux sur une feuille qu'elle enflamma.

– Yeux de la nuit, récita-t-elle, vous pouvez devenir un corps qui voit dans les ténèbres. Vous avez le pouvoir de voler silencieusement sur les flots invisibles du vent. Trouvez-le. Dites-moi où il va. Surveillez-le.

Frissonnante, elle sortit dans le froid et contempla la cheminée couverte de givre. Les chauves-souris ne s'étaient pas aventurées dans la tempête et elle les entendit piailler en allaitant leurs petits avant de s'endormir. Elle appuya sur la brique descellée qui glissa et dévoila l'intérieur. Dans la faible lumière, elle vit les petits corps soyeux blottis les uns contre les autres, accrochés aux parois, enveloppés dans leurs ailes parcheminées, et leurs petits yeux rouges la fixer.

Comme elle l'avait soupçonné, il ne fallut pas longtemps avant que Barnabas n'organise un rendez-vous avec Josette dans la nouvelle maison. La scène se déroula dans l'esprit torturé d'Angelique qui put tout voir et entendre. Josette était plus belle que jamais dans sa robe de velours indigo et la mantille de dentelle noire qui recouvrait sa brillante chevelure.

– Je sais que vous ne m'avez pas trompé volontairement, disait Barnabas.

– Mon mariage, même à l'époque, me paraissait comme un rêve.

– J'ai fait une découverte terrifiante. Rien de tout cela n'était votre faute. Un sort vous a été jeté par une sorcière !

– Une sorcière ? Vous n'y songez pas. Qui pourrait me haïr à ce point ? Et pourquoi ?

– En cet instant même, la sorcière vous guette et fomente votre mort.

– Que dois-je faire ?

– Je vous protégerai. Vous n'avez rien à craindre.

Angelique vit Barnabas offrir à Josette la petite boîte à musique qui jouait la berceuse, et le regard de Josette s'éclaira de ravissement.

– Comme elle est belle…

– C'était mon cadeau de mariage. Gardez-la en souvenir de moi. Je serai avec vous sous peu.

– J'ai tellement peur.

– Vous devez me faire confiance. Dites au cocher de vous

conduire à l'auberge des abords de Portsmouth. Je vous y rejoindrai au plus vite.

– Mais j'ai le sentiment que c'est vous qui êtes en danger. Que si je vous laisse maintenant, je ne vous reverrai plus.

– La prochaine fois que vous me verrez, je ne serai plus l'époux d'Angelique. Je ne puis vous en dire davantage.

– Êtes-vous sûr que nous nous reverrons ?

– Pensez à moi et sachez que je vous aime. Beaucoup.

Angelique le vit alors prendre Josette dans ses bras et l'embrasser tendrement. Le feu se mit à couler dans ses veines. Quand Barnabas revint, il se montra implacable et refusa de répondre aux accusations d'Angelique. Il ignora sa colère et lui tourna le dos pour fourrager dans un coffret de laque dans son secrétaire.

– Vous avez commis une grave erreur, Barnabas Collins. Vous m'avez déjà trahie. Vous pensez qu'en éloignant Josette elle sera en sécurité. Regardez derrière vous !

Il se retourna distraitement et la vit désigner le portrait de Josette. Malgré lui, il fut pétrifié d'horreur en voyant la charmante jeune fille se transformer sous ses yeux en une vieille femme à la peau ridée et tavelée et au sourire édenté. Angelique le vit s'alarmer, puis se ressaisir et poser sur elle un regard imperturbable.

– Épargnez-moi vos tours pitoyables, dit-il, glacial. Je ne me laisserai pas effrayer.

– Vous m'avez déjà été infidèle !

– Pas du tout.

– Vous êtes allé la voir en tête à tête. Quelle traîtrise avez-vous manigancée tous les deux ?

– Aucune.

– Je ne vous crois pas ! Vous me mentez, tout comme vous m'avez menti à la Martinique, et vous persistez encore. (L'air impassible de Barnabas la mettait en rage. Elle sentit qu'elle ne se maîtrisait plus.) Vous lui avez dit de partir et vous entendez la rejoindre dès que vous m'aurez tuée ! Vous croyez qu'en l'éloignant vous m'empêcherez de vous garder ici ? Josette ne risquera peut-être rien. Mais tous les autres, si !

Elle courut dans l'escalier jusqu'à sa chambre, suffoquant, la poitrine comme dans un étau. Elle ouvrit un tiroir et en sortit la poupée de Sarah qu'elle avait cachée sous des vêtements. Des vagues noires la submergeaient. Elle eut à peine le temps de se rendre compte qu'elle était déjà revenue à Barnabas, la poupée et les épingles à chapeau à la main.

– Sarah a beaucoup souffert, n'est-ce pas ? Eh bien voilà ! (Elle enfonça méchamment une épingle dans l'épaule de la petite poupée. Du coin de l'œil, elle vit Barnabas frémir.) Et voilà encore ! Elle transperça de nouveau la poupée qui tremblait dans sa main. Dans un vertige, elle siffla : Cette épingle est destinée à son cœur. Elle ne mourra pas si vous ne me trahissez pas une fois de plus, mais elle frôlera la mort. De très près.

– Arrêtez ! l'implora Barnabas. Je vous en supplie. Enlevez les épingles, je vous en conjure ! Je ferai tout ce que vous voudrez. Je ne vous quitterai jamais !

Mais elle ne l'entendait plus. Le sang sifflait dans ses oreilles et martelait ses tempes.

– Je ne vous crois pas, s'entendit-elle dire.

Il fouilla dans son secrétaire et se jeta sur elle. Elle le vit lever le pistolet et viser, et elle fixa le canon. Elle perçut un éclair et entendit une détonation. Elle recula sous le coup. La balle brisa son épaule, le sang jaillit et elle se sentit s'écrouler lentement sur le sol. Dans son hébétude, elle vit la silhouette de Barnabas se déformer et s'effacer tandis que sa vision se brouillait et que du sang lui remontait dans la bouche. Il se pencha pour ramasser la poupée et, d'une main tremblante, en arracha les épingles une par une, puis il se redressa et recula en titubant.

Elle sut qu'elle se mourait. Le sang coulait sur ses doigts et la douleur de la blessure irradiait dans tout son corps, enveloppé dans un immense nuage de haine. Elle chercha en elle quelque sortilège, quelque malédiction irrévocable, avant que la fin ne vienne. Cata frémit, balbutiant, incertain, mais l'immense Maman était plus puissante que jamais, et Angelique comprit que l'esprit des Ténèbres était venu l'écouter prier pour obtenir vengeance. Le sol disparut sous elle et elle eut l'impression de flotter sur de bouillonnants nuages de fumée. La douleur envahissait tout son corps et une boule de feu explosa en elle pour remonter jusqu'à sa bouche.

Barnabas vacilla sous son souffle comme sous un vent de feu et elle ne vit plus son visage. Il ondulait sur des vagues sombres et elle entendit l'eau qui se précipitait et se déversait tandis qu'elle peinait à parler :

– Vous avez manqué votre coup, Barnabas ! hoqueta-t-elle. Je ne suis pas encore morte ! Et tant que je serai encore capable de respirer, je tiendrai ma vengeance ! Je lance une malédiction sur vous, Barnabas Collins ! Vous désirez tant votre Josette que vous l'aurez. Mais pas comme vous l'avez choisi. Vous ne connaîtrez aucun repos. Et vous ne pourrez jamais aimer personne. Car quiconque vous aimera mourra. Telle est ma malédiction ! Et vous devrez vivre avec éternellement !

Quelque part, dans la pénombre de la chambre, la fenêtre s'ouvrit lentement, et de l'obscurité surgit la chauve-souris qui voleta en piaillant au-dessus de la tête de Barnabas, tournoyant et cherchant à atteindre son cou. Voyant la créature, il leva les mains, impuissant, avec une expression d'abord déroutée, puis horrifiée, tandis que les petits yeux globuleux viraient au pourpre et que scintillaient des crocs acérés. Il l'écarta, mais elle revint à la charge, esquivant ses coups, et finit par s'agripper en claquant des ailes à son cou. Il ouvrit de grands yeux terrifiés quand il sentit les dents déchiqueter sa chair, et poussa le hurlement déchirant du maudit.

Quand Angelique reprit conscience, elle gisait toujours au même endroit sur le parquet dans une mare de sang. Elle se mit péniblement sur ses pieds, encore étourdie par la douleur, mais une seule pensée occupait son esprit. Elle n'allait pas mourir. Elle le savait, à présent. La blessure était profonde, mais pas mortelle, et quelque chose était arrivé, quelque chose d'hideux et d'irréversible, qu'elle avait provoqué et qu'elle devait trouver le moyen d'empêcher. En se cramponnant à la balustrade, elle parvint au prix d'un grand effort à monter l'escalier.

Arrivée devant la chambre de Barnabas, elle entendit Ben qui lui disait :

– Quelqu'un qui a perdu autant de sang qu'elle ne peut être que mort.

Elle réussit à entrer en titubant dans la pièce en se retenant au mur. Ben la regarda, ébahi. Barnabas gisait dans son lit, ruisselant de fièvre, en proie au délire. Du sang noir s'écoulait de deux profondes entailles à son cou.

– Comment va-t-il ? demanda-t-elle à Ben.

– Il est presque mort, à cause de vous.

– Non ! Je ne voulais pas qu'il meure ! Si jamais…

Barnabas tressaillit en entendant sa voix et la fixa d'un regard accusateur.

– Une malédiction… articula-t-il avec peine. Elle m'a lancé une malédiction… Elle a fait apparaître une chauve-souris…

– Il prétend dans son délire qu'une chauve-souris l'a mordu, dit Ben, incrédule. C'est ce qui lui a fait ça ? demanda-t-il en désignant les marques sanglantes. (Elle hocha la tête.) Quel genre de monstre êtes-vous ? demanda-t-il.

– Vous n'imaginez pas la peine que j'éprouve, dit-elle d'une voix tremblante. Je croyais qu'il m'avait tuée, mais je ne vais pas mourir, et je ne veux pas que la malédiction s'empare de lui. Je dois m'occuper de lui, le veiller et trouver comment le guérir, car s'il meurt, il n'y aura aucun moyen de lever cette malédiction et…

– Quoi ? Que lui arrivera-t-il ?

– Quelque chose… d'irréversible. Il ne mourra pas complètement… Il deviendra… un mort-vivant.

– Quoi ? Les morts ne reviennent pas à la vie !

– Si, Ben. Ils reviennent sous la forme de monstres et ils sont condamnés à la vie éternelle !

Jamais elle n'avait préparé aucune potion avec autant de soin. Elle concocta un antidote aussi puissant que la mort elle-même, avec d'anciennes poudres apportées de Martinique. Puis elle alla à la cheminée et enleva la brique descellée. Elle passa le bras dans l'ouverture, trouva à tâtons une chauve-souris endormie, s'en empara, la sortit et, la serrant contre sa poitrine, l'emporta jusqu'à sa chambre. Là, elle lui perça le cœur et fit couler le sang dans une chope.

Elle s'assit au chevet de Barnabas et attendit qu'il se réveille.

– Josette… attendez-moi, murmura-t-il dans son délire. J'arrive… Puis ses yeux se posèrent sur Angelique et, pris de convulsions, il hurla : Éloignez-vous de moi ! Sorcière ! Meurtrière ! Ne me touchez pas !

Le cœur brisé, Angelique était prête à tout pour le sauver, à même envoyer chercher Josette. Tout désir de vengeance l'avait quittée, et enfin son amour était devenu plus fort même que sa jalousie.

– Dites-moi où elle est, lui dit-elle. Je la ferai appeler.

– Non ! s'exclama-t-il, le regard flamboyant. Jamais vous ne la trouverez ! Elle est à l'abri de vous, désormais ! Puis il retomba sur son oreiller, épuisé. Josette… Je vais vous rejoindre… Rien ne m'arrêtera… Il respira difficilement, puis il murmura d'une voix rauque : Quelque chose d'abominable est en train de m'arriver. Je sens une affreuse transformation…

– Je vais vous soigner, dit doucement Angelique.

– Vous savez comment arrêter cette horreur ?

– Oui. Je ne la laisserai pas arriver. Je vais vous sauver. Je vous le promets. (Elle porta la chope à ses lèvres.) Buvez. Cela vous soulagera. Je la tiens pendant que vous buvez. À petites gorgées.

– Cela arrêtera-t-il cette sensation qui déchire tout mon corps ?

– Oui ! Il le faut ! Si seulement vous m'aviez aimée comme autrefois, ajouta-t-elle dans un murmure tandis qu'il buvait. Fermez les yeux, dit-elle en lui caressant le front.

Elle essaya de dissiper les ténèbres dans ses doigts. Il avait des mèches de cheveux collées sur sa peau moite. Elle ressentit les lambeaux de la malédiction qui commençait la métamorphose et empoisonnait son sang et elle essaya de l'aspirer en elle.

– Fermez les yeux, répéta-t-elle, et ne les ouvrez que lorsque je vous le dirai.

– Laissez-moi dormir. Si seulement je le pouvais… murmura-t-il.

– Oui, dormez, maintenant. Vous n'allez pas mourir. Vous le sentez, à présent ? La potion opère. N'ouvrez les yeux que lorsque je vous le dirai.

– Non, je ne veux pas les ouvrir…

Tremblante, animée d'un faible espoir, Angelique alla à la fenêtre. Elle saisit le lourd rideau écarlate et, d'un geste vif et résolu, elle l'écarta. Le soleil inonda toute la pièce jusqu'au lit.

– Ouvrez les yeux, Barnabas, maintenant !

Il se tortilla en agitant la tête en tout sens.

– Je ne veux pas !

– Ouvrez-les !

Il obéit, un bref instant, et quand il vit la lumière du jour, il poussa un déchirant hurlement de douleur, celui d'une créature en proie à une immense souffrance, et cacha son visage dans ses mains.

– C'est trop tard, dit-elle en laissant retomber le rideau. Ce qui est fait ne peut être défait.

31

Angelique resta avec Barnabas toute la journée et, le cœur lourd, l'écouta délirer et appeler sans cesse Josette. De temps en temps, la panique s'emparait de lui et il avait le regard fixe d'un possédé. À un moment, il saisit sa main et la serra sans la reconnaître, avec une telle violence qu'elle faillit crier. Ce n'est qu'après minuit qu'il finit par sombrer dans un sommeil agité. Elle le laissa et sortit dans la nuit.

Il n'y avait pas de lune et les étoiles étaient voilées par le brouillard. Des volutes de brume tourbillonnaient autour de ses pieds, mais elle n'avait plus peur lorsque l'esprit des Ténèbres apparut devant elle, sa silhouette désormais plus distincte et son visage virant de l'ébène à l'ivoire. Sa voix était comme le sifflement du vent, mais elle était devenue presque humaine.

– Un vampire ! Quel choix intéressant, ma chère enfant. Je dois avouer que cela m'intrigue.

– Ne le laissez pas mourir.

– Mais, Angelique, tout est ton œuvre. Combien de fois m'as-tu dit que tes pouvoirs t'appartenaient et qu'ils venaient de toi ? répondit-il avec un rire de crécelle.

– Je sais que ce n'est pas vrai. Je n'aurais pu y parvenir seule.

– Et maintenant, tu le regrettes.

– De tout mon cœur. Je ne supportais plus sa colère et son mépris, alors que je l'aimais tant. Je n'ai pas été assez forte.

Si seulement je pouvais revenir en arrière, recommencer, je le laisserais vivre avec elle et j'aurais le cœur brisé.

– Pourquoi m'as-tu invoqué ?

– Je vous en prie, laissez-le vivre.

– Sous sa forme humaine, il te haïra toujours.

– Je le sais, à présent. Je l'accepte.

– Viendras-tu avec moi ?

– Oui…

Il y eut un long soupir, comme si tous les arbres inclinaient leurs branches.

– Tu oublies, mon enfant, que je ne suis pas le Seigneur de la Création. Mon domaine, c'est la mort. Il n'y a qu'une manière pour lui de rester en vie, et c'est à travers ta malédiction. Il possédera alors ce que je t'offre, l'immortalité.

– La vie ?

– Oui. La vie éternelle.

Elle attendit au chevet de Barnabas, espérant toujours un miracle, déplorant d'avoir des pouvoirs si minces. Quand il mourut au cours de la nuit, ce fut en prononçant le prénom de Josette.

– Attendez-moi, Josette… Je reviendrai…

Il ne sut jamais qu'il avait rendu son dernier soupir dans les bras d'Angelique. Elle baisa son visage désormais figé et ses yeux vides.

– Je vous aime, dit-elle. Je vous ai aimé dès mon premier regard. Et je vous aimerai éternellement.

L'esprit des Ténèbres était là.

– Éternellement… répéta-t-il.

– C'est toujours la même alliance et les mêmes mensonges, dit-elle en pleurant.

– Pas la même. Viens avec moi et sers-moi, et un jour, dans des siècles, je te libérerai.

– Non. Je refuse.

Elle trouva le régisseur assis sur son banc en train de ruminer son chagrin. La grande carcasse de Ben était secouée de sanglots, mais elle sentit que toute sa peine n'était rien à côté du vide laissé dans son cœur. Comme une somnambule, le regard dans le vague, elle ne pensait qu'à ce qu'elle devait faire.

– Ben. Vous devez m'aider. Coupez un houx et taillez dans son tronc un petit pieu d'une coudée de longueur, assez épais pour que je puisse le frapper avec un maillet. Et taillez l'une des extrémités en pointe.

– Pourquoi voulez-vous cela ?

– Faites ce que je vous dis, ou nous mourrons tous quand la nuit viendra.

Lentement, Angelique souleva le couvercle du cercueil. Le grincement des charnières résonna dans la crypte secrète du caveau, et l'odeur des fientes de chauves-souris lui monta aux narines. Barnabas gisait là, encore plus beau dans la mort, mais son visage avait considérablement changé. Sa peau avait pris une couleur de porcelaine, translucide, et ses joues et ses orbites étaient plus sombres, comme le portrait d'un dieu dans une peinture classique. Ses boucles retombaient sur ses tempes et ses sourcils étaient plus épais, broussailleux, comme s'ils avaient poussé dans la tombe. L'intérieur de ses lèvres était rougeâtre, et ses mains, ses mains qui l'avaient aimée, étaient jointes sur son gilet de satin pourpre.

Elle n'avait pas peur, mais elle tremblait, car elle était submergée de pitié alors qu'elle plaçait le pieu sur son cœur. Elle leva le lourd maillet au-dessus de sa tête, se préparant pour le coup de grâce, l'anéantissement d'un vampire, la négation d'une négation, la fin de tout ce qu'elle aimait.

Elle hésita un instant. Puis elle eut la certitude de ne pas en être capable. Elle ne pouvait pas éteindre l'unique lueur qui subsistait.

Au même moment, Barnabas se réveilla. Ses yeux s'ouvrirent d'un coup et il la fixa d'un regard maléfique. Un grondement s'échappa de ses lèvres et il l'agrippa brusquement à la gorge, broyant les os délicats de son cou. Elle se débattit, le maillet et le pieu tombèrent bruyamment sur les dalles. Il se leva et se précipita sur elle, la rattrapa et lui broya l'épaule.

– Qu'alliez-vous faire ? gronda-t-il avant de jeter un regard étonné autour de lui. Où sommes-nous ?

– Dans le caveau des Collins, répondit-elle en tremblant.

– Un cercueil ! Pourquoi étais-je dedans ?

Sa stupéfaction le rendait encore plus menaçant. Il l'écarta sans ménagement et arpenta la salle comme un lion en cage. Elle vit immédiatement qu'il était encore plus vigoureux, leste et puissant. Toute retenue l'avait abandonné. Il n'était plus que passion et, bien que pétrifiée de panique, elle fut éblouie par cette puissance.

– Pourquoi ? répéta-t-il, le regard flamboyant. Ah, oui, je me souviens, à présent… La chauve-souris… la fièvre… le lit… Je savais que quelque chose d'affreux m'arrivait, j'avais peur de mourir…

Elle se faufila vers la porte, mais il la rattrapa brutalement et la tira à lui comme si elle n'avait pas pesé plus qu'un fétu.

– C'est ce qui est arrivé, n'est-ce pas ? J'étais dans un cercueil parce que… j'étais mort !

Elle tenta de rester ferme, mais elle se sentait affreusement fragile entre ses mains.

– Oui, dit-elle à mi-voix. Vous êtes mort.

– Je suis revenu… d'entre les morts ! Comment ? Pourquoi ? demanda-t-il, incrédule.

– Vous le saurez bien assez tôt.

Il plissa soudain les paupières.

– C'est vous ! Vous qui avez lancé une malédiction sur moi ! s'exclama-t-il, en proie à la fureur.

– J'ai essayé de la retenir ! s'écria-t-elle. J'ai essayé de vous en libérer !

– Et vous n'avez pas réussi, n'est-ce pas ? C'est pour cela que vous êtes ici. Vous vouliez m'empêcher… de revenir… (Il la fixa et elle sentit son haleine brûlante.) Vous avez peur, n'est-ce pas ? De quoi avez-vous peur ? De ce que je suis devenu ? (Elle recula, essayant de se terrer derrière le cercueil.) Avez-vous peur parce que vous n'avez plus le moindre pouvoir sur moi ? Soyez maudite ! Sorcière ! Dites-moi ce qui m'est arrivé !

Il lui fallut faire un effort surhumain pour pouvoir répondre.

– La malédiction… a fait de vous… un mort-vivant. (Il laissa échapper un gémissement, accablé par cette révélation.) Mais vous ne pouvez vivre que la nuit, continua-t-elle dans un chuchotement. Quand le soleil se lève, vous devez revenir à votre cercueil, pour dormir et vivre en reclus, faute de quoi vous serez anéanti.

– Je me rappelle la malédiction, dit-il en haletant. « Quiconque vous aimera mourra. » N'est-ce pas ce que vous avez dit ? Alors ?

– Oui…

– Et vous m'aimez encore, Angelique, dit-il, le regard flamboyant. Est-ce pour cela que vous avez tenté de m'arrêter ?

Son tourment était insupportable, plus grand encore que sa fureur. Il fondit sur elle.

– Saviez-vous que vous seriez la première ?

Elle secoua la tête, trop effrayée pour parler, et il s'empara d'elle. Elle se débattit inutilement, tandis qu'il la renversait sur le cercueil.

– Mentiez-vous en disant que vous m'aimiez ?

– Non ! Je vous aime encore ! Je vous aimerai éternellement !

– Alors, selon la malédiction, vous devez mourir ! dit-il en la broyant contre lui. Aimez-moi, Angelique ! Accrochez-vous à moi ! Embrassez-moi ! Donnez-moi le baiser de la mort ! Tous vos pouvoirs de sorcière ne pourront plus vous sauver, désormais !

Il mordit ses lèvres et elle sentit son cœur s'échapper par sa blessure, tandis qu'il refermait ses mains implacables sur son cou. La douleur était cuisante, insupportable. Le souffle finit par lui manquer et elle se retrouva enfin dans les ténèbres des eaux, tout au fond d'un abîme sans air ni lumière, où l'obscurité l'enveloppa pour toujours. Le dernier son qu'elle entendit fut son hurlement torturé.

– Que m'avez-vous fait, sorcière ? Je préférerais être mort plutôt que de supporter une éternité tel que je suis ! Tel que je suis devenu !

L'esprit des Ténèbres l'attendait.

– Tu veux encore de moi ? demanda-t-elle.

– Plus que tout.

– Pourquoi ? demanda-t-elle, perplexe.

– Je suis le vide. Je ne suis rien sans une présence, sans un esprit qui m'imagine. Ce que tu vois n'est que le rêve du Mal incarné.

– Mais existes-tu ?

– Viens, Angelique.

Il l'entraîna de plus en plus profond dans les ténèbres, là où se trouvait la lumière du feu le plus glacé de tous, et il lui ôta ses vêtements. Il défit la robe de taffetas. Il enleva les épingles de ses cheveux et les laissa retomber.

– Les voies de l'au-delà sont miennes, dit-il devant ses protestations.

Il ôta ses boucles d'oreilles, et elle soupira. Elle ne les avait pas depuis bien longtemps. Il prit le *ouanga* à son cou et elle pleura en le voyant disparaître. La pierre de lune tomba dans la vase. Puis il dénoua les lacets de son corset et de ses jupons. Il lui enleva son corsage. Elle aimait tant sa lingerie, mais il déclara :

– Ne remets pas mes actes en question.

Puis elle se trouva devant lui, nue et sacrée – comme toutes les femmes –, source de vie et d'amour, et pendant un moment elle se résigna. Puis il ôta la peau de ses os et elle se perdit en lui quand son âme se mêla à la sienne.

Barnabas referma le journal et le laissa retomber sur ses genoux. Une main sur la couverture, il caressa le cuir grossier du bout des doigts. Lire le récit d'Angelique l'avait ramenée à lui avec une telle précision, comme si elle était de nouveau en vie, que son cœur en fut allégé et libéré de toute aigreur. Il poussa un long soupir, se leva et alla à la fenêtre. Ainsi, c'était l'amour qui l'avait guidée depuis le début. Jamais elle n'avait renoncé à son espoir.

Que serait-il advenu, se demanda-t-il, s'il était resté avec elle – avant qu'elle ne soit anéantie par le chagrin et que la folie s'empare d'elle ? Cela faisait si longtemps. S'il l'avait emmenée, caressée et étreinte, pour alléger ses peines ? Elle l'avait maudit avec cette haïssable divinité, mais elle lui avait laissé la vie – une vie de monstre, certes, mais une vie tout de même. Et elle avait renoncé à la sienne pour saisir la chance de poursuivre le voyage avec lui.

Il avait toujours détesté son ignoble existence de créature tourmentée, mais il était là aujourd'hui, prêt à recommencer. Nous étions en 1971. Il était libre de mener la vie d'un homme ordinaire, et tant de choses l'attendaient. Le soleil éclairait la pelouse et Barnabas se rendit compte que c'était le matin. On frappa à la porte.

– Entrez.

Julia apparut, prête pour la journée, alerte et souriante, à la fois hésitante et pleine d'espoir. Heureux de la voir, il alla la prendre dans ses bras.

– Barnabas, Roger demande que tu le retrouves dans le salon.

– Très bien. Dis-lui que je descends immédiatement et… peut-être…

Il aimait le reflet de ses cheveux auburn.

– Oui, Barnabas ?

– Peut-être que nous pourrons faire une promenade en voiture dans la journée. Rien que toi et moi. J'aimerais tant être avec toi.

Son regard s'éclaira et elle sourit.

– Ce serait merveilleux.

Quand Barnabas entra dans le salon, Roger était auprès de la cheminée en train de parler à une visiteuse. Il était aimable et jovial, plutôt animé pour cette heure de la journée, songea Barnabas.

– Barnabas, entrez ! s'exclama-t-il en le voyant. Mon cher garçon, j'ai une nouvelle extraordinaire.

– De quoi s'agit-il, Roger ?

– Eh bien, je suis absolument ravi. Nous avons eu une offre pour l'Ancienne Demeure ! Enfin, pour le terrain. Quelqu'un qui possède à la fois l'ambition et les moyens désire la restaurer entièrement. Oh, mais pardonnez-moi. Et permettez-moi de vous présenter avec grand plaisir Miss Antoinette Harpignies.

La grande femme blonde qui contemplait le paysage par la fenêtre se retourna lentement à ces mots. Elle sourit et s'approcha de Barnabas en tendant la main.

– Mr Collins, dit-elle, c'est un tel plaisir de faire votre connaissance !

En lui serrant la main, il fut frappé de voir qu'il plongeait son regard dans des yeux d'un bleu éclatant.

32

Se souvenant qu'il avait promis à Julia de la voir dans l'après-midi, Barnabas resta à sa fenêtre à contempler la pelouse qui s'étendait jusqu'à la mer. Des scènes dérangeantes de sa vie lui revinrent en mémoire, et toutes lui parurent teintées de regrets. Comme bien des fois par le passé, Barnabas se rappela de nouveau, dans une sorte de désespoir paniqué, la cour imprudente qu'il avait faite à Angelique, le moment où elle avait cédé, puis la manière dont elle s'était accrochée à lui. Il se surprit à tenter de changer l'histoire, ne pas prononcer ces paroles mais d'autres, une remarque qui aurait modifié le cours de ce cauchemar afin que toute cette tragédie puisse être évitée. Comme un actionnaire impuissant qui voit son argent englouti dans un investissement imprudent, ou un acteur à qui on refuse le rôle qui aurait lancé sa carrière, Barnabas voulait recommencer et essayer de réécrire le passé. Et pourtant, le déroulement des faits serait le même.

Le cœur amoureux est semblable à une boussole dont l'aiguille ne ment jamais, songea-t-il. Même un cadran cassé n'y changera rien, et même délogée, l'aiguille flottante sera toujours attirée vers la même étoile Polaire. Il en était ainsi de sa rêverie éveillée ; il dansait dans le temps, passant au hasard du passé au présent. Comme toujours lorsqu'il se laissait aller à une contemplation distraite, il revivait la première fois qu'il avait vu Josette, le froissement de sa robe de soie, son sourire rayonnant ; mais ses visions dérivaient immanquablement vers son cadavre brisé sur les rochers et sur les vagues qui léchaient sa main inerte et blanche.

Il ne pouvait pas voir ces rochers depuis sa fenêtre, car la falaise qui les surplombait les dérobait à son regard, mais il pouvait contempler au-delà du majestueux panorama de Collinwood le grand large qui semblait s'élever vers l'horizon comme une énorme dalle d'ardoise. L'immensité de la mer le laissait vaguement las et dépité à la perspective de sa mort, que, pour la première fois depuis sa guérison, il comprenait comme inévitable, et il fut troublé par une inquiétude inaccoutumée. Le temps, qui avait été un pesant fardeau, était désormais constitué de grains qui s'écoulaient dans un sablier. Il se tourna vers le miroir au-dessus de sa commode près du lit et fut de nouveau surpris par son reflet trouble, perdu depuis tant d'années, comme si son image était dissoute dans du mercure. Il paraissait plus âgé, et il ferma les yeux en se cachant le visage dans les mains, privé de la satisfaction qu'il éprouvait encore une heure plus tôt, avant de voir cette femme dans le salon. L'histoire n'était pas finie et il ne pouvait en changer la conclusion, malgré tous ses efforts pour entrer de nouveau dans le rêve et le tisser différemment. Il avait beau résister, il ne pouvait s'empêcher de retourner à la chambre où il était mort, *et au moment de sa renaissance*. Il s'assit sur son lit en gémissant et se frotta distraitement les joues en soupirant. Puis il tendit la main vers un petit coffret de bois et en examina la serrure.

Rencontrer la nouvelle propriétaire de l'Ancienne Demeure avait forcé ces visions à revenir dans son esprit, alors même que la lecture du journal d'Angelique l'avait épuisé. Des pensées sinistres l'assaillaient. La femme ressemblait tant à Angelique qu'il s'était raidi et qu'il avait eu la gorge nouée. Elle semblait, ou prétendait ne pas le connaître, et lui avait parlé comme à un inconnu.

– Je vous ai apporté quelque chose, avait-elle dit avec un petit pli curieux au front. Je ne sais si c'est important pour vous, mais j'ai trouvé ce coffret caché sous le plancher, sous l'un des tapis de l'une des chambres du fond qui a presque réchappé à l'incendie. (Elle lui avait tendu un coffret en bois sculpté, noirci mais intact.) J'ai pensé que cela vous revenait.

– Je lui ai dit que je ne le reconnaissais pas, était intervenu Roger. Il paraît fort ancien. L'avez-vous déjà vu, Barnabas ?

Il l'avait immédiatement reconnu, mais s'était efforcé de ne rien laisser paraître, surtout pour éviter que Roger ne pose des questions. S'il y avait quelque chose dedans, il ne souhaitait pas lui en faire part.

– Je n'en ai aucune idée, avait-il répondu. Laissez-moi voir.

En prenant l'objet, il avait effleuré les doigts de la femme et un frisson de répugnance lui avait parcouru l'échine.

– Oui, avait-il dit en feignant l'indifférence. Ma mère me l'a montré un jour. Je crois qu'il appartenait à mon arrière-grand-mère.

– Alors il vous revient, avait dit Roger. Il est verrouillé. Dieu sait où se trouve la clé.

Après quelques politesses, Barnabas s'était rendu compte qu'il ne pouvait dissimuler son embarras et s'était éclipsé. À présent, de nouveau seul dans sa chambre, il examinait le coffret couvert de suie, où il parvenait à distinguer des incrustations d'ivoire et de marqueterie représentant un brigantin pirate toutes voiles dehors. Les zones sombres et claires semblaient dessiner de l'écume sur la mer et une déesse peinte sur l'une des voiles gonflées. Bien que ne l'ayant pas vu depuis deux siècles, il se rappelait parfaitement le coffret.

Avec une lime à ongles, il força la serrure et souleva le couvercle. Une odeur de grenier et d'objets délaissés depuis longtemps s'éleva à ses narines en même temps que le faible parfum de pétales de roses desséchés qui tombèrent en poussière quand il les toucha. Dessous était plié un morceau de dentelle si délicat qu'il se déchira lorsqu'il le souleva. Sous l'étoffe, enveloppé dans du papier de soie, il trouva dans un cadre ovale la silhouette noire d'une petite fille, ainsi qu'on le faisait avant la photographie en projetant l'ombre du personnage et en traçant son contour sur du papier noir. La fillette avait les mains jointes devant elle, son tablier noué au-dessus de sa robe, avec un ruban dans les cheveux. Ignorant qui cela pouvait être, il mit le cadre de côté et continua son inspection.

Un médaillon en or scintillant s'ouvrit sans peine sur le portrait miniature d'une jeune femme que Barnabas reconnut comme sa mère enfant. Il y avait également un camée de sa mère, une sculpture angélique dans de l'ivoire, ses traits charmants rehaussés par un filet doré. Plusieurs pièces tombèrent d'un paquet de lettres datées de 1795, provenant de Falmouth en Angleterre à destination de New York. Il retourna entre ses doigts les souverains en or avant de les poser sur le lit. Il fut surpris de découvrir ensuite un dessin de ses parents âgés, avec cet air raide qu'exigeait un long temps de pose, et une expression chagrine donnant l'impression qu'ils ne pensaient qu'à leurs nombreuses déceptions. Ils étaient assis côte à côte, mais ils ne se touchaient pas, comme si le malheur les avait privés de toute intimité. Les voir si aigris et figés lui fit monter les larmes aux yeux, ce qui l'étonna : cela faisait tant d'années qu'il n'avait pas pleuré…

Sous un autre paquet de lettres nouées d'un ruban bleu se trouvait une aquarelle représentant sa mère tenant un enfant vêtu d'une robe de baptême en dentelle si longue qu'elle traînait par terre, et il sut que c'était un portrait de lui tout petit. Il fixa longuement les yeux écarquillés et curieux du bébé. Il continua de fouiller parmi les invitations calligraphiées et les faire-part de naissance dont l'encre avait tellement pâli que les noms étaient illisibles. Il y avait des broches, une alliance en or, une croix de diamants à une chaîne, ainsi que des portraits miniatures de membres de la famille, certains sommairement exécutés, d'autres très finement réalisés. Voir ces objets, les trésors de sa mère, lui serra le cœur, car il savait qu'elle avait souffert pour lui, et que malgré tout elle n'avait jamais cessé de l'aimer.

Puis, tout au fond du coffret, il vit une enveloppe jaunie et reconnut sa propre écriture. Les parents gardaient toujours des lettres de leurs enfants, et sa mère avait conservé celle-ci. Les doigts tremblants, il déplia la feuille en sachant de quoi il s'agissait. Il l'avait écrite dans une tentative désespérée pour expliquer tout ce qui était arrivé. Quand ses parents avaient découvert son odieuse transformation, son père n'avait pu comprendre un destin aussi abominable et n'avait songé qu'à dissimuler tout scandale qui pourrait éclabousser la famille. Mais sa mère avait accepté de croire que son fils n'avait jamais voulu accomplir des choses aussi maléfiques. Comme le souvenir de ces lignes était encore vif !

Ma chère mère,

Je sais qu'il n'y a pas moyen de vous offrir aucune consolation. Vous avez vu la pire infortune qui pouvait survenir à votre fils et je sais que vous devez avoir le cœur brisé. Mais vous avez aussi vu que je m'accrochais à mon rêve de vivre avec Josette et combien j'ai tenté de lui rester fidèle. Lentement, vous avez compris qu'Angelique était mon bourreau, même si vous l'avez aimablement acceptée et accueillie dans notre famille. Vous n'avez jamais vu ses fureurs ni son cœur empoisonné. Vous croyiez qu'elle pleurait à mon chevet durant mes dernières heures, mais vous n'avez jamais su qu'elle était une véritable sorcière, et n'avez jamais suspecté les souffrances que j'ai connues en me réveillant prisonnier de sa malédiction.

Au début, je crus qu'en vertu de quelque miracle j'étais encore en vie. La fièvre avait passé et j'avais survécu. Je me réveillai dans l'obscurité, en possession de toutes mes facultés, désorienté mais conscient, et je me crus sur un lit d'hôpital dans une chambre aux volets clos, enfermé pour ma propre sécurité. Les rideaux ne pouvaient avoir été tirés que parce que la lumière du soleil m'avait tant fait souffrir peu de temps auparavant. Mais en sentant à tâtons les planches grossières qui m'enfermaient, mon exaltation laissa la place à la confusion, puis à l'inquiétude. Ces parois ressemblaient – non ! et pourtant, on ne pouvait s'y tromper – à un cercueil ! La terreur s'empara de moi. Avais-je été enterré vivant ?

Avant que je puisse tenter de me libérer, un brouillard envahit mon cerveau et me rendit insensible, puis un rayon de lumière déchira l'obscurité, accompagné d'un vif courant d'air glacé. Dans un grincement, le couvercle de ma prison se souleva. Je refermai involontairement les yeux, redoutant la brûlure de la lumière, et restai immobile comme un mort. Une odeur suave et familière flotta jusqu'à moi et une haleine frôla mon oreille, mais je feignis le sommeil, paralysé par l'appréhension.

Quelque chose fut posé sur mon cœur et je sentis une pointe acérée dans ma chair. Une autre présence bougea près de moi. Incapable de résister plus longtemps, j'ouvris soudain les yeux et je vis penchée sur moi, comme pour m'apporter du réconfort, une apparition floue : une robe à rayures vertes, des cheveux blonds et des yeux bleus baignés de larmes. Vous aurez deviné de qui il s'agissait. Mon regard croisa le sien. Elle ouvrit de grands yeux terrifiés et retint un cri, mais avant que j'aie pu m'en empêcher, je m'étais redressé et je l'avais saisie à la gorge.

Toute mesure fut abolie dans le feu de la fureur. C'est seulement plus tard que vinrent la clarté et la raison. Elle tenait un maillet et un pieu. J'avais survécu à ses sortilèges et elle était revenue pour me détruire. Je voulus rire devant cette absurdité. Mais je n'avais aucun moyen de savoir qu'il aurait mieux valu qu'elle accomplisse son geste, plutôt que de laisser vivre pour l'éternité la créature que j'étais devenu. Jamais je n'aurais dû l'arrêter et, qui plus est, jamais je n'aurais dû avoir la sottise de la tuer : elle avait jeté un sort et elle seule pouvait le lever. Dans un unique moment d'emportement, je scellai irrémédiablement mon destin. Quelle était sa malédiction, vous demandez-vous ? Attendez…

Je vois encore son regard, son visage tordu par la panique tel que je ne l'avais encore jamais vu. Elle blêmit et trembla, comme si elle regardait un monstre ou quelque créature inhumaine.

La lumière se fit lentement jour en moi : je sentis que quelque chose avait changé. Dans le passé, toujours, elle avait réussi à m'arrêter d'un simple geste. Car, mère, vous devez me croire quand je vous affirme que c'était un démon, une sorcière *dont les sortilèges m'avaient toujours plongé dans la fureur et laissé sans force. Saviez-vous que j'avais essayé de la tuer quand elle avait menacé Sarah ? Et alors même que j'avais tiré au pistolet sur elle, fracassé sa poitrine, elle avait survécu et trouvé la force de prononcer sa malédiction fatale. Elle avait cherché au fond d'elle-même quelque pouvoir maléfique, et à présent je vous dirai ce qu'elle fit. Elle appela un être infernal, une chauve-souris enragée qui voleta jusqu'à mon cou, s'agrippa à moi de ses ailes griffues, perça ma chair de ses petites dents acérées et but mon sang. Et elle me lança une malédiction, mère, grâce à une magie aussi ancienne que les Harpies. Toute sa venimeuse jalousie se déversa dans ce sort qui me condamnait à une hideuse existence jusqu'à la fin des temps.*

Ben lui-même avait dit en l'entendant : « Jamais je n'aurais pensé que quelqu'un puisse la tuer. »

Pourtant, je sentis les os de son cou se briser dans mes mains alors que la force revenait dans mes bras, et depuis j'ai souvent songé à cette amère ironie : elle avait créé un monstre doté d'un pouvoir plus grand que le sien. Les os de son cou se fracassèrent, ses yeux sortirent de leurs orbites alors que je la renversais sur mon cercueil et que je baisais ses lèvres, goûtais pour la première fois le sang, le sien, et découvrais à ma surprise le besoin brutal que j'en éprouvais. Car c'est ce qu'elle fit de moi, mère. Puis elle resta inerte, brisée sur les dalles, les yeux ouverts et figés dans le regard fixe de la mort.

Angelique ! Morte ! C'était incroyable, alors que je l'avais si longtemps combattue. Les rayures vertes de sa robe semblaient se tordre comme des serpents sur son corps brisé, mais elle ne bougeait plus. J'arpentai la pièce, animé d'une force immense, serrant et desserrant les poings en me disant : Je connais cet endroit. *Les pierres du sarcophage empestaient le moisi et les quatre murs semblaient impénétrables ; de la haute voûte pendaient de petites stalactites, comme des larmes de chaux coulant par le toit depuis des siècles. C'est alors que je compris que j'étais dans le caveau des Collins. Le lieu de repos sacré de notre famille ! En un instant, je trouvai la pierre secrète du deuxième escalier, celle qui coulisse et libère le loquet.*

À ma surprise, Ben attendait, ce pauvre simplet de Ben, si serviable, et je fus soulagé de le voir. Il se retourna et blêmit en me voyant. Vous vous souvenez que Ben était d'une taille gigantesque, avec un cœur immense, la bonté même. Mais comme vous le savez, c'était un domestique sans défense ni éducation, incapable de désobéir aux ordres de son maître.

– Mr Barnabas, est-ce vous ? Elle m'a dit que vous n'étiez pas vraiment mort. Que vous reviendriez après le coucher du soleil. Elle m'a fait tailler un pieu.

– Eh bien, elle n'a pas réussi à l'utiliser, et à présent nous devons trouver comment cacher le corps.

– Elle est morte ?

– Oui, je l'ai étranglée.

– Jamais je n'aurais pensé que quelqu'un puisse la tuer. (Il recula, hébété et incrédule.) Il vous est arrivé quelque chose, Mr Barnabas. Vous avez changé. Vous n'êtes plus le même.

– Oui, dis-je. Je suis différent. (J'avais autant de peine à le dire que lui à le croire.) Je ne suis plus humain.

Ben hoqueta et secoua la tête. J'avais besoin de son aide, mais je voyais qu'il pourrait me trahir par sa sottise, alors que je peinais à expliquer quelque chose que moi-même je ne comprenais pas.

– Je suis… Comment a-t-elle dit ? Un mort-vivant. Ben, vous devez garder mon secret. Si vous en parlez à quiconque, je vous tuerai.

– Je… Je ne dirai rien à personne, Mr Barnabas.

– Très bien. À présent, nous devons nous débarrasser du cadavre d'Angelique.

– Je l'emporterai dans la forêt et je l'y enterrerai.

Des bottes firent crisser le gravier. J'entendis le caveau s'ouvrir et des voix murmurer. C'était vous et mon père, dont le visage rude et les favoris grisonnants apparurent derrière les feuillages et les grilles de fer forgé de la grille. La bouche pincée et sévère, le regard froid et austère comme toujours, il vous parla :

– Nous trouverons celui qui a fait cela et nous le ferons pendre.

Vous, mon élégante mère, avec vos cheveux noirs et votre port d'aristocrate, vous murmurâtes, maussade :

– Tout ce qui vous importe, c'est la vengeance. Où sont la peine et le chagrin devant ce que nous avons perdu ?

Je compris que vous parliez bien sûr de moi. Puis je vous entendis dire :

– Vous n'avez jamais aimé votre fils.

Je me jetai sur l'anneau dans la gueule du lion et le tirai. La porte de la crypte intérieure s'ouvrit et je me précipitai dedans. Elle se referma devant moi et il ne resta plus que Ben devant Joshua Collins.

– Stokes ! tonna mon père. Que signifie tout ceci ?

– Je… Je suis venu nettoyer après les funérailles, bafouilla Ben. Enlever les fleurs fanées.

– Eh bien, déguerpissez !

Ma douce mère, je savais que vous étiez la proie d'un chagrin immense et mon père, de la fureur. Révéler mon secret eût été une disgrâce indélébile pour toute la famille. Vous vous approchiez de mon refuge et je faillis trébucher sur le cadavre gisant sur les dalles.

Angelique était déjà froide quand je la soulevai et la jetai dans mon cercueil. Je n'essayai pas de fermer ses yeux et, par la suite, chaque fois que je rentrais à l'aube, je me rappelais qu'elle avait reposé un moment à cet endroit en voyant son empreinte dans le satin.

Mon père s'avança vers la porte secrète et Ben ne savait comment l'arrêter, mais alors qu'elle s'ouvrait lentement, une grande chauve-souris piaillante voleta près de sa tête et fit sursauter mon père.

– Qu'est-ce donc que cela ? Comment cet animal est-il entré ici ?

– Mr Collins, tenta Ben. Il ne faut pas entrer.

Mon père s'était arrêté sur le seuil et balayait l'intérieur du regard.

– Non, soupira-t-il en se tournant vers vous. Il n'y a rien à voir. Rien d'autre que le cercueil où repose notre fils.

Oh, mère, si seulement je n'étais pas parti à Collinwood dans l'espoir d'apercevoir Josette ! Si seulement je n'étais pas allé sous ses fenêtres en essayant de me cacher dans les feuillages ! Si seulement ma chère petite sœur ne m'avait pas vu depuis l'entrée et ne s'était pas écriée : « Barnabas ! C'est toi ! Je le sais ! Tu es revenu ! » alors que je m'enfuyais entre les arbres. Elle ne m'aurait alors peut-être pas suivi dans le cimetière jusqu'au caveau, cette enfant ravie de son espièglerie. Elle ne se serait pas recroquevillée de terreur auprès de mon cercueil, tandis que moi, mû par une nouvelle soif inconnue, je me retrouvais à rôder sur les pavés graisseux d'une ruelle sombre des environs du port, alors que résonnait le glas mélancolique du phare. Son faisceau balayait l'eau et éclairait par intermittences les planches pourrissantes d'une jetée. C'est là que je vis ma première victime, une malheureuse qui n'avait pas trouvé cette nuit-là d'amateur pour ses charmes. Elle tournait le dos à la porte de la taverne La Baleine bleue et elle oscillait lentement au son du piano qui s'en échappait. Dans le clignotement du phare, avec sa silhouette coiffée d'un chapeau insolent et vêtue d'une robe à volants, elle était d'une vanité évidente même dans la pénombre.

Je m'aperçus que j'étais capable de me déplacer à la vitesse de l'éclair, et j'apparus si soudainement à son côté qu'elle en eut le souffle coupé. Mais d'un regard admiratif, elle vit en moi l'homme fortuné, mes vêtements de bonne coupe et ma canne à pommeau d'argent trahissant l'existence privilégiée que vous et mon père m'aviez offerte.

– Qu'est-ce qui vous amène dans les parages par cette belle nuit, capitaine ? demanda-t-elle avec un sourire effronté.

Je reculai à la vue de sa bouche édentée et de son teint maladif qu'aucune mouche ou fard n'aurait pu dissimuler, mais elle me retint par le bras.

– Une demi-couronne, capitaine, pour un peu de compagnie, m'implora-t-elle. Ne vous inquiétez pas, j'ai une chambre au-dessus de la taverne.

C'est alors que je m'aperçus pour la deuxième fois de l'ampleur de ma transformation. Sa bouche criarde et fardée et les boucles fanées de sa perruque étaient étrangement attirantes. Elle n'était pas jeune, elle avait plus de cinquante ans, et pourtant la maladresse de ses gestes enjôleurs me charma et les signes d'une vie qui avait tristement mal tourné me séduisirent. Elle hésita, cherchant encore à négocier, et je respirai l'odieuse odeur musquée de la crasse. J'écartai doucement les mains qu'elle posait sur ma poitrine pour me retenir, je sentis mes canines jaillir violemment de mes gencives, et de la langue je frôlai la pointe de mes crocs. Mère, j'aimerais pouvoir vous décrire cette sensation nouvelle, comme si j'étais devenu un fauve. Je la renversai, elle se débattit et je restai sourd à ses cris éperdus. Puis le désespoir de me savoir devenu cette créature hideuse laissa la place à un immense délice, alors que je lui déchiquetais le cou et la gorge et que ma bouche se remplissait d'un nectar étonnamment délicieux.

Oh, mère, ne me méprisez pas pour ce que je vous révèle. Presque immédiatement, je la laissai tomber, dégoûté par mon acte. Je songeai à la traîner jusqu'au rivage afin qu'elle soit emportée par la marée, mais je me contentai de la laisser sur place et de me retirer dans la pénombre, contemplant son corps prostré, deuxième meurtre que je commettais en autant de jours.

Je m'appuyai contre le mur d'un entrepôt désert face à la mer, sentis sous mes paumes les briques moussues et gluantes, et, à la fois affaibli et rassasié, me laissai glisser jusqu'au sol et m'assis, hébété, les membres gourds, ma cape étalée à mes pieds. Je fixai d'un regard morne la forme gisant sur le quai. Le faisceau du phare l'éclaira, puis elle replongea dans l'obscurité.

J'étais la coupe, elle était le vin.

Je m'étais maintenu en vie, et à présent je savais clairement ce que serait cette vie.

L'aube commença à poindre sur la mer au-delà de la jetée et la lueur grise d'un orage découvrit l'horizon indistinct, me remplissant d'une peur nouvelle. Je savais que je devais retourner au caveau. Il me sembla qu'un instant suffit pour que j'y vole et trouve Ben assoupi sur les marches de pierre. Il se réveilla péniblement.

– Mr Barnabas, êtes-vous blessé ? Qu'est-il arrivé ?

– À moi, rien, mais à une pauvre infortunée… Ah, l'aube va bientôt paraître, et voici l'étrange réalité.

Je tentai d'expliquer à Ben, comme je le fais à présent avec vous, que je n'avais d'autre choix que de regagner mon cercueil. Mais Ben continuait de me regarder avec stupéfaction.

– Monsieur, il y a du sang sur votre chemise.

– Tu entendras dire que quelqu'un a été attaqué au village, dis-je. Les gens croiront, d'après les marques sur la gorge de la pauvre femme, qu'il s'agissait d'une bête sauvage. Mais c'est… moi le coupable.

– Vous voulez dire que…

– J'ai découvert, Ben, que j'ai de remarquables pouvoirs et j'ai appris quelque chose d'autre sur ma nouvelle existence.

– Quoi donc ?

Je ne pouvais le dire, même à Ben, et quand les mots me vinrent, la soif envahit ma gorge.

– Je ne peux survivre sans boire du sang humain.

Ben laissa échapper un gémissement d'animal blessé et je me rendis compte que mon unique ami dans cette nouvelle vie était un paysan superstitieux et inculte.

– Quand j'ai vu Angelique poser la pointe du pieu sur mon cœur, dis-je, j'aurais dû la laisser finir ce qu'elle était venue faire. Je préférerais être mort que de passer toute l'éternité tel que je suis devenu.

Je franchis en titubant la grille, passai devant les cercueils et tirai l'anneau de la gueule du lion. J'étais prêt à me glisser comme un fauve ensanglanté dans sa tanière, mais à peine fus-je entré que j'entendis les reproches enfantins de ma sœur :

– Barnabas ! Je t'attends depuis si longtemps !

Elle était assise dans un coin, les genoux sous le menton, frissonnante dans sa mince chemise de nuit rose à rubans et elle inclina la tête, les yeux pétillants de malice. Mère, c'était une enfant si douce et si gaie. Comme elle devait avoir peur, parmi ces tombes, et comme elle devait m'aimer pour être venue à ma recherche ! Elle leva les yeux avec une joie impatiente et, à son empressement, je vis qu'elle croyait que je la prendrais dans mes bras pour la ramener à l'abri à la maison.

Qu'avait dit la sorcière ? « Quiconque vous aimera mourra. »

Je me détournai, terrifié qu'elle m'ait découvert et ait vu mon jabot et mes lèvres souillées du sang de ma victime.

– Barnabas, je savais que c'était toi !

C'est alors qu'elle me vit et qu'elle se mit à pousser un gémissement suraigu. La joie laissa la place à la terreur, tandis qu'elle levait ses petites mains pour se cacher les yeux. Je m'avançai pour la rassurer, mais elle continua de hurler comme seule une enfant le peut, un long cri inhumain qui me déchira le cœur et résonna dans le caveau. Puis elle se releva précipitamment, retroussa sa chemise de nuit et s'enfuit dans le cimetière enveloppé de brouillard.

Ben la retrouva prostrée près de la tombe de Jeremiah. Une belle coïncidence, puisque comme vous vous le rappelez, je l'avais tué en duel peu de temps auparavant, dans l'espoir de reconquérir ma Josette. Quand Ben l'appela, Sarah se redressa en tremblant, terrorisée, alors qu'une lourde pluie commençait à tomber.

Quand il la ramena enfin à la maison, il était trop tard. Trempée jusqu'aux os, sa chemise collant à sa peau, rendue muette par le choc, elle n'eut ni la volonté ni la force de combattre la pneumonie qui l'avait gagnée. Grâce à Ben, je pus venir la voir pendant votre absence et lui montrer un visage présentable. J'entrai sans bruit dans la chambre où les jouets étaient éparpillés sur le sol ; la maison de poupée avec son mobilier miniature, le cheval à bascule à la crinière emmêlée, une poupée de porcelaine abandonnée sur un tapis… Sarah, votre fille bien-aimée, gisait sur un couvre-lit en soie, et en m'approchant je ne pus m'empêcher de m'extasier sur la perfection de cette enfant. Je lui pris les mains en songeant au miracle de la vie. Ses ongles étaient comme de minuscules coquillages translucides. Mais elle se réveilla, en proie au délire, et ouvrit de grands yeux effarés.

– Barnabas…

Je la soulevai et la serrai contre mon cœur, et elle rendit son dernier soupir dans mes bras. Ce fut pour moi un coup en pleine poitrine. J'eus le souffle coupé et je m'effondrai, secoué par les sanglots. Mais, hélas, aucune larme ne coula. C'est alors que je compris que je vous avais infligé un double chagrin qu'aucune mère ne devrait subir. Tout ce que vous aimiez, je vous l'avais pris.

Je retournai au caveau, hébété et accablé.

– C'est moi qui l'ai tuée, ne cessais-je de répéter. Si seulement

elle ne m'avait pas vu tel que j'étais. Si seulement je ne l'avais pas effrayée ainsi.

– Non, Mr Barnabas, ce n'était pas vous, c'est l'orage qui l'a tuée, puis la fièvre.

Cela ressemblait bien à Ben d'être si bon, même envers moi, alors qu'il voyait ce que j'étais.

– Quiconque a tenté de tomber amoureux dans cette famille n'a connu que le malheur, ne pus-je que bafouiller, incohérent. La petite Sarah, avec son bonnet de dentelle et sa chemise de nuit… Qu'est-ce que je suis devenu ? Comment puis-je commettre des actes pareils ? Une enfant parmi les pierres tombales, prise au piège derrière les grilles. Elle m'a suivi et a découvert le plus terrifiant des secrets.

Ben se contenta de m'écouter, abattu, les bras ballants, ne sachant que répondre, incapable de m'apaiser ou de me consoler. Puis il ferma les yeux et laissa couler ses larmes en secouant la tête.

– Ne vous détournez pas de moi, Ben, dis-je, effrayé. Je ne suis pas responsable de tout ce qui est arrivé. (Pourtant, je savais que je l'étais. Tout était ma faute.) Ben, je dois fuir la lumière.

La lumière ? M'entendez-vous, mère ? Angelique me connaissait si bien, pour m'avoir jeté une malédiction qui me condamnait à vivre éternellement de nuit. Vivre ! Comme j'avais dévoyé ce mot ! Car j'étais mort, et rien ne vivait en moi hormis la haine.

Ben me regarda avec pitié et incompréhension. Je sus en cet instant qu'il était le seul à pouvoir me sauver de moi-même.

– J'ai pris ma décision, Ben. Vous devez faire ce qu'Angelique avait entrepris. Le pieu et le maillet sont toujours sur les dalles auprès de mon cercueil. Si je vais au village et me livre pour le meurtre de cette pauvre femme ou si je m'expose au soleil qui me détruira, ma famille en sera disgraciée pour toujours. Non, je dois être dans mon cercueil et c'est là que je demeurerai, avec votre aide.

Mais Ben secoua la tête.

– Mr Barnabas, ne me demandez pas de faire ce qui m'est impossible.

– Mais à qui d'autre puis-je demander ? Si vous faites cela pour moi, l'aube venue, je serai en paix. Le pieu que vous avez taillé est

suffisant pour transpercer le cœur d'un homme. Libérez-moi, Ben, libérez-moi d'une éternité de honte.

– Je ne peux pas, Mr Barnabas. Je n'ai pas la volonté. Ni la force. Vous avez toujours été si bon pour moi. Jamais je ne pourrai vous faire cela.

– Mettez fin à mon tourment ! Voudriez-vous me condamner à une errance éternelle ? M'offrir la paix serait la plus grande preuve d'amitié.

– Ne pouvez-vous pas continuer ainsi tel que vous êtes devenu ?

Je m'efforçai de le convaincre. Plus que tout, j'espérais mettre un terme à toutes ces morts.

– Ne comprenez-vous pas ? m'écriai-je. Cette soif me ronge et il est vain de la combattre. Cette soif est ignoble et indigne, c'est la soif animale d'un chien enragé ou d'une hyène prise au piège. Un instinct misérable et impitoyable. Et ceux dont je me nourris pourraient devenir comme moi, assoiffés, voraces, gagnés par le mal. Nous finirons tous par tuer pour vivre et vivre pour tuer si le mal qui gouverne mon existence n'est pas éradiqué. Ce n'est pas pour rien que les vampires ont toujours inspiré terreur et répugnance à toute l'humanité. Regardez-moi ! Je suis un monstre ! Un prédateur qui fond sur les faibles et les innocents. Ben, accordez-moi ce dernier geste de dévouement. Dites que vous acceptez.

– Je le ferai, Mr Barnabas, soupira Ben en se couvrant le visage de ses énormes mains. Je ferai ce que vous demandez.

Mère, ce fut pour moi un immense soulagement. Je me sentais plus léger.

– Et quand je ne serai plus, rappelez-vous ce que j'avais de bon. Rappelez-vous ce que j'étais.

Ben, ce pauvre paysan ignorant, déchiré entre fidélité et obéissance, se remit à pleurer. Et à peine eus-je obtenu sa promesse que je sus que j'allais en exiger une autre. Et je dois vous l'avouer, cette demande du plus grand égoïsme me fut fatale.

– Il y a une dernière chose, Ben. (Il leva ses yeux larmoyants vers moi.) Avant de mourir, je dois la revoir.

– Non, pas mademoiselle Josette !

– Si. Elle est le seul être auquel je dois dire adieu.

– Mais elle vous croit mort !

– J'irai sans bruit durant la nuit pendant qu'elle dort. Elle ne saura jamais que je suis venu.

– Mais si elle se réveille ?

– Je ne la réveillerai pas. J'en brûlerai d'envie, de la prendre dans mes bras, de l'emmener… (Je ne pus achever.) Mais je l'aime trop pour faire cela. Je reviendrai avant l'aube et vous devrez être là pour accomplir votre promesse. Adieu, mon ami, dis-je en l'étreignant. Ne me faites pas défaut.

J'allai dans la chambre de Josette sous la forme d'une chauve-souris, voletant à sa fenêtre, et je la vis dormir dans le clair de lune, sous le baldaquin de dentelle qui projetait sur elle son ombre mouchetée. C'était comme si elle dormait sur un nuage. Elle portait une chemise de nuit de satin bleu et ses boucles sombres étaient répandues sur son oreiller. De ses lèvres entrouvertes s'échappait le parfum de son haleine, une odeur de menthe. Alors que je me posais sur le tapis et me penchais sur elle, je fus frappé au cœur par la beauté de ses joues satinées comme des pétales de rose, l'ovale de son visage et ses longs cils noirs qui frémissaient comme si elle rêvait. Mais ce qui me fit souffrir plus que la pureté de cette beauté, ce fut mon impuissance en présence de son âme généreuse.

Sans un bruit, je reculai et fis glisser l'anneau d'ébène de mon doigt, avec l'intention de le laisser sur sa commode parmi ses bijoux et ses parfums. Je levai les yeux vers le miroir, pensant y voir mon reflet. Mais je ne vis rien. Le miroir ne révélait que la pièce plongée dans la pénombre, son corps endormi, et la lune qui brillait à la fenêtre.

Je revins à son chevet et tentai de graver en moi l'image que je comptais emporter dans la mort, celle de son corps enveloppé de soie diaphane, de son sein nu qui palpitait sous la mousseline et des rayons bleutés qui caressaient l'oreiller et sa chevelure. Incapable de me retenir, j'enroulai doucement une boucle de cheveux autour de mon doigt. Je frôlai la dentelle délicate de son encolure. Elle gémit doucement et tourna la tête comme si elle s'offrait à moi.

– Adieu, ma bien-aimée Josette.

Sa bouche s'ouvrit légèrement et je vis briller ses dents. Je me rappelai tous les baisers qu'elle m'avait donnés, ses moues enjôleuses et son regard mutin. En la voyant ainsi, je l'imaginai de nouveau serrée contre moi.

Juste un baiser, *songeai-je en me penchant pour poser mes lèvres sur les siennes. La soif désespérée et le désir montèrent en moi avec une telle violence que je perdis presque conscience.*

– Comment puis-je vous dire adieu ? Mais il le faut, je le dois ! (Je soulevai délicatement sa main, glissai mon anneau à son doigt et un vœu de mariage muet se forma sur mes lèvres.) Je te prends pour épouse, Josette…

Ses paupières papillonnèrent et, craignant qu'elle ne s'éveille, je reculai, m'envolai par la fenêtre et me fondis dans la nuit.

Elle se redressa sur son oreiller et s'écria :

– Barnabas ? Est-ce vous ? (Puis, remontant l'édredon sur sa poitrine, elle jeta un regard circulaire dans la chambre.) J'ai cru entendre votre voix.

Elle se leva promptement et enfila un peignoir avant de gagner la fenêtre. Alors qu'elle contemplait Collinwood baigné par la lune, je me demandai si elle m'avait aperçu en train de voleter entre les arbres. Mais elle se contenta d'ouvrir le battant et de se pencher dans la nuit, les doigts posés sur la balustrade, ses yeux noirs embués de larmes.

– Barnabas, je sais que c'était vous. J'ai entendu votre voix. Vous m'aviez promis de me revenir et je savais que vous le feriez. Revenez-moi, mon bien-aimé. (Elle scruta la pelouse et le bois au-delà.) Ou bien préférez-vous que je vous rejoigne ?

Je regagnai mon cercueil, amer et résigné, mais en quelque sorte apaisé. Je ne pensais qu'à Josette et j'étais réconforté de savoir que je ne lui avais fait aucun mal. Elle était enfin libérée de moi et elle était jeune. Sa vie s'ouvrait devant elle avec la promesse du bonheur. Un grand poids m'avait quitté et j'avais l'impression de flotter. Alors que je fermais les yeux, je vis son visage au-dessus de moi et j'entendis sa douce voix prononcer mon prénom.

Oh, mère, quelles sont ces images que je ne puis effacer ? Le cri qu'elle étouffa en découvrant mon anneau à son doigt. Ben creusant sa tombe. Une violente dispute avec Natalie qui l'enferma dans sa chambre. Le bruit du verre brisé. Sa découverte du passage secret. Son pied glissant sur le bord de la falaise de Widow's Hill et son cri lorsqu'elle tomba dans la nuit.

Je me réveillai comme un suicidé doit se réveiller après avoir choisi sa mort irrévocable : le soulagement et la colère étreignaient ma poitrine. Comment ne pouvais-je pas être pris de vertige en sentant la vie bouillonner encore dans mes veines ? Mais ma colère contre Ben ne connaissait pas de repos et j'étais décidé à le retrouver pour qu'il soit ma prochaine victime. Un châtiment bien mérité pour sa trahison.

Je sortis de mon cercueil et, immédiatement, la soif me fit tant frissonner que je crus que je ne pourrais tenir debout. Je titubai jusqu'à la porte du caveau, et quand je l'ouvris, les flammes crachotantes des cierges presque entièrement consumés tressaillirent. L'endroit était peuplé d'ombres et Josette était là, près du cercueil de Sarah. Elle était vêtue du noir du deuil et ses cheveux étaient recouverts d'une mantille. Sa robe était la perfection même, comme toutes ses robes, taillée et ajustée pour flatter sa taille de guêpe ; elle avait ramassé quelques-unes des roses blanches du cercueil de Sarah et les portait à son visage comme pour en respirer le parfum. Sous le voile noir, son visage était aussi pâle que les fleurs, mais des larmes brillaient dans ses yeux.

– Barnabas, mon amour…

Elle laissa tomber les roses en se précipitant vers moi.

– Non ! m'écriai-je en reculant. Vous ne devez pas m'approcher !

– Mais… Pourquoi ? J'ai été tirée d'un profond sommeil en croyant entendre votre voix. Quelque chose m'a attirée ici, où je vous ai vu pour la dernière fois lorsque vous… (Elle se tut avant de formuler l'évidence.) Mais vous êtes vivant ! Vous êtes revenu à moi !

– Je ne suis pas revenu. Je ne vous ai pas fait venir.

– Mais si. Vous étiez dans ma chambre. Vous m'avez laissé ceci.

Elle leva la main pour me montrer l'anneau et voulut me caresser le visage. Le frôlement de ses doigts fut une brûlure.

– Je vous en prie, Josette, vous devez rester loin de moi. Quitter cet endroit, quitter Collinwood. Pour votre sécurité, vous devez partir loin, très loin d'ici.

– Mais pourquoi ? Alors que notre amour nous réunit à nouveau.

– Je vous en supplie, si vous m'aimez, oubliez que vous m'avez vu. Dites-vous que tout cela n'était qu'un rêve affreux.

– Mais ce n'est pas un rêve.

À la fois heureuse et incrédule, elle débordait de vie et d'un empressement juvénile. Je cherchai vainement une explication qui puisse la convaincre.

– Il y a à l'œuvre des forces qui nous dépassent, me résolus-je à dire enfin.

– Oui, et je sais ce que sont ces forces, répondit-elle avec un sourire complice.

– Vraiment ?

Elle se rapprocha et leva son visage vers le mien, ses lèvres vers les miennes.

– C'est mon amour pour vous, et votre amour pour moi.

Je la repoussai de nouveau et me réfugiai derrière le cercueil de Sarah.

– Ne m'approchez pas. Partez et oubliez-moi. Ce que vous ne voyez pas, c'est qu'une nouvelle vie commence pour moi, une existence que vous ne pourriez jamais comprendre.

Elle se rembrunit et porta la main à sa gorge. Je compris que je l'avais blessée.

– Non ! s'exclama-t-elle, furieuse. Jamais je ne pourrai vous oublier !

– Josette, je vous en prie, partez avant qu'il ne soit trop tard.

– Non, et rien de ce que vous pourrez dire ou faire n'y changera rien, Barnabas. Maintenant que ce miracle s'est produit, je ne vous quitterai plus jamais.

Je voulais la croire de tout mon être.

– Ne voyez-vous pas que je suis changé ? demandai-je.

– Oui, quelque chose vous est arrivé…

La dentelle de sa mantille faisait des taches sombres sur ses joues et je crus la voir enveloppée d'un linceul.

– Ne vous souvenez-vous pas de moi, agonisant dans ma chambre ? dis-je, la gorge serrée. Ne vous rappelez-vous pas m'avoir vu gisant dans mon cercueil ?

– Si, je m'en souviens, mais vous m'avez promis que vous reviendriez et jamais je n'ai cru à votre mort. Maintenant, vous êtes là et c'est tout ce qui compte pour moi.

L'idée qui commença à germer en moi, je vous le jure, mère, je la repoussai. Mais elle revint et en voyant Josette insister, pleine de conviction, j'y songeai honteusement. Puis je la repoussai de nouveau. Non ! Ce serait mal de la priver de sa vie afin qu'elle fasse partie de la mienne. Je savais que je n'avais pas d'autre choix si je l'aimais. Je devais la libérer. Croyez-moi, mère, j'étais déterminé à la convaincre de partir.

– Josette, écoutez-moi. La plupart des hommes donneraient leur âme et tous leurs biens pour pouvoir revenir, comme vous le dites, d'entre les morts. Pour revivre. Mais je ne l'ai pas choisi. C'était une malédiction !

Les cierges crachotèrent et de longues ombres dansèrent comme des fantômes sur les parois du caveau. Josette était un spectre, avec sa robe noire. Elle sembla comprendre et même partager mon raisonnement, car elle leva les yeux, blême sous sa mantille.

– Notre amour peut vaincre une malédiction, dit-elle avec une calme certitude. Qu'est-ce qu'une stupide superstition en comparaison de notre amour ? Car vous êtes revenu pour une autre raison. Vous le deviez, Barnabas, parce que vous ne pouviez rester loin de moi. Nos destinées ne font qu'une et je mourrai plutôt que de vous quitter. Ne voyez-vous pas que résister est au-delà de nos forces ?

Je me sentis fléchir devant sa conviction. Elle n'avait pas dit cela par naïveté ; elle était parfaitement consciente de tout ce qu'elle avait dit et de ce que cela impliquait pour sa vie. Je nous imaginai dans quelque contrée étrangère, vivant dans le secret, mais ensemble. Il suffisait que je la fasse mienne. Comme si elle avait lu dans mes pensées, elle reprit :

– Où que vous alliez, emmenez-moi. Rien ne peut nous séparer. Je désire seulement être avec vous. Je me moque de cette malédiction et de toutes ces choses que je ne comprends pas. Cette nouvelle existence dont vous parlez, ce sera la nôtre. Vous êtes ma vie et je suis la vôtre !

Elle s'approcha de nouveau de moi et je ne pus la repousser. Elle se fondit dans mes bras, serrant son corps tremblant contre le mien, son parfum montant jusqu'à moi. Elle était comme une enfant accrochée à sa mère et je n'avais ni le cœur ni la volonté de la retenir. Tout son corps frémit de désir et je tentai de la mordre doucement, sans qu'elle le sente, délicatement, afin qu'elle ne prenne pas peur.

– Serrez-moi contre vous, chuchota-t-elle, et rien ne pourra jamais me faire de mal. (Je goûtai à elle et l'étreignis, et elle laissa échapper un long soupir douloureux.) À présent, je n'ai rien à craindre. Je suis enfin en sécurité.

Je vois encore la remise poussiéreuse où Ben travaillait. Elle était remplie de planches et d'outils, de tonneaux, de cordes et de filets de pêche. Deux cercueils gisaient côte à côte dans la sciure et l'odeur du bois fraîchement coupé flottait dans l'air. Ben, sombre et buté, sciait par saccades en repoussant les débris du bout du pied. Il enfonçait les clous avec plus de force que nécessaire et ébranlait la remise à chaque coup.

– Pourquoi vous en faut-il deux ?

– Je quitte Collinwood ce soir et je ne pars pas seul. L'un est pour Josette. Elle vient avec moi.

Ben, charpentier, régisseur, domestique depuis toujours, esclave malgré lui dans la mort, me regarda avec mépris, comme s'il avait déjà deviné mes projets. Encore maintenant, le souvenir de son regard plein de reproches me peine. Ben était bon par nature. Il avait toujours résisté au mal et tenté de protéger ceux qu'il aimait. Oh, ma douce mère, si seulement j'avais été doté d'un caractère sans tache comme le sien !

– Elle ne sait pas ce qui l'attend. Ce que vous êtes ! Si vous l'aimez, ne faites pas cela.

C'était vrai et ma conscience en fut piquée.

– Elle est venue à moi. Ses supplications m'ont déchiré le cœur et j'ai cédé devant ses protestations. Ne le comprenez-vous pas ? C'est ce qu'elle désire. Une fois morte, elle reviendra. Nous prendrons la mer, ensemble, vers un autre pays, l'Angleterre, où nous aurons une nouvelle vie. Les cercueils doivent être prêts.

– Mr Barnabas, je ne ferai pas de cercueil pour elle. Vous ne pouvez pas m'y obliger.

– Ne voyez-vous pas, Ben, que grâce à elle ce sera supportable, agréable, même ? dis-je, exaspéré.

Ben jeta la scie et ramassa sa veste.

– Non, Mr Barnabas, je ne vous aiderai pas. Mademoiselle Josette est bonne. Elle ne mérite pas cela. Vous ne devez pas le faire.

– Je l'ai déjà fait ! Je n'ai pu résister ! J'ai fait d'elle ce que je suis.

Il se retourna, épouvanté.

– Vous aviez promis que vous ne vous approcheriez pas d'elle ! Moi qui croyais que vous l'aimiez !

Mère, je suis tombé bien bas en m'en prenant à mon seul ami. Mais je désespérais que mes projets voient le jour. J'avais perdu toute raison. Fou de rage, je saisis Ben à la gorge et le soulevai de terre.

– Ben, grondai-je, je peux vous tuer. Voulez-vous donc mourir ? (Il se débattit, ses pieds touchant à peine le sol. Suffoquant, il secoua la tête.) Alors, préparez la malle-poste. Terminez les cercueils et apportez-les au navire !

Je m'aperçus que je pouvais surveiller en esprit ma bien-aimée et que cela me calmait de lire dans ses pensées. Mère, écoutez-moi et je vous dirai ce que je vis.

Josette, ni effrayée ni abattue, avait sombré dans un rêve.

La lune se lève à sa fenêtre et sa clarté inonde le parquet. Elle est allongée sur son lit, le regard dans le vide, fascinée et bienheureuse.

Elle effleure les traces de morsure sur son cou et soupire sous la vague de plaisir qui la submerge. Languide et heureuse, elle s'étire, se lève et va à la fenêtre. La lune est un aimant qui agite ses pensées et elle parle comme en transe.

– Mon bien-aimé, je sens la protection d'une force plus grande encore que l'amour. Je suis allée au caveau. Que de tragiques souvenirs. Qui pouvait bien me forcer à y aller ?

À ce moment, ma vision est troublée par sa confusion. Elle a perdu l'anneau.

– L'anneau ! Lui qui s'attend à me le voir porter !

Elle le cherche, frénétique, et renverse une lampe. Le bruit du verre brisé est suivi d'un rire lointain, vide et sans joie. Elle veut retourner dans la réconfortante lumière de la lune, mais l'astre capricieux s'est caché derrière les nuages. Un orage approche. Le tonnerre gronde. Un souffle. Une porte claque. Natalie est enfermée.

Un battement d'ailes. Une boîte à musique joue une mélodie argentine. Josette soulève le délicat cylindre et regarde la danseuse qui tourne derrière le verre. Elle est la danseuse, une somnambule inconsciente, prise au piège d'un cauchemar. Puis c'est l'inconcevable.

Un chuchotement, une voix qui se fait passer pour la mienne, étrange et métallique, s'élève et l'appelle.

– Êtes-vous prête à partir, Josette ?

– Oui, mon bien-aimé. (Elle regarde autour d'elle, hébétée.) Où êtes-vous ? Pourquoi ne puis-je vous voir ?

– J'ai trouvé l'anneau.

– Je me sens si coupable.

– Je vous attendrai sur la falaise de Widow's Hill, douce et charmante Josette. Prenez le passage secret. Venez me retrouver.

Elle trouve le loquet et le panneau s'ouvre lentement. Alors que Josette disparaît dans le passage, Angelique éclate d'un ricanement maléfique. Puis elle apparaît ! Son visage surgit dans la chambre, telle la lune libérée du ciel nocturne, blanche et fantomatique. Le lit à baldaquin se tord, comme animé d'une vie propre, le dais s'effondre. La pendule s'arrête.

Je m'ébrouai pour sortir de cette vision et revins enfin dans la remise. Angelique était morte, je n'avais rien à craindre d'elle.

Les deux cercueils étaient terminés et chargés dans l'attelage. Les chevaux piaffaient en rongeant leur frein, impatients et effrayés par le tonnerre. Au loin, des éclairs jaillirent dans le vent gémissant. Où pouvait-elle être ? Pourquoi n'était-elle pas arrivée ?

– Barnabas, m'entendez-vous ? (C'était une voix que je reconnaissais, mais pas la sienne.) Venez à moi.

Qui m'appelait ? Était-ce ce vent absurde qui s'engouffrait dans la ruelle jusqu'à la mer ? J'entendis de nouveau la voix, c'était le timbre de Josette, mais pas ses inflexions.

– Je vous attends à Widow's Hill.

– Pourquoi ? Pourquoi êtes-vous allée là-bas ? (Ce n'était pas sa voix ! La vérité m'apparut soudain.) Non ! Josette ! Ne la laissez pas vous tromper !

Jamais je n'aurais pensé que quelqu'un puisse la tuer.

Josette, en chemise de nuit, drapée dans une longue cape de velours couleur de nuit, son capuchon doublé de satin rose, erre désespérément vers la falaise. Le tonnerre gronde et le vent agite les arbres qui dressent leurs doigts crochus dans le ciel. De la mer s'élève une brume qui vient tourbillonner à ses pieds. Elle s'arrête et tend l'oreille vers le fracas des vagues sur les rochers. Elle se penche vers les flots. Frémit. Tant de gens sont morts à cet endroit ! Elle entend de nouveau le ricanement triste et désespéré.

– Qui est-ce ?

– Ne vous inquiétez pas, Josette. Votre cher Barnabas sera bientôt là.

– Angelique ! Pourquoi êtes-vous là ?

– J'ai toujours été votre fidèle servante, mademoiselle. Je suis venue vous avertir. Vous montrer ce qui vous attend. Vous ne devez pas partir avec lui, Josette. Il est le mal. Ne savez-vous pas qu'il a l'intention de vous tuer ?

Elle scruta les arbres, espérant voir le visage de cette voix.

– Non ! Il m'aime !

– S'il vous aimait, il vous aurait dit qu'il a l'intention de faire

de vous ce qu'il est devenu. D'abord, il compte vous faire connaître une mort à la fois ignoble et brutale. Puis, une fois que vous serez morte, il vous ramènera à la vie. Mais vous ne serez plus la charmante jeune femme que vous êtes en ce moment. Vous serez un fauve grotesque et assoiffé de sang. Regardez. Regardez au bas de la falaise. Regardez l'avenir. Voyez comment vous serez transformée. Voyez ce que vous deviendrez, une fois que vous serez son épouse.

Josette, hypnotisée par la voix, obéit et s'avança au bord de la falaise. D'abord, elle ne vit que la mer qui s'étendait jusqu'à l'horizon, violette et verte, une écume blanche ruisselant sur les rochers déchiquetés. Puis, alors qu'elle fixait l'abîme, lui apparut la vision qu'Angelique avait suscitée, une image qui flottait dans la brume, la narguait et éveillait sa vanité.

Mère, je vous le demande à présent, en tant que femme, vous comprendrez sûrement pourquoi elle ne put reprendre ses sens devant cette maléfique apparition ? En effet, comment une jeune fille d'une telle beauté aurait-elle pu ne pas être vaniteuse ? Elle m'aimait, c'était vrai, mais elle aimait aussi ses cheveux bruns, son teint d'albâtre et son regard lumineux. Le miroir lui renvoyait immanquablement l'image même de la perfection. Souvent, quand elle imaginait qu'elle me faisait un baiser, elle embrassait son reflet et, se reculant, s'émerveillait de voir que son amour resplendissait dans ses yeux aux longs cils.

Et là, alors qu'elle contemplait l'abîme, qu'y voyait-elle flotter ? Une courtisane décharnée vêtue de loques. Le vent cinglait la robe en lambeaux qui voletaient autour d'elle. Ses cheveux brillants étaient devenus hirsutes et collés par la crasse. Son teint parfait était terne, ses joues, creuses et tavelées, ses yeux cernés et rouges. Du sang ruisselait sur ses lèvres et, plus effrayant que tout, des canines acérées brillaient dans sa bouche caverneuse.

– Non, éloignez cela de moi !

Elle se cacha le visage dans les mains et frissonna. Jamais elle n'avait imaginé qu'elle deviendrait si laide. Qu'avait-elle à offrir hormis sa beauté ? Elle devait son caractère passionné à ses cuisses d'ivoire, ses hanches voluptueuses et ses lèvres pleines. Tout exprimait son amour. J'avais oublié combien elle était jeune, à peine sortie de l'adolescence, soumise et déterminée à offrir à son amant toute sa perfection de femme, comme un flacon de vin rare.

Lorsque je la rejoignis, elle était déjà à quelques pieds du bord de la falaise, tremblante dans le vent, le regard perdu dans la nuit. La lune était de nouveau apparue et les étoiles scintillaient entre les nuages. Je savais que ce qu'elle voyait était une illusion provoquée par Angelique, si terrifiante qu'elle l'avait privée de tout son courage.

– Josette !

Elle sursauta et se retourna vers moi sans me voir, bouche bée.

– Ne vous approchez pas de moi, dit-elle d'une voix rauque et hésitante. Je sais ce que vous êtes et je ne veux pas ressembler à… ce que vous êtes devenu ! Je préfère mourir !

Affolé, je voulus parler, mais elle me fit taire d'un geste.

– Ne m'approchez pas !

– Laissez-moi… vous ramener, ma bien-aimée… N'ayez crainte. Ce cauchemar n'est pas le nôtre. C'est un tout autre rêve qui nous attend.

Je me jetai sur elle et la rattrapai avant qu'elle ne tombe. Soulagé, je la serrai contre moi.

– Non ! Non ! sanglota-t-elle. Lâchez-moi !

Et alors que j'essayais de maîtriser Josette qui se débattait, dans mon désespoir, je ne vis plus qu'une solution. L'espace d'un instant, je la possédai. J'enfonçai mes dents dans son cou et son sang coula dans ma bouche. Mais, bien qu'un instant figée, elle refusa de céder. Vaincue par sa répugnance, elle me frappa, s'arracha à mon étreinte et recula en titubant vers le bord de la falaise. Elle vacilla un instant, le visage déformé par une haine absolue. J'hésitai à m'approcher alors qu'elle reculait encore, lentement, sourde à mes supplications, puis son pied glissa sur une pierre, mais je ne fus pas assez prompt et, dans un dernier souffle, elle se retourna et sauta.

– Josette !

Je courus jusqu'au bord et me penchai, le cœur battant. Son corps gisait brisé sur les rochers, sa cape et ses cheveux tourbillonnant dans l'écume blanche. Elle vivait encore lorsque je la rejoignis, mais elle ne me reconnut pas. Les vagues se fracassaient tout autour de nous, le vent mugissait et, dans ce tumulte, il me sembla entendre le rire maléfique d'Angelique.

Quiconque vous aimera mourra.

Devant la mer démontée, je m'agenouillai et soulevai Josette dans mes bras, sanglotant et répétant :

– Non, je ne vous laisserai pas m'abandonner ! Je vous garderai avec moi, je trouverai un moyen ! Je ne peux vivre sans vous !

Je savais pourtant qu'elle m'avait laissé pour toujours, et que par haine pour moi, elle avait choisi de mourir. Elle n'était plus, et j'avais devant moi toute l'éternité sans elle. Je la serrai contre moi alors que sa vie la quittait, et tandis que j'enfouissais ma face dans ses cheveux ruisselants et baisais son visage couvert d'une écume salée, je vis sa main blanche retomber, inerte.

Au moins, elle était morte. Elle était libérée de l'enfer de ses terreurs. La mort est souvent moins terrible que la vie. Je regardai Ben creuser sa tombe et fus encore plus tourmenté quand on l'ensevelit dans sa robe de mariée. Désespéré, je me rassurai en songeant que si j'avais un seul pouvoir, c'était la malédiction du vampire. J'avais pris son sang.

Une fois que tous furent partis, ainsi que mon père et vous, je retournai m'allonger auprès de sa tombe et enfonçai mes doigts dans la terre. L'odeur suave des lis m'écœurait tandis que je traçais son nom du bout du doigt sur la pierre et que je l'appelai. Autour du caveau, les arbres grincèrent dans le vent et je levai les yeux vers leurs silhouettes dressées contre le ciel comme des suppliants en prière.

– Josette, je sais que vous m'entendez. Revenez.

Sa voix était comme le chuchotement du vent.

– Non, je suis morte. Laissez-moi reposer.

– Je vous en supplie. Je vous implore, et je vous l'ordonne, étant celui qui vous a faite ce que vous êtes. Revenez d'entre les morts.

Combien de temps l'appelai-je ainsi ? Des semaines ? Des mois ? Des années ? Je sais que chaque nuit j'allais m'allonger près de sa tombe pour la supplier de me rejoindre.

– Josette, vous êtes mienne. Revenez et nous nous enfuirons ensemble. Nous aurons l'éternité pour nous.

Elle refusa toujours. Puis, par une nuit sans lune, alors que je sanglotais encore, plus accablé que jamais, la tombe bougea. La terre se souleva.

Extatique, je l'attendis dans la pénombre de sa chambre, où mon reflet refusait d'apparaître dans le miroir. Soudain, une robe et des mules blanches aux broderies fanées et souillées de terre montèrent l'escalier. Un froissement se fit entendre devant sa porte.

Un souffle glacé.

Le vent siffla, puis ce fut le silence.

Une forme voilée, le visage enveloppé d'une étoffe blanche. Je retins mon souffle. La pendule s'arrêta. Elle était là ! Fragile, émaciée, comme un squelette qui ne tenait que grâce à sa robe de mariée devenue trop grande pour elle.

– Pourquoi avez-vous troublé mon repos ?

Mais j'étais transporté de joie.

– Vous êtes revenue ! parvins-je à dire. Oh, ma bien-aimée, me haïssez-vous encore ?

Elle resta muette, telle un spectre blanc et translucide, minuscule. Je brûlais de la serrer dans mes bras.

– Pourrez-vous me pardonner ?

Elle mit longtemps à répondre, d'une voix faible :

– Il n'y a rien à pardonner. Je ne puis rien ressentir, à présent. J'ai suivi mon destin. Vous avez suivi le vôtre. Vous n'auriez pas dû me forcer à venir vous voir. Si vous soulevez mon voile, vous comprendrez pourquoi.

– Non, non, je ne veux pas le soulever. Je sais ce que vous êtes, car je vous ai faite ainsi. Votre beauté me brisera le cœur. Vous serez fragile pendant un temps, mais je vous protégerai, et une fois que vous serez devenue vampire, vous serez plus belle que jamais. Venez à moi et laissez-moi vous étreindre. Serrez-vous contre moi.

Et dans la nuit, je l'attirai contre moi et embrassai de nouveau son visage à travers la mantille. Ma bouche chercha la forme de ses joues, son nez, sa bouche, puis, quand je soulevai le voile pour enfin baiser ses lèvres, s'éleva l'odeur de la mort, l'odeur de roses qui pourrissent dans un vase. Je levai la bougie vers son visage que l'on aurait cru ravagé par le feu. La chair pendait en lambeaux noirs, des asticots grouillaient dans une orbite vide et sa bouche n'était plus qu'un gouffre édenté. Je sentis ses os céder sous le linceul et se réduire en miettes sous mes mains.

C'est ainsi, mère, que je vis le visage de la Mort. Elle vint à moi, tirée du sépulcre par la puissance de notre amour, mais cela ne suffisait pas. Tout est fini et je ne la reverrai jamais. Ma très chère mère, pourquoi n'apprenons-nous pas à laisser le passé reposer en paix ? Pourquoi essayons-nous de le retrouver ? Je l'ai tuée de mes propres mains.

Voyez où j'en suis à présent. Cette maison est abandonnée. Personne de ma famille, pas même vous, n'y viendra jamais. Elle a été la demeure de la souffrance. Mais je dois rester là où nous étions, elle et moi, avec son portrait éternellement jeune et beau. Je dois purger une peine de milliers d'années de solitude.

Voyez comment Ben creuse la tombe de Josette. Je peux l'empoigner à la gorge et le jeter dans la terre. Il vient s'occuper de moi, c'est mon unique compagnie. Et avec lui, je partage mon amertume.

– Y a-t-il du vent, cette nuit ? Vient-il de la mer ? À travers les arbres ?

– Pourquoi demandez-vous ?

– Y a-t-il des étoiles ? Un brouillard sur l'océan ? Y a-t-il la lune ? C'est à ce moment que les ongles des cadavres poussent. Quand je sors, je veux qu'il soit nuit noire. Les étoiles ne doivent pas voir ce qui se passe cette nuit, car j'ai des choses à accomplir. Pourquoi certains devraient-ils vivre alors qu'elle est morte ? Ils redoutaient tous la peste. Je leur infligerai une pestilence qui ne leur laissera plus rien qu'un ardent désir d'être libérés. Ma fureur fera exploser ces murs. Ma passion effritera ces pierres. La destruction, c'est tout ce que je désire. La destruction partout. La mort. Et le sang. Je veux la voir. La regarder une dernière fois.

– Mais vous savez bien qu'elle est morte.

Quiconque vous aimera mourra.

Les rochers au pied de la falaise. La dernière chose que j'ai vue, c'était sa frêle main blanche. Ces flots. Ces rocs. Mon père a ouvert mon cercueil. Vide ! Désormais, il sait. Ses prémonitions sont pour lui une torture et un jour, bientôt, il viendra avec des chaînes. Ou bien j'irai à Collinwood et je franchirai la porte. Je vous dirai combien je vous aime, mère, et je raconterai à mon père ce qui s'est passé. Il pourra faire ce que bon lui semble. Je préférerais être dans mon cercueil le cœur transpercé d'un pieu qu'être ce que je suis à présent.

Angelique ! Êtes-vous déterminée à me garder prisonnier de cet enfer ? Vous ne me laisserez pas mourir, mais vous ne tuerez personne d'autre, et votre malédiction est brisée parce que je ne chercherai plus jamais l'amour. Josette est morte et mon cœur m'a abandonné. Elle aurait pu être auprès de moi pour l'éternité.

Tel est donc mon destin, mère. L'immortalité que convoite l'âme est mienne, mais pas ainsi que je l'avais rêvé. Je suis un émissaire du mal, un messager du diable, et même si je désire ardemment le bien, il n'est plus à ma portée. Vous avez entendu le récit de mes malheurs, et il ne vous reste plus qu'à me pardonner.

Si c'est ce que me réserve l'éternité, qu'elle commence !

Votre fils dévoué,

Barnabas

Après l'avoir repliée soigneusement, Barnabas reposa la lettre dans le coffret, la recouvrit des autres objets et referma le couvercle. Il n'avait jamais su comment sa mère avait accueilli ces aveux, son seul souvenir, car son père était venu peu après dans le caveau et, sans aucune pitié, l'avait enchaîné dans son cercueil. Il y était resté pendant presque deux cents ans. Il frémit en y repensant.

Et à présent, il était prêt à se lancer dans une nouvelle existence comme un être humain ordinaire. Le destin était intervenu et lui avait accordé une nouvelle chance de faire la preuve de son courage et de vivre la vie qu'il avait perdue. La femme qui était venue n'était pas Angelique, mais une inconnue qui ne présentait aucun danger. Julia, qui l'avait guéri et libéré, l'attendait dans sa chambre à bras ouverts. Un rayon de soleil passa soudain par la vitre.

Il caressa la marqueterie et son doigt suivit le contour du navire. Était-il l'homme qu'il avait toujours cru être ? Pouvait-il accepter l'avenir tel qu'il lui était offert, ou bien était-il condamné à toujours revisiter le passé ?

Il s'allongea sur le lit et ferma les yeux.

À suivre…

Note de l'auteur

Quand Dan Curtis décida en 1991 de ressusciter *Dark Shadows* en prime time à la télévision, l'un des auteurs m'appela pour me demander si je me rappelais comment Angelique était devenue une sorcière. Je répondis que non, que cela n'avait jamais été mentionné dans la série originale. Cependant, cela m'intrigua et c'est ainsi que me vinrent les réflexions et les hypothèses qui donnèrent naissance à ce livre.

Puisque j'avais joué le rôle d'Angelique dans la série, je décidai de raconter l'histoire principalement de son point de vue. C'est l'histoire d'Angelique telle qu'elle se la rappelait et ainsi qu'elle la croyait s'être déroulée. J'endosse pleinement la responsabilité de toutes les différences que présente ce texte avec tous les attributs des personnages ou les événements figurant dans la série originale. Bien que m'y étant efforcée, je n'ai pu incorporer tous les détails et, à la vérité, Angelique elle-même pouvait très bien avoir modifié le récit de son enfance au cours de ces cent soixante-quinze années pour parvenir à ses fins.

J'ai le plus profond respect pour le travail des auteurs et acteurs et une grande affection pour la série, qui fut mon inspiration. Mon intention était de rester fidèle à l'esprit de *Dark Shadows*, et j'espère y être parvenue.

Lara Parker
28 août 1998

Remerciements

Je remercie chaleureusement tous ceux qui ont permis à ce livre de voir le jour :

Tout d'abord, Jim Pierson, soutien et gardien de *Dark Shadows*, qui a lancé cette série de romans, produit les vidéos et promu le *Dark Shadows* Festival afin d'entretenir la flamme de la série.

Tous les fans qui m'ont apporté leur soutien et leur affection, en particulier Marcy Robin et Kathleen Resch, rédactrices en chef de *Shadowgram*, qui ont eu la générosité de me faire partager leurs recherches sur l'année 1795, ainsi que leur propre roman sur Angelique, *Beginnings : The Island of Ghosts*.

Je remercie également du fond du cœur :

Mes amies écrivaines, Trudy Hale, Celeste Fremon et Carolyn Lowery, qui ont aimablement lu des portions de ce livre, apporté leurs suggestions et accepté de discuter pendant des heures quand j'étais désorientée ou perdue. Elles ont été comme des oiseaux de passage qui ont laissé dans mon nid des œufs d'où sont écloses de merveilleuses idées.

Je suis particulièrement reconnaissante à mon éditrice, aussi patiente que brillante, Caitlin Blasdell, dont les conseils attentifs m'ont donné le courage de rédiger ce roman – et notamment celui-ci : « Les métaphores sont comme les bijoux : un seul collier suffit. »

Les auteurs de l'époque de la série télévisée *Dark Shadows*, Sam Hall, Ron Sproat et Gorden Russell, ont été une inépuisable source d'inspiration, tout comme Kathryn Leigh Scott, qui a été la première à éditer mes textes dans *The Dark Shadows Companion.* Pour me rafraîchir la mémoire, j'ai régulièrement consulté les nombreux livres dérivés de la série qu'elle a publiés et qui m'ont replongée dans cet univers magique.

Je suis tout particulièrement reconnaissante à mon mari Jim Hawkins et à ma fille Caitlin pour leur inlassable enthousiasme et leur affection.

Et je resterai éternellement la débitrice de Dan Curtis, qui a eu cette vision inspirée qu'était *Dark Shadows*, a donné au monde ces personnages immortels qui ne cesseront jamais de nous exaspérer comme de nous enchanter, et m'a offert le rôle d'Angelique.

À propos de l'auteur

Lara Parker, née Mary Lamar Rickey, a grandi à Memphis, dans le Tennessee. Elle a étudié au Vassar College et à l'université d'Iowa, où elle a obtenu un diplôme en art dramatique. Peu après son arrivée à New York, elle fut engagée dans la série culte *Dark Shadows* pour le rôle de la sorcière, Angelique, qu'elle joua pendant cinq ans. Après son installation à Los Angeles, elle est devenue une actrice à succès au cinéma, au théâtre et à la télévision et a commencé une nouvelle carrière comme auteur. Elle est heureuse de lancer ce nouveau cycle de romans *Dark Shadows*. Lara vit à Topanga Canyon, en Californie, avec son mari Jim et leur fille Caitlin.

Composition PCA
44400 – Rezé

Imprimé en Espagne

Dépôt légal : mai 2012
N° d'impression : 01
ISBN : 978-2-7499-1673-6
LAF 1621